BIOGRAFIAS — MEMÓRIAS — DIÁRIOS — CONFISSÕES
ROMANCE — CONTO — NOVELA — FOLCLORE
POESIA — HISTÓRIA

1. MINHA FORMAÇÃO — Joaquim Nabuco
2. WERTHER (Romance) — Goethe
3. O INGÊNUO — Voltaire
4. A PRINCESA DE BABILÔNIA — Voltaire
5. PAIS E FILHOS — Ivan Turgueniev
6. A VOZ DOS SINOS — Charles Dickens
7. ZADIG OU O DESTINO (História Oriental) — Voltaire
8. CÂNDIDO OU O OTIMISMO — Voltaire
9. OS FRUTOS DA TERRA — Knut Hamsun
10. FOME — Knut Hamsun
11. PAN — Knut Hamsun
12. UM VAGABUNDO TOCA EM SURDINA — Knut Hamsun
13. VITÓRIA — Knut Hamsun
14. A RAINHA DE SABÁ — Knut Hamsun
15. O BANQUETE — Mario de Andrade
16. CONTOS E NOVELAS — Voltaire
17. A MARAVILHOSA VIAGEM DE NILS HOLGERSSON — Selma Lagerlöf
18. SALAMBÔ — Gustave Flaubert
19. THAIS — Anatole France
20. JUDAS O OBSCURO — Thomas Hardy
21. POESIAS — Fernando Pessoa
22. POESIAS — Álvaro de Campos
23. POESIAS COMPLETAS — Mário de Andrade
24. ODES — Ricardo Reis
25. MENSAGEM — Fernando Pessoa
26. POEMAS DRAMÁTICOS — Fernando Pessoa
27. POEMAS — Alberto Caeiro
28. NOVAS POESIAS INÉDITAS & QUADRAS AO GOSTO POPULAR
    Fernando Pessoa
29. ANTROPOLOGIA — Um Espelho para o Homem — Clyde Kluckhohn

ANTROPOLOGIA
Um Espelho para o Homem

Vol. 29

Capa
Cláudio Martins

Tradução
Neil R. da Silva

EDITORA ITATIAIA
BELO HORIZONTE
Rua São Geraldo, 53 — Floresta — Cep. 30150-070
Tel.: 3212-4600 — Fax: 3224-5151
e-mail: vilaricaeditora@uol.com.br
Home page: www.villarica.com.br

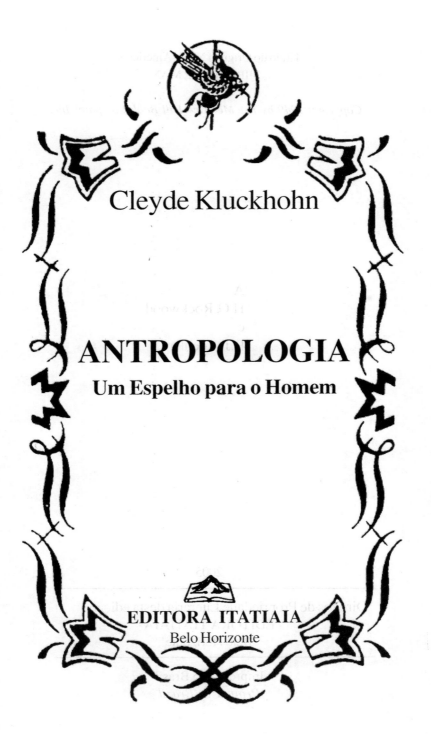

Cleyde Kluckhohn

ANTROPOLOGIA
Um Espelho para o Homem

EDITORA ITATIAIA
Belo Horizonte

Título do Original Norte-Americano:
MIRROR FOR MAN

Copyright 1949 by The McGraw-Hill Book Company, Inc.

A
H.G. Rockwood
e
R.J. Koehler

2005

Direitos de Propriedade Literária desta edição
EDITORA ITATIAIA
Belo Horizonte

Impresso no Brasil
Printed in Brazil

Considera-se muitas vezes a antropologia como uma coleção de fatos curiosos que dizem respeito ao aspecto singular de povos exóticos e descrevem os seus estranhos costumes e crenças. É considerada como um divertimento interessante, ao que parece desprovido de qualquer significado para a conduta da vida das comunidades civilizadas.
É falsa essa opinião. Mais do que isso, espero demonstrar que uma compreensão clara dos princípios da antropologia esclarece os processos sociais da nossa própria época e pode mostrar-nos, se estivermos prontos a ouvir os seus ensinamentos, o que fazer e o que evitar.

FRANZ BOAS (1928)

SUMÁRIO

PREFÁCIO 9

I. COSTUMES ESTRANHOS, CACOS E CRÂNIOS 13
II. COSTUMES ESTRANHOS 28
III. CACOS 54
IV. CRÂNIOS 84
V. RAÇA: UM MITO MODERNO 105
VI. O DOM DAS LÍNGUAS 145
VII. ANTROPÓLOGOS EM AÇÃO 166
VIII. A PERSONALIDADE NA CULTURA 192
IX. UM ANTROPÓLOGO ANTE OS ESTADOS UNIDOS 222
X. UM ANTROPÓLOGO ANTE O MUNDO 254
APÊNDICE: Os Ramos da Antropologia e as Relações da Antropologia com as Demais Ciências do Homem 279

AGRADECIMENTOS 289

ÍNDICE REMISSIVO 295

Prefácio

Destina-se este livro ao leigo, não ao profissional minucioso. A este, solicita-se humildemente recordar que, se eu tivesse incluído toda a documentação que poderia desejar, o livro se estenderia por vários volumes. Se fizesse todas as ressalvas e apontasse todas as limitações, como se exige num estudo técnico, o leigo inteligente deter-se-ia antes do fim do primeiro capítulo.

Não se pretende que todas as afirmações estejam "comprovadas". A Antropologia é uma disciplina jovem e falta fazer ainda muita coisa em matéria de coleta e classificação de dados. Faço aqui uma exposição honesta e cuidadosa das provas que me foi dado conhecer. Em certos casos, outros, com igual honestidade e critério talvez melhor, chegaram a diferentes conclusões, com base nos mesmos materiais. Como quer que seja, via de regra tentei seguir o consenso geral da profissão hoje em dia. Onde expressei opiniões heterodoxas ou pessoais, a fraseologia de certo modo adverte o leitor. De maneira análoga, pelo emprego de expressões tais como "dizem alguns autores", "talvez", "provavelmente", "quem sabe", indiquei minha tentativa de escolha entre verificações ou interpretações controvertidas. Com exceção de umas poucas afirmações e de minhas sondagens pessoais na bola de cristal do futuro, todas elas têm o apoio de alguma prova que me parece sólida. As especulações alheias ou minhas estão indicadas como tais ou se deduzem claramente do contexto.

CLYDE KLUCKHOHN

CAPÍTULO I

Costumes Estranhos, Cacos e Crânios

A antropologia oferece uma base científica para o estudo do dilema crucial do mundo de hoje: como podem povos de aspecto diferente, línguas mùtuamente ininteligíveis e modos de vida dissemelhantes seguir vivendo pacificamente juntos? Sem dúvida, nenhum ramo do conhecimento constitui uma panacéia para todos os males da humanidade. Se qualquer afirmação deste livro parecer sustentar pretensões messiânicas dessa natureza, deve tal absurda presunção ser posta de lado como deslize de um entusiasta que realmente sabe que não é assim. A antropologia é, contudo, um estudo muito amplo, com pontos de contacto com as ciências físicas, biológicas e sociais e com as humanidades.

Em virtude de sua amplidão, da variedade de seus métodos e de sua posição a meio caminho, é certo que desempenhará um papel central na integração das ciências humanas. Entretanto, uma ciência completa do homem precisa compreender outras faculdades, outros interesses e outros conhecimentos. Certos aspectos da Psicologia, da Medicina e da Biologia humana, da Economia, da Sociologia e da Geografia humana, devem fundir-se com a antropologia, para constituir uma ciência geral, que também abrangerá os instrumentos do método histórico e do estatístico, buscando dados na História e nas demais humanidades.

Não pode, pois, pretender a antropologia de hoje constituir o estudo completo do homem, embora talvez esteja mais perto disso que outro ramo qualquer das ciências. Alguns dos descobrimentos que serão mencionados aqui como antropológicos só se tornaram possíveis graças à colaboração com trabalhadores de outros campos. Ainda assim, até mesmo a antropologia tradicional tem especial direito de ser ouvida por aqueles que mais profundamente se preocupam com o problema de conseguir um só mundo. Tal ocorre porque foi a antropologia que explorou toda a escala da variabilidade humana, e está em melhores condições para responder às perguntas: que terreno comum existe entre os seres humanos de todas as tribos e nações? Que diferenças existem? De onde se originam? A que profundidade atingem?

No começo do século vinte, os estudiosos que se interessavam pelos aspectos pouco usuais, dramáticos e obscuros da história do homem eram conhecidos como antropologistas. Eram os homens que procuravam o mais remoto antepassado da espécie, a Tróia de Homero, o país natal do índio americano, as relações entre a luz do sol e a cor da pele, a origem da roda, dos alfinetes de segurança e da cerâmica. Queriam saber "como o homem moderno veio a ser o que é"; por que certos povos são governados por um rei, alguns por anciãos, outros por guerreiros, nenhum por mulheres; por que alguns povos transmitem a propriedade por linha masculina, outros por feminina, outros ainda igualmente a herdeiros de ambos os sexos; por que algumas pessoas caem doentes e morrem quando se julgam vítimas de feitiços e outras riem dessa idéia. Procuraram os universais da Biologia e da conduta humana. Provaram que os homens de diferentes regiões e continentes eram fisicamente muito mais parecidos do que diferentes. Descobriram nos costumes humanos numerosos paralelos, alguns dos quais podiam ser explicados pelo contacto histórico. Noutras palavras, a antropologia se convertera na ciência das semelhanças e diferenças humanas.

Em certo sentido, é a antropologia um estudo antigo. O historiador grego Heródoto, às vezes chamado o "pai da antropologia", assim como o "pai da História", descreveu minuciosamente os caracteres físicos e os costumes dos citas, dos egípcios e de outros "bárbaros". Eruditos chineses da dinastia de Han escreveram monografias sobre os Hiung-Nu, tribo de homens de olhos claros que vagava perto da fronteira noroeste da China. Tácito, o historiador romano, realizou seu célebre estudo dos germanos. E ainda muito antes de Heródoto, os babilônios do tempo de Hamurabi reuniam em museus objetos feitos pelos sumérios, seus predecessores na Mesopotâmia.

Embora os antigos, aqui e ali, tenham mostrado achar que valia a pena ocupar-se dos tipos e dos costumes dos homens, foram as viagens e explorações, a partir do século XV, que estimularam o estudo da variabilidade humana. Os contrastes observados com o pequeno e cerrado mundo medieval tornaram necessária a antropologia. Embora sejam úteis, os escritos dêsse período (por exemplo, as narrativas de viagens de Pedro Mártir) não podem ser postos na categoria de documentos científicos. Não raro fantásticas, eram escritas para divertir ou tendo em vista acanhados objetivos práticos. Minuciosos relatos de observações de primeira mão eram confundidos com anedotas embelecidas e freqüentemente ouvidas de terceiros. Nem os autores nem os observadores possuíam qualquer instrução especial que lhes permitisse registrar ou interpretar o que observavam. Viam os outros povos e seus hábitos através de lentes grosseiras e deformantes, fabricadas com todas as superstições e idéias preconcebidas dos europeus cristãos

Somente pelos fins do século XVIII e já no século XIX foi que a antropologia científica começou a se desenvolver. O descobrimento da relação entre o sânscrito, o latim, o grego e as línguas germânicas, deu grande impulso ao ponto de vista comparativo. Os primeiros antropólogos sistemáticos eram amadores bem dotados, médicos naturalistas, advogados, homens de negócios, para os quais a antropologia era um passa tempo. Ao crescente conhecimento dos povos "primitivos", aplicavam eles o senso comum, os hábitos que haviam aprendido em suas profissões e as doutrinas científicas em moda na sua época.

Que estudavam? Dedicavam-se às coisas extravagantes, a matérias que pareciam tão triviais ou tão especializadas que não havia lugar para elas nos campos de estudo já anteriormente delimitados. As formas do cabelo humano, as variações na conformação do crânio, as tonalidades da pele, não pareciam ser muito importantes para os anatomistas ou para os médicos praticantes. Os remanescentes de outras culturas que não fossem a greco-romana não mereciam a atenção dos estudiosos clássicos. As línguas não relacionadas com o grego e o sânscrito não interessavam aos especialistas em Lingüística comparada do século XIX. Os ritos primitivos só interessavam a reduzido número de curiosos, até que a prosa elegante e a respeitável bagagem clássica de *The Golden Bough*, de *Sir* James Frazer, conquistaram um público numeroso. Não foi sem justificativa que a antropologia recebeu a designação de "ciência das sobras".

Seria ir demasiado longe chamar à antropologia do século XIX "a investigação de estranhezas, feita pelos excêntricos". O inglês Tylor, o americano Morgan, o alemão Bastian e outras figuras notáveis eram cidadãos respeitados. Apesar disso, compreenderemos melhor o desenvolvimento da disciplina se admitirmos que muitos dos primeiros antropologistas eram, do ponto de vista de seus contemporâneos, excêntricos. Interessavam-se por coisas esquisitas das quais o comum das pessoas não cuidava sèriamente e que mesmo o intelectual ordinário julgava serem inconseqüentes.

Mesmo que os resultados das atividades intelectuais não se confundam com os motivos que conduzem a tais atividades, é útil perguntar que classe de pessoas mostrar-se-ia curiosa a respeito dessas questões. A arqueologia e a antropologia tradicional proporcionam um excelente terreno de caça àqueles que são impelidos por essa paixão de descobrir e classificar, tão comum aos colecionadores de tudo, desde selos até armaduras. Também a antropologia sempre teve ao seu lado os românticos, aqueles que a adotaram porque sentiam fortemente o fascínio de lugares distantes e povos exóticos. O fascínio do estranho e do remoto tem uma atração especial para aqueles que não se acham satisfeitos consigo mesmos ou que não se sentem à vontade em sua própria sociedade. Consciente ou inconscientemente, buscam outros modos de vida, onde sejam compreendidas e aceitas as suas características, ou pelo menos onde não sejam criticadas. Como numerosos historiadores, o antropologista histórico é levado pelo desejo de fugir do presente, arrastando-se ao seio do passado cultural. Como o estudo tinha algo de um aroma romântico e porque não era uma maneira fácil de ganhar a vida, atraía um número nada usual de estudiosos que dispunham de meios de vida independentes.

Os começos não pareceram muito promissores, nem do ponto de vista dos estudiosos que eram atraídos para o tema, nem do motivo pelo qual eram levados a estudar. Ainda assim, justamente essas responsabilidades proporcionaram o que são as maiores vantagens da antropologia, quando confrontada com outros pontos de partida para o estudo da vida humana. Como os antropólogos do século XIX faziam os seus estudos levados por puro interesse e não para ganhar a vida ou para reformar o mundo, formou-se uma tradição de relativa objetividade. Os filósofos eram assoberbados pela portentosa história de sua disciplina e pelos interesses criados de sua profissão. Auguste Comte, fundador da Sociologia, era filósofo, mas tentou conformar a Sociologia ao modelo das ciências naturais. Entretanto, muitos dos seus discípulos, que não passavam de filósofos da História ligeiramente disfarçados, tinham certa parcialidade pela racionalização oposta à observação. Muitos dos primeiros sociólogos norte-americanos eram pastores cristãos, mais interessados em melhorar o mundo do que em estudá-lo com imparcialidade. Também o campo da ciência política era afetado pelo ponto de vista filosófico e pelo ardor reformista. Os psicólogos se deixaram absorver de tal forma pelos instrumentos de latão e pelo laboratório que pouco tempo encontravam para estudar o homem tal como realmente desejamos conhecê-lo — não no laboratório, mas na sua vida de todos os dias. Como a antropologia era a ciência das sobras e como as sobras eram numerosas e variadas, evitou preocupar-se apenas com um aspecto da vida, como por exemplo, aquele etiquetado como economia.

A ânsia de saber e a energia dos amadores, pouco a pouco, conquistaram para sua disciplina o lugar de ciência independente. Em 1850, fundou-se um museu de etnologia em Hamburgo; em 1866, foi criado o Museu Peabody de Arqueologia e Etnologia, em Harvard; em 1873, o Real Instituto Antropológico; em 1879, o Bureau de Etnologia Americana. Tylor foi nomeado professor de antropologia em Oxford em 1884. O primeiro professor americano foi nomeado em 1886. Mas, no século XIX, não se contava uma centena de antropologistas no mundo inteiro.

O número de títulos de Doutor em Antropologia concedidos nos Estados Unidos, até 1920, totalizava apenas 53. Antes de 1930, apenas quatro universidades americanas concediam o doutorado em antropologia. Ainda hoje [1], mal se conta uma dúzia delas. A antropologia não se tornou, tampouco, e em nenhum sentido, matéria fundamental nos cursos universitários não especializados. Somente em duas ou três escolas secundárias, é regularmente ministrado o seu ensino.

O que surpreende, levando-se em conta o número insignificante de antropólogos e a fração mínima da população submetida à instrução formal dessa disciplina, é que a palavra "antropologia" e alguns dos termos que emprega, durante a última década, tenham saído do esconderijo da bibliografia abstrusa para surgir com freqüência cada vez maior nas páginas de *The New Yorker*, *The Saturday Evening Post*, nas novelas policiais e mesmo no cinema. É também sintomático de uma tendência o fato de numerosos colégios e universidades, bem como algumas escolas secundárias, terem anunciado a sua intenção de introduzir a antropologia em seus currículos remodelados. Embora os antropólogos — como os psiquiatras e psicólogos, — ainda sejam olhados com um toque de desconfiança, a sociedade de hoje está começando a sentir que eles têm a oferecer algo de útil e ao mesmo tempo diferente.

No sudoeste dos Estados Unidos, um dos sinais do verão é a chegada de muitos "ólogos" que perturbam a tranqüilidade do campo. Eles escavam ruínas com o mesmo entusiasmo de garotos à caça de "curiosidades indígenas" ou de adolescentes retardados à procura de tesouros enterrados. Espiam as atividades de índios pacíficos e se convertem num incômodo, geralmente munidos de uma porção de instrumentos esquisitos. Os da classe que escava as ruínas são tecnicamente chamados de "arqueólogos"; os que sondam as mentes dos índios, de "etnólogos" ou "antropologistas sociais"; os que medem cabeças, de "antropologistas físicos"; todos, porém, constituem variantes do termo genérico mais geral, "antropólogos".

Mas, que é que realmente procuram? Será que os move apenas a curiosidade pelas "coisas bestiais dos pagãos", ou terão as escavações, as perguntas, as medições, algo a ver mesmo com o mundo de hoje? Revelam os antropólogos

(1) Este livro, convém lembrar, foi publicado em 1949. — N. do T.

meramente fatos exóticos e divertidos, que nada têm a ver com os problemas do momento presente?

A antropologia é algo mais que a meditação diante de crânios ou a procura do "elo perdido", e tem uma utilidade maior que a de nos proporcionar meios para distinguir nossos amigos dos símios. Vistas de fora, as atividades antropológicas parecem, quando muito, inofensivamente divertidas e, na pior das hipóteses, supinamente idiotas. Não admira que muitos habitantes do sudoeste zombem, dizendo que "os índios vão começar a pôr a prêmio esses camaradas". A reação dos leigos está bem resumida no comentário de um oficial do exército. Tínhamos sido apresentados um ao outro e nossas relações iam muito bem, até que êle me perguntou como eu ganhava a vida. Quando lhe contei que era antropólogo, ele se afastou e disse: "Bem, não é preciso ser louco para ser antropólogo, mas acho que sempre ajuda."

O antropólogo é uma pessoa suficientemente louca para estudar seus semelhantes. O estudo científico de nós mesmos é relativamente novo. Na Inglaterra, em 1936, havia mais de 600 pessoas que ganhavam a vida num ramo especializado (a bioquímica) da ciência das coisas, mas eram menos de 10 os empregados como antropólogos. Há menos de uma dúzia de empregos para antropologistas físicos, hoje em dia, nos Estados Unidos.

Contudo, nada é mais certo do que o fato de que os homens devem averiguar se os métodos científicos que deram resultados tão estupendos na decifração dos segredos do universo físico poderiam ajudá-los a compreender a si mesmos e a seu próximo, neste mundo que rapidamente se vai apequenando. Os homens constróem máquinas que se revelam verdadeiramente magníficas, apenas para se acharem quase ao desamparo quando se trata de enfrentar as desordens sociais que muitas vezes se sucedem à introdução dessas máquinas.

Os modos de ganhar a vida mudaram com uma rapidez tão impressionante que todos nós ficamos algo confusos a maior parte do tempo. Os nossos modos de vida também se alteraram — não, porém, simetricamente. Nossas instituições políticas, econômicas e sociais não progrediram da mesma forma que a nossa tecnologia. Nossas crenças e práticas religiosas e nossos outros sistemas de idéias contêm muita coisa que não se coaduna com o nosso modo de vida atual e com o nosso conhecimento científico do mundo físico e biológico. Uma parte de nós vive na idade "moderna" — outra, nos tempos medievais ou mesmo gregos.

No campo do tratamento dos males sociais, encontramo-nos ainda na época da magia. Não raro, agimos como se idéias revolucionárias ou perturbadoras pudessem ser exorcizadas por um rito oral — assim como os maus espíritos. Procuramos bruxas para lhes atribuir a culpa das nossas dificuldades: Roosevelt, Hitler, Stálin. Embora as condições alteradas o tornem claramente necessário, resistimos à idéia de mudar nosso eu interior. Ficamos desgostosos quando outras pessoas compreendem mal a nós mesmos ou aos nossos motivos, mas, se chegamos a procurar compreendê-las, insistimos em só fazer isso de acordo com as nossas noções da vida, que julgamos infalivelmente corretas. Estamos procurando ainda a pedra filosofal — um fórmula mágica (talvez um sistema mecânico de organização internacional) que fará com que o mundo seja ordenado e pacífico, sem outras adaptações, de nossa parte, exceto as exteriores.

Nem a nós mesmos conhecemos muito bem. Falamos de uma coisa bastante vaga chamada "natureza humana". Afirmamos veementemente que é da "natureza humana" fazer isto e não fazer aquilo. No entanto, quem quer que tenha vivido no sudoeste dos Estados Unidos, para apenas citar um exemplo, sabe pela experiência corriqueira que as leis dessa misteriosa "natureza humana" não parecem funcionar exatamente da mesma maneira para os habitantes de língua espanhola do Novo México, para a população da língua inglesa e para as várias tribos indígenas. É neste ponto que o antropólogo entra em cena. Cabe-lhe registrar as variações e as semelhanças do aspecto físico humano, das coisas que os povos fazem, dos seus modos de vida. Somente quando verificamos de que maneira homens que receberam uma educação diferente, que falam diferentes línguas, que vivem em condições físicas diferentes, enfrentam os seus problemas, podemos ter certeza do que os seres humanos possuem em comum. É então sòmente que podemos pretender possuir conhecimento científico da natureza humana em bruto.

A tarefa será demorada. Antes, porém, que seja demasiado tarde, talvez nos aproximemos do conhecimento do que é na realidade a "natureza humana" — vale dizer, de quais as reações que os homens inevitavelmente revelam como seres humanos, não importa qual seja a sua particular herança biológica ou social. Para descobrir a natureza humana, os aventureiros científicos da antropologia têm estado a explorar os caminhos do tempo e do espaço. Trata-se de uma tarefa absorvente tão absorvente que os antropólogos se mostram inclinados a escrever apenas uns para os outros ou para os investigadores de outras profissões. Quase toda a bibliografia antropológica consiste de artigos em publicações científicas e de monografias ininteligíveis. A redação é eriçada de nomes estranhos e termos desconhecidos, e demasiado minuciosa para o leitor comum. Pode ser que alguns antropólogos tenham tido certa obsessão pelo detalhe em si mesmo. Como quer que seja, existem monografias inteiras dedicadas a assuntos tais como "Uma Análise de Três Redes de Cabelos da Região de Pachacamac". dos esforços antropológicos tem parecido, como diz Robert Lynd, "alheia e preocupada".

Embora algumas pesquisas pareçam, por isso mesmo, deixar de lado o "anthropos" (o homem), a verdade é que as principais tendências do pensamento antropológico têm sido concentradas numas poucas questões de interesse humano geral, tais como: qual foi o curso da evolução humana, quer biológica, quer culturalmente? Existirão princípios gerais ou "leis" que governem essa evolução? Quais as ligações necessárias, se é que existem, entre o tipo físico, a linguagem e os costumes dos povos do passado e do presente? Que generalizações se podem fazer a respeito dos seres humanos em grupos? Até que ponto é maleável o homem? Até que ponto pode ser moldado pela educação ou pela necessidade de se adaptar às pressões ambientais? Por que determinados tipos de personalidade são mais característicos de certas sociedades que de outras?

Para a maior parte das pessoas, entretanto, antropologia significa ainda medir crânios, manejar, com cuidados fantásticos, fragmentos de cerâmica despedaçada e dar notícia sobre os costumes desconhecidos de tribos selvagens. O antropólogo é o saqueador de sepulturas, o colecionador de pontas de flechas de índios, o indivíduo esquisito que mora com canibais que não tomam banho. Como observa Sol Tax, o antropólogo tem tido na sociedade uma função que se situa "mais ou menos entre a de um Einstein a manipular o misterioso e a de um artista de variedades". Seus espécimes, seus desenhos ou suas histórias podem servir para uma hora de diversão mas não passam de material sem muita graça, quando comparados com o mundo de monstros grotescos de eras remotas que o paleontólogo é capaz de recriar, com as maravilhas da moderna vida animal e vegetal descritas pelo biologista, com a excitação de universos e processos cósmicos extremamente distantes suscitada pelo astrônomo. Sem a menor dúvida, a antropologia parece ser, de todas as "logias", a mais inútil e a mais desprovida de aplicações práticas. Num mundo de aviões-foguetes e organizações internacionais, que contribuição pode dar o estudo do primitivo e do obscuro para a solução dos problemas de hoje?

"O rodeio mais longo é muitas vezes o caminho mais curto." A preocupação com insignificantes povos ágrafos [2], que é a principal característica do trabalho antropológico, é a chave da sua importância na época atual. A antropologia se edificou a partir da experiência com primitivos, e os instrumentos do ofício são pouco usuais porque foram forjados nesta peculiar oficina de trabalho.

O estudo dos primitivos nos permite ver melhor a nós mesmos. Em geral, não nos damos conta das lentes especiais pelas quais olhamos a vida. Um peixe dificilmente teria descoberto a existência da água. Não se poderia esperar que os estudiosos que não passaram além do horizonte de sua própria sociedade percebessem o costume que constituía a matéria do seu próprio pensamento. O cientista interessado em questões humanas precisa conhecer, a respeito do olho que vê, tantas coisas quanto do objeto que é visto. *A antropologia ergue um grande espelho para o homem e deixa que ele se contemple a si mesmo, em sua infinita variedade.* É

(2) Em inglês, *nonliterate*, isto é, não letrados, sentido diferente de iletrados. Preferimos, entretanto, o termo *ágrafo*, cujo uso se vai tornando mais ou menos corrente, no sentido de povo que não conhece a escrita, nem alfabética, nem ideográfica. Fala-se também em *povos pré-letrados*, aqueles que já alcançaram uma fase da evolução em que possuem uma forma ainda que rudimentar de escrita não alfabética. De qualquer maneira, o que não cabe é o adjetivo *analfabeto*, que designa o indivíduo que, vivendo numa sociedade onde existe a escrita, não é capaz de usá-la. — N. do T.

este, e não a satisfação de uma curiosidade ociosa nem a investigação romântica, o significado do trabalho do antropólogo nas sociedades ágrafas.

Imaginemos o coletor de dados numa ilha remota dos Mares do Sul ou no seio de uma tribo da floresta amazônica. Geralmente, trabalha só. Espera-se dele, entretanto, que nos traga informações tanto sôbre o aspecto físico como sobre o conjunto das atividades do povo. É forçado a ver a vida humana como um todo. Tem de se converter num homem-de-sete-instrumentos e adquirir conhecimentos variados, suficientes para descrever coisas tão diversas como a forma da cabeça, as práticas sanitárias, os hábitos motores, a agricultura, a domesticação de animais, a música, a língua e a maneira de se fazerem cestos.

Como não há documentos publicados sôbre a tribo, ou apenas alguns esparsos e inadequados, êle depende mais dos olhos e dos ouvidos que de livros. Comparado com o comum dos sociólogos, é quase um iletrado. O tempo que o sociólogo passa na biblioteca, o antropologista o consome no campo. Ademais, sua maneira de ver e de ouvir assume um caráter especial. Os modos de vida que observa são tão desconhecidos que é quase impossível interpretá-los segundo os seus próprios valores. Não pode analisar em função das coisas que previamente concluíra serem importantes, porque tudo foge dos padrões. É mais fácil para ele contemplar a cena com imparcialidade e relativa objetividade, justamente porque ela é distante e desconhecida, e porque não se acha, em pessoa, emocionalmente implicado. Finalmente, como precisa aprender a língua ou encontrar intérpretes, o antropólogo é compelido a prestar mais atenção aos fatos que às palavras. Quando não é capaz de compreender o que está sendo dito, a única coisa que pode fazer é dedicar-se à tarefa, humilde porém muito útil, de observar quem vive com quem, quem trabalha com quem, em que atividades, quem fala alto e quem fala com suavidade, quem veste que roupa e em que ocasião.

Neste ponto seria perfeitamente legítimo perguntar: "Então, é possível que o antropólogo, trabalhando em sociedades ágrafas, tenha por acaso aprendido algumas habilidades, que deram bons resultados quando aplicadas ao estudo de nossa sociedade. Mas, em nome de tudo, por que os antropólogos, se realmente estão interessados na vida moderna, teimam em se incomodar com essas pequenas tribos sem importância?"

A primeira resposta do antropólogo seria a de que os modos de vida dessas tribos fazem parte da história humana e que é sua tarefa registrar essas coisas. Na verdade, os antropólogos têm sentido muito vivamente essa responsabilidade. Sentiram que não tinham tempo para escrever livros de ordem geral quando, todos os anos, assistia-se à extinção de culturas aborígenes que ainda não haviam sido descritas. O caráter descritivo da maior parte das obras de antropologia e a massa esmagadora de detalhes devem ser explicadas pela obsessão do antropólogo por averiguar os fatos antes que seja tarde demais.

A atitude científica tradicional é a de que o conhecimento constitui um fim em si mesmo. Muito há que dizer em favor desse ponto de vista. Provavelmente, as aplicações que se tornaram possíveis pela ciência pura foram mais ricas e mais numerosas porque os cientistas não reduziram os seus interesses aos campos que prometiam uma utilidade prática imediata. Entretanto, nestes tempos turbulentos, muitos cientistas preocupam-se também com a justificativa social de seu trabalho. Isso a que chamamos diletantismo científico realmente existe. É bom que uns poucos museus afortunados possam dar-se ao luxo de pagar a alguns homens, para que passem suas vidas entregues ao estudo intensivo de armaduras medievais, mas a vida de alguns antropólogos lembra realmente a de uma personagem de Aldous Huxley, que consagrou sua existência a escrever a história do garfo de três pontas. A sociedade não pode, num período como o presente, dar-se ao luxo de sustentar muitos especialistas em estudos altamente esotéricos, a menos que mostrem promessas de utilidade prática. Felizmente, o detalhado estudo dos povos primitivos se enquadra na categoria das coisas úteis.

Posso chegar à conclusão de que o conhecimento de comunidades urbanas como Cambridge, Massachusetts, é que é realmente necessário. Mas, na situação presente das ciências sociais, tenho diante de mim uma legião de dificuldades práticas. Em primeiro lugar, para fazer um trabalho completo, eu precisaria de mais colaboradores do que poderiam ser pagos dentro das condições atuais de custeio de pesquisas sobre o comportamento humano. Depois, teria de perguntar: em termos das interações humanas reais, onde termina Cambridge e onde começam Boston, Waterton e Somerville? Muitas pessoas que moram em Cambridge cresceram em diferentes partes dos Estados Unidos e em países estrangeiros. Eu correria sempre o risco de atribuir a condições existentes em Cambridge modos de comportamento que na realidade deveriam ser explicados como resultados da educação em lugares muito distantes. Finalmente, estaria tratando de dezenas de linhagens biológicas diferentes e de misturas entre elas. L. J. Henderson costumava dizer: "Quando vou a meu laboratório e tento uma experiência na qual há cinco ou seis incógnitas, às vezes consigo resolver o problema, se trabalhar o tempo necessário. Sei, porém, o bastante para nem sequer tentar, quando há vinte ou mais incógnitas."

Não quer isso dizer que seja inútil estudar Cambridge no momento atual. Longe disso. Certos pequenos problemas podem ser definidos, e obtidas respostas de elevado grau de validade. Alguma coisa de valor científico e prático poderia ser aprendida sobre as atividades da comunidade total. O problema não é indagar se o estudioso científico do homem deve trabalhar em nossa própria sociedade *ou* entre povos primitivos. É, mais do que isso, perguntar: isola o antropólogo, trabalhando num meio mais simples, certos fatores fundamentais que podem ser depois investigados de maneira mais eficiente no quadro complexo? As perguntas corretas a formular e as técnicas corretas para lhes obter as respostas podem ser descobertas com maior facilidade trabalhando-se em menores quadros, isto é, em sociedades mais homogêneas, que a civilização deixou para trás.

A sociedade primitiva é o que mais se aproxima das condições de laboratório que o estudioso do homem jamais pode ter a esperança de conseguir. Via de regra, tais grupos são pequenos, e podem ser intensivamente estudados por poucas pessoas, com despesas reduzidas. Em geral, acham-se bastante isolados, não sendo necessário levantar-se a questão de saber onde começa um sistema social e outro termina. Os membros do grupo viveram as suas vidas dentro de uma área reduzida e estiveram continuamente expostos à pressão das mesmas forças naturais. Tiveram uma educação quase idêntica. Todas as suas experiências têm muito mais coisas em comum do que ocorre com os membros de sociedades complexas. Os seus modos de vida são relativamente estáveis. Comumente, existe um elevado grau de cruzamento biológico interno, e por isso qualquer membro da sociedade, escolhido ao acaso, possui mais ou menos a mesma herança biológica de outro qualquer. Em suma, muitos fatores podem ser considerados mais ou menos constantes e o antropólogo tem liberdade para estudar minuciosamente algumas variáveis, com a real esperança de deslindar as relações entre elas.

Uma analogia tornará mais claro tudo isso. Até onde iriam hoje os nossos conhecimentos da fisiologia humana, se nos fosse dado estudar os processos fisiológicos apenas entre seres humanos? O fato de que teríamos sido bloqueados a cada volta é devido, em parte, às limitações humanitárias que costumamos opor ao uso de sêres humanos como cobaias, mas deve ser atribuído também à complexidade do organismo humano. As variáveis são tão numerosas que teria sido extremamente difícil isolar as decisivas, se não tivéssemos podido estudar os processos fisiológicos em organismos mais simples. Pôde-se mais facilmente isolar um reflexo numa rã, para em seguida estudá-lo com maiores complicações nos mamíferos mais simples. Depois de vencidas essas complexidades, foi possível passar com êxito aos macacos e outros símios e, por fim, à espécie humana. É este, naturalmente, o método essencial da ciência: o método de etapas sucessivas, o método de passar do conhecido ao desconhecido, do simples ao cada vez mais complexo.

As sociedades ágrafas representam os resultados finais de muitas experiências diferentes, levadas a cabo pela natureza. Grupos que conseguiram em grande parte viver a sua vida sem serem absorvidos pelas grandes civilizações do Ocidente e do Oriente nos mostram a variedade de soluções elaboradas pelos homens, para os perenes problemas humanos, e a variedade de significados atribuídos pelos povos a formas diferentes ou às mesmas formas culturais. À contemplação desse vasto quadro nos proporciona perspectiva e imparcialidade. Analisando os resultados dessas experiências, o antropólogo também nos fornece informações práticas sobre o que dá e o que não dá certo.

Grace de Laguna, que não é antropologista, resumiu de maneira luminosa as vantagens de uma visão de nós mesmos, do ângulo da antropologia:

Na verdade, é precisamente com relação aos padrões de vida e pensamento que os estudos íntimos dos povos primitivos têm lançado maiores luzes sobre a natureza humana do que todas as meditações dos sábios ou as penosas investigações dos cientistas de laboratório. Por um lado, mostraram de maneira concreta e vívida o parentesco universal da espécie humana, reconhecido de maneira abstrata pelos estóicos e aceito como um artigo de fé cristã; por outro lado, revelaram uma riqueza de diversidade humana e uma variedade de padrões e modos de sentir e de pensar até agora não imaginada. As horríveis práticas dos selvagens se mostraram ao estudo íntimo e sem preconceitos do etnólogo ao mesmo tempo mais surpreendentes e mais inteligíveis do que as haviam pintado as narrativas românticas. A compreensão maior do homem e a visão mais profunda da natureza humana, que tais estudos nos trouxeram, muito fizeram para abalar o nosso complacente juízo de nós mesmos e dos nossos feitos. Chegamos a suspeitar de que mesmo as nossas crenças mais profundas e as nossas convicções mais caras podem ser a expressão de um provincialismo inconsciente, da mesma forma que as fantásticas superstições do selvagem.

CAPÍTULO II

Costumes Estranhos

Por que os chineses não gostam do leite e dos seus derivados? Por que os japoneses morrem sem hesitação num ataque "Banzai" que parece insensato aos americanos? Por que algumas nações fixam a descendência pela linha paterna, outras pela materna, outras ainda por ambos os pais? Não porque diferentes povos tenham diferentes instintos; não porque Deus ou a fatalidade os haja destinado a ter diferentes hábitos; não porque o clima seja diferente na China, no Japão e nos Estados Unidos. Às vezes, o penetrante senso comum tem uma resposta que se acha próxima da dos antropólogos: "Porque foram criados assim." Por "cultura", antropologia entende a vida total de um povo, a herança social que o indivíduo adquire de seu grupo. Ou pode a cultura ser considerada como aquela parte do ambiente que o próprio homem criou.

Esse termo técnico tem um sentido mais amplo que a "cultura" da história e da literatura. Uma humilde caçarola de cozinha é um produto cultural tanto quanto uma sonata de Beethoven. Na linguagem comum, um homem de cultura é um homem capaz de falar línguas diferentes da sua, que conhece a história, a literatura, a filosofia ou as belas artes. Em certos círculos intelectuais, a definição é ainda mais estreita. A pessoa culta é aquela capaz de falar de James Joyce, Scarlatti e Picasso. Para o antropólogo, entretanto, pertencer ao gênero humano é ter cultura. Existe a cultura em geral e existem as culturas específicas tais como a russa, a americana, a britânica, a hotentote, a incaica. A idéia geral abstrata serve para nos lembrar que não podemos explicar os atos exclusivamente em função das propriedades biológicas dos povos em causa, de sua experiência individual no passado e da situação imediata. A experiência anterior de outros homens, em forma de cultura, participa em quase todos os acontecimentos. Cada cultura específica constitui uma espécie de plano para todas as atividades da vida. Uma das particularidades interessantes dos seres humanos é a de que procuram compreender a si mesmos e ao seu próprio comportamento. Embora isso tenha sido particularmente verdadeiro com relação aos europeus, em tempos recentes, não há grupo algum que não tenha elaborado um esquema ou vários esquemas para explicar as ações do homem. À insistente indagação humana, "por quê?", o esclarecimento mais excitante que a antropologia pode oferecer é o do conceito de cultura. A sua importância como explicação é comparável a categorias tais como a evolução, na biologia, a gravidade, na física, a enfermidade, na medicina. Uma boa parte do comportamento humano pode ser compreendida e até mesmo prevista, se conhecermos o sistema de vida de um povo. Muitos atos não são nem acidentais, nem devidos a peculiaridades pessoais, nem causados por forças sobrenaturais, nem simplesmente misteriosos. Mesmo, aqueles que, dentre nós, se orgulham do seu próprio individualismo, seguem na maior parte do tempo um padrão de conduta que não traçaram. Escovamos os dentes ao levantar. Vestimos calças — e não uma tanga ou um saiote de ervas. Fazemos três refeições por dia — e não quatro, nem cinco, nem duas. Dormimos numa cama — e não numa rede ou numa pele de carneiro. Não é preciso que eu conheça o indivíduo e a história de sua vida para poder predizer essas e outras incontáveis regularidades, inclusive muitas do processo de pensamento, de todos os norte-americanos que não se acham encarcerados em prisões ou hospitais de dementes.

Para a mulher americana, um sistema de casamento com mais de uma esposa parece "instintivamente" abominável. Ela não é capaz de compreender que qualquer mulher deixe de se mostrar enciumada e incomodada, se é obrigada a dividir seu marido com outra mulher. Julga "antinatural" aceitar semelhante situação. Por outro lado, uma mulher *Koryak* da Sibéria, por exemplo, teria dificuldades em compreender como uma mulher pode ser tão egoísta e tão pouco desejosa de ter em casa companhia feminina, a ponto de querer limitar seu marido a uma só esposa.

Há alguns anos, conheci em Nova York um jovem que não falava uma palavra de inglês e estava evidentemente perplexo com os costumes americanos. Pelo "sangue", era tão americano como qualquer outro, pois seus pais eram de Indiana e tinham ido para a China como missionários. Órfão desde a infância, fora criado por uma família chinesa numa aldeia perdida. Todos os que o conheceram o acharam mais chinês do que americano. O fato de ter olhos azuis e cabelos claros impressionava menos que o andar chinês, os movimentos chineses dos braços e das mãos, a expressão facial chinesa, e os modos chineses de pensamento. A herança biológica era americana, mas a formação cultural fora chinesa. Êle voltou para a China.

Outro exemplo, de outra natureza: certa vez, conheci a esposa de um comerciante de Arizona que tinha um prazer algo diabólico em produzir reações culturais. Servia aos seus convidados, não raro, deliciosos sanduíches recheados com uma carne que não parecia nem de frango nem de atum, mas que vagamente lembrava as duas. Quando lhe faziam perguntas, não dava resposta alguma, até que cada um houvesse comido a sua porção. Explicava então que o que tinham comido não era frango, nem atum, mas a carne branca e suculenta de cascavéis recentemente mortas. A reação era imediata: acessos de vômitos, não raro violentos. Um processo biológico é envolvido numa trama cultural.

Uma professora muito inteligente, com uma experiência longa e feliz nas escolas públicas de Chicago, terminava seu primeiro ano numa escola para índios. Quando lhe perguntaram qual a relação entre a inteligência de seus alunos navajos e dos jovens de Chicago, ela respondeu: "Na verdade, não sei. Às vezes, os índios parecem ter o mesmo brilhantismo. Noutras ocasiões, agem como se fossem animais obtusos. Certa noite, demos um baile na escola secundária. Vi um dos melhores alunos de minhas aulas de inglês afastado num canto. Por isso, levei-o a uma bela jovem e lhes disse que fossem dançar, mas os dois ficaram parados, de cabeça baixa, e nem sequer trocaram palavras." Perguntei se a professora sabia se não pertenciam, por acaso, ao mesmo clã. "Que diferença faria isso?"

"Que pensaria a senhora se tivesse de ir para a cama com seu irmão?" A professora afastou-se, ofendida, mas, na verdade, os dois casos eram perfeitamente comparáveis em princípio. Para o índio, o tipo de contacto corporal necessário em nossas danças sociais tem uma conotação diretamente sexual. Os tabus de incesto entre membros do mesmo clã são tão severos como se fôssem verdadeiros irmãos e irmãs. A vergonha dos índios ante a sugestão de que irmãos de clã fôssem dançar e a indignação da professora branca ante a idéia de partilhar da cama de um irmão adulto representam reações igualmente irracionais — o irracional culturalmente padronizado.

Nada disso quer dizer que não exista o que chamamos natureza humana em bruto. O próprio fato de que algumas das mesmas instituições podem ser encontradas em todas as sociedades conhecidas indica que, no fundo, todos os seres humanos são muito parecidos. Os arquivos das pesquisas de camadas culturais em profundidade [3], da Universidade de Yale são organizados de acordo com categorias tais como "cerimônias nupciais", "ritos de crise na vida", "tabus de incesto". Pelo menos setenta e cinco dessas categorias estão representadas em cada uma das centenas de culturas analisadas. Tal coisa não chega a ser motivo de surprêsa. Os membros de todos os grupos humanos possuem mais ou menos o mesmo equipamento biológico. Todos os homens passam pelas mesmas pungentes experiências de vida, tais como o nascimento, a debilidade, a enfermidade, a velhice e a morte. As potencialidades biológicas das espécies são os blocos com que se constróem as culturas. Alguns dos padrões de tôdas as culturas se cristalizam ao redor de pontos de convergência fornecidos pelos elementos inevitáveis da biologia: a diferença entre os sexos, a presença de pessoas de diferentes idades, a variada perícia e fôrça física dos indivíduos. Os fatos da natureza limitam também as formas da cultura. Nenhuma cultura oferece padrões para saltar sobre as árvores ou comer minério de ferro.

Não existe, portanto, uma alternativa entre a natureza e aquela forma especial de formação a que chamamos cultura. O determinismo cultural é tão unilateral quanto o determinismo biológico. Os dois fatores são interdependentes. A cultura tem sua origem na natureza humana, e as suas for-

(3) No original, *Cross-Cultural Survey*. — N. do T.

mas são restringidas pela biologia do homem tanto quanto pelas leis naturais. É igualmente verdadeiro que a cultura canaliza os processos biológicos — o vômito, o choro, o desmaio, a esternutação, os hábitos diários de ingerir alimentos e eliminar os resíduos. Quando o homem come, está reagindo a um "impulso" interno, vale dizer, às contrações da fome em conseqüência da redução do açúcar no sangue, mas a sua reação precisa a esses estímulos internos não pode ser prevista apenas pelo conhecimento fisiológico. O fato de um adulto de boa saúde ter fome duas, três ou quatro vezes por dia, e as horas em que esta sensação ocorre, são uma questão de cultura. O *que* ele come está evidentemente limitado pelas disponibilidades, *mas* também, em parte, regulado pela cultura. É um fato biológico o de que certos tipos de bagas são venenosas; é um fato cultural o de que, há algumas gerações, a maior parte dos americanos considerava os tomates venenosos e recusava comê-los. Esse uso seletivo e discriminado do ambiente é caracteristicamente cultural. Num sentido ainda mais geral, ademais, o processo de comer é orientado pela cultura. O fato de um homem comer para viver, viver para comer, ou simplesmente comer e viver é uma questão individual apenas em parte, pois também entram em jogo tendências culturais. As emoções são acontecimentos fisiológicos. Certas situações evocarão o mêdo em pessoas de qualquer cultura. Mas as sensações de prazer, de cólera e de luxúria podem ser estimuladas por fatores culturais que deixariam impassível alguém que tivesse sido criado numa tradição social diferente.

Exceto no caso de recém-nascidos ou de indivíduos que nasceram com anormalidades estruturais ou funcionais bem definidas, só podemos observar as inclinações naturais depois de modificadas pela formação cultural. Num hospital do Novo México onde nascem índios *Zuñi* e navajos, e brancos americanos, é possível classificar os bebês recém-nascidos como extremamente ativos, medianamente ativos e tranqüilos. Alguns bebês de cada grupo "racial" enquadrar-se-ão dentro de tôdas as categorias, embora uma proporção maior dos bebês brancos seja incluída na classe extremamente ativa. Mas, se um bebê navajo, um *Zuñi* e um branco — todos classificados como extremamente ativos ao nascer, — forem de novo observados aos dois anos de idade, o *Zuñi* não mais parecerá inclinado a uma atividade ágil e incansável, *em comparação com a criança branca,* embora assim possa parecer quando comparado com os outros *Zuñis* da mesma idade. O navajo provavelmente cairá no grupo intermediário, em contraste com o *Zuñi* e o branco, embora provavelmente pareça ainda mais ativo que o comum das crianças navajas.

Já foi assinalado por muitos observadores, nos centros japoneses de reintegração, que os japoneses nascidos e criados nos Estados Unidos, especialmente os criados longe de qualquer grande colônia japonesa, têm um comportamento que lembra o dos seus vizinhos brancos, muito mais que o de seus próprios pais, que foram educados no Japão.

Afirmei que "a cultura canaliza os processos biológicos". É mais exato dizer que o funcionamento biológico dos indivíduos é modificado caso tenham sido educado de uma e não de outra maneira". A cultura não é uma força dispersa. É criada e transmitida pelas pessoas. Entretanto, assim como conhecidos conceitos das ciências físicas, a cultura é uma abstração vantajosa. Ninguém vê a gravidade. Vêem-se corpos que caem de maneiras regulares. Ninguém vê um campo eletromagnético. Ainda assim, certos acontecimentos que se podem ver podem ser objeto de uma formulação clara e abstrata, pela suposição de que o campo eletromagnético existe. Analogamente, ninguém vê a cultura como tal. O que se vê são as regularidades de comportamento ou os artefactos de um grupo que se apegou a uma tradição comum. As regularidades de estilo e de técnica das antigas tapeçarias dos incas ou os machados de pedra das ilhas da Melanésia são resultados da existência de planos mentais para o grupo.

A cultura é um *modo* de pensar, sentir e acreditar. É o conhecimento do grupo armazenado (na memória dos homens; nos livros e nos objetos) para uso futuro. Estudamos os produtos dessa atividade "mental": o comportamento exterior, a fala, os gestos e as atividades das pessoas, e os resultados palpáveis de coisas tais como instrumentos, casas, plantações de milho e seja o que for. Nas listas de "traços culturais", tem sido costumeiro incluir coisas tais como relógios ou livros de direito. Trata-se de uma maneira cômoda de pensar nessas coisas, mas, na solução de qualquer problema importante, devemos recordar que, em si mesmas, não passam de metais, papel e tinta. O importante é que alguns homens saibam a maneira de usá-las, outros de fixar-lhes um valor, de sentir-se infelizes sem elas, de dirigir suas atividades em relação a elas ou de prescindir delas.

Usamos apenas de um atalho útil, quando dizemos que "os padrões culturais dos zulus eram resistentes à cristianização". No mundo diretamente observável, evidentemente, o indivíduo zulu é que oferecia resistência. Mesmo assim, se não esquecermos que estamos falando num elevado grau de abstração, é admissível que mencionemos a cultura como se fosse uma causa. Podemos comparar isso ao costume de dizer que "a sífilis causou a extinção da população nativa da ilha". Foi a "sífilis", foram "os germes da sífilis" ou foram "os seres humanos que veicularam a sífilis"?

"Cultura" é, pois, "uma teoria". Se, porém, uma teoria não é refutada por qualquer fato importante e se nos ajuda a compreender uma infinidade de fatos que de outra maneira seriam caóticos, essa teoria é útil. A contribuição de Darwin foi muito menos a acumulação de conhecimento novos que a criação de uma teoria que pôs em ordem os dados já conhecidos. Uma acumulação de fatos, por maior que seja, não constitui ciência assim como uma pilha de tijolos não constitui uma casa. A demonstração feita pela antropologia, de que o mais estranho conjunto de costumes tem uma ordem e uma consistência, é comparável à prova dada pela psiquiatria moderna, de que existe um significado e um objetivo no falar aparentemente incoerente dos dementes. Na verdade, a incapacidade das psicologias e filosofias antigas de explicar o comportamento estranho dos loucos e dos pagãos foi o principal fator que obrigou a psiquiatria e a antropologia a elaborar teorias do inconsciente e da cultura.

Como a cultura é uma abstração, é importante não confundir cultura com sociedade. Uma "sociedade" subentende um grupo de pessoas que se interessam mais umas pelas outras do que o fazem por outros indivíduos — que cooperam entre si para alcançar determinados fins. É possível ver e até mesmo contar os indivíduos que constituem uma sociedade. Uma "cultura" diz respeito aos diferentes modos de vida de tal grupo de pessoas. Nem todos os acontecimentos sociais se encontram sujeitos a padrões culturais. Surgem novos tipos de circunstâncias, para os quais não se imaginaram ainda soluções culturais.

A cultura constitui o armazém dos conhecimentos reunidos pelo grupo. Um coelho começa a viver já de posse de algumas reações inatas. É capaz de aprender pela própria experiência e talvez pela observação de outros coelhos. Uma criatura humana nasce com instintos menos numerosos e maior plasticidade. Sua principal tarefa é aprender as respostas elaboradas por pessoas que jamais verá, pessoas já há muito desaparecidas. Uma vez que tenha aprendido as fórmulas fornecidas pela cultura de seu grupo, a maior parte do seu comportamento se torna quase tão automático quanto se fosse instintivo. Há uma quantidade tremenda de inteligência na fabricação de um rádio, mas não é tanta a necessária para aprender a ligá-lo.

Os membros de todas as sociedades fazem face a alguns dos mesmos inevitáveis dilemas apresentados pela biologia e por outros fatos da situação humana. É por isso que as categorias básicas de todas as culturas se mostram tão semelhantes. Não é concebível uma cultura humana sem linguagem. Nenhuma cultura deixa de atender à necessidade de manifestação e de prazer estético. Toda cultura proporciona orientações padronizadas ante os mais profundos problemas, como a morte. Tôda cultura é destinada a perpetuar o grupo e sua solidariedade, a atender à demanda, da parte dos indivíduos, de um modo de vida ordenado e da satisfação das necessidades biológicas.

Entretanto, as variações desses temas básicos são inumeráveis. Algumas línguas são constituídas de vinte sons básicos, outras de quarenta. Os batoques de nariz eram considerados elegantes pelos egípcios pré-dinásticos, mas não o são pelos franceses modernos. A puberdade é um fato biológico. Entretanto, uma cultura a ignora, outra prescreve instruções informais a respeito do sexo mas nenhuma cerimônia, uma terceira possui ritos impressionantes apenas para as meninas, uma quarta para meninos e meninas. Nesta cultura, a primeira menstruação é recebida como um acontecimento natural e feliz; naquela outra, a atmosfera é cheia de temor e de ameaças sobrenaturais. Cada cultura analisa a natureza segundo o seu próprio sistema de categorias. Os índios navajos aplicam a mesma palavra à cor de um ovo de pintarroxo e à da grama. Certa vez, um psicólogo supos que isso denunciava uma diferença nos órgãos sensoriais e que os navajos não possuíam o equipamento fisiológico para distinguir "verde" de "azul". Entretanto, quando lhes mostrou objetos das duas cores e lhes perguntou se eram exatamente da mesma cor, olharam para ele com espanto. Seu sonho de descobrir um novo tipo de daltonismo estava feito em pedaços.

Toda cultura tem de se ocupar com o instinto sexual. Algumas, porém, procuram coibir toda manifestação sexual antes do casamento, ao passo que um adolescente polinésio que não fôsse promíscuo seria considerado nitidamente anormal. Algumas culturas impõem a monogamia pela vida inteira, outras, como a nossa, toleram a monogamia seriada; noutras culturas ainda, duas ou mais mulheres podem ser unidas a um homem, ou vários homens a uma só mulher. O homossexualismo era uma pauta admitida no mundo greco-romano, em certas partes do Islã e em várias tribos primitivas. Grandes parcelas da população do Tibete e da cristandade, em certos lugares e períodos, têm praticado o celibato absoluto. Para nós, o casamento é, antes de mais nada, um acôrdo entre dois indivíduos. Em muitas outras sociedades, o casamento é apenas um fato, dentro de um complicado conjunto de reciprocidades, econômicas e de outra natureza, entre duas famílias ou dois clãs.

A essência dos processos culturais é a seletividade. A seleção só excepcionalmente se faz de maneira consciente e racional. As culturas são como Topsy: crescem, simplesmente. Todavia, logo que um modo de enfrentar dada situação se torna institucionalizado, costuma haver grande resistência às transformações ou desvios. Quando falamos de "nossas sagradas crenças", queremos dizer, sem dúvida, que estão acima de qualquer crítica e que a pessoa que sugere a sua modificação ou abandono deve ser castigada. Ninguém é emocionalmente indiferente à sua cultura. Certas premissas culturais podem vir a se achar em inteiro desacôrdo com uma nova situação de fato. Os líderes podem reconhecer esse fato e, em teoria, rejeitar as maneiras antigas. Entretanto, a sua fidelidade emocional permanece frente à razão, por causa dos condicionamentos íntimos da primeira infância.

Os indivíduos aprendem determinada cultura em conseqüência de pertencerem a determinado grupo particular, e essa cultura constitui aquela parte do comportamento aprendido que é partilhada com os demais. É a nossa herança social, em contraste com a nossa herança orgânica. É um dos fatores importantes que nos permitem viver juntos numa

sociedade organizada, fornecendo-nos soluções prontas aos nosso problemas, ajudando-nos a prever o comportamento dos outros e permitindo que os outros saibam o que esperar de nós.
A cultura regula as nossas vidas em todas as circunstâncias. Desde o momento em que nascemos, até morrermos, existe, quer tenhamos consciência disso, quer não, uma pressão constante, que nos leva a adotar certos tipos de comportamento que outros homens criaram para nós. Seguimos sem hesitar alguns caminhos; seguimos outros porque não conhecemos alternativas; noutros ainda, nos desviamos ou voltamos com má vontade extrema. As mães de crianças pequenas sabem como é antinatural a maneira de chegarem a nós quase todas essas coisas — a pouca atenção que damos, enquanto não fomos "culturalizados", ao lugar, à hora e à maneira "mais apropriada" de praticar certos atos tais como comer, excretar, dormir, ficar sujos e produzir grande bulha. Todavia, adotando em grau maior ou menor um sistema de desígnios correlatos para a realização de todos os atos da vida, um grupo de homens e de mulheres sente-se ligado por uma poderosa cadeia de sentimentos. Ruth Benedict deu uma definição quase completa do conceito, quando disse: "A cultura é aquilo que une os homens."

É verdade que qualquer cultura é um conjunto de técnicas de ajustamento tanto ao ambiente exterior quanto aos outros homens. Entretanto, a cultura, assim como os resolve, também cria problemas. Se as lendas de um povo afirmam que as rãs são criaturas perigosas ou que não é conveniente sair à noite por causa de bruxas ou fantasmas, interpõem-se ameaças que não decorrem dos fatos inexoráveis do mundo exterior. As culturas produzem necessidades ao mesmo tempo que proporcionam um meio de satisfazê-las. Existem, para cada grupo culturalmente definido, impulsos adquiridos que podem ser mais poderosos na vida quotidiana habitual do que os impulsos biológicos inatos. Muitos americanos, por exemplo, trabalharão mais duramente em vista do "êxito" do que o farão em vista da satisfação sexual.

Quase todos os grupos levam a elaboração de certos aspectos de sua cultura muito além da sua utilidade máxima ou do seu valor de sobrevivência. Noutras palavras, nem todas as culturas promovem a sobrevivência física. Em certas ocasiões, aliás, fazem exatamente o contrário. Muito depois de terem perdido a sua utilidade, aspectos da cultura que outrora serviram à adaptação podem o persistir. Uma análise de qualquer cultura revelará numerosos traços que não podem de modo nenhum ser interpretados como adaptações ao ambiente total em que o grupo se acha agora. Entretanto, é perfeitamente admissível que essas características aparentemente inúteis representem sobrevivências, com modificações através do tempo, de formas culturais que serviam como meios de adaptação, numa ou noutra situação passada.

Qualquer prática cultural há de ser funcional, ou desaparecerá antes de muito tempo. Isto é, terá de contribuir de algum modo para a sobrevivência da sociedade ou para o ajustamento do indivíduo. Contudo, muitas manifestações culturais são latentes, e não manifestas. Um *cowboy* caminhará três milhas para pegar um cavalo, para depois montá-lo e cavalgar uma milha até o armazém. Do ponto de vista da função manifesta, tal coisa é positivamente irracional. Mas o ato tem a função latente de manter o prestígio do *cowboy* em função de sua própria subcultura. Podem-se citar os botões da manga de um paletó de homem, a absurda ortografia da língua inglesa, o uso de letras maiúsculas e uma infinidade de outros costumes aparentemente não funcionais. Servem eles principalmente à função latente de ajudar os indivíduos a conservarem a sua segurança, conservando a continuidade com o passado e tornando familiares e previsíveis certos setores da vida.

Toda cultura é um precipitado de história. Em mais de um sentido, a História é uma peneira. Cada cultura abrange aqueles aspectos do passado que, geralmente de forma alterada e com significados alterados, perduram no presente. Os descobrimentos e invenções, quer materiais, quer ideológicos, estão sendo constantemente postos ao alcance de um grupo, graças aos seus contactos históricos com outros povos, ou estão sendo criados por seus próprios membros. Todavia, somente aqueles que se adaptam à situação total imediata, satisfazendo às necessidades de sobrevivência do grupo ou promovendo o ajustamento psicológico dos indivíduos, passarão a fazer parte da cultura. O processo de criação de cultura pode ser considerado como um acréscimo às inatas capacidades biológicas do homem, um acréscimo que proporciona os instrumentos que ampliam ou podem mesmo substituir as funções biológicas e, em certo grau, compensa as limitações biológicas — como ao assegurar que a morte não resultará sempre na perda, para a humanidade, do que o falecido aprendera.

A cultura é como um mapa. Tal como um mapa não é um território, mas uma representação abstrata de uma região em particular, assim também uma cultura é uma descrição abstrata de tendências para a uniformidade nas palavras, nos feitos e nos artefactos de um grupo humano. Quando um mapa é exato e se sabe interpretá-lo, não se ficará perdido; se conhecermos uma cultura, saberemos o caminho a seguir na vida de uma sociedade.

Muitas pessoas educadas acreditam que a palavra cultura só se aplica a modos exóticos de vida ou a sociedades onde predominam uma relativa simplicidade e homogeneidade. Por exemplo, certos missionários eruditos usarão o conceito antropológico para discutir as maneiras especiais de vida dos habitantes das ilhas dos Mares do Sul, mas se mostram surpreendidos ante a idéia de que esse conceito poderia ser igualmente aplicado aos habitantes da cidade de Nova York. E os assistentes sociais de Boston falarão da cultura de um colorido e compacto grupo de imigrantes, mas hesitarão em aplicar o termo ao comportamento do pessoal do próprio órgão de serviço social.

Na sociedade primitiva, a correspondência entre os hábitos dos indivíduos e os costumes da comunidade é geralmente maior. Provavelmente, haverá alguma verdade no que disse uma vez um velho índio: "Nos velhos tempos não havia leis; todos faziam o que era correto." O primitivo tende a encontrar felicidade no cumprimento de padrões culturais complicadamente intricados; o moderno, mais freqüentemente, tende a julgar o padrão como restritivo à sua individualidade. É verdade também que, numa sociedade complexa estratificada, há numerosas exceções às generalizações feitas a respeito da cultura como um todo. É necessário estudar as subculturas regionais, ocupacionais e de classe. As culturas primitivas têm estabilidade maior que as culturas modernas; alteram-se, porém menos rapidamente.

Entretanto, os homens modernos são também criadores e transmissores de cultura. Só em alguns aspectos é a influência que sofrem da cultura diferente da sofrida pelos primitivos. Ademais, há variações tão amplas nas culturas primitivas que qualquer contraste absoluto entre o primitivo e o civilizado é inteiramente fictício. A distinção mais geralmente verdadeira é a que se acha no terreno da filosofia consciente.

A publicação do livro de Paul Radin, *Primitive Man as a Philosopher*, muito contribuiu para destruir o mito de que a análise abstrata da experiência era uma peculiaridade das sociedades letradas. A especulação e a reflexão sobre a natureza do universo e o lugar do homem no quadro geral das coisas têm sido feitas em todas as culturas conhecidas. Todo povo possui seu grupo característico de "postulados primitivos". Permanece sendo verdadeiro que o exame crítico das premissas básicas e a sistematização inteiramente explícita de conceitos filosóficos raramente se encontram nos níveis ágrafos. A palavra escrita é quase uma condição essencial da discussão livre e ampla de problemas filosóficos fundamentais. Onde existe a dependência da memória, parece haver uma inevitável tendência a realçar a perpetuação correta da preciosa tradição oral. Pela mesma forma, embora seja muito fácil subestimar a extensão a que as idéias se propagam sem livros, em geral é verdadeiro que as sociedades tribais ou tradicionais não possuem sistemas filosóficos em conflito. A mais importante exceção a essa afirmação é, sem dúvida, o caso em que uma parte da tribo vem a se converter a uma das grandes religiões proselitistas, tais como o cristianismo ou o maometismo. Antes de ter contacto com civilizações poderosas e ricas, os povos primitivos parecem ter absorvido novas idéias, de uma forma fragmentária, integrando-as lentamente com a ideologia anteriormente existente. O pensamento abstrato das sociedades ágrafas costuma ser menos autocrítico, menos sistemático, não tão intricadamente complicado em dimensões puramente lógicas. O pensamento primitivo é mais concreto, mais implícito — talvez mais completamente coerente do que a filosofia da maior parte dos indivíduos que, em sociedades maiores, foram durante longos períodos influenciados por correntes intelectuais díspares.

Nenhum participante de qualquer cultura conhece todos os detalhes do mapa cultural. A afirmação freqüentemente ouvida de que Santo Tomás de Aquino foi o último homem a dominar todo o conhecimento de sua sociedade é intrinsecamente absurda. Santo Tomás teria tido dificuldade em colocar os vitrais de uma catedral ou em fazer as vezes de parteira. Em toda cultura, existe o que Ralph Linton chamou de "universais, alternativas e especialidades". No século XIII, todo cristão sabia que era necessário ouvir missa, ir à confissão, pedir à Mãe de Deus intercessão junto de seu Filho. Havia muitos outros universais na cultura cristã da Europa Ocidental. Entretanto, havia também padrões culturais alternativos, mesmo no domínio da religião. Cada indivíduo tinha o seu próprio santo padroeiro e diferentes cidades desenvolveram o culto de diferentes santos. O antropólogo do século XIII poderia ter descoberto os rudimentos da prática cristã interrogando e observando quem quer que por acaso conhecesse, na Alemanha, na França, na Itália ou na Inglaterra. Mas, para descobrir detalhes das cerimônias em honra de Santo Humberto ou de Santa Brígida, teria sido obrigado a procurar certos indivíduos de localidades determinadas, onde eram praticados esses padrões alternativos. Análogamente, não poderia aprender tecelagem com um soldado profissional nem direito canônico com um agricultor. O conhecimento cultural dessa natureza pertence ao domínio das especialidades, voluntariamente escolhidas pelo indivíduo ou a ele atribuídas pelo nascimento. Assim, parte de uma cultura precisa ser aprendida por todos, parte pode ser escolhida dentre padrões alternativos, parte apenas se aplica àqueles que desempenham na sociedade os papéis para os quais esses padrões se destinam.

Muitos aspectos de uma cultura são explícitos. A cultura explícita consiste naquelas regularidades de palavra e de ação que podem ser generalizadas diretamente, a partir da evidência dada pelos ouvidos e pelos olhos. Reconhecer isso é como reconhecer o estilo na arte de um determinado lugar e época. Depois de termos examinado vinte espécimes das imagens de santos feitas de madeira, no vale do Taos, no Novo México, em fins do século XVIII, podemos prever que tôdas as novas imagens oriundas da mesma localidade e do mesmo período apresentarão, na maioria dos seus aspectos, as mesmas técnicas de entalhe, mais ou menos o mesmo uso das côres, a mesma escolha de madeiras e uma qualidade parecida de concepção artística. De maneira análoga, se analisarmos, numa sociedade de 2 000 membros, 100 casamentos ao acaso, e verificarmos que em 30 casos um homem desposou a irmã da esposa de seu irmão, podemos antecipar que uma nova amostra de 100 casamentos mostrará mais ou menos o mesmo número de casos daquele padrão.

O que se disse acima é um exemplo do que os **antropologistas chamam padrão de comportamento**, as práticas em oposição às regras da cultura. Entretanto, existem também regularidades no que o povo diz que faz ou que deve fazer. Na realidade, tendem a preferir casar-se dentro de uma família já ligada à sua pelo casamento, mas isso não é, necessariamente, parte do código oficial de conduta. Nenhuma forma de reprovação é feita àquelas que preferem outro tipo de casamento. Por outro lado, é explicitamente proibido casar-se com um membro do próprio clã, mesmo que não se possam encontrar vestígios de qualquer parentesco biológico. Trata-se de um padrão regulador — um Farás Isto ou um Não Farás Aquilo. Mesmo que tais padrões possam vir a ser freqüentemente violados, a sua existência é importante. Os padrões de conduta e crença de um povo definem os objetivos socialmente aprovados e os meios aceitáveis de alcançá-los. Quando a discrepância entre a teoria e a prática de uma cultura é excepcionalmente grande, isto indica que a cultura está passando por uma rápida transformação. Não prova que os ideais sejam desprovidos de importância, pois os ideais representam apenas um dentre numerosos fatores determinantes da ação.

As culturas não se manifestam exclusivamente nos costumes e nos artefactos observáveis. Por mais que se interrogue qualquer deles, exceto os mais articulados nas culturas mais conscientes de si mesmas, não se descobrirão algumas das atitudes básicas comuns aos membros do grupo. Tal se dá porque essas suposições básicas são consideradas tão naturais que normalmente não penetram no consciente. Essa parte do mapa cultural há de ser inferida, pelo observador, com base nas coerências de pensamento e de ação. Missionários, em várias sociedades, muitas vezes se mostram atrapalhados ou intrigados porque os nativos não consideram as expressões "moral" e "normas sexuais" como quase sinônimas. Os nativos parecem sentir que a moral diz tanto respeito ao sexo quanto à alimentação — nem mais, nem menos. Nenhuma sociedade deixa de ter algumas restrições quanto ao comportamento sexual, mas a atividade sexual fora do casamento não precisa ser necessariamente furtiva ou acompanhada de sentimentos de culpa. A tradição cristã se tem inclinado a supor que o sexo é inerentemente indecente assim como perigoso. Outras culturas consideram o sexo em si mesmo não apenas natural, mas uma das boas coisas da vida, muito embora sejam proibidos os atos sexuais com certas pessoas, sob certas circunstâncias. Isso é cultura implícita, pois os nativos não anunciam as suas premissas. Os missionários lograriam melhores resultados se com efeito dissessem: "Veja: nossa moralidade parte de suposições muito diferentes. Vamos falar dessas suposições", em vez de falar de "imoralidade".

Um fator implícito numa variedade de fenômenos diversos pode ser generalizado como um princípio cultural básico. Por exemplo, os índios navajos sempre deixam por terminar parte do desenho num vaso, uma cesta ou uma manta. Quando um curandeiro instrui um aprendiz, sempre deixa por contar um pouco da história. Esse "medo de conclusão" é um tema que se repete na cultura navajo. Sua influência pode ser percebida em numerosos contextos que não têm nenhuma relação explícita.

Para que se compreenda corretamente o comportamento cultural, é necessário estabelecer as categorias e os pressupostos que constituem a cultura implícita. O "esforço para a coerência", que Sumner observou nos *folkways*[4] e costumes de todos os grupos, só pode ser levado em conta se admitirmos a existência de um conjunto de temas implícitos sistematicamente inter-relacionados. Por exemplo, na cultura americana os temas de "esforço e otimismo", "o homem comum", "tecnologia" e "materialismo virtuoso" têm uma interdependência funcional, cuja origem é històricamente conhecida. A relação entre os temas pode ser de conflito. Podemos citar a competição entre a teoria da democracia, de Jefferson, e o "governo dos ricos, dos bem-nascidos e dos capazes", de Hamilton. Noutros casos, a maior parte dos temas pode estar integrada sob um tema dominante único. Nas culturas negras da África Ocidental, a principal fonte da vida social é a religião; na África Oriental, quase todo o comportamento cultural parece estar orientado para certas premissas e cate-

(4) Seria tolice tentar traduzir o termo *folkways* que, longe de designar as "tradições" de um povo, refere-se ao conjunto de modos de pensar, de agir e de sentir comuns a todos os membros de um grupo social. Não foi sem razão que a tradutora brasileira do livro de W. G. Sumner preferiu conservar na sua versão o título original (Cf. W. G. Sumner, *Folkways* [trad. de Lavínia Costa Vilela, São Paulo, 1950].) — N. do T.

gorias cujo centro é a economia pastoril. Se existe um princípio fundamental na cultura implícita, é ele muitas vezes chamado o "ethos" ou *Zeitgeist* [5].
Toda cultura tem organização bem como conteúdo. Nada de místico se contém nessa afirmação. É possível comparar experiências ordinárias. Se sei que Pedro, trabalhando sozinho, pode padejar dez jardas cúbicas de lixo num dia, que João pode doze e José quatorze, seria tolice prever que os três, trabalhando juntos, padejariam trinta e seis. O total bem poderia ser consideravelmente maior; ou poderia ser menor. Um todo é diferente da soma das suas partes. O mesmo princípio é bem conhecido das equipes atléticas. Um brilhante centro-avante introduzido num onze pode significar um troféu ou pode significar a "lanterna": o resultado dependerá de como se adaptar à equipe.

E assim também ocorre com as culturas. Uma simples lista de padrões comportamentistas e reguladores e dos temas e categorias implícitas seria como um mapa em que tôdas as montanhas, todos os lagos e rios estivessem incluídos, não, porém, em sua relação mútua verdadeira. Duas culturas poderiam ter inventários quase idênticos e ainda assim ser extremamente diferentes. O pleno significado de qualquer elemento isolado num traçado cultural só será percebido quando aquele elemento for visado no esquema total das suas relações com os demais elementos. Naturalmente, isso implica acentuação ou ênfase, bem como posição. A acentuação às vêzes é evidenciada pela freqüência, às vezes pela intensidade. A indispensável importância dessas questões de disposição e ênfase pode ser facilmente compreendida por uma analogia. Consideremos uma seqüência musical composta de três notas. Se formos informados de que as três notas em questão são o lá, o si e o sol, recebemos uma informação que é fundamental. Não nos bastará, porém, para prever o tipo de sensação que provavelmente provocará o tocar essa seqüência. Precisamos de muitas espécies diferentes de dados de relação. Deverão ser as notas tocadas naquela ou numa outra ordem? Que duração terá cada uma delas? Como será distribuído o acento, se houver? Precisamos, decerto, também de saber se o instrumento usado será um piano ou um acordeão.

(5) Palavra alemã que significa "do espírito do tempo" e designa o estado geral, cultural ou moralmente, ou a tendência da cultura e o gosto característico de uma época. — N. do T.

As culturas variam extremamente no seu grau de integração. Consegue-se a síntese em parte pela exposição franca das concepções, suposições e aspirações dominantes do grupo nas suas tradições religiosas, no seu pensamento cultural e no seu código de ética; em parte pelos modos habituais mas inconscientes de encarar a corrente dos acontecimentos, pelas maneiras de formular certas perguntas. Para o ingênuo participante da cultura, esses modos de categorizar, de dissecar a experiência por estes e não por outros planos, são tão "dados" como a seqüência de dia e noite ou como a necessidade de ar, água e alimento para a vida. Se os americanos não tivessem pensado em termos de dinheiro e do sistema do mercado, durante a depressão, antes de os destruir teriam distribuído os bens não vendáveis.

O modo de vida de cada grupo é, pois, uma estrutura — e não uma reunião ao acaso de todos os diferentes padrões de crença e ação fisicamente possíveis e funcionalmente eficazes. Uma cultura é um sistema interdependente, baseado em premissas e categorias interligadas, cuja influência é maior, e não menor, porque raramente são formuladas em palavras. A maioria dos participantes de uma cultura parece requerer certo grau de coerência interior que é mais sentido do que racionalmente construído. Como observou Whitehead: "A vida humana é impelida para a frente pela sua obscura apreensão de noções demasiado generalizadas para a língua de que dispõe."

Em suma, o modo de vida diferenciado que é transmitido como a herança social de um povo faz mais que suprir um conjunto de habilidades para poder viver e um conjunto de planos de relações humanas. Cada diferente modo de vida tem as suas próprias suposições acerca dos fins e propósitos da existência humana, sobre o que os seres humanos têm direito de esperar uns dos outros e dos deuses, sôbre o que constitui a consumação ou a frustração. Algumas dessas suposições acham-se explícitas nas lendas do povo; outras são premissas tácitas que o observador deve inferir, encontrando tendências coerentes nas palavras e nos atos.

Em nossa civilização ocidental, altamente consciente de si mesma, e que recentemente se dedicou a estudar a si própria, o número de suposições literalmente implícitas, no sentido de jamais terem sido formuladas ou discutidas por ninguém, pode ser desprezível. Ainda assim, somente um número insignificante de americanos seria capaz de enunciar mesmo as premissas implícitas de nossa cultura que foram trazidas à luz pelos antropólogos. Se fosse possível trazer ao cenário norte-americano um bosquímano que, depois de ter sido socializado em sua própria cultura, houvesse aprendido antropologia, haveria ele de perceber toda sorte de regularidades padronizadas, completamente ignoradas pelos nossos antropólogos. No caso das sociedades menos complicadas e menos conscientes de si mesmas, as suposições inconscientes caracteristicamente feitas pelos indivíduos criados debaixo de controles sociais aproximadamente os mesmos são ainda mais numerosas. Contudo, em qualquer sociedade, como disse Edward Sapir, "as formas e significações que parecem óbvias a um forasteiro seriam categoricamente negadas por aqueles que realizam os padrões; os esquemas e implicações que são perfeitamente claros aos olhos dêstes podem não ser percebidos pelos do observador".

Todos os indivíduos de uma dada cultura tendem a partilhar interpretações comuns do mundo exterior e do lugar nele ocupado pelo homem. Em certo grau, todos os indivíduos são afetados por essa visão convencional da vida. Um grupo, inconscientemente, supõe que tôda cadeia de ações tem uma finalidade e que, uma vez alcançada essa finalidade, a tensão será reduzida ou desaparecerá. Para outro grupo, o pensamento baseado nessa suposição é desprovido de significado: eles vêem a vida não como uma série de seqüências que têm um propósito, mas como um complexo de experiências que são satisfatórias em si e por si mesmas, antes que como meios que levam a determinados fins.

O conceito de cultura implícita é tornado necessário por certas considerações eminentemente práticas. Não obstante, certos programas dos serviços coloniais britânicos e do nosso próprio serviço indígena, tendo sido minuciosamente elaborados tendo em vista sua continuidade com os padrões culturais manifestos, não dão os resultados esperados. O programa é sabotado por uma resistência que deve ser atribuída à maneira pela qual os membros do grupo foram condicionados pelos seus esquemas implícitos de viver, pensar e sentir, segundo maneiras que não podiam ser esperadas pelo encarregado de aplicá-lo.

* * *

Para que serve o conceito de cultura, no que diz respeito ao mundo contemporâneo? Que se pode fazer com ele? Boa parte do resto dêste livro irá responder a estas perguntas, mas vêm a pêlo algumas indicações preliminares.

Sua utilidade está, em primeiro lugar, na ajuda que o conceito dá à interminável procura do homem de um modo de compreender a si mesmo e a seu comportamento. Por exemplo, dada idéia nova transforma em pseudo-problemas algumas das questões formuladas por um dos mais eruditos e penetrantes pensadores de nossa época, Reinhold Niebuhr. Em seu recente livro, *The Nature and Destiny of Man*, afirma Niebuhr que o senso universalmente humano de culpa ou de vergonha e a sua capacidade de autojulgamento implicam necessariamente a suposição da existência de fôrças sobrenaturais. Esses fatos são suscetíveis de explicação coerente e relativamente simples, em têrmos puramente naturalísticos, por meio do conceito de cultura. Nunca ocorre a vida social entre seres humanos sem um sistema de entendimentos convencionais que são transmitidos, mais ou menos intactos, de geração a geração. Todo indivíduo conhece bem alguns dêsses entendimentos, que constituem um conjunto de normas pelas quais se julga a si mesmo. Na medida em que deixa de se ajustar, experimenta o desconfôrto, porque a educação que recebeu na infância exerceu sôbre êle forte pressão para que seguisse o padrão aceito, e a sua tendência agora inconsciente é no sentido de associar o desvio com o castigo ou com a privação de amor e de proteção. Esse e outros problemas, que têm intrigado os filósofos e cientistas, há gerações inumeráveis, tornam-se compreensíveis graças a êste novo conceito.

A principal afirmação que se pode fazer em favor do conceito de cultura, como um auxílio para a ação útil, é a de que nos ajuda enormemente a prever o comportamento humano. Um dos fatôres que limitam o êxito dessa predição, até hoje, tem sido a ingênua idéia de uma "natureza humana" homogênea em seus menores detalhes. De acôrdo com essa suposição, todo o pensamento humano parte das mesmas premissas; todos os seres humanos são motivados pelas mesmas necessidades e metas. Na estrutura cultural, vemos que, enquanto que a lógica final de todos os povos pode ser a mesma (sendo possível, por isso, a comunicação e o entendimento), os processos de pensamento partem de premissas radicalmente diferentes em especial, de premissas inconscientes ou não enunciadas. Aqueles que possuem a perspectiva cultural terão mais probabilidades de olhar abaixo da superfície e trazer à luz do dia as premissas culturalmente determinadas. Pode ser que tal não produza o acordo e a harmonia imediata, mas pelo menos facilitará uma atitude *mais* racional ante o problema do entendimento internacional e da redução do atrito entre grupos, dentro de uma nação.

O conhecimento de uma cultura torna possível predizer boa parte dos atos de qualquer pessoa que participe dessa cultura. Se o exército americano iria lançar pára-quedistas na Tailândia, em 1944, em que circunstâncias seriam eles apunhalados e em que circunstâncias seriam ajudados? Quando se sabe como uma dada cultura define uma determinada situação, pode-se dizer que são excelentes as probabilidades de que, numa situação futura comparável, o povo irá comportar-se de acordo com umas e não com outras linhas. Se conhecermos uma cultura, sabemos o que várias classes de indivíduos dentro dela esperam uns dos outros — assim como dos estranhos de diferentes categorias. Sabemos quais os tipos de atividades que são considerados inerentemente satisfatórios.

Muitas pessoas de nossa sociedade imaginam que a melhor maneira de fazer com que os outros trabalhem mais é aumentar os seus lucros ou os seus salários. Crêem que é próprio da "natureza humana" querer aumentar nossos bens materiais. Essa espécie de dogma poderia passar em julgado, se não tivéssemos conhecimento de outras culturas. Entretanto verificou-se que, em certas sociedades, o motivo do lucro não é um incentivo eficaz. Depois de ter tido contacto com os brancos, os habitantes das Ilhas Trobriand, na Melanésia, poderiam ter-se tornado fabulosamente ricos com a pesca de pérolas. No entanto, só trabalhavam o tempo suficiente para satisfazer às suas necessidades imediatas.

Os administradores precisam ter consciência da natureza simbólica de muitas atividades. As mulheres americanas preferirão um emprego de garçonete num restaurante ao de criada, mesmo por um salário maior. Em algumas sociedades, o ferreiro é o mais honrado dos indivíduos, ao passo que em outras, somente aqueles que pertencem à classe mais humilde são ferreiros. As crianças brancas das escolas são motivadas pelos graus; mas os escolares de algumas tribos indígenas trabalharão com menos ardor, num sistema que destaca o indivíduo dentre seus companheiros.

A compreensão da cultura proporciona certo desprendimento dos valores emocionais conscientes e inconscientes da nossa própria cultura. A expressão "certo desprendimento" deve ser acentuada, porém. Um indivíduo que encarasse os desígnios de vida de seu grupo com completo desprendimento ficaria desorientado e infeliz. Posso, entretanto, preferir (vale dizer, sentir-me afetivamente ligado a elas) as maneiras americanas, ainda que perceba, ao mesmo tempo, certa graça nas maneiras inglesas, que não se encontra ou se acha mais rudemente expressa nas nossas. Assim, embora não deseje esquecer que sou norte-americano, sem vontade alguma de imitar o comportamento social ingles, posso ainda experimentar vivo prazer na associação com ingleses em reuniões sociais. Ao passo que, se não tenho desprendimento, se sou extremamente provinciano, é provável que encare como extremamente ridículas as maneiras inglesas, julgando-as impolidas, talvez até imorais. Com essa atitude, sem dúvida não irei dar-me bem com os inglêses e é provável que fique profundamente desgostoso com qualquer modificação das nossas maneiras segundo a direção inglesa ou qualquer outra. Tais atitudes, certamente, não contribuem para a compreensão, a amizade e a cooperação internacional. Contribuem, porém, na mesma medida, para uma estrutura social demasiado rígida. Por isso mesmo, os documentos e ensinamentos antropológicos são úteis, uma vez que tendem a emancipar os indivíduos de uma fidelidade demasiado intensa a cada ítem do inventário cultural. A pessoa que já conhece bem a perspectiva antropológica tem maiores probabilidades de viver e deixar viver, tanto dentro da sua própria sociedade como em seus contactos com membros de outras; e provavelmente será mais flexível a respeito das transformações necessárias da organização social, para fazer frente às modificações da tecnologia e da economia.

A conseqüência mais importante da cultura, em vista da ação, é, talvez, a profunda verdade de que jamais se pode partir de um quadro em branco para tudo o que diz respeito aos seres humanos. Todas as pessoas nascem num mundo definido por padrões de cultura já existentes. Assim como um indivíduo que perdeu a memória não mais é normal, assim também a idéia de uma sociedade vir a se tornar completamente emancipada da sua cultura passada é inconcebível. Essa é uma das fontes do trágico fracasso da constituição alemã de Weimar. Abstratamente, tratava-se de um admirável documento. Todavia, fracassou miseravelmente na vida real, em parte porque não previa a continuidade com os modelos existentes de ação, sentimento e pensamento.

Como toda cultura possui, ao mesmo tempo, organização e conteúdo, os administradores e legisladores devem saber que não se pode isolar um costume tendo em vista a sua abolição ou modificação. O exemplo mais evidente de malogro causado pelo esquecimento desse princípio foi a Emenda Dezoito à Constituição dos Estados Unidos. A venda legal de bebidas foi proibida, mas as repercussões da aplicação da lei na vida familiar, na política e na economia foram desoladoras.

O conceito de cultura, como qualquer outra parte do conhecimento, pode sofrer abusos e interpretações errôneas. Alguns temem que o princípio de relatividade cultural virá debilitar a moral. "Se o *Bungabuga* o faz, por que não o podemos nós fazer? Afinal, tudo é relativo." Isso, porém, é justamente o que relatividade cultural *não* significa.

O princípio de relatividade cultural não significa que, por ser permitido aos membros de alguma tribo selvagem comportar-se de certa maneira, esse fato seja a justificativa intelectual de tal comportamento em todos os grupos. Relatividade cultural significa, pelo contrário, que o caráter adequado de qualquer costume, positivo ou negativo, deve ser ponderado, levando-se em conta a maneira pela qual esse hábito se adapta aos hábitos de outro grupo. Possuir várias esposas tem um sentido econômico entre os pastores, mas não entre os caçadores. Embora fomentando um sadio cepticismo quanto à eternidade de qualquer valor prezado por um povo em particular, a antropologia não vai ao ponto de negar, como uma questão de teoria, a existência de absolutos morais. Pelo contrário o emprego do método comparativo fornece um meio científico de descobrir tais absolutos. Se tôdas as sociedades sobreviventes acharam necessário impor algumas das mesmas restrições ao comportamento de seus membros, tal constitui um forte argumento contra o fato de que esses aspectos do código moral são indispensáveis.

Assim também, o fato de um chefe *Kwatiutl* falar como se tivesse ilusões de grandeza e de perseguição não significa que a paranóia não seja uma enfermidade real em nosso contexto cultural. A antropologia deu uma perspectiva nova à realidade do normal, que deve produzir maior tolerância e compreensão de desvios socialmente inofensivos. Contudo, de modo nenhum destruiu os padrões ou a útil tirania do normal. Toda cultura reconhece algumas das mesmas formas de comportamento como patológicas. Onde são diferentes nas suas distinções, há uma relação à estrutura total da vida cultural.

Existe uma objeção legítima à pretensão de fazer com que a cultura explique em demasia. Todavia, nessas críticas do ponto de vista cultural, acha-se muitas vezes escondida a ridícula suposição de que se deve ser leal apenas a um princípio explicativo. Pelo contrário, não há incompatibilidade entre os tratamentos biológico, ambiental, cultural, histórico e econômico. Todos são necessários. O antropólogo sente que toda aquela parte da História que constitui ainda uma força viva está incorporada na cultura. Tem a econômica na conta de uma parte especializada da cultura. Compreende, porém, a utilidade de fazer com que os economistas e historiadores, na qualidade de especialistas, abstraiam os seus aspectos sociais — desde que o contexto completo não se perca inteiramente de vista. Tomemos, por exemplo, os problemas do Sul dos Estados Unidos. O antropólogo estaria de pleno acordo em que as questões biológicas (visibilidade social da pele negra, etc.), ambientais (energia hidráulica e outros recursos naturais), históricas (o Sul colonizado por certos tipos de povos, práticas de governo algo diferentes desde o princípio, etc.) e estritamente culturais (discriminação original contra os negros, tidos por "selvagens pagãos", etc.) se acham todas inextricavelmente implicadas neles. Entretanto, o fator cultural está implícito na operação real de cada influência — mesmo que a cultura não a represente por completo. E dizer que certos atos são culturalmente definidos não significa sempre, nem necessariamente, que podem ser eliminados modificando-se a cultura.

As necessidades e os impulsos do homem biológico e o ambiente físico ao qual deve ajustar-se proporcionam a matéria da vida humana, mas uma dada cultura determina a maneira de se manejar essa matéria — a sua conformação. No século XVIII, um filósofo napolitano, Vico, formulou um conceito profundo que era novo, violento — e que ninguém percebera. Tratava-se simplesmente da descoberta de que "o mundo social é seguramente obra do homem". Duas gerações de antropologistas obrigaram os pensadores a levar em conta esse fato. Nem se dirá que os antropólogos estão dispostos a permitir que os marxistas ou outros deterministas culturais façam da cultura outro absoluto tão autocrático como o Deus ou o Destino retratado por algumas filosofias. O conhecimento antropológico não permite uma evasão tão fácil da responsabilidade do homem pelo seu próprio destino. Em verdade, a cultura é uma força compulsiva, para a maior parte de nós, na maior parte do tempo. Em certa medida, como diz Leslie White, "a cultura tem a sua própria vida e as suas próprias leis". Algumas mudanças culturais são também resultantes de circunstâncias econômicas ou físicas. Contudo, a maior parte de uma economia constitui, em si mesma, um artefacto cultural. E são os homens que mudam a sua cultura, mesmo que — durante a maior parte da história passada — tenham agido como instrumento de processos culturais dos quais raramente se davam conta. A História mostra que, embora a situação limite o alcance da possibilidade, há sempre mais de uma alternativa viável. A essência do processo cultural é a seletividade; os homens podem, muitas vezes, fazer uma escolha. Lawrence Frank parece exagerar o caso, ao afirmar:

> Nos anos vindouros, é provável que o descobrimento da origem e do desenvolvimento humano da cultura será reconhecido como a maior de todas as descobertas, já que, até então, o homem tem estado indefeso ante essas formulações culturais e sociais que, de geração em geração, têm perpetuado a mesma frustração e derrota dos valores e aspirações humanas. Enquanto acreditou que isto era necessário e inevitável, não teve outro remédio senão aceitar com resignação a sua sorte. Agora, o homem está começando a compreender que a sua cultura e a sua organização social não são processos cósmicos imutáveis, mas criações humanas que podem ser alteradas. Para aqueles que alimentam a crença democrática, esse descobrimento significa que podem e devem fazer uma avaliação contínua de nossa cultura e de nossa sociedade, segundo as suas consequências para a vida e para os valores humanos. O propósito e a origem histórica da cultura humana

é criar um modo de vida humano. À nossa época cabe a responsabilidade de utilizar os novos e admiráveis recursos da ciência para realizar essas tarefas culturais, a fim de continuar a grande tradição humana do homem a se encarregar do seu próprio destino.

Como quer que seja, na medida em que os seres humanos descobrem a natureza dos processos culturais, podem eles antecipar, preparar e portanto — pelo menos num grau limitado, — controlar.

Os norte-americanos acham-se num período da História em que fazem face aos fatos das diferenças culturais mais claramente do que poderiam confortavelmente admitir. O reconhecimento e a tolerância das suposições culturais mais profundas da China, da Rússia e da Inglaterra exigirão um tipo difícil de educação. Mas a grande lição da cultura é a de que as metas para as quais os homens se esforçam, lutam e se arrastam não são "dadas" em forma final pela biologia nem tampouco inteiramente pela situação. Se compreendermos nossa própria cultura e a dos outros, o clima político pode ser alterado num período surpreendentemente curto, neste pequeno mundo de nossos dias, desde que os homens sejam suficientemente prudentes, suficientemente articulados, suficientemente enérgicos. O conceito de cultura contém uma nota legítima de esperança para os homens atribulados. Se os povos alemães e japoneses se tivessem comportado tal como o fizeram por causa da sua herança biológica, a perspectiva de restaurá-los como nações pacíficas e cooperativas seria nenhuma. Se, porém, as suas propensões para a crueldade e o engrandecimento foram, em primeiro lugar, resultado de fatores situacionais e de suas culturas, poder-se-á então fazer alguma coisa para corrigi-las, ainda que não se devam acalentar falsas esperanças quanto à velocidade com que uma cultura pode ser mudada segundo um plano.

CAPÍTULO III

Cacos

Que serviço prestam os escavadores e colecionadores científicos à comunidade, além de encher os mostruários dos museus e de fornecer material para os suplementos ilustrados dos jornais de domingo? Esses homens, que descrevem e registram, são os historiadores antropológicos. Quer isso dizer que se ocupam principalmente em dar resposta às perguntas a respeito do homem: quê? quem? onde? quando? segundo que padrões?

O estudo da evolução biológica como história é levado a cabo partindo do mesmo ponto de vista e, fundamentalmente, com os mesmos instrumentos com que se tenta descobrir a sucessão das indústrias do sílex na Idade Paleolítica. Poderiam os gibões fósseis encontrados no Egito ser os ancestrais dos seres humanos ou apenas dos gibões modernos? Está a espécie de Neanderthal, da Europa e da Palestina de há 50 000 anos, completamente extinta, ou é o homem moderno o resultado do cruzamento entre os tipos de Neanderthal e de Cro-Magnon? Foi a cerâmica independentemente inventada no Nôvo Mundo ou foram os vasos ou a idéia da cerâmica trazidos do Hemisfério Oriental? Atravessaram os polinésios o Pacífico e levaram ao Peru o conceito de classes sociais? É a língua dos bascos da Espanha aparentada com as línguas faladas em algumas partes do norte da Itália em épocas anteriores à dos romanos?

Esses estudos de Arqueologia, Etnologia, Lingüística Histórica e evolução humana nos dão uma perspectiva de largo alcance sobre nós mesmos e ajudam a libertar-nos dos valores transitórios. Na verdade, considerar a história humana com base apenas naqueles povos que deixaram testemunhos escritos é como tentar compreender um livro inteiro pela leitura do seu último capítulo. Tôda a antropologia histórica alarga o alcance da História geral. À medida que se foi levantando cortina após cortina, revelaram-se áreas mais profundas do palco humano. A enorme interdependência de todos os homens entre si sobressai claramente. Os Dez Mandamentos, por exemplo, são considerados como derivados do antigo código de Hamurabi, um rei babilônio. Parte do *Livro dos Provérbios* foi tomada à sabedoria dos egípcios, que viveram mais de dois mil anos antes de Cristo.

Ortega y Gasset escreveu: "O homem não tem natureza; tem história." Isso, como vimos no capítulo anterior, é um exagero. As culturas são produtos da História, sem dúvida; mas são resultados de uma História que sofre influência da natureza biológica do homem e é condicionada pelas situações ambientais. Ainda assim, a nossa opinião do mundo como natureza precisa ser suplementada por uma opinião do mundo como História. Os antropologistas históricos têm realizado um grande trabalho, realçando o concreto e historicamente único. As obras do acaso, do acidente histórico, devem ser compreendidas tanto quanto os universais do processo sócio-cultural. Como Tylor escreveu muito tempo atrás, "boa parte das tolices eruditas é devida à tentativa de explicar à luz da razão o que deve ser entendido à luz da História." Quando os arqueólogos injetam cronologia numa massa confusa de fatos descritivos, passamos a ter uma idéia não só da natureza cumulativa da cultura, mas também do padrão na História.

Admite-se que, na arqueologia, pouca coisa há de imediatamente prático. A pesquisa arqueológica na realidade enriquece a vida de hoje pela redescoberta de motivos artísticos e outras invenções de épocas passadas. Proporciona um sadio interesse intelectual, manifestado nos monumentos e parques nacionais arqueológicos dos Estados Unidos e em sociedades arqueológicas locais. Lancelot Hogben deu à arqueologia o epíteto de "poderosa vitamina intelectual para as democracias tanto quanto para as ditaduras". Mussolini forneceu dinheiro, liberalmente, para a escavação das ruínas de Roma, para estimular o orgulho dos italianos por seu passado. Estados novos criados pelo Tratado de Versalhes, como a Tcheco-Eslováquia, desenvolveram a arqueologia como um meio de construir a nação e de se expressar a si mesma. Entretanto, as escavações se têm relacionado com problemas contemporâneos, de modos mais socialmente úteis que o de suprir fundamentos espúrios para um nacionalismo doentio. O trabalho arqueológico ajudou a deitar por terra o politicamente perigoso mito nórdico, provando que aquele tipo físico não era, como afirmavam os nazistas, residente na Alemanha desde tempos imemoriais.

É fácil troçar dos arqueólogos, chamando-lhes "caçadores de relíquias", cuja atividade intelectual é mais ou menos do mesmo plano que a de colecionar selos. Wallace Stegner dá expressão a uma atitude comum:

> As coisas que os arqueólogos encontram nas suas eruditas investigações dos montes de lixo de civilizações desaparecidas são, em verdade, muito desalentadoras. Proporcionam-nos apenas os vislumbres mais tantalizadores; fazem-nos julgar uma cultura pelo conteúdo dos bolsos do sobretudo de um rapazinho. O tempo suga o significado de muitas coisas, e o futuro encontra a casca.

Ainda assim, para o arqueólogo que é verdadeiramente um antropologista, cada espécie de utensílio de pedra, por exemplo, representa um problema humano, que algum indivíduo, condicionado pela cultura de seu grupo, resolveu. O arqueólogo não trata cada caco com tanta seriedade porque esteja interessado em cerâmica como tal, mas porque dispõe de tão pouco material que precisa tirar dele o máximo. Os diferentes tipos de cerâmica proporcionam ao arqueólogo um meio de reconhecer que os produtos de comportamento humano se ajustam a padrões.

Evidentemente, há sempre o perigo de ser logrado pelos produtos singulares de excentricidade humana. Lembra-me uma vez que caminhava por uma aldeia de cabanas cobertas de palha em Oxfordshire. Quase tudo se conformava belamente ao padrão. Subitamente, porém, vi num jardim, uma reprodução em miniatura de uma pirâmide indígena, produto da leitura extravagante de algum agricultor e de seus vagares de domingo. Se todos os relatos escritos fossem destruídos e os objetos padrão de madeira da aldeia se desfizessem em poeira, que absurdas teorias não iria o arqueólogo formular daqui a mil anos, com base naquela pirâmide solitária no sul da Inglaterra! Um jornal, em 1947, anunciou que um professor aposentado de Oklahoma construíra um poste totêmico de concreto com vinte e um metros de altura — "simplesmente para confundir investigadores eruditos". Em verdade, o tempo das explicações generalizadas com base num espécime único está passado. As escavações intensivas e extensivas em cada região não demoram a separar o singular do regular. Aqueles que ainda dizem que nenhuma previsão é possível no cenário humano deveriam observar um arqueólogo do sudoeste, a esquadrinhar a superfície de um sítio não escavado. Ele olha um punhado de cacos de cerâmica e, se vêm de uma cultura arqueológica ainda não bem conhecida, é capaz de predizer não só que outros tipos de cerâmica serão encontrados na escavação, mas também o estilo da alvenaria, as técnicas de tecelagem, a disposição dos cômodos de uma casa e as espécies de trabalhos de pedra e osso. Ele conhece o padrão.

O método essencial da moderna arqueologia é o do quebra-cabeça. Tomemos a questão da domesticação e emprego do cavalo. Na atualidade, dispomos de peças dispersas do padrão total. O mais antigo sítio conhecido onde se encontraram ossos de cavalos em grande número, embora não pareçam ser de animais capturados, é o Turquestão russo, e data do quarto milênio antes de Cristo. Mas eram os cavalos usados como montaria ou para puxar carros, ou criados para dar leite ou para serem comidos? Na cultura do machado de guerra da Europa Setentrional, de cerca de 2 000 a.C., os cavalos eram enterrados como pessoas humanas. Ainda neste caso, não há informações quanto ao emprego a que se destinavam. Certas representações artísticas da Pérsia, mais ou menos no mesmo período, às vezes mostram homens montados em cavalos — ou em burros? É por volta de 1 000 a.C. que se têm provas definidas de que os cavalos eram usados como montaria. Há certos indícios de que os cavalos eram usados para puxar carros ou carretas por volta de 1 800 a.C. Sabemos que os citas já lutavam montados a cavalo, ao redor de 800 a.C. Sabemos que os chineses não criaram uma cavalaria senão quando foram forçados a fazer isso, para se protegerem, no terceiro século a.C. Os dados atuais sugerem duas conclusões experimentais. Primeiro, o cavalo foi domesticado depois de animais tais como o carneiro e o porco. Segundo, a domesticação do cavalo teve lugar em algum ponto do cenário do Oriente Próximo, onde se produziram as invenções básicas para a civilização moderna — talvez nalgum lugar ao norte. É quase certo que esse quebra-cabeça particular será afinal resolvido, muito embora permaneça desconhecida a maneira exata pela qual ocorreu a domesticação do cavalo e quem primeiro o utilizou.

A arqueologia se tornou imensamente técnica. O químico e o metalúrgico colaboram na análise de certos espécimes. O próprio arqueólogo deve ser um hábil cartógrafo e fotógrafo. A fixação de datas pode implicar o estudo dos anéis nos troncos das madeiras de lei, a identificação microscópica de minerais em pedaços de cerâmica, a análise do pólen depositado em camadas, a identificação dos ossos de animais fosseis encontrados, o acompanhamento das camadas que ligam uma seqüência geologicamente estabelecida de terraços fluviais. Uma técnica promissora, ora em fase experimental, é baseada no novo conhecimento da radiação e da física atômica. O carbono 14, presente em toda matéria orgânica, desaparece numa proporção razoavelmente constante. Isso pode tornar possível pegar um fragmento de osso de homens que morreram há dez ou vinte mil anos e dizer com certa precisão a data de sua morte.

Como disse W. H. Holmes, "a arqueologia é a grande recuperadora da História ... lê e interpreta aquilo que nunca se pretendeu que fosse lido ou interpretado ... a reveladora de vastos recursos da História, dos quais o homem nunca tivera tido idéia." Assim, o moderno arqueólogo não tem grande estima pelos seus precursores do período romântico, que rasgaram milhares de páginas da História pelo preço de uns poucos objetos que só tinham o seu valor pelo interesse estético ou antigo. Tampouco é a arqueologia de hoje obsedada pela procura das primeiras origens. O arqueólogo sabe que jamais descobrirá quem pela primeira vez inventou a maneira de produzir o fogo ou como teria sido a primeira linguagem humana.

O interesse da moderna arqueologia concentra-se em ajudar o estabelecimento dos princípios de crescimento e transformação de culturas. O significado da prova arqueológica de que os índios *Hopi* mineravam e utilizavam o carvão antes de Colombo não é o de um fato surpreendente ou curioso. Pelo contrário, o seu significado é o de uma valiosa prova, relativa aos princípios de unidade física da humanidade e da invenção independente. Embora certos aspectos psicológicos desses princípios só possam ser descobertos pelo trabalho com povos vivos, a arqueologia é capaz, pelo estudo de restos materiais de povos desaparecidos, de dotar as nossas teorias de uma espinha dorsal cronológica. Grahame Clarke afirma com propriedade: "Para serem vistas por inteiro, as coisas grandes devem ser vistas de certa distância, e é precisamente isso que a arqueologia nos permite fazer." Quando vemos todo o panorama de invenções e empréstimos na vasta dimensão do espaço e do tempo, que só a arqueologia pode dar, compreendemos a tremenda interdependência das culturas e a essencial fraternidade cultural do homem.

Por isso mesmo, os escavadores e colecionadores tanto olham para o futuro como para o passado. Quando o arqueólogo, escrupulosamente, compara seus espécimes com outros encontrados noutros lugares e ocasiões, e desenha ou elabora mapas e gráficos, de acordo com a seqüência de espaço e de tempo, e com a ocorrência de traços ou combinações de traços semelhantes, o que faz é procurar regularidades. Mostraram povos que viveram na mesma região, em vários períodos de tempo, certas características comuns no seu modo de vida? Noutras palavras, que teve o poder ambiente físico para dar forma ao desenvolvimento das instituições humanas? Vêm afinal a determinar os modos de produção econômica as idéias de um povo? De que maneira podemos aprender as lições da História, evitando os erros do passado?

Estendendo-se no tempo assim como no espaço as comparações que podem ser feitas sobre as maneiras pelas quais diferentes povos resolveram ou deixaram de resolver seus problemas, ficam muito aumentadas as possibilidades de pôr à prova certas teorias sobre a natureza humana e o desenrolar do progresso humano. Por exemplo, a questão de saber se as culturas indígenas americanas se desenvolveram independentemente, sem tomar emprestadas invenções ou idéias mais importantes do Velho Mundo não é simples argumento acadêmico. A cerâmica, a tecelagem, as plantas e os animais domésticos, os trabalhos em metal, a escrita e a concepção do zero matemático eram correntes em determinadas áreas do Novo Mundo ao tempo de Colombo. As classes sociais que se desenvolveram na América Central e no Peru tinham alguns pontos de semelhança com a estrutura social feudal da Europa. A opinião de certos antropólogos conservadores americanos é a de que emigrantes vindos da Ásia para a América trouxeram apenas uma cultura rudimentar e que não houve contactos significativos entre o Velho e o Novo Mundo, depois que os povos da Ásia Oriental tinham aprendido técnicas tais como a de tecer e a metalurgia. Se os arqueólogos, etnólogos e lingüistas pudessem provar que essas invenções foram inteiramente refeitas nas Américas, deveríamos supor então que, se deixarmos os seres humanos à parte por um tempo suficiente, o seu equipamento biológico herdado é de tal natureza que os levará pelos mesmos passos sucessivos na construção dos seus meios de vida. Com base nessa suposição, o planejamento social e a preservação e transmissão ordenada do conhecimento não parecem demasiado importantes. O progresso ocorrerá de qualquer maneira, e não se poderá fazer muita coisa com relação ao curso do desenvolvimento humano. Se, por outro lado, ficar demonstrado que pelo menos as idéias de cerâmica, tecelagem e metalurgia, e outras semelhantes, foram tomadas de empréstimo ao Velho Mundo, as nossas suposições cruciais acerca da natureza humana se tornam importantemente diferentes. O homem é visto como extraordinariamente imitativo e só raramente profundamente criador. Se tal vier a revelar-se verdadeiro, devemos perguntar então que combinação particular de condições produziu, uma vez e apenas esta vez, as técnicas econômicas fundamentais para a vida urbana e as invenções tais como a escrita, que tornaram possível a civilização moderna.

Os materiais arqueológicos revelam muita coisa a respeito do ajustamento ambiental, da economia, da tecnologia, da subsistência e mesmo da organização social de um povo:

O machado de pedra, a ferramenta diferenciadora de pelo menos uma parte da idade da pedra, é o produto doméstico que poderia ser feito e utilizado por quem quer que fôsse, num grupo contido em si mesmo de caçadores ou camponeses. Não implica nem especialização do trabalho nem comércio fora do grupo. O machado de bronze, que o substitui, é não somente um instrumento superior, mas pressupõe também uma estrutura econômica e social mais complexa. A fundição do bronze é um processo por demais difícil para ser levado a cabo por qualquer pessoa nos intervalos entre a produção ou caça de seu alimento ou o cuidado de seus filhos. Trata-se de trabalho de um especialista, e êsses especialistas devem depender, para necessidades primárias tais como a alimentação, de um excedente produzido por outros especialistas. Mais ainda, o cobre e o estanho, os quais o machado de bronze é composto, são relativamente raros, e muito poucas vezes ocorrem num mesmo sítio. Um ou ambos os componentes terão quase certamente de ser importados. Tal importação somente é possível se tiver sido estabelecida certa forma de comunicações e de comércio, e se houver um excedente de dado produto local, a ser trocado pelos metais. — GORDON CHILDE.

Assim, pois, o enorme esmiudamento de documentos arqueológicos é um modo seguro de pôr à prova algumas teorias dos marxistas, sobre as correlações entre os tipos de tecnologia, estrutura econômica e vida social.

Em princípio, a arqueologia é idêntica ao trabalho dos autores de descrições antropológicas, que tratam dos povos vivos. A arqueologia é a etnografia e a história da cultura de povos desaparecidos. Em verdade, disse alguém que "o etnógrafo é um arqueólogo que faz a sua arqueologia ao vivo". O histórico das culturas registrado pelo etnógrafo é analisado pelo etnólogo em termos históricos, não raro com o emprego de instrumentos estatísticos bem como de mapas. O etnólogo estuda também as relações entre cultura e ambiente físico e trata de tópicos tais como arte primitiva, música primitiva e religião primitiva. O folclorista acompanha a emaranhada meada de motivos que penetra e sai das culturas tanto letradas como ágrafas.

Essas atividades exercem um impacto sobre a vida moderna. A música e as artes gráficas modernas receberam um estímulo autêntico da perspectiva comparada. Tão logo as artes primitivas foram bem descritas e levadas a sério, as suas correspondentes em nossa civilização contaram com possibilidades maiores de desenvolvimento. O conhecimento que os etnógrafos acumularam sobre geografia, recursos naturais e costumes nativos de lugares remotos foi pôsto em uso prático durante a guerra, quando aquelas regiões ganharam importância militar. Em janeiro de 1942, um antropólogo que, por casualidade, foi a única pessoa dos Estados Unidos a ser jamais enviada a passar qualquer tempo numa certa ilhota obscura do Pacífico mal teve ocasião de dormir durante semanas, tanta necessidade tiveram a Marinha e o Corpo de Fuzileiros de interrogá-lo sobre as praias, cursos d'água e a população daquela ilha. Antropólogos escreveram "manuais de sobrevivência" que tratavam de problemas de alimentação, vestuário, insetos e animais perigosos, suprimentos de água e maneiras convenientes de obter a cooperação dos nativos nas áreas que estes conheciam melhor. Durante a Conferência de Paz de Versalhes, os etnógrafos estavam presentes como conselheiros peritos em fronteiras culturais da Europa. Talvez tivesse sido conveniente que as linhas culturais fôssem levadas tão a sério como as linhas políticas.

Mais uma vez, porém, os cadernos de notas dos antropologistas históricos são apenas meios que conduzem a objetivos mais amplos. A descrição jamais é um meio em si mesma. A primeira meta é a de preencher as páginas em branco da história mundial relativa aos povos viventes que não possuem linguagem escrita. Numerosas conclusões bem fundamentadas foram alcançadas em pontos específicos. Por exemplo, a Polinésia foi colonizada há relativamente pouco tempo. As unidades sociais tais como os clãs aparecem na história humana muito tempo depois de um longo período em que a família e a horda eram as bases da organização social. Certos povos da Sibéria representam uma corrente migratória invertida, oriunda da América do Norte. Já se traçaram de maneira aproximada os cursos de outras migrações.

Às vezes, a Lingüística histórica é de importância crucial nessas reconstruções. Por exemplo, encontram os grupos de tribos, no Alasca e no Canadá, na costa do Oregon e na Califórnia, e no Sudoeste, que falam línguas estreitamente aparentadas. Presumivelmente, tôdas as tribos, em dada época, viveram na mesma região. Mas deu-se a migração do norte para o sul ou do sul para o norte? Uma comparação de certas palavras usadas por uma das tribos do sul com palavras semelhantes da costa do Pacífico e das línguas do norte indica uma origem no norte. A palavra navajo para designar milho se decompõe em "alimento para os índios pueblo". Aparentemente, os próprios navajos não cultivavam o milho quando chegaram ao sudoeste. A palavra que usavam para designar certa concha de cabaça tinha o significado anterior de "chifre de animal". As cabaças são nativas no sudoeste, os chifres são importantes, para os povos caçadores das matas do norte. Uma palavra navajo que designa a semeadura tem o significado básico de "a neve jaz em partículas pelo chão". Uma obscura expressão cerimonial navajo realmente significa "o sono rema para longe de mim" — que indica, com bastante clareza, os rios e lagos canadenses, antes que os desertos do Novo México e Arizona. O mesmo ocorre com a descrição ritual do mocho: "aquele que em sua canoa de novo traz a escuridão".

Essa reunião de fragmentos descritivos em reconstruções históricas coerentes é também, entretanto, apenas um meio de responder a perguntas de ordem mais geral. Por exemplo, os arqueólogos e etnólogos se dão as mãos para representar a história natural da guerra. Freud e Einstein, em sua famosa troca de cartas, discutiram a questão de inevitabilidade da guerra. Um tratamento mais científico seria descobrir se, na verdade, a guerra sempre e em toda parte fez parte do cenário humano. Se tal é verdade, não prova que Freud tinha razão para todo o sempre, já que algumas instituições persistentes, como a servidão da gleba, foram com êxito eliminadas. Ademais, a existência dos tipos atuais de instrumentos de destruição é um elemento novo do quadro. Entretanto, se os dados se mostram a favor da suposição de um instinto agressivo, formulada por Freud, o planejamento de uma abolição rápida da guerra pareceria uma perda de tempo. As energias construtivas seriam mais bem empregadas na redireção dos impulsos agressivos e na obtenção gradual de certa medida de controle sobre o rompimento de hostilidades armadas entre grupos.

A prova necessária não está ainda por inteiro alcançada. Fatos ora conhecidos indicam que a opinião de Freud era desnecessariamente pessimista, presumivelmente deformada pela exclusiva contemplação de séculos recentes da história européia. Não é certo que a guerra tenha existido na Era Paleolítica. Há indicações de que era desconhecida durante a primeira parte da Era Neolítica, na Europa e no Oriente. As colônias careciam de estruturas que as defendessem contra ataques. As armas parecem ser limitadas àquelas usadas para a caça de animais. Alguns eminentes etnólogos julgam ler na história de épocas mais recentes a interpretação de que a guerra não é endêmica, mas uma perversão da natureza humana. A guerra ofensiva e organizada era desconhecida na Austrália aborígene. Certas áreas do Novo Mundo parecem ter sido completamente libertadas da guerra no período pre-europeu. Todas as afirmações acima são, em maior ou menor grau, objeto de discussão entre os especialistas, embora a maior parte delas possa vir a ser confirmada em termos de dados acessíveis. O que é absolutamente certo, no momento, é que diferentes tipos de ordem social contêm em si graus variantes de propensão para a guerra. A escala de continuidade segue desde grupos como os índios pueblos que, durante muitos séculos, quase nunca se entregaram a guerras ofensivas ou defensivas com grupos, como alguns índios das planícies, que faziam do combate a sua maior virtude. Mesmo em sociedades que exaltam a agressão, a variação de processos aprovados é enorme. Tal como uma cultura que se concentra na riqueza pode optar por provar a riqueza acumulando-a ou a distribuindo, assim uma cultura agressiva pode acentuar a guerra com os vizinhos, a hostilidade dentro do grupo ou as atividades competitivas como os desportos ou o domínio do ambiente natural.

Como se modificam e desenvolvem as culturas? Que proporção de suas culturas os povos criaram e que proporção tomaram a outros? Repete-se a História, em algum sentido, ou é a História, como se queixou outrora Henry Adams a um amigo, como uma peça de teatro chinês — sem fim e sem lição? Existem verdadeiros ciclos na História? É o "progresso" uma realidade?

Na opinião de um antropólogo, R. B. Dixon, que escutou cuidadosamente essas questões, há sempre uma tríade de fatores no fundo de cada traço novo: a oportunidade, a necessidade e o temperamento. Os acréscimos fundamentais ao inventário total da cultura humana surgem quer da descoberta acidental, quer da invenção consciente. O fenômeno de grande número de homens a procurar sistemática e penosamente invenções é peculiar à nossa época. A invenção de melhoramentos, pelo menos, está sendo acelerada num ritmo tremendo. A totalidade da cultura humana é cumulativa. Cada vez mais, apoiamo-nos aos ombros daqueles que se foram antes de nós. Os feitos de Einstein descansam sobre uma subestrutura construída por pelo menos 5 000 anos de esforços coletivos. A teoria da relatividade tem a sua genealogia iniciada num caçador desconhecido, que descobriu números abstratos fazendo entalhes em seu bastão, em sacerdotes da Mesopotâmia e comerciantes que inventaram a multiplicação e a divisão, em filósofos gregos e matemáticos muçulmanos.

Há poucos exemplos provados de intenção totalmente independente. Um exemplo conhecido é o desenvolvimento de certa forma de cálculo matemático, por Newton e Leibniz, no século XVII. Exemplos de épocas recentes, freqüentemente citados, tais como o telégrafo sem fio e o avião, mostram, quando examinados, pertencer a uma ordem algo diferente, porque implicam, antes de tudo, a reunião de numerosas invenções básicas que, dentro das modernas condições de comunicação, eram igualmente conhecidas de ambas as partes.

O aparecimento de idéia do zero matemático na Índia e na América Central seria um exemplo impressionante, mas deve ser considerado como ainda não provado. O uso do carvão, pelos *Hopi*, parece mais certo. Há poucos casos em que a convergência parece ter-se desenvolvido a partir de meios culturais inteiramente distintos. O primeiro êmbolo para fazer fogo parece ter sido conhecido na Ásia sudoeste em tempos relativamente remotos. Na Europa, foi produzido no século XIX, com base em experiências de física. Semelhanças aparentes precisam ser cuidadosamente examinadas. É fácil dizer que "há pirâmides tanto no Egito quanto no Nôvo Mundo". Entretanto, as pirâmides egípcias terminam em ponta e eram usadas exclusivamente como túmulos. As pirâmides maias tinham o topo truncado e serviam de base para templos ou altares.

O que ocorre com uma descoberta ou invenção, uma vez feita, depende do meio cultural total e de tôda sorte de exigências situacionais. Sem dúvida, muitas descobertas desapareceram com seus descobridores, porque não se enquadravam às necessidades da época ou porque os descobridores eram considerados como lunáticos. A importantíssima descoberta dos princípios de hereditariedade, por Gregório Mendel, foi desprezada por muitos anos, ficando enterrada numa obscura revista. Se Mendel não tivesse vivido numa cultura letrada, o fato da sua descoberta seria hoje desconhecido. Um descobrimento pode ser hoje conservado, graças à publicação, até que surja para ele uma utilização importante. O DDT foi descoberto em 1874, mas só foi utilizado como inseticida em 1939. Assim também, uma invenção pode sobreviver mas não ser explorada até os seus limites. Os gregos do período helênico conheciam o princípio da máquina a vapor, mas só a utilizavam num brinquedo. As condições sociais e econômicas não favoreciam o seu aperfeiçoamento. Ademais, a cultura grega em geral se interessava por pessoas — não por máquinas.

Muitos traços culturais a que damos um só nome mostram apenas uma semelhança bastante vaga em função geral, não em estrutura específica. Em certos exemplos (e.g., clã, o tabu da sogra, o feudalismo, o totemismo), é provável que existam causas múltiplas e múltiplas origens históricas. Não deixa de ser tentador dramatizar o desenvolvimento cultural, isolando uma data e um inventor. Um grande feito intelectual, como a escrita, nasceu provavelmente da mente subconsciente de muitos indivíduos e foi inicialmente — quem sabe? — atualizado na atividade ou no jogo sem propósito. Num contexto feliz de situação, a inovação espontânea de determinado indivíduo é aceita pelos demais. Só após numerosas aceitações e numerosas "invenções" sucessivas, chega a escrita a progredir lentamente, até a plena realização das suas potencialidades inerentes e até alcançar aquela regularidade que permite ao observador dizer: "Sim, aqui temos uma linguagem escrita."

A propagação de uma invenção do grupo onde se originou é chamada, pelos antropologistas, de difusão. A difusão do tabaco, do alfabeto e de outros elementos culturais foi averiguada com consideráveis detalhes. A adoção ou rejeição de determinado traço depende de uma variedade de fatores, depois que o contacto já foi estabelecido através do comércio, dos missionários ou da palavra impressa. O fator mais evidente é, decerto, a necessidade. Os chineses, possuindo o arroz, não se sentiam particularmente atraídos pela batata. Os ingleses comem as folhas da beterraba e lançam a raíz aos porcos e bois. Os europeus adotam o milho como um alimento para os animais; os africanos não demoraram a apreciar o milho na espiga e a farinha de milho passou a fazer parte do seu ritual. Ademais, existe o fator de adaptabilidade aos padrões culturais preexistentes. Uma religião cujo centro é uma divindade masculina não se estabelece facilmente entre um povo que tradicionalmente adotou o culto de figuras femininas. Algumas culturas são muito mais resistentes do que outras e todos os tipos de empréstimos. Todavia, uma cultura que tem a tradição de ser isolada em si mesma será muito mais receptiva se o grupo for desorganizado pela fome ou pela conquista militar. Neste caso, todas as forças que se combinam para a resistência estão enfraquecidas. Analogamente, pode-se notar que, dentro de uma sociedade bem integrada, aqueles indivíduos que são descontentes ou mal ajustados via de regra mais facilmente aceitam padrões estrangeiros. Se, por outro lado, ocorre um chefe ou rei achar uma nova religião psicologicamente afim de seu temperamento, a transformação cultural pode ser muito acelerada.

O empréstimo é sempre seletivo. Quando os índios *Natchez*, do Mississippi, entraram em contacto com mercadores franceses, prontamente adotaram as facas, as panelas de cozinha e as armas de fogo. Aprenderam a apertar a mão à maneira européia. Dedicaram-se de pronto à criação de galinhas, muito embora não se sentissem atraídos pelos métodos agrícolas europeus. Ao contrário do que diz a lenda, recusaram as bebidas alcoólicas. Certa tribo do oeste do Canadá aprendeu a conhecida fábula, "A Cigarra e a Formiga", mal alterou completamente a moral para adaptá-la ao seu próprio padrão estabelecido.

Às vezes, a forma exterior é mantida sem alteração mas o traço recebe uma série de significados completamente diferentes. Uma espécie de experiência visionária, chamada o Complexo do Espírito Guardião, propagou-se entre muitas tribos do oeste da América do Norte. Numa das tribos, fazia parte das cerimônias da adolescência; noutra, servia de base para a educação de um *shaman* [6]; noutra ainda, foi introduzido entre as práticas de clã. Às vezes, o traço cultural é modificado pelo aperfeiçoamento de invenções. Assim, os gregos adotaram dos fenícios um alfabeto consonantal, mas a ele acrescentaram as vogais.

De maneira característica, certos elementos culturais se propagam muito mais rapidamente do que outros. Em geral, os objetos materiais se propagam mais rapidamente do que as idéias, porque o fator lingüístico não entra em jogo e porque as idéias exigem alterações mais profundas dos padrões de valor estabelecidos. Há exceções, todavia. Os índios da região do Platô se mostraram mais receptivos ao catolicismo do que à cultura material européia. Em geral, as mulheres oferecem mais resistência que os homens às transformações culturais, talvez porque, na maioria das sociedades, até recentemente, tinham muito menos contacto com o mundo exterior.

Dixon comparou a difusão cultural à propagação de um incêndio na floresta. Segundo a direção dos ventos, a sequidão relativa das diferentes espécies de madeira, e a existência de água e outras barreiras, o incêndio não se desenvolve uniformemente a partir de sua origem. Pode deixar intacto um bosque inteiro e arder com fúria não diminuída logo além.

---

(6) Palavra de origem russa, que designa, específicamente, o feiticeiro de certas religiões do norte da Ásia e da Europa; por extensão, qualquer tipo de curandeiro, entre as tribos norte-americanas. — N. do T.

Pela mesma forma, a difusão feita pelo mar é muitas vezes descontínua. Se um povo empreende uma migração, difundirá complexos inteiros de traços culturais que eram unidos apenas por força de acidentes históricos. Se esses traços se propagam meramente pelo contacto de indivíduos ou por intermédio dos livros, podem ainda difundir-se feixes de traços, mas é provável que sejam complexos lógicos, tais como o cavalo, a sela, o bridão, as esporas e o chicote.

Ralph Linton calculou que não mais que dez por cento dos objetos materiais usados por qualquer povo representam inventos próprios. Essa proporção não cessa de diminuir, dentro das atuais condições de comunicação. O cardápio de uma semana, numa residência americana, pode perfeitamente incluir frango, que foi domesticado no suleste da Ásia; azeitonas, que se originaram no Mediterrâneo; pão de milho, alimento feito à base de um vegetal indígena americano e preparado à maneira aborígene; arroz e chá do Extremo Oriente; café, que foi provàvelmente domesticado na Etiópia; frutas cítricas, que se cultivaram pela primeira vez no suleste da Ásia mas que chegaram à Europa passando pelo Oriente Médio; e talvez, *chili,* procedente do México. Um hábito alimentício particular se torna fixo graças aos acidentes históricos do contacto original: os índios do Canadá tomam chá; os índios dos Estados Unidos tomam café.

O curso da evolução cultural semelha e ao mesmo tempo é diferente do caminho seguido pela evolução biológica. Na transformação cultural, há súbitas erupções que recordam aquelas abruptas alterações nos componentes hereditários, a que os biologistas chamam mutações. Aliás, afirma Childe que esses repentinos progressos culturais têm um efeito biológico da mesma natureza das mutações orgânicas. A invenção de uma economia produtora de alimentos possibilitou não só a implantação da vida fixa de aldeia e a especialização do trabalho, mas também um grande aumento da população. Childe vê nada menos de quinze mutações culturais básicas, como fundamento do que chama de "revolução urbana". Não há conjunto de acontecimentos na História conhecida que se apresente tão dramática como essa explosão de impulso criador. Os feitos do Egito e da Babilônia, que os nossos livros escolares ainda hoje descrevem como as bases da moderna civilização se reduzem a uma insignificância relativa, pois contribuíram apenas com dois descobrimentos de primeira classe: a notação decimal e os aquedutos.

Há dúvidas ainda sôbre a época e o lugar exato em que ocorreram as importantes descobertas das plantas e animais domésticos, da cerâmica, do arado, da tecelagem, da foice, da roda, da metalurgia, do navio a vela, da arquitetura e do resto do complexo. Tudo isso aparece junto por volta do ano 3 000 a.C., no Egito, na Palestina, na Síria, na Mesopotâmia do Norte e no Irão. As mais remotas datas definidamente estabelecidas, quanto aos animais domésticos e a cerâmica, são por volta de 5 000 a.C. A metalurgia aparece perto de 4 000 a.C., o navio a vela entre 4 000 e 3 000 a.C. Todas essas datas podem ser levadas mais para trás, por descobrimentos novos. Na opinião de algumas autoridades, acabar-se-á por provar que todo o complexo teve origem por volta de 7 000 a.C. — com mil anos para mais ou para menos. Essa nova tecnologia e econômica, ao ser pela primeira vez encontrada naqueles sítios, parece já ter passado das suas primeiras fases formativas. A transição da acumulação de alimentos para a sua produção é, talvez, a revolução mais significativa da história humana. Foi uma legítima adição ("mutação") — e não simplesmente um desenvolvimento.

Foi demonstrada essa mesma tendência para bruscas explosões no decorrer das principais civilizações, no grande livro de Kroeber, *Configuration of Culture Growth*. Os nomes célebres da filosofia, da ciência, da escultura, da pintura, do teatro, da literatura e da música parecem aglomerar-se em períodos que variam em extensão de trinta ou quarenta anos até nada menos de mil. Para dar um exemplo não citado por Kroeber, as seguintes publicações importantes apareceram todas num só ano, 1859: *A Origem das Espécies*, de Darwin, *A Crítica da Economia Política*, de Marx, *A Patologia Celular*, de Virchow, as *Paroles de philosophie positive*, de Littré, *As Emoções e a Vontade*, de Bain, as *Lições sôbre o Espírito*, de Whately. Poder-se-ia acrescentar que aquêle foi o ano da descoberta da análise espectral, da fundação da Great Atlantic and Pacific Tea Company e da publicação de três romances de Trollope. "As culturas parecem crescer dentro de padrões e enchê-los ou esgotá-los." Existe, pois, um elemento cíclico na história humana.

Sobre as causas do crescimento e decadência das culturas, pouco mais poder-se-á dizer atualmente, além de que são complicados. Como escreveu A. V. Kidder:

Mil exemplificações têm sido oferecidas. O geneticista atribui as recaídas a genes maus e as recuperações a combinações felizes de bons; o nutricionista vê as coisas em termos de vitaminas; o médico, em termos de enfermidades; o sociólogo percebe defeitos ou virtudes neste ou naquele aspecto da organização social. O teólogo censura as heresias. E, se tudo o mais fracassa, podemos sempre apelar para as mudanças climáticas ou o determinismo econômico.

O antropologista insiste em que apelar para qualquer fator isolado é sempre um erro. E essa generalização negativa é importante, num mundo em que o homem está sempre procurando simplificar o seu ambiente, assinalando *a* causa: a raça, o clima, a economia, a cultura ou seja o que fôr. "Nenhuma quantidade ou tipo de influência externa — diz Kroeber, — produzirá uma explosão de produtividade cultural, a menos que a situação interior se ache amadurecida." Acrescenta ele, porém, que, na maioria dos casos, pode-se mostrar uma relação direta com estímulos exteriores, principalmente o das novas idéias.

Num clima intelectual dominado por noções econômicas e biológicas, o papel das idéias tem sido subestimado. Tem sido moda afirmar que movimentos tais como a Reforma e as Cruzadas foram principalmente econômicos. Todavia, o fato de que, durante as guerras da Reforma, julgavam as pessoas estar lutando por motivos religiosos e de que eram motivadas por sentimentos relacionados com a religião não pode ser afastado da explicação. Em qualquer caso, não se há de esquecer que rótulos como "economia" e "religião" constituem abstrações — e não nítidas categorias dadas diretamente pela experiência. Aqui o principal erro daqueles comunistas que afirmam que os fenômenos econômicos são primários. Estão eles dando vida a uma abstração — o que Whitehead chamou de "falácia de concrecção deslocada". Em verdade, a posição marxista é divertida, se considerarmos a história da Rússia a partir de 1917. Acredita alguém seriamente que a sua industrialização ter-se-ia feito com tanta rapidez, se não se achasse a Rússia sob o domínio das idéias marxistas? Se a necessidade econômica fosse suficiente, sozinha, para produzir uma revolução comunista, a China inteira ter-se-ia tornado comunista muito tempo atrás.

Há certas regularidades no processo histórico, assim como no desenvolvimento orgânico. A fixidez das etapas de evolução cultural é exagerada pelos antropólogos marxistas, pois alguns povos parecem ter passado diretamente da caça e do armazenamento para a agricultura, sem ter tido uma época pastoril. Outras tribos passaram diretamente dos instrumentos de pedra para os de ferro. Não obstante, os desenvolvimentos culturais têm seguido, em geral, mais ou menos a mesma série de passos. Parece mesmo haver certas tendências mais ou menos irreversíveis. Por exemplo, existe apenas um único caso isolado de uma sociedade que passou das instituições patrilineares para as matrilineares. O desaparecimento do isolamento cultural é, mais cedo ou mais tarde, acompanhado por uma secularização e uma individualização maior. As cidades geram heresias; uma sociedade cosmopolita nunca é uma sociedade homogênea. Os apogeus culturais são acompanhados por períodos de desintegração e confusão.

O desenvolvimento cultural lembra, pois, a evolução orgânica, pelo seu caráter desigual e pelo fato de seguir certas tendências direcionais. Por outro lado, como diz Kroeber:

A árvore da vida está eternamente a se ramificar e jamais faz outra coisa fundamental, senão ramificar-se, exceto a morte dos ramos. A árvore da história humana, pelo contrário, está constantemente a se ramificar e, ao mesmo tempo, fazendo com que seus ramos de nôvo cresçam fundidos. Seu plano é, pois, muito mais complexo e difícil de acompanhar. Mesmo os seus padrões básicos podem fundir-se, em certo grau; o que é contrário a tôda experiência no reino meramente orgânico, onde os padrões são irreversíveis na proporção em que são fundamentais.

Se definirmos progresso como o enriquecimento gradual das idéias e temas humanos, não pode haver dúvida de que os recursos potenciais da cultura humana em geral e da maior parte das culturas individuais têm crescido constantemente. O montante de energia aproveitada por pessoa, por ano, aumentou de um cifra calculada em 0,05 cavalos-vapor por dia, no início da história da cultura, a 13,5 nos Estados Unidos, em 1939. O número de idéias e de formas de expressão artística também é enormemente maior. Qualquer argumento que diga que a vida intelectual e estética da Grécia clássica era "superior" à nossa é essencialmente fútil. Todavia, não precisamos de provas científicas de que a miséria e a degradação humana constituem um mal. A nossa cultura representa, sem dúvida, um avanço em relação aos gregos, na medida em que a escravidão é abolida, a posição das mulheres mais se aproxima da igualdade, e o nosso ideal é o da igualdade de acesso à educação e ao conforto, para todos e não para uma minúscula minoria. Todavia, o progresso tem um caráter espiral, antes que o de uma subida ininterrupta. Childe escreve:

> O progresso é real, ainda que descontínuo. A curva ascendente se resolve numa série de depressões e cristas. Mas, naqueles domínios que a arqueologia bem como a história escrita podem observar, nenhum encontro jamais desce ao nível inferior do precedente, cada crista ultrapassa a sua precursora

O tratamento histórico conduz, pois, a importantes conclusões de certa generalidade. A este respeito, pode citar-se um fantasma. Durante os anos de 1920 e 1930, os antropologistas gastaram boa quantidade de tinta a propósito de uma controvérsia sôbre "história" versus "função", algo que é hoje quase universalmente considerado como um falso problema. Um antropólogo pode legìtimamente realçar a síntese descritiva na qual o contexto histórico é preservado em todos os seus detalhes. Outro pode acentuar o papel desempenhado por dado padrão no atendimento das necessidades físicas ou psicológicas do grupo. Ambas as atitudes são necessárias; ambas se suplementam uma à outra. Nem é o isolamento hermético possível hoje em dia. O antropologista histórico pode jamais evitar completamente questões de significado e função. O arqueólogo, em contraste com o geólogo, pode jamais parar na descrição do que se acha presente numa camada. É compelido a perguntar: para que serve isto? Assim também, o antropólogo social é forçado a compreender que os processos que determinam os acontecimentos se acham engastados no tempo tanto quanto na situação.

Tomemos o exemplo do culto da Dança Fantasma entre os índios *Sioux*, há sessenta anos, quando estavam acuados por todos os lados pelo Homem Branco. As características mais gerais daquela religião predominantemente nativas talvez possam ser explicadas em termos funcionais. Na realidade, uma das generalizações mais seguramente firmadas da antropologia cultural é a que diz que, quando a pressão dos brancos sobre os aborígenes atinge certo ponto, há uma revivescência da religião antiga, ou um culto parcialmente novo de tipo messiânico surgirá em seu lugar. Em ambos os casos, a crença nativa prega os antigos valores e profetiza a retirada ou a destruição dos invasores. Assim aconteceu na África e na Oceânia, bem como nas Américas. O apelo emocional de uma doutrina dessa natureza não é difícil de compreender. Mas, tão logo tentemos compreender os traços específicos da religião da Dança Fantástica, a psicologia e a função nos conduzirá apenas à confusão, se não introduzirmos no estudo também a história. Por que são certos atos simbólicos dirigidos sempre para o Ocidente? Não será porque o Ocidente é a terra do sol poente, nem porque é onde se situa o oceano mais próximo, nem por qualquer outra razão que poderia ser deduzida de princípios psicológicos gerais. O Ocidente é significativo por força de um acontecimento histórico específico — o fundador do culto veio para a tribo dos *Sioux* vindo de Nevada.

Poderia um visitante marciano que chegasse aos Estados Unidos em 1948 dar uma interpretação sensata aos direitos dos Estados, tomando por base os fatos da época? Aqueles direitos, sem dúvida alguma, só poderiam ser compreendidos se ele fosse capaz de se projetar para o passado, até as circunstâncias de 1787, quando o pequeno Estado de Rhode Island tinha boas razões para temer os grandes Estados de Massachusetts e Virgínia. Só é possível compreender qualquer traço cultural dado se ele for encarado como o ponto extremo de seqüências específicas de acontecimentos que remontam a um passado distante. As formas perduram, mudam as funções.

Os complexos acontecimentos históricos que acarretaram a diversificação das culturas não podem ser explicados por seja qual for a fórmula simples. Os estímulos de objetos e idéias estrangeiros e das mudanças ambientais foram importantes. As condições de aglomeração devidas aos aumentos de população forçaram novos inventos sociais e materiais. As pressões demográficas, além disso, provocaram migrações que foram significativas por causa do seu caráter seletivo. Os que emigram jamais constituem uma amostra colhida ao acaso, de natureza biológica, temperamental ou cultural, do povo de origem. Embora muitas maneiras padronizadas de reagir representem inquestionavelmente reações quase inevitáveis a um ambiente externo no qual o grupo vive ou viveu outrora, também é certo existirem muitos casos em que as condições meramente limitam a possibilidade de reação, antes de vir a compelir, afinal, um único e o mesmo modo de adaptação. Esses são os "acidentes da história".

Permitam-me dar um ou dois exemplos. Numa sociedade onde o chefe tem, realmente, grande poder, ocorre nascer um dado chefe com uma desordem glandular que provoca a formação de uma personalidade fora do comum. Em virtude de sua posição, é ele capaz de provocar mudanças, conforme ao seu temperamento, no modo de vida de seu grupo. Sabe-se que uma circunstância dessa ordem costuma ser seguida por modificações relativamente temporárias ou relativamente duradouras nos padrões culturais.

Suponhamos, por outro lado, que, no mesmo grupo, um chefe morre relativamente jovem, deixando como herdeiro uma criança de colo. Já se observou que isto resulta numa assinalada cristalização de duas facções ao redor de dois parentes rivais mais velhos, cada um dos quais tem pretensões mais ou menos igualmente válidas a agir como "regente". Ocorre um cisma. Em seguida, cada grupo segue o seu destino em separado, e o resultado final é a formação de duas variantes distintas do que outrora constituía uma cultura homogênea. Ora, é provável, sem dúvida, que as linhas de facção originais tivessem as suas bases em condições econômicas, populacionais ou de outra natureza. Em suma, a forma e a trama da "peneira que é a História" deve ser considerada como configurada não apenas pelo ambiente total de qualquer dado ponto no tempo, mas também por fatores individuais, de natureza psicológica e acidental.

Uma das características diagnósticas de uma cultura é a sua seletividade. A maior parte das necessidades específicas pode ser satisfeita segundo uma ampla variedade de maneiras, mas a cultura escolhe apenas um ou muito poucos, dentre todos os modos orgânica e fisicamente possíveis. "A cultura escolhe" é, sem dúvida, uma forma metafórica de falar. A escolha *original* foi, necessariamente, feita por um ou mais indivíduos, e depois acompanhada por outros indivíduos (ou não se teria transformado em cultura). Mas, do ponto de vista daqueles indivíduos que aprendem mais tarde a cultura, a existência de tal elemento é um desígnio para a vida que tem o *efeito* não de uma escolha feita por aqueles seres humanos, como uma reação à sua própria situação particular, mas, antes, de uma escolha que ainda acarreta obrigações, embora feita por indivíduos desaparecidos desde muito tempo.

Essa consciência seletiva do ambiente natural, essa interpretação estereotipada do lugar do homem no mundo, não é meramente inclusiva; implìcitamente, ela também exclui outras alternativas possíveis. Porque há nas culturas a tensão no sentido da coerência, tais inclusões e exclusões são significativas, muito além da atividade específica que intervém diretamente. Da mesma forma que a "escolha" de um indivíduo, numa época crucial, torna-o comprometido a seguir pelo resto da vida certas condições, os pendores, tendências e interêsses originais, que vieram a se estabelecer no modo de vida de uma sociedade recém-formada tendem a canalizar uma cultura em certas direções, em oposição a outras. As variações que subseqüentemente se verificam na cultura — tanto aquelas que surgem internamente quanto as que são uma resposta ao contacto com outras culturas ou às mudanças no ambiente natural, não ocorrem ao acaso. Pequenas mudanças cumulativas tendem a ocorrer na mesma direção.

Isso é inevitável, porque nenhum ser humano, a não ser uma criança recém-nascida, jamais é capaz de enxergar o mundo como algo novo. O que vemos e as nossas interpretações do que vemos são filtrados pelas malhas invisíveis da cultura. Como escreveu Ruth Benedict:

O papel do antropologista não é interrogar os fatos da natureza, mas insistir nas interposições de um têrmo médio entre a "natureza" e o "comportamento humano"; o seu papel é analisar aquêle meio termo, documentar as doutrinações da natureza feitas pelo homem e insistir em que essas doutrinações não podem ser interpretadas em qualquer cultura como se fossem a própria natureza. Embora seja um fato da natureza que a criança se torna um homem, o modo pelo qual essa transição é levada a efeito varia de uma sociedade para outra, e nenhuma daquelas pontes particulares deve ser encarada como o caminho "natural" para a maturidade.

Pelo mesmo princípio, a mudança que ocorre na cultura de um povo, quando esse povo se transfere a um novo ambiente físico, não é simplesmente o resultado das pressões ambientais somadas às necessidades e limitações biológicas.

O uso que se faz das plantas, animais e minerais, será limitado e dirigido pelos significados existentes ou potenciais que tais coisas possuem na tradição cultural. A adaptação ao frio severo ou ao calor extremo dependerá das habilidades culturais disponíveis. A resposta do homem nunca é aos fatos físicos em bruto, como tais, mas sempre àqueles fatos que se acham definidos em termos culturais. Para as pessoas que não sabem como trabalhar o ferro, a presença do minério de ferro no seu *habitat* natural não representa, em nenhum sentido significativo, um "recurso natural". Por isso, culturas encontradas em ambientes físicos grandemente parecidos muitas vezes estão longe de se mostrar idênticas, e culturas observadas em diferentes ambientes às vezes se mostram muito parecidas.

Os ambientes naturais dos Estados Unidos são muito variados, e no entanto, os americanos do árido Sudoeste e do chuvoso Oregon comportam-se ainda segundo maneiras que se podem facilmente distinguir dos modos dos moradores dos desertos australianos, de uma parte, e dos habitantes da verdejante Inglaterra, de outra.

Tribos como a dos pueblo e a dos navajos, vivendo em ambientes naturais e biológicos substancialmente idênticos, manifestam ainda assim diferentes maneiras de viver. Os ingleses que residem na região da Baía de Hudson e os que vivem na Somália Britânica partilham ainda assim desígnios de vida comuns. É verdade, claro está, que os diferentes ambientes naturais são responsáveis por alterações observáveis. Mas o fato surpreendente é que, a despeito das tremendas diferenças no ambiente físico, perduram ainda desígnios partilhados de vida.

Os habitantes de duas aldeias não muito distantes, no Nôvo México, Ramah e Fence Lake, pertencem todos ao chamado tronco físico "antigo americano". Um antropologista físico diria que representam amostras colhidas ao acaso da mesma população física. As mesetas rochosas, a precipitação anual de chuvas e a sua distribuição, a flora e a fauna que rodeiam as duas aldeias, praticamente não apresentam variações perceptíveis. A densidade demográfica e distância a que se acham de uma estrada de grande movimento é quase a mesma em ambos os casos. Ainda assim, até mesmo o visitante distraído percebe imediatamente as distinções. Há diferenças características de vestuário; o estilo das casas é diferente; há uma taverna numa das cidades mas tal não existe na outra. Caso este rol fosse completado, ficaria conclusivamente demonstrado que predominam diferentes padrões de vida nas duas localidades. Por quê? Antes de tudo, porque as duas aldeias representam variantes da tradição social anglo-americana em geral. Possuem culturas ligeiramente diferentes: uma é mórmon, a outra, texana transplantada.

Por outro lado, as diferenças entre culturas que existiram por muito tempo no mesmo ambiente físico efetivamente diminuem, embora nunca cheguem a desaparecer completamente. A aldeia irlandesa de Adare foi fundada há cêrca de duzentos e cinqüenta anos por protestantes germânicos e possui ainda uma cultura distinta. Quanto mais acentuado o caráter do ambiente, tanto mais vêm a se assemelhar entre si, a pouco e pouco, as várias culturas nele situadas. O vestuário e outros aspectos da cultura material têm especiais probabilidades de refletir a situação ambiental, ainda que, como no caso dos europeus que continuam usando traje de estilo europeu mesmo nos trópicos, haja exemplos em que o compulsivo cultural resiste obstinadamente às exigências da adaptação ao ambiente. Vez por outra, determinada localização física faz com que seja inteiramente impossível a continuação de uma tradição cultural importada. Mais freqüentemente, há lentas modificações seletivas sob as influências ambientais. O desenvolvimento gradual das culturas regionais dos Estados Unidos explica-se parcialmente pelos diferentes caracteres das populações que colonizaram tais regiões, e parcialmente pela tendência geral de se tornarem as áreas ambientais áreas de cultura. No nível primitivo, as correlações entre o ambiente e a vida econômica ou política são geralmente muito mais acentuadas. As técnicas de fabricação de tapetes geralmente se desenvolvem entre os povos nômades das regiões áridas. Há quase sempre ausência de governo fortemente centralizado entre os habitantes do deserto. Em condições primitivas, bandos patrilineares de talvez cinqüenta membros constituem a forma normal de organização social, em regiões onde a população é de um habitante ou menos por milha quadrada. Steward mostrou haver íntimas semelhanças entre os padrões sociais dos bosquímanos, dos pigmeus africanos e malásios, dos australianos, tasmanianos e índios da Califórnia Meridional.

A nutrição é, evidentemente, produto conjunto do ambiente e da cultura. Os recursos naturais podem existir, mas é igualmente necessária uma tecnologia para explorá-los. O mesmo clima e o mesmo solo podem sustentar uma população enormemente maior, se for introduzida por difusão uma lavoura nova e mais conveniente. Por sua vez, uma população densa é condição de certos tipos de elaboração social. Ralph Linton sugeriu que um repentino surto de desenvolvimento das culturas pré-históricas do sudoeste dos Estados Unidos está ligado à introdução da fava naquela área. Os seres humanos podem dar-se bem com uma dieta carente de amido, mas certo mínimo de proteínas e gorduras parece ser essencial. Em muitas partes do mundo, tais componentes são proporcionados pelos lacticínios, noutras pelas carnes ou peixes, noutras ainda por vários tipos de feijões. Na América aborígene, comiam-se cães e perus, em certos lugares, como luxos de determinadas ocasiões. Os povos do interior, em sua maioria, tinham de depender da caça, de nozes e de certas plantas silvestres para ter suas proteínas e gorduras. Isto significava que não podia nenhum grupo grande viver permanente numa mesma localização. O desenvolvimento de uma lavoura cultivada de proteínas fixou um teto demográfico consideravelmente mais elevado.

O ambiente físico ao mesmo tempo limita e facilita. Se considerarmos a geografia da Grécia, a lentidão da unificação política não será surpreendente. Inversamente, como o Egito constitui um trecho compacto de terras habitáveis, foi fácil desde cedo a união política. Pela simples necessidade de viver em certas partes do Ártico, os esquimós tornaram-se extraordinariamente engenhosos na elaboração das técnicas mecânicas. Quanto mais rude um povo, mais evidente a trama ambiental no seu tecido cultural. O ambiente, porém, jamais cria, em qualquer sentido literal. As enseadas da Tasmânia são tão boas quanto as de Creta e da Inglaterra, mas os tasmanianos jamais desenvolveram uma cultura marítima — em parte, sem dúvida, porque a Tasmânia se achava tão distante das principais rotas de desenvolvimento da civilização. Evidentemente, uma cultura é sempre condicionada pelas suas maneiras de ganhar a vida. Os agricultores provavelmente darão maior valor à abundância de filhos que os caçadores. As crianças pequenas constituem como que um incômodo para os mais velhos que precisam deslocar-se muito, e passam-se alguns anos antes que um jovem possa dar grande contribuição a uma economia baseada na caça. Um garôto, entretanto, começa a ser útil quando arranca as ervas daninhas de uma horta ou quando espanta os pássaros. A estratificação social não é bem desenvolvida num grupo que vive colhendo e caçando numa região onde o suprimento alimentar é amplo. As artes e ofícios mais requintados não aparecem, exceto quando a economia torna possível a especialização e certo lazer. Mas, em cada caso, é de se notar que o ambiente físico é uma condição necessária, mas não suficiente. Certas condições tornam possível a agricultura — desde que haja certa tecnologia (isto é, cultura). Se é praticada a agricultura, a organização social provavelmente será diferente daquela que caracteriza um grupo de caçadores. Entretanto, o primeiro plano ambiental apenas convida à prática da agricultura: não obriga a ela. O campo cultural é o fator determinante desde que seja acessível a situação natural.

Entretanto, ambos os fatores são de essencial importância — assim como também o é o fator biológico. Em dadas circunstâncias, alguns dêsses fatores podem ser de maior significação estratégica do que outros, mas nenhum jamais deve ser intelectualmente perdido de vista. Os americanos acham mais satisfatório isolar *a* chave da situação. Essa perigosa ilusão é agradavelmente satirizada por W. J. Humphreys, douta autoridade em matéria de climas:

Que é que molda a vida do homem?
O clima.
Que faz alguns serem pretos, outros morenos?
O clima.
Que faz viver o zulu em árvores
E vestir-se de fôlhas o nativo do Congo
Enquanto outros usam peles e ficam congelados?
O clima.
Que faz serem uns alegres e outros tristes?
O clima.
Que é que hipoteca as nossas terras,
Que nos faz suar para pagar a prestação,
Ou que nos cobra antes do vencimento?
O clima.

O enigma da construção de culturas só pode ser resolvido se dermos a três fatôres os seus justos valores: a cultura antecedente, a situação e a biologia. A situação inclui as limitações e potencialidades inerentes no meio físico: solos e topografia, plantas e animais, clima e localização. A situação inclui também fatos tais como a densidade de população, que constituem resultado, ao mesmo tempo, de fatores culturais e biológicos. A Biologia compreende as capacidades e limitações dos seres humanos em geral e as qualidades específicas de determinados indivíduos e grupos. Estas são particularmente difíceis de controlar, porque é tão difícil separar o que é hereditário do ambiental. Entretanto, como diz Ellsworth Huntington, "a hereditariedade percorre a história como um fio rubro". O papel dos indivíduos portadores de excepcionais dotes hereditários não é passível de dúvida. É provável também que os grupos diferem na proporção das pessoas que são criadoras ou que podem prontamente ajustar-se às condições transformadas. Os polinésios aprenderam o emprego das armas de fogo com rapidez inacreditável; os bosquímanos, após séculos de contacto, não adotaram nem a espingarda nem o cavalo.

Já se fizeram algumas comparações entre o desenvolvimento cultural e o biológico. É preciso acrescentar que a evolução orgânica, a despeito de ocasionais surtos repentinos, processa-se muito mais lentamente. Acreditam mesmo alguns pesquisadores que a evolução cultural passou tão adiante da evolução biológica, nos últimos milhares de anos, que se acha fora de controle; que o homem agora está à mercê de um mecanismo superorgânico que êle mesmo criou mas já não dirige.

Como quer que seja, aquele aspecto da antropologia biológica que é historicamente orientado já remontou o decurso da evolução humana até há pelo menos meio milhão de anos. Certas características cruciais, como no caso da evolução cultural, continuam sendo algo misteriosas. Até bem recentemente, o quadro parecia relativamente simples em seus traços principais e parecia adaptar-se bem às noções darwinianas da evolução. Durante a primeira parte do período a que os geólogos chamam pleistoceno, existia em Java uma espécie de homem macaco conhecida como *Pithecanthropus erectus*. Pelos meados do pleistoceno, havia verdadeiros homens, embora não do tipo moderno, na China, na Europa e na África. Muitas autoridades sentiam que aqueles seres biologicamente primitivos, ainda algo parecidos com os macacos, representavam o tipo de evolução que se poderia esperar de criaturas semelhantes ao *Pithecanthropus*. De cerca de 100 000 anos atrás até perto de 25 000 anos atrás, a raça de Neanderthal, variedade que evoluía na mesma direção, porém rude ainda, viveu na Europa, no norte da África e na Palestina. Apareceram então tipos que se aproximavam da espécie existente do homem (a que modestamente chamamos *Homo sapiens*), que gradualmente exterminaram os de Neanderthal, possìvelmente, em certo grau, absorvendo-os.

A interpretação mais antiga era aquela segundo a qual a evolução humana foi nìtidamente divergente, como uma árvore de muitos galhos. Os ramos inferiores do tronco, como os homens de Neanderthal, foram caindo um a um, deixando como único ramo sobrevivente o *Homo sapiens*. O desenvolvimento mais recente foi a divisão desse galho em ramos divergentes — as atuais raças humanas. Parece, porém, que o atual estado dos conhecimentos exige uma opinião diferente. Os fósseis de Java são hoje geralmente considerados como de uma verdadeira espécie de homem, parente muito próximo do homem da China (*Sinanthropus*), do mesmo período. O *Homo sapiens*, ao invés de constituir um ramo progressivo recente, aparece na Europa pelo menos já por ocasião do segundo período interglacial (isto é, antes do homem de Neanderthal, de aparência mais simiesca). Alguns eminentes estudiosos crêem que o homem de Piltdown [7], da Inglaterra, que apresenta certas semelhanças com

---

(7) O "Homem de Piltdown" constitui uma das maiores, senão a maior das burlas já sofridas pela antropologia. De 1912 a 1953, estêve à testa do cortejo de homens fósseis, muito embora as anomalias que apresentava tornassem quase impossível aceitar as suas credenciais. Seu crânio seria o de um legítimo *Homo sapiens* da primeira parte do pleistoceno, mas o maxilar era semelhante ao de um macaco, embora tivesse dentes de aparência humana. Os paleontólogos franceses e alemães, em sua maior parte, jamais aceitaram a sua autenticidade, e também os ingleses passaram a não aceitá-la depois que dois antropólogos britânicos, J. S. Weiner e Kenneth Oakley, num trabalho quase de detetives, vieram a provar que se tratava de um fóssil "fabricado". Seu trabalho foi feito no período de 1948 a 1953, e não teria sido possível a Kluckhohn deixar de cair no mesmo êrro de todos os que, até então, o consideravam real. — N. do T.

o homem moderno, deve ter datado do primeiro periodo interglacial. Uma recente interpretação desses fatos é a de que, durante todo o pleistoceno, diferentes correntes de seres humanos, em diferentes regiões e com diferentes velocidades, passavam por fases paralelas do processo evolutivo, que veio do macaco aos tipos humanos modernos. Segundo esse ponto de vista, o homem de Java pode ser considerado antepassado direto dos aborígenes australianos, o da China, dos mongolóides, o de Neanderthal, das raças européias, e talvez o homem da Rodésia ou outros fósseis africanos, dos negros.

De onde vieram os nossos antepassados, e quando, como se pareciam, qual a antigüidade das distinções entre as atuais variedades de homens — tudo isso deve ser ainda considerado como não resolvido. Sabemos que o processo foi longo e complexo. Sabemos que a evolução biológica, assim como a evolução cultural, tende a continuar nas direções que iniciam. No decorrer desta "deriva", opera-se a seleção em ambos os casos. Mas, no caso da evolução biológica, as variações persistem na medida em que promovem a sobrevivência do animal humano. A seleção cultural centraliza-se cada vez mais nas lutas sobre séries concorrentes de valores. A antropologia biológica e a cultural constituem uma unidade, porque ambas são necessárias para responder à pergunta central: como chegou cada povo a ser como é?

Dixon resumiu de maneira eloqüente os princípios gerais que dizem respeito a esta pergunta:

... caracteres exóticos trazidos pela difusão e caracteres locais produzidos por sua herança cultural por adaptação, ou descobertos e inventados por seu próprio gênio e, em certo grau, freqüentemente correlacionados com o seu ambiente — desses dois elementos é feito o tecido da cultura de um povo. O alicerce ou urdidura vem do interior, os elementos exóticos, ou trama, de exterior; a urdidura é estática, pelo fato de ser, de algum modo, ligada ao ambiente, a trama é dinâmica, móvel, deixando-se levar pelas linhas de difusão. A analogia têxtil pode, aliás, ser levada mais adiante com proveito. Pois, se o ambiente de um povo é fortemente marcado, a urdidura, os traços fundamentais de sua cultura que são de algum modo correlacionados com o ambiente também tenderão a ser nitidamente definidos; e se a trama, os traços exóticos que neles se introduzem, é reduzida e fraca, a urdidura ainda se destacará na sua cultura, mostrando-se tão forte e grossa como um tecido afustonado. Assim, no caso dos esquimós, os traços baseados no meio muito claramente definido destacam-se nitidamente, pouco havendo em matéria de elementos exóticos que tenham alcançado aquele grupo isolado. Onde, por outro lado, o ambiente carece de acentuada individualidade, fazendo com que os traços fundamentais sejam relativamente indistintos, ao passo que os caracteres exóticos proporcionados por difusão são numerosos e destacados, o elemento da trama pode passar a sobrepor-se à urdidura e ocultá-la em grande parte, como num cetim. ... Os traços culturais tirados por cada povo, pois, das oportunidades e limitações de seu *habitat*, formaram a base de sua cultura, a sua urdidura, estendendo-se entre êles próprios e seu ambiente. Através dela, as lançadeiras móveis da difusão distribuem a trama dos caracteres exóticos obtidos longe e perto, combinando trama e urdidura num padrão que o gênio e a história de cada povo determinam por si mesmo. ... Vivemos num mundo tridimensional e a cultura humana é construída de acordo com esse fato. Não é linear nem unidimensional, como desejariam os difusionistas extremados; não constitui mera superfície bidimensional de *habitats* contrastantes, como poderiam descrevê-la, talvez, os partidários do ambiente. Trata-se, antes, de uma estrutura sólida, firmemente colocada numa base cuja amplidão está na variedade do ambiente que o mundo proporciona e cuja extensão é a soma de toda a difusão, no decorrer de toda a história humana. A altura a que se eleva é variada e mede-se por essa coisa evasiva, composta de inteligência, temperamento e gênio, possuída em diferentes graus por tôda tribo, nação e raça.

As culturas não são constantes, mas se acham sempre em processo. A evolução biológica também prossegue. Os acontecimentos da história tanto cultural quanto biológica não são isolados, mas obedecem a um padrão; a história consiste de padrões tanto quanto de acontecimentos. Tão logo o passado e o presente estejam separados um do outro, o conhecimento do passado não terá grande valor para os problemas do presente. Se, porém, o passado vive no presente, mesmo que oculto por baixo dos seus traços contraditórios e mais claros, neste caso o conhecimento histórico proporciona a visão interior das coisas. O tecido cultural pode ser comparado a um tecido de seda de côres contraditórias. É transparente, e não opaco. Para o olho treinado, o passado brilha por baixo da superfície do presente. A tarefa dos historiadores antropológicos é revelar os traços menos óbvios ocultos de um olhar descuidado, na situação presente.

CAPÍTULO IV

Crânios

Um escrupuloso antropologista físico húngaro, von Török, fazia mais de 5 000 medições em cada caveira que estudava. O grande antropólogo inglês Karl Pearson idealizou um instrumento, chamado coordinatógrafo craniano, a fim de poder descrever a caveira em função de certas geometrias modernas. Quando tinha bastante prática, dizia ele, podia trabalhar uma caveira em seis horas.

Não chega a ser estranho que os antropologistas físicos tenham parecido ao público em geral, e mesmo aos seus colegas cientistas, como obsedados por caveiras. É verdade que algumas das medidas feitas pela antropologia física clássica pouquíssima relação tinham com o que nos ensinou a moderna embriologia experimental com respeito aos verdadeiros processos de desenvolvimento dos ossos e tecidos. É verdade também que parte do pensamento dos antropologistas físicos não foi tão prontamente remodelada como deveria ter sido, para acompanhar os novos conhecimentos da hereditariedade, ganhos pelas experiências de Gregório Mendel com ervilhas no jardim de um mosteiro. Durante certo tempo, foi a antropologia física em geral o quarto de despejo das ciências.

Não obstante, a preocupação com medidas e observação de pequenas curiosidades anatômicas fazia parte integrante da principal tarefa da antropologia — a exploração do grau de variação humana. O antropologista físico fazia, na biologia humana, algo que era idêntico, em princípio, ao trabalho dos arqueólogos e etnólogos sobre a cultura humana. E as regras rigorosas e padronizadas de medição desenvolvidas pelos antropologistas físicos desde logo tiveram utilidade prática.

As primeiras aplicações foram feitas no campo da antropologia militar. Foi possível estabelecer padrões físicos para recrutas, dizendo com precisão até que ponto um homem determinado estava acima ou abaixo da média de um particular grupo de idade e econômico, com relação à estatura, peso e coisas semelhantes. Esta informação facilitou a seleção, a rejeição e a classificação científica. Pouco mais tarde, esses tipos de classificação passaram a ser empregados pelas companhias de seguros e instituições educacionais. Outro desenvolvimento ocorrido no terreno militar dizia respeito ao abastecimento. Quantos sobretudos tamanho quarenta e dois seriam necessários, entre um milhão de homens recrutados nos Estados centro-setentrionais? Dadas certas amplitudes de distribuição, numa amostra cuidadosamente escolhida, medida por técnicas padronizadas, é possível fazer previsões que são muito melhores do que as suposições baseadas numa avaliação não sistemática, de experiências anteriores.

A utilidade da antropologia física, na adaptação do vestuário aos homens, progrediu grandemente durante a Segunda Guerra Mundial. Os problemas apresentados eram cruciais. As máscaras contra gases não são de grande valia, se não se adaptam convenientemente, e no entanto não podem ser construídas sob medida para cada indivíduo. Certas saídas de emergência de aviões revelaram-se por demais pequenas para proporcionar segurança, a menos que se tomasse grande cuidado para designar homens de pequena estatura para determinados postos. O número de homens suficientemente pequenos para operar os torretes de canhões era insuficiente em muitas unidades. A importância capital do espaço, na aviação e nos tanques de guerra, exigiu pesquisas antropológicas de fatôres humanos, nos desenhos de engenharia e na distribuição de pessoal. Na operação de numerosas máquinas de guerra, o fator que determinava a exatidão passou a ser não a máquina, mas o homem que a controlava. O antropologista físico muito ajudou em determinar que os controles manuais, pedais, assentos e aparelhos óticos fossem instalados segundo as posições e movimentos naturais do corpo humano — supondo dadas distribuições de medidas dos membros e semelhantes, dentro dos grupos escolhidos para cada tarefa.

A antropologia física aplicada se está desenvolvendo na mesma direção, na vida civil. O Professor Hooton realizou amplas pesquisas para uma companhia ferroviária, a fim de projetar assentos que acomodassem a maior variedade possível de formas e dimensões de trazeiros humanos. Um antropólogo inglês trabalha na disposição de assentos para escolares. Os fabricantes de roupas estão compreendendo que precisam conhecer as necessidades do consumidor tanto quanto do varejista, para que possam evitar saldos imobilizados. Neste caso, as habilidades do antropologista social estão sendo somadas às do antropologista físico, pois se estão levando em conta os grupos regionais, econômicos e de classes sociais. Elaboram-se atualmente sistemas pelos quais podem fazer-se acuradas previsões sobre a distribuição de tamanhos do público comprador, de ano para ano, entre, por exemplo, as mulheres das fazendas do Arkansas, em contraste com as operárias de Pensilvânia pertencentes ao mesmo grupo de idade. Assim, podem os desenhistas criar novos trajes que se adaptam às populações determinadas a que se destinam.

Em conseqüência de todas as suas medições e observações minuciosas, o antropologista físico é também um perito em identificações. Encontra-se um esqueleto. É de homem ou de mulher? Sadia ou não? Jovem ou velha? Teria sido a pessoa, em vida, atarracada ou esbelta, alta ou baixa? Será o esqueleto de um índio norte-americano? Neste caso, representa sem dúvida um decente sepultamento de um ou dois séculos atrás. Se, porém, é identificado como de origem européia, pode estar em jogo uma questão de homicídio. Os antropologistas físicos responderam a muitas dessas perguntas para o FBI e para a polícia estadual e local. Por exemplo, o Dr. Krogman, como "detetive de ossos", mostrou à polícia de Chicago que certo número de ossos provenientes de diferentes lugares de North Halstead Street pertenciam ao mesmo indivíduo. Noutro caso, provou que o esqueleto era de um rapaz de dezoito a dezenove anos, de raça negra e índia mescladas — e não o de um adulto branco de trinta anos, como afirmara um anatomista, depondo como perito de uma companhia de seguros.

As principais questões científicas com que se tem preocupado a antropologia biológica têm sido as seguintes: quais são os mecanismos da evolução humana? Por que processos se desenvolvem os tipos físicos locais? Quais são as relações entre a estrutura e as funções das variações anatômicas e fisiológicas? Que conseqüências trazem as diferenças de idade e de sexo? Existe alguma ligação entre os tipos de estrutura corporal e a susceptibilidade a certas doenças ou a propensão para certos tipos de comportamento? Quais são as leis de crescimento humano, por nível de idade, por sexo e pela raça? Que influências têm os fatores ambientais sobre o físico humano? Como podem a forma e a função do corpo durante a infância e a adolescência ser investigadas, a fim de elaborar normas que regulem as exigências relativas ao comportamento físico e mental do jovem em crescimento?

Todas essas perguntas são, de certo modo, aspectos especializados de um único problema fundamental: como as variações do físico humano e do comportamento humano se relacionam, por um lado, com o material herdado com que nasce o organismo vivo, e por outro, com a pressão exercida sobre os organismos pelo ambiente? Os potenciais hereditários dos seres humanos acham-se contidos em vinte e quatro corpúsculos filiformes chamados cromossomos. Cada um dêsses cromossomos contém um número muito grande (embora ainda não exatamente determinado) de genes. Cada gene (um novelo submicroscópico de produtos químicos) é independente na sua ação e mantém mais ou menos indefinidamente o caráter individual, embora haja, ocasionalmente, uma súbita transformação (mutação). Os genes são efetivamente herdados. Mas as exatas características que um adulto irá mostrar só podem ser previstas em reduzido número de casos, pelo conhecimento do equipamento genético da criança, herdado na concepção. O que virá a ser produzido pelos genes é influenciado pelos sucessivos ambientes em que amadurece o organismo. Tomemos dois exemplos simples, do mundo vegetal. Há uma espécie de caniço que cresce quer sob a água, quer na terra úmida. As plantas, nos dois ambientes, têm um aspecto tão extremamente diferente que o leigo mal pode acreditar que seus genes são idênticos. Algumas plantas produzem flores vermelhas numa temperatura, brancas noutras. No caso de sêres humanos, o ambiente dentro do ventre pode variar consideràvelmente e, após o nascimento, as variações de nutrição, cuidados, temperatura e outras podem ter conseqüências muito significativas. O processo é complexo, nada simples. Como diz o emérito geneticista Dobzhansky:

> Os genes produzem não caracteres, mas estados fisiológicos que, por meio de interações com os estados fisiológicos produzidos por todos os demais genes do organismo, e com as influências ambientais, fazem com que o desenvolvimento siga um caminho definido e com que o indivíduo apresente certos caracteres, num dado nível do processo de desenvolvimento.

Um indivíduo tem os mesmos genes pela vida inteira. É, porém, ruivo quando pequeno, louro na meninice, castanho quando adulto, grisalho quando velho. Por outro lado, evidentemente, nenhuma pressão ambiental, por maior que seja, produzirá um cactus de uma roseira ou transformará um veado num alce.

Um vasto complexo de condições exteriores ao homem acha-se coberto pelo têrmo "ambiente". Existe o ambiente cultural. Existe o ambiente social — densidade de população, situação de uma comunidade com relação às principais vias de comunicações, tamanho de uma determinada família, na medida em que tal é independente dos padrões culturais. Há o ambiente físico; conteúdo mineral do solo, plantas, animais e outros recursos naturais; clima, radiações solares e cósmicas; altitude e topografia. Na maior parte, essas influências ambientais agem umas sobre as outras. No seio do ambiente total, ora um fator, ora outro influi sobre o organismo com especial intensidade.

O corpo humano reage às pressões ambientais, bem como às que nascem dos genes herdados. Franz Boas demonstrou que os descendentes americanos dos imigrantes diferem, nas medições cranianas e estaturas, de seus pais nascidos no estrangeiro, e que tais modificações aumentam com a extensão do tempo a partir da migração. Os filhos dos mexicanos dos Estados Unidos e dos espanhóis de Porto Rico também variam em relação a seus pais, de uma maneira constante. Shapiro descobriu que os meninos japoneses nascidos no Havaí são, em média, 4,1 centímetros mais altos que seus pais, e as meninas, 1,7 centímetros mais altas que suas mães. A constituição corporal da geração havaiana também era diferente daquela dos pais nascidos no Japão.

Estudando as crianças de um orfanato, Boas verificou que, quando a dieta era melhorada, quase todas as crianças do grupo alcançado atingiam a altura normal de sua idade e linhagem biológica. Não há dúvida de que a qualidade, quantidade e variedade da nutrição afeta a estatura e outros aspectos do físico. Entretanto, é igualmente certo que nem todas as variações podem explicar-se por essa causa. Os japoneses que permanecem no Japão têm mostrado tendência a aumentar de estatura, a partir de pelo menos 1878. A mesma tendência vem-se verificado na Suíça, já desde 1792, e pode ser documentada, quanto aos demais países europeus, desde partes mais remotas do século XIX, quando se pode dispor de registros adequados. Dentre os estudantes que entraram para Yale em 1941, aqueles de mais de 6 pés de altura constituíam 23% da classe, ao passo que, em 1891, constituíam apenas 5%. Acha-se em curso alguma forma de tendência geral de evolução, pois a transformação precede os modernos aperfeiçoamentos da dieta, da higiene e da ginástica, às quais tem sido muitas vezes atribuída. O único grupo de linhagem européia tão alto, em média, como os estudantes universitários norte-americanos de hoje é o povo de Cro-Magnon, da Idade Paleolítica. Os europeus medievais e aqueles do fim da idade da pedra eram muito mais baixos. Mills afirmou que o aumento de estatura, a partir dos tempos medievais, tem sido devido principalmente à gradual redução da temperatura. No momento, isto deve ser considerado apenas como uma hipótese, que precisa ser posta à prova. Entretanto, é interessante que Thomas Gladwin tenha recentemente mostrado provas da idéia de que os homens e outros animais que vivem nos climas tropicais evoluíram mais ou menos no sentido da redução do tamanho e da robustez.

A migração seletiva é um fator que vem complicar as comparações interpretativas entre emigrantes e as linhagens genitoras. Os japoneses que vieram para o Havaí diferiam significativamente de seus parentes próximos em suas localidades, em 76% de todos os índices calculados. Indivíduos de certos tipos de constituição corporal aparentemente respondem de maneira mais firme que outros à oportunidade de migrar, e presumivelmente levam ao novo ambiente um grupo especial de potencialidades hereditárias.

A dificuldade em isolar os fatôres ambientais dos hereditários e em segregar um dos outros os fatores ambientais impediu maior progresso além das generalizações de que o físico humano é instável em certos aspectos e de que se podem perceber desenvolvimentos a longo prazo e a prazo espantosamente curto, quando os mesmos genes operam sob diferentes condições. Novos trabalhos de antropologia física experimental estão testando os resultados da pressão ambiental, de várias maneiras engenhosas. Recentes estudos estatísticos também indicam certas notáveis associações entre os processos corporais, condições de clima e ciclos.

Não quer isto dizer que "o clima é o destino", precisamente. Mas, pelo menos nos Estados Unidos, as pessoas concebidas em maio e junho têm maiores probabilidades de viver mais que as concebidas noutros meses. Um número surpreendentemente grande de pessoas nasceu em janeiro e fevereiro. Os europeus que se mudam para climas quentes que carecem dos agudos contrastes entre as estações tendem a ter uma expectativa de vida reduzida, e alteram também seus níveis de reprodução. Huntington afirma que a inquietação e atividade incessantes dos americanos do norte dos Estados Unidos são estimuladas por freqüentes tempestades e violentas mudanças de tempo. Mostrou também provas de flutuação sazonal na incidência de crimes, suicídios e insanidade, nos Estados Unidos e nos países europeus, e de periodicidade sazonal nos conflitos na Índia. Finalmente, assegura Huntignton que a saúde e a reprodução variam conforme o ritmo de uma complicada série de ciclos prolongados e curtos.

O homem é um animal domesticado. Os animais domesticados mostram grande ordem de variação e o homem parece ser um dos mais variáveis dentre todos os animais. Os antropologistas físicos demonstraram que a importância dessa variabilidade em questões práticas. O Professor Boas, por exemplo, foi um pioneiro na demonstração de que as idades fisiológicas dos escolares muitas vezes deixam de coincidir. O desenvolvimento da personalidade pode ser entravado, se esta ordem de variação é esquecida e as expectativas têm por base exclusivamente o estereótipo dos estudantes de doze anos, por exemplo. Boas introduziu também um timbre de sanidade nas discussões históricas do aumento do número de pacientes nos hospitais de doentes mentais. Em parte, disse êle, isso refletia meramente uma tendência maior a confiar tais indivíduos àquelas instituições, em vez de cuidar dêles em casa. Todavia, mesmo que a proporção de doentes mentais fôsse realmente maior, isto significaria, pelos princípios de distribuição estatística, que a proporção de indivíduos superiores na população havia aumentado de igual forma, na mesma escala.

Em muitos aspectos, a antropologia biológica tem constituído um útil suplemento da medicina. Tal tem sido verdadeiro mesmo num terreno aparentemente tão pouco prático como o do estudo da evolução humana, como escreveu o Professor Hooton:

> A especialidade conhecida como ortopedia trata, em certo grau, das dificuldades corporais devidas à imperfeita adaptação do homem à postura erecta e ao modo bípede de locomoção. O homem é um animal refeito. No decurso da evolução, seus antepassados funcionaram como pronógrados e batráquios arbóreos, ou como habitantes das árvores que se deslocavam pela utilização de braços — para não falar nas fases mais remotas que envolvem outras mudanças de *habitat*, atitude e modo de locomoção. Essa história de Proteu necessitou de repetidos remendos e da reconstrução de um organismo mais ou menos flexível e habituado a longo sofrimento. A estrutura óssea foi deformada, comprimida e distendida numa ou noutra parte, de acordo com as variações de tensões e pressões nelas feitas por diferentes atitudes e modificações no volume do corpo. Juntas estudadas para a mobilidade foram readaptadas para a estabilidade. Quanto aos músculos, praticou-se violência contra as suas origens e inserções, e sofreram enormes desigualdades na distribuição do trabalho. As vísceras foram revolvidas aqui e ali, umas levadas a descer, outras revertidas e transtornadas. Ao ser feita uma nova máquina de uma antiga, várias peças sobressalentes foram deixadas a se chocar do lado de dentro. ... Que a especialidade da ortopedia fôsse baseada justamente no mais amplo conhecimento e compreensão dessas modificações evolutivas parece-me tão evidente que não preciso dar-me ao trabalho de mostrar.

Pela mesma forma, os antropologistas físicos têm ajudado os dentistas que se especializam em distúrbios dos maxilares superior e inferior. Têm também ajudado os dentistas, observando o efeito de diferentes espécies de dieta sôbre o crescimento e decadência dos dentes. Um estudo comparativo das várias formas de pélvis femininas, em relação a diferentes índices de mortalidade infantil e maternal, numa vasta ordem de grupos humanos, permitiu obterem-se informações de utilidade prática para os obstetras. A pediatria é outra especialidade médica que tirou proveito das pesquisas comparativas da antropologia.

Outrossim, tem tido a antropologia certa influência, ainda que pequena, sobre o ponto de vista da profissão médica. Colaborou para que se restituísse à medicina a idéia do homem como um todo. O êxito de Pasteur e Lister foi tão grande que os médicos tenderam a deixar de tratar de homens passando a tratar apenas de sintomas isolados ou de suas supostas causas (por exemplo, o germe apontado como responsável pela doença). Os médicos, compreensivelmente, concentram-se no paciente individual e nos doentes como um grupo. Padrões adequados de normalidade biológica não podem ser alcançados em tais bases. A antropologia proporcionou à medicina métodos válidos de análises grupais e um senso da necessidade de amostras numericamente adequadas. Mostrou que os sintomas devem muitas vezes ser interpretados apenas depois que se levar na devida conta a posição do paciente num grupo de idade, sexo, constituição corporal e étnico. Pois certos sintomas falam muito menos a respeito do paciente como indivíduo do que sobre ele como membro de um grupo. Tomemos um exemplo da psiquiatria. Um velho siciliano, que falava apenas um pouco de inglês, foi tratar-se, num hospital de San Francisco, de um incômodo físico de pouca monta. O interno que o examinou percebeu que ele não parava de resmungar que estava sendo vítima dos feitiços de certa mulher, que esta era a verdadeira razão do seu sofrimento. O interno prontamente enviou-o à secção de psiquiatria, onde ele ficou durante vários anos. Todavia, na colônia italiana a que pertencia, todos os de seu grupo de idade acreditavam em feitiçaria. Tratava-se de coisa "normal", no sentido de padrão. Se alguém do mesmo grupo econômico e educacional do interno se tivesse queixado de ser perseguido por uma feiticeira, isto teria sido corretamente interpretado como indício de transtorno mental.

O estudo das imunidades e susceptibilidades especiais de várias populações acha-se ainda na infância. Entretanto, é bem sabido que há grupos na Ásia e na África muito mais resistentes a certos germes do que os imigrantes europeus naquelas áreas. O câncer e os males do fígado são muito mais comuns em certas populações que noutras. Peculiaridades do sangue, que provocam a morte de recém-nascidos por ocasião do parto (ou ainda dentro do útero), diferem grandemente na sua incidência entre negros, chineses, índios americanos e brancos. Os processos metabólicos são influenciados pela alimentação, pelo ambiente e por outros fatores, e, quando muito, apenas parcialmente são determinados por genes contrastantes. O mesmo deve ser referido com relação aos muitos padrões variantes de índices de incidência de doenças entre diferentes tipos físicos, embora alguns pareçam ser puramente ou principalmente genéticos. Por exemplo, o caráter especializado da epiderme negra parece, graças à sua densa pigmentação, proporcionar relativa imunidade a certas doenças da pele. Os habitantes de cor de Java e da África do Sul são propensos ao câncer do fígado mas apresentam menos casos de câncer do seio e outros órgãos do que os europeus. Pensam alguns, entretanto, que isso pode ser devido à infestação local, por parasitas. A susceptibilidade diferente a certas doenças foi provavelmente um dos principais agentes da seleção natural no homem. A tosse ferina, o bócio e o cretinismo são especialmente freqüentes na Europa Setentrional; os povos da Europa Central são também vulneráveis ao bócio e ao cretinismo, porém apresentam relativamente poucos casos fatais de doenças pulmonares; os negros norte-americanos são resistentes à malária, à febre amarela, ao sarampo, à escarlatina e à difteria, mas sofrem de doenças do coração, dos pulmões, dos rins e de tuberculose. Algumas dessas variações são evidentemente explicáveis pelo ambiente físico e pelos fatores de isolamento e exposição, assim como pelas condições sociais e econômicas.

A antropologia constitucional é também estreitamente ligada aos problemas médicos. Como estudo comparativo de grupos humanos, interessa à antropologia reconhecer e descrever todos os tipos de físico humano, quer encontrados dentro de um grupo cultural, quer numa população biológica, quer num corte de ambas, em profundidade. Descobriram as companhias de seguros, pela experiência, que alguns tipos corporais dentre os norte-americanos significavam menores riscos que outros. Os clínicos, durante muito tempo, tiveram a impressão visual de que os homens e mulheres de certas constituições corporais eram mais susceptíveis a certas doenças do que aqueles de diferente estrutura corporal. Por isso, dentre aqueles que sabiam medir e observar o corpo humano, procuraram os médicos um esquema viável para descrever e classificar os tipos físicos, que refletisse antes a constituição individual que o tipo de características da herança física dos brancos em oposição aos negros, dos negros em oposição aos asiáticos orientais, etc.

Conforme se demonstrou, várias combinações de medidas e índices antropológicos diferenciam a maior parte daqueles que sofrem de certas doenças da população em geral. Por exemplo, descobriu um investigador que as crianças portadoras de eczemas e tétano tinham rostos, ombros, peitos e quadris relativamente mais largos que um grupo de crianças sadias do mesmo ambiente social. Por outro lado, crianças portadoras de intoxicações agudas e determinadas outras enfermidades tinham rostos e ombros relativamente mais estreitos que os grupos de controle. Outro estudo ajudou no rápido diagnóstico e tratamento de dois tipos de artrite, indicando que os pacientes de ossos grandes, músculos densos e de compleição um tanto atarracada tinham muito mais probabilidades de se enquadrarem no grupo portador da doença deformadora das articulações do que no grupo reumático.

A susceptibilidade à tuberculose, às úlceras de vários tipos, a certas classes de doenças cardíacas, à paralisia infantil e à diabete foi relacionada, de maneira plausível, com formas especiais de físico. Uma variedade extremamente dolorosa de dor de cabeça, a enxaqueca, parece depender não apenas de certas tendências psicológicas e de personalidade, em particular, mas também de um padrão de caracteres anatômicos do crânio e da face. Homens que se aproximam do tipo feminino, em numerosos aspectos, e mulheres que têm muitos traços físicos masculinos, parecem ser especialmente propensos a vários tipos de incômodos psíquicos e também a um grupo de enfermidades orgânicas. A utilidade prática mais imediata de todas essas correlações está não tanto no auxílio prestado a um diagnóstico preciso e rápido, quanto na medicina preventiva. Quando se tem maiores probabilidades do que outras pessoas de sofrer de úlcera no estômago, é muito aconselhável prestar mais atenção do que habitualmente à dieta e evitar distúrbios emocionais.

Trabalhos recentes mostram correlações, pelo menos toscas, entre a compleição e o temperamento ou personalidade. Pesquisas feitas pelo Dr. Carl Seltzer relacionam uma série de desproporções físicas com certa tendência para mostrar determinado padrão de personalidade. Jovens de estatura desusadamente elevada, em relação ao peso, cujos quadris são largos em relação aos ombros, que têm cabeças grandes em comparação com as dimensões do peito e que revelam todas ou quase todas as demais assimetrias especificadas são, em média, mais sensíveis, menos estáveis, menos capazes de fazer ajustamentos sociais fáceis. Tal associação não se aplica, evidentemente, a todo caso individual. Entretanto, tais análises estatísticas ajudam não somente por indicarem múltiplas possibilidades de que uma pessoa de certo tipo corporal terá certas tendências de personalidade, mas também por esclarecer a relação de cada indivíduo com seu grupo. A medida em que se aproxima ou se afasta das médias do grupo é um indício inestimável para se compreenderem os seus problemas particulares.

Um dos estudos mais célebres de antropologia cultural é o do Professor Hooton sobre o criminoso norte-americano. Sua descoberta de que os criminosos, em geral, são biologicamente inferiores, tem sido contestada. A maior parte dos críticos concluiu que êle levou em pouca conta os fatores sócio-econômicos. Hooton deixa perfeitamente claro que os criminosos "não levam o estigma de Caim nem nenhum outro estigma físico específico, pelo qual possam ser de imediato identificados." Entretanto, apresenta boas provas de certas associações. Por exemplo, dentre os criminosos como um grupo, os condenados por furto e roubo são mais provavelmente baixos e esbeltos; os condenados por crimes sexuais tendem a ser baixos e gordos.

Quanto a numerosas assertivas de Hooton, o leitor cauteloso provavelmente terá de dar o prudente veredicto escocês: "não provado". Por outro lado, a demonstração de que alguns dos seus métodos não eram satisfatórios não significa que se possa eliminar por completo a existência de um fator constitucional na criminalidade. Na realidade, um crítico desapaixonado deve admitir que os dados indicam, acentuadamente, que os criminosos dos Estados Unidos não constituem uma amostra biológica randômica da população total; nem é tampouco a distribuição de tipos físicos entre os condenados de várias classes de crimes aquilo que se poderia esperar do simples acaso. Na verdade, a pressão das circunstâncias deve disparar a arma. Entretanto, o que Hooton afirma é simplesmente que uma predisposição constitucional torna alguns indivíduos mais certeiros do que outros no gatilho. Alguns dos indivíduos criados em cortiços e colocados em íntimo contacto com criminosos mais velhos enveredam pelo crime. Outros não o fazem. Por que, se são os fatores ambientais, exclusivamente, os responsáveis pela criminalidade, não reagem pela mesma forma todos os indivíduos numa mesma situação? Em certos casos, pode-se dizer que uma determinada cadeia de ocorrências de uma vida, somada ao ambiente geral, basta para explicar o fato de que um irmão torna-se ladrão e outro sacerdote. Seria animador imaginar que o ambiente (que é potencialmente controlável) seria sempre o responsável. A dura realidade, entretanto, deixa entender que o fator biológico merece outros estudos.

Progressos enormes foram obtidos na descrição acurada de várias estruturas corporais, graças aos esforços do Dr. W. H Sheldon e seus colaboradores. Antes que Sheldon criasse o método de classificação de tipos somáticos, não era possível obter-se mais que uma descrição superficial de um dado indivíduo, em termos breves, chamando-lhe "atarracado", "magro", ou "médio". Fora disso, perdia-se o interessado num lista interminável de medidas, índices e observações. Era claro, entretanto, que os indivíduos realmente observados possuíam vasto número de gradações de gordura, de magreza e de combinações de ambas. O sistema de Sheldon leva em conta essa variação numa escala contínua. Cada uma das cinco diferentes áreas do corpo é classificada de um a sete, tendo-se em vista a relativa proeminência de três fatores: endomorfia (que diz respeito às gorduras e vísceras), a mesomorfia (que diz respeito aos ossos e músculos) e ectomorfia (que diz respeito à área superficial em relação ao volume e ao sistema nervoso em relação à massa). Essas variações são combinadas para produzir um somatótipo do corpo em geral. Assim, o somatótipo 226 significa que o terceiro componente (ectomórfico) é mais proeminente. O indivíduo é fraco e algo frágil na estrutura, mas não se acha no extremo de seu tipo, pois a relação é 6 e não 7. Tem desenvolvimento muscular fraco, pois a relação mesomórfica é apenas 2. Tem poucas gorduras ou áreas suavemente arredondadas no corpo, pois a relação endomórfica (2) acha-se próxima do ponto mais baixo. Descritivamente, seria ele chamado um ectomorfo "forte" — porém, não "extremo". Cerca de 25 de cada mil alunos de universidades estudados receberam essa classificação.

O número teórico dos somatótipos é 343, mas apenas 76 foram observados nos grupos até agora estudados. Dentre 1 000 estudantes universitários norte-americanos do sexo masculino, a distribuição de tipos foi a seguinte: 136 endomorfos, 228 mesomorfos, 210 ectomorfos, 190 equilibrados, 236 tipos esporádicos raros. Numa série de 4 000, pouco mais de três quartos dos pacientes caíram em 29 somatótipos.

Admite-se, de modo geral, que a classificação descritiva de Sheldon assinala um grande progresso, embora possam ser necessárias outras modificações e aperfeiçoamentos. Há, porém, muita controvérsia sobre a pretensa ligação entre os somatótipos e certos padrões de sessenta caracteres temperamentais. Afirma-se que os mesomorfos interessam-se particularmente pela atividade, os ectomorfos pelo pensamento, os endomorfos por comer e gozar a vida. Certas provas indicam que os doentes mentais que sofrem de manias de perseguição e de grandeza provàvelmente são mesomórficos, e os que sofrem de exageradas mudanças de disposição, mesomórficos ou endomórficos. Os pacientes diagnosticados como esquizofrênicos comumente são ectomórficos ou têm um físico desarmonioso. A prognose do tratamento de choque elétrico parece ser a melhor para aquêles de elevada endomorfia e pior para os de elevada ectomorfia. Muito trabalho ainda precisa ser feito quanto às correlações entre somatótipo e personalidade e entre somatótipo e suscetibilidade a tipos particulares de doença mental. Entretanto, já há boas razões para crer que existe certa relação significativa.

A classificação somatotípica pode ser considerada como uma técnica valiosa ainda na fase da exploração. Até agora, a maior parte das pesquisas foi feita sobre universitários do sexo masculino. Poucas mulheres foram estudadas. Poucos grupos mais velhos e mais jovens forneceram amostras. Pouco se sabe das modificações da idade no mesmo indivíduo ou dos efeitos da alimentação ou de outras influências do meio. Entretanto, Gabriel Lasker mostrou que, quando trinta e quatro voluntários foram sujeitos a um tipo europeu de dieta de fome, durante trinta e quatro semanas, o somatótipo de cada indivíduo foi significativamente alterado. A maior parte das pesquisas tem sido feita em brancos e não se sabe se as mesmas tendências seriam encontradas entre índios, chineses e americanos. A herança dos somatótipos não foi retratada ainda. Os caracteres físicos exteriores podem revelar-se como expressão de padrões genéticos variantes que influem sobre a atividade das glândulas endócrinas.

Até aqui, preocupamo-nos, neste capítulo, principalmente com certas aplicações da antropologia física. Passemos, agora, a estudar algumas conseqüências. Com base em todo o meticuloso trabalho com os calibradores, no detalhado estudo de pequenas diferenças ósseas, nas mais recentes incursões no terreno comparativo da fisiologia e da constituição, os antropologistas físicos puderam ensinar-nos quatro lições de fundamental importância: a natureza animal do homem e seu estreito parentesco com os demais animais, o fato de que a evolução humana não pode ser interpretada exclusivamente em termos de sobrevivência dos mais aptos, a plasticidade do homem biológico, a similaridade fundamental de todos os tipos de homens. Essas generalizações devem estar no fundo do pensamento de todas as pessoas instruídas.

Os detalhes das relações biológicas do homem com os símios e macacos ainda estão sendo discutidos entre os especialistas. Uma coisa é tida como certa: nenhum dos primatas existentes é antepassado do homem. O gorila, o chimpanzé, o orangotango, o gibão, os macacos do Velho e os do Novo Mundo, o *Homo* vivente e o fossilizado — todos descendem de antepassados comuns. Numa época enormemente remota e até agora ainda indeterminada, suas quilhas foram batidas no mesmo porto; mas suas viagens foram feitas em diferentes direções. A história da evolução dos primatas não humanos transcorreu no sentido da especialização. O homem, por outro lado, continuou relativamente não diferenciado e conservou sua plasticidade. Possivelmente, os símios e macacos vivos escaparam às pressões de intensos estímulos ambientais. Foram capazes de se nutrir bem sem desenvolver mais as suas potencialidades de inteligência. Um estudioso do chimpanzé no seu *habitat* nativo julgou que a abundância de frutos e outros alimentos encorajou a espécie a desviar suas energias para os canais emocionais. A vida do chimpanzé não foi suficientemente árdua para forçar o desenvolvimento de novas habilidades e de uma cultura para a sobrevivência. O homem pouco sofreu de semelhante supermecanização, dessa "incapacidade disciplinada".

Entretanto, devemos reconhecer nesses parentes embrutecidos primos nossos no comportamento bem como em mil detalhes de anatomia e fisiologia. Um chimpanzé infante criado numa família humana exatamente da mesma forma que seu "irmão" adotivo aprendeu tudo, exceto o controle de suas necessidades fisiológicas e o caminhar, mais depressa que a criança humana. Alguns dos feitos do animal pareciam implicar o raciocínio. No curioso padrão estereotipado de saltos mortais interrompidos que os babuínos hamadríades executam ao redor de indivíduos em amadurecimento sexual, podemos vislumbrar o protótipo dos ritos humanos de iniciação. O macho adulto babuíno permitirá que uma de suas esposas, cuja pele sexual se está desenvolvendo, tome seu alimento, sem represália. Não vemos aí um passo na evolução do altruísmo? Yerkes compara o mútuo pentear dos primatas à afetuosa despiolhagem recíproca praticada pelos povos primitivos; vê em tais atos o protótipo evolucionário de todas as atividades de serviço social, desde a do barbeiro até a do médico.

A diferença entre o comportamento humano e primata é quantitativa, não qualitativa, a não ser pela fala e pelo uso de símbolos. Mesmo neste aspecto, devemos ser cautelosos ao falar de uma distinção qualitativa muito nítida. Os chimpanzés aprenderam a manipular uma máquina chamada *chimpomat*. Aprenderam que fichas de diferentes cores lhes proporcionariam diferentes quantidades de uvas ou bananas. Aprenderam a recusar fichas de latão ou outras que fossem inúteis. Aprenderam a trabalhar para conseguir as fichas e a conservá-las até que fôssem levados para o quarto onde estavam as *chimpomats*. Houve a mesma espécie de amplitude de variação, na rapidez de aprender, que entre os pacientes humanos. E rudimentos de fala — ou pelo menos gritos diferenciados, — foram identificados entre macacos, bem como entre chimpanzés e gibões.

Assim como as diversidades entre os primatas, inclusive o homem, constituem gradações ou diferenças escalonadas, assim também o parentesco de todos os primatas com certos animaizinhos que se nutrem de insetos é igualmente claro. Todas as coisas vivas fazem parte da ordem natural e os homens fariam bem em reconhecer a sua natureza de animais. A história do homem como um organismo é incrivelmente antiga, e apenas em certa medida se pode fugir ou transcender às limitações desta história através da religião ou de outras criações do espírito humano.

Entretanto, a plasticidade, que é a característica diferenciadora do homem como animal, nos permite uma variedade realmente espantosa de adaptações. Poucos outros animais vivem igualmente nos trópicos, nas desoladas regiões árticas, em altas montanhas e nos desertos. Quando o homem branco se muda para os trópicos, há uma redução média de 10 a 20% no metabolismo basal, mas a variabilidade individual é grande. Vários povos comem alimentos putrefactos, barro, serpentes, vermes e carne ou peixe podre. Algumas tribos vivem quase exclusivamente de carne e peixe, outras principalmente de vegetais. Esta flexibilidade permitiu ao homem sobreviver em regiões onde teriam morrido os animais mais especializados em seus hábitos alimentares.

Nenhum outro organismo manipula de igual forma o próprio corpo. O crânio das crianças é deformado em contornos estranhos sem danos maiores que uma ocasional dor de cabeça no caso dos tipos mais severos de deformação. Os narizes, orelhas, peitos e até mesmo os órgãos sexuais são sujeitos a cruéis distorções. O fato de que nenhuma cultura tem padrões que implementem o pleno repertório muscular do corpo humano é mostrado pelo exercício do culto iogue. Os iogues aprendem a vomitar quando querem, a limpar o estômago engolindo e expelindo um pano, a praticar a irrigação do cólon — o que envolve o controle voluntário do relaxamento do esfíncter anal. Por outro lado, certos limites de plasticidade biológica são atestados pelo fato de que os iogues não conseguem abrir os esfíncteres uretrais à vontade. A bexiga só é lavada após a inserção de uma sonda. A variedade de posturas assentadas e de caminhar e as diversas utilizações do dedo grande do pé mostram também que não há uma só cultura que empregue todos os músculos de tôdas as maneiras possíveis. Na realidade, calcula-se que os seres humanos em geral realizam os trabalhos musculares com um rendimento aproximado de apenas 20 por cento.

É em grande parte por causa dessa plasticidade e por causa do que os homens podem fazer com sua mente e com suas mãos que o homem permaneceu como uma só espécie. Todos os homens são animais que usam símbolos. Todos os homens utilizam instrumentos que constituem quase objetos fisiológicos ou prolongamentos do mecanismo corporal. Os macacos e símios adaptaram-se por meio de diferenciações orgânicas aos diversos ambientes em que vivem e às modificações ambientais. O resultado é que há muitas espécies, gêneros e famílias que não podem mais cruzar-se e ter descendentes fecundos. Os varões e fêmeas de todos os tipos humanos podem ter filhos. Suas adaptações foram feitas principalmente em função dos seus modos de vida, das suas culturas.

Não quer isto dizer que o homem permaneceu isento das influências do processo evolutivo. Os tipos humanos, que se podem distinguir prontamente em têrmos de poucas características, evoluíram. A seleção natural e a sexual desempenharam o seu papel. A evolução humana foi também complicada pelo fator das instituições sociais. Em certas sociedades, o homem tem que desposar as filhas de seus tios maternos ou de suas tias paternas. Noutras sociedades, o casamento com filhos de tios paternos é preferido. Noutras ainda, o casamento com primos ou outros parentes é especìficamente proibido. Essas e outras espécies de seleção social, depois de algumas gerações, resultarão no desenvolvimento de distintos tipos físicos por causa da seleção diferenciadora e da recombinação de materiais hereditários.

Nas primeiras fases da história humana, pequenos bandos viveram no isolamento durante longos períodos. Teve isso um duplo efeito sôbre o processo evolutivo. Primeiro, graças à operação normal dos mecanismos genéticos, desapareceram alguns materiais hereditários. Segundo, se o isolamento ocorreu em regiões onde as pressões do meio eram, de algum modo, especiais, aqueles indivíduos que por acaso variaram numa direção útil para a sobrevivência, dentro das condições especiais, mais probabilidades tiveram de perpetuar suas linhagens. De particular interesse, neste passo, é a presença ou ausência de minerais que estimulam as glândulas endócrinas. Já se disse, por exemplo, que os antepassados dos chineses e outros tipos mongolóides foram isolados numa região onde havia deficiência de iodo durante o período entre as duas últimas grandes glaciações.

Além dos fatores de seleção e isolamento natural, sexual e social, a evolução é influenciada por irregularidades no processo pelo qual o novo organismo recebe cromossomos de seus pais e pelas mutações (súbitas alterações nos elementos genéticos). Como e por que ocorrem mutações dentro de condições normais é algo de que não sabemos. O estímulo do ambiente pode ter algo a ver com o processo. Sabemos que constantemente ocorrem mutações. Talvez, afinal de contas, o grande mérito da Rainha Vitória esteja no fato de que se deu em seu corpo uma mutação para a hemofilia. De todas as incontáveis mutações que ocorrem, só sobrevivem finalmente aquelas que são dominantes ou que dão ao indivíduo maior possibilidade de sobrevivência. Finalmente, a evolução sofre a influência de novas combinações de materiais genéticos produzidos ao ocorrer uma mescla de raças.

Assim, embora a seleção natural tenha desempenhado o seu papel na evolução humana, as variações do acaso, o isolamento geográfico e as recombinações da herança provavelmente foram mais importantes. Parece haver também amplas tendências na evolução da espécie e de grupos inteiros de animais, que prosseguem mais ou menos independentemente das pressões do meio e do isolamento. Algumas variações, noutras palavras, parecem dar-se não por acaso, mas completando um padrão predeterminado por forças obscuras na herança biológica da espécie ou família. Hooton encara com alarme certas tendências aparentes da evolução humana no presente: "O homem parece ser um animal que entrou numa via terminal e decididamente retrogressiva com respeito não apenas aos dentes, maxilares e rosto, mas também à caixa craniana, seu conteúdo e muitas outras partes do corpo." Entretanto, a medida em que os seres humanos poderiam conscientemente controlar a direção da evolução de sua espécie é altamente duvidosa.

Certamente, os processos envolvidos na evolução são infinitamente mais complexos do que Darwin e Huxley imaginavam. Por isso, o darwinismo social, que retratou o "avanço" como algo devido exclusivamente à violenta competição, à "guerra de todos contra todos", é uma exagerada e grosseira simplificação da verdade. Como eloqüentemente escreveu Morris Opler:

> Os primatas não sobreviveram para se converterem em homens porque eram particularmente fortes, porque tendiam a confrontar seus corpos com outras formas vivas ou por causa de especiais atributos físicos que favorecessem neles a competição sangrenta. Sobreviveram porque eram particularmente sensíveis e adaptáveis em suas reações totais uns aos outros, ao restante dos animais e ao seu ambiente. A aptidão ganhou na biologia uma significação mais sutil que a de vitória no combate físico. Estamos começando a ver que a agressão, a competição orgânica e o recurso à força física aparentemente pouca importância tiveram no desenvolvimento do homem e de seus precursores no passado. Mesmo que não soubéssemos disso, poderíamos ter certeza de que desafiam a sua estabilidade e a sua própria existência hoje em dia. É tempo de a ciência política e as ciências sociais, em geral, inspirarem-se nesses fatos biológicos pertinentes, em vez de se inspirarem no organicismo que tem sido tão popular e tão pernicioso.

Algumas variações evolutivas têm valor de sobrevivência em ambientes especializados. Podem-se indicar adaptações ao frio e ao calor extremos. Os esquimós e os tibetanos são rochonchudos, portadores de uma camada de gordura; os povos da Indonésia são esbeltos, com áreas superficiais relativamente amplas, para a evaporação do suor; os negros africanos desenvolveram numerosas glândulas sudoríparas e densa pigmentação. O nariz estreito presta-se melhor à lenta inspiração e aquecimento do ar num clima frio. Entretanto, os europeus setentrionais, de narizes estreitos, sobrevivem e se reproduzem nos trópicos. Embora outras variações que a evolução trouxe aos diferentes tipos humanos sejam interessantes curiosidades e de alguma importância científica, a sua significação como condicionadoras inevitáveis da vida humana é reduzida.

Os japoneses têm um músculo extraordinário no peito. Certas doenças hereditárias como a atrofia óptica hereditária e a doença de Oguchi, na retina, são mais freqüentes no Japão. Os bosquímanos da África Meridional têm uma estranha protuberância das nádegas, a que os cientistas dão o delicioso nome de "esteatopigia". Os órgãos genitais externos tanto dos homens como das mulheres dos bosquímanos também têm uma configuração fora do comum. As artérias ao redor do tornozelo mostram uma diferente incidência de várias formas entre certos sadios negros africanos e entre brancos da mesma região. As rupturas do umbigo por ocasião do parto são acentuadamente mais freqüentes entre os negros da África Oriental que entre os brancos da mesma região. Os homens brancos tornam-se calvos muito mais freqüentemente do que os homens de outras raças. Entretanto, quase nenhuma dessas diferenças — e a sua lista poderia ser consideravelmente ampliada — é uma diferença de natureza absoluta. Refletem diferentes proporções de certos genes em várias populações. Provavelmente, mais de 95% do equipamento biológico de qualquer ser humano do mundo é partilhado com outros seres humanos, inclusive membros de raças popularmente consideradas como extremamente diferentes da sua própria. Um emérito antropologista físico. W. W. Howells, escreveu:

> Nosso cérebro e o deles têm a mesma estrutura, são alimentados pela mesma quantidade e qualidade de sangue, são condicionados pelos mesmos hormônios e estimulados pelos mesmos sentidos; tudo isso é bem sabido, e nada jamais foi descoberto em seu desempenho que prove o contrário. *

Há, evidentemente, tremenda variabilidade individual — baseada na herança física — na aparência, na força e nas capacidades dos homens. Essas variações, entretanto, constituem cortes em profundidade de tipos físicos locais, regionais e continentais. Não variam juntas, tampouco, a "raça", a língua e a cultura. Vez por outra, grupo de pessoas de casamento exógeno, de língua e cultura comum — que Ellsworth Huntington chamou de *"kith"* [8], — pode, durante certo tempo, ser uma força distintiva e potente, em parte por causa da sua especial herança biológica. Os puritanos fornecem um dos bons exemplos de Huntington. Representavam uma seleção da população britânica total; permaneceram em relativo isolamento biológico no Novo Mundo, durante algumas gerações, de sorte que sua herança diferenciadora tendeu a ser mantida pelo cruzamento interno. Note-se, porém, que tal grupo biológico não corresponde à concepção popular de "raça".

(*) De *The Heathens*, de William Howells. Copyright 1948 por William Howells. Transcrito por permissão de Doubleday & Company, Inc. (Nota do Autor).

(8) *Kith*, que é usado especialmente a expressão *kith and kin* (conhecidos e parentes), corresponde também ao nosso "conhecidos". — N. do T.

CAPÍTULO V

Raça:
Um Mito
Moderno

Até recentemente, os antropologistas físicos eram, mais do que tudo, homens dedicados a descrever e classificar as variedades físicas do homem. Todos os tipos vivos de homens pertencem à mesma espécie. Desde a sua diferenciação, nenhuma população viveu completamente isolada, do ponto de vista reprodutivo. Durante toda a história humana, houve troca de genes entre as diferentes variedades de homem. Algumas autoridades estão convencidas de que mesmo os mais remotos homens fósseis de Java, da China e da Europa representavam apenas variedades geográficas ou raças da mesma espécie.

Em biologia geral, o termo "raça" ou "variedade" é empregado para designar um grupo de organismos que se assemelham fisicamente uns aos outros, em virtude da sua descendência de antepassados comuns. Quando as raças são separadas pelas barreiras migratórias, as distinções entre elas são definidas e constantes. Se duas ou mais raças passam a habitar o mesmo território por um longo período de tempo, as diferenças são gradualmente apagadas e as raças são fundidas numa população única, que é mais variável do que qualquer dos elementos constitutivos originais.

Não há dúvida de que existem raças humanas. Entretanto, a composição das populações que se reproduzem tão freqüentemente mudou, no decorrer de migrações, que são poucas as demarcações acentuadas. Outrossim, a herança humana é tão complexa e tão imperfeitamente conhecida, até agora, que as diferenças nos caracteres físicos visíveis nem sempre constituem guias seguras das diferenças na linha de antepassados. A medida da atual confusão é indicada pelo fato de que o número de raças distinguidas por competentes pesquisadores varia de duas a duzentas. Daí, embora o conceito de raça seja perfeitamente legítimo, não haver, talvez, um campo da ciência no qual as incompreensões entre as pessoas instruídas sejam tão freqüentes e tão graves. As classificações raciais ainda publicadas por alguns antropologistas físicos são, em certos aspectos, insignificantes ou verdadeiramente falsas, à luz do conhecimento atual da herança humana. O significado de uma sólida classificação genética, se a possuíssemos, ainda não está claro. A única coisa certa é que, no mundo moderno, muitos povos reagem de maneira suspeita, defensivamente, ou hostilmente, para com indivíduos que diferem em caracteres físicos evidentes, tais como a cor da pele, a forma do cabelo e o contorno do nariz.

Durante tôda a história humana, as sociedades e os indivíduos têm sido conscientes das diferenças que os separam de outras sociedades e de outros indivíduos. Os porta-vozes dos grupos têm-se preocupado em afirmar que a sua maneira de vestir, de casar ou de acreditar era intrinsecamente superior. Às vezes, a existência de outros costumes tem sido tratada como uma afronta insuportável ao orgulho do grupo ou às leis das suas divindades. Essa ameaça ao predomínio do único sistema de vida verdadeiro fomentou guerras ou, pelo menos, proporcionou-lhes hábeis racionalizações. Raramente, porém, antes do século XIX, tais diferenças nos hábitos grupais foram explicadas como devidas às variações na herança biológica das sociedades humanas.

Embora os laços de "sangue" fossem certamente muito invocados para sustentar a lealdade comunal, as diferenças nos costumes eram usualmente ligadas a dons ou instruções divinas, às invenções de passados chefes humanos ou às experiências históricas do grupo, antes que à herança física. Nas religiões antigas e medievais, a idéia de raça pouco ou nenhum lugar ocupava. A maior parte das grandes religiões do mundo tem sido profundamente interessada pelo conceito de fraternidade universal. Muitas vezes, esse conceito tem incluído a premissa, explícita ou implícita, de que a fraternidade era uma meta exeqüível, porque todos os seres humanos eram descendentes físicos de um único par de antepassados originais. As religiões messiânicas necessariamente sustentaram a idéia de que os pagãos estavam errados, não porque fossem inerentemente inferiores, mas porque não tinham tido oportunidade de aprender o verdadeiro caminho. No passado, foi em geral o culturalmente estranho, mais que o biologicamente estranho, que suportou o embate dos antagonismos tanto religiosos como políticos. A Bíblia descreve em cores vivas a drástica desilusão resultante de casamentos com não judeus no tempo de Esdras, mas o "sangue" é tratado como um fator secundário e acidental, sendo essencial a cultura. O auto-isolamento dos judeus, na Europa cristã, durante a Idade Média, foi uma questão mais de cultura que de biologia. As motivações judias decorriam do ardente desejo de preservar intacto um modo de vida, e especialmente uma religião, e não da vontade de manter limpa uma linha de sangue — muito embora houvesse ocasionais referências à "semente de Abraão".

Apenas nas pequenas sociedades primitivas ou de *folk* [9], onde quase todos são, na realidade, biologicamente aparentados com quase todos os demais, as fidelidades primárias têm sido freqüentemente ligadas ao parentesco de sangue. Nas sociedades cosmopolitas do mundo antigo, nas nações que pouco a pouco emergiram até o fim da Idade Média na Europa, os grandes deslocamentos de indivíduos e povos inteiros foram por demais numerosos e por demais recentes para que qualquer população nacional ou regional fosse vitimada pela ilusão de descender de antepassados comuns, diferentes dos antepassados de seus vizinhos.

É verdade que, antes do alvorecer da História, os bosquímanos e outros grupos retratavam os tipos físicos de povos estrangeiros e que os egípcios, três mil anos atrás, representavam em desenho "as quatro raças do homem". Provavelmente, nunca houve uma época em que qualquer povo fosse completamente indiferente às diversidades físicas entre o seu e os outros povos. É fato histórico, entretanto, que nos últimos cento e cinqüenta anos, aumentaram enormemente a consciência dessas variações e as reações emocionais a elas. Os primeiros negros chegados à Europa moderna eram recebidos como iguais em casas aristocráticas; e o casamento com eles não era olhado com desapreço. Certas classificações

---

(9) Palavra inglesa que designa o grupo de pessoas que, aparentadas por meio de relações de sangue ou de caráter espiritual (clãs, fratrias, etc.), constituem uma tribo ou nação. — N. do T.

raciais européias dos séculos XVII e XVIII incluíam os índios americanos no mesmo grupo dos europeus. Até o princípio do século XIX, todos os habitantes da Europa, exceção feita dos lapões, eram considerados como de uma só raça.

Por que, então, em fins do século XIX e princípios do nosso, se generalizou um ingênuo biologismo? Uma das condições básicas do florescer dessa nova mitologia foi, sem dúvida, o tremendo progresso feito pelas ciências biológicas. O espírito dos homens estava embriagado pelas teorias revolucionárias de Darwin e pelos descobrimentos práticos imediatos de Pasteur, Mendel, Lister e uma infinidade de outros. A maioria dos homens, e os norte-americanos em especial, gostam de respostas simples. Num mundo onde a vida, mesmo que às vezes seja alegre, é sempre precária, sendo a felicidade constantemente ameaçada por problemas presentes e contingências imprevistas, os homens anseiam pela certeza. Os absolutos da religião foram enfraquecidos pelos cismas dentro da Igreja Cristã, por um lado, e pela crítica histórica da Bíblia e pelos descobrimentos científicos, por outro. O movimento de modo nenhum foi completo, sem dúvida, mas a humanidade ocidental tendeu a procurar na ciência a segurança antigamente suprida pela fé religiosa. A ciência física iria trazer um milênio de tranqüilidade e conforto; a ciência biológica iria abolir todos os males que a carne havia herdado. Ambas responderiam rapidamente a todos os enigmas do universo. Que seria mais natural do que imaginar que a questão intricada das diferenças de comportamento de indivíduos e grupos inteiros havia sido resolvida?

Antes do meio do século XIX, os europeus e americanos tinham teorias que os satisfaziam como explicações de fatos observados. A história dos filhos de Noé ajudava a explicar a presença de seres humanos com diferentes côres de pele e aparência física geral. Outras variações eram simplesmente apontadas como vontade de Deus. Não havia descrições autorizadas dos mecanismos biológicos. Nos séculos XVII e XVIII, houve muitas especulações em grande voga a respeito da influência do clima sobre o físico. Os índios americanos, fenícios ou de aventureiros galeses, ou das tribos perdidas de Israel, explicando-se a sua aparência diferenciadora como se tivessem sido produzidas pelo ambiente físico do Novo Mundo.

Os descobrimentos de Darwin, Mendel e outros deram a tudo isso uma nova base. Do ponto de vista popular, tinham sido formuladas leis que enunciavam ligações imutáveis e herméticas entre os processos biológicos e toda sorte de outros fenômenos. Uma chave mágica foi criada para abrir todas as anteriores perplexidades a respeito do comportamento humano. Infelizmente, é curto e por demais atraente o passo que separa a ciência da mitologia.

Uma investigação conduzida por A. M. Tozzer, sobre grande número de biografias contemporâneas, mostrou de maneira bastante dramática a influência que tem sobre o nosso pensamento a mitologia biológica. Em todos os casos, o biógrafo tomou a herança física como meio de explicar os caracteres da personalidade de seu biografado. Onde não se dispunham de antepassados plausíveis, utilizaram-se ou se inventaram lendas. Talvez a mais estranha delas foi a fantasia segundo a qual o verdadeiro pai de Abraham Lincoln foi John Marshall, presidente da Suprema Corte dos Estados Unidos.

O fato de que os seres humanos usualmente recebem a sua herança física e a maior parte da cultural dos pais ajudou a perpetuar tais crenças. É parte da experiência comum o fato de que certos traços peculiares repetem-se em família", mas isso não prova, necessàriamente, que tais traços são herdados no sentido genético. Os pais educam os filhos segundo os mesmos padrões invocados quando eram crianças êles próprios; as crianças felizes tomam seus pais como modelos. Em culturas homogêneas e relativamente estáveis, os traços de família podem perpetuar-se durante gerações, muito embora "a linha de sangue" seja freqüentemente interrompida — como é evidenciado nas linhagens japonesas e romanas, nas quais foi preservada uma notável continuidade de caráter, a despeito de freqüentes adoções para manter intacta a linha de família.

Uma falsa idéia é gerada também pela circunstância de que o desenvolvimento da personalidade via de regra se dá ao mesmo tempo em que a criança está crescendo fisicamente; ambos os tipos de desenvolvimento geralmente se detêm ou pelo menos caem de ritmo mais ou menos à mesma época.

Em geral, o estado de adulto implica maturidade tanto física quanto social. Como as duas formas de desenvolvimento ocorrem lado a lado, há certa tendência para imaginar que ambas são expressões do mesmo processo, isto é, do amadurecimento biológico. Um animal humano pode, entretanto, chegar facilmente à maturidade física sem aprender a falar, usar utensílios à mesa ou manter-se limpo. As crianças deixam de chorar não em virtude de uma atrofia progressiva dos condutos lacrimais ou de uma transformação nas cordas vocais, mas porque aprendem a reagir de outras formas. No processo de obter alimento, abrigo e outros requisitos do normal crescimento físico, a maior parte dos indivíduos encontra condições, tanto sociais quanto físicas, que os forçam a aceitar aquelas responsabilidades e restrições consideradas como sinais distintivos dos adultos socializados. Se os filhos se tornassem adultos responsáveis pelo funcionamento dos processos biológicos, a educação no lar e na escola constituiria um desperdício de energia. Todos os pais e todos os professores sabem que os filhos não se tornam socialmente amadurecidos de uma forma automática, tal como ocorre quanto à maturidade física.

O mesmo exagero do papel das fôrças biológicas pode ser notado em noções populares a respeito de diferentes povos. Também aqui, o fato de que a "raça" e os hábitos de vida variam conjuntamente incentivou a propagação da impressão de que as duas coisas são devidas à causa comum da herança biológica. Entretanto, um exame mais detido dos fatos mostra que essa ilação não tem onde se sustentar. Não so ocorre revelarem os canadenses, australianos e neozelandeses estruturas de personalidade típicas diferentes entre si, e em relação aos seus parentes da Inglaterra, mas a linhagem britânica, no mesmo ambiente, teve um caráter diferente em vários períodos históricos. Entre os séculos XVI e XIX, não houve invasões bem sucedidas da Inglaterra nem substancial introdução de novos materiais de herança física. E no entanto, Franz Boas, acertadamente, mostra o contraste entre "a exuberante alegria de viver na Inglaterra elizabetana e a pudicícia da era vitoriana; a transição do racionalismo do século XVIII para o romantismo do começo do século XIX". Nas tribos indígenas americanas, onde a percentagem de sangues mesclados ainda é quase imperceptível, os tipos de personalidade mais freqüentemente encontrados hoje não são, de modo algum, aqueles descritos pelos autores, na época do primeiro contacto com os homens brancos. Ademais, já se demonstrou muitas vezes que uma criança educada numa sociedade estrangeira adquire os modos de vida e os traços de personalidade característicos da "raça" estrangeira. Embora sejam óbvias a pigmentação e outras diferenças físicas, podem elas criar especiais problemas para tal criança em seu nôvo grupo social; onde, porém, tais diferenças não sejam muito evidentes, ela se dá tão bem como as crianças nativas.

Entretanto, esse argumento não deve ser tomado para explicar em demasia. Acentuar exageradamente o condicionamento social é tão perigoso e unilateral quanto fazer da biologia uma chave mágica. Nada pode ser mais certo do que o fato de que as características físicas de qualquer indivíduo se assemelham às de seus parentes, mais que às de uma amostra randômica da população em geral — e tal semelhança não pode, evidentemente, ser devida à formação ou à imitação. Boas previsões podem ser feitas sobre a proporção em que os descendentes de um primeiro casal irão manifestar certa peculiaridade física dos pais — desde que o número em jogo seja grande. Os traços temperamentais e intelectuais de qualquer pessoa são parcialmente determinados pelos genes supridos por seus antepassados, mas está definitivamente assegurado que não são essas as únicas influências de importância.

Contudo, como de hábito, a generalização de uma teoria científica é concebida de maneira por demais simples e explica em demasia. O fato de que se podem fazer perguntas simples não significa que haja respostas simples. Dizer que a herança física é enormemente importante na compreensão do aspecto e comportamento dos seres humanos é uma coisa; mas é outra muito diferente saltar dessa afirmação correta para as ilações: *a*) de que a herança biológica é o único fator importante, e, *b*) de que se pode facilmente passar de falar **sobre o equipamento hereditário** dos indivíduos a falar no dos grupos.

Superficialmente, poderia parecer que a biologia dá apoio científico às teorias racistas. Se a herança física, conforme se admite, fixa limites para as potencialidades dos indivíduos, "não é questão de bom senso acreditar que as peculiaridades dos vários grupos de indivíduos são uma conseqüência do seu equipamento genético"? O pensamento, não raro completamente sincero, daqueles que seguem essa linha de raciocínio é enfraquecido por certo número de erros graves. Esquecem-se eles do fato de que raça é, rigorosamente, um conceito biológico; erroneamente transferem o que se sabe da herança individual para a herança do grupo; subestimam grandemente as complexidades biológicas e suas interações com processos não biológicos; superestimam o conhecimento atual do mecanismo da herança.

Classificar os seres humanos como uma raça, noutra base que não a puramente biológica, destrói o significado apropriado do termo e afasta o próprio suporte fornecido pelo argumento biológico unilateral. "Ariano" é uma designação lingüística. Daí ser a "raça ariana" uma contradição em termos. Como observou Max Müller, há muito tempo, tal tem quase o mesmo sentido de um "dicionário braquicefálico" ou de uma "gramática dolicocéfala". A menos que houvesse razões para acreditar — coisa que, sem a menor dúvida, não existe, — que todos os indivíduos que falam a língua "ariana" (indo-europeu) são descendentes dos mesmos antepassados, não poderia haver justificativa para confundir a classificação lingüística com a biológica. Falar da "raça italiana" é uma tolice, pois há tôdas as razões para supor que os italianos do Piemonte têm antepassados mais comuns com os franceses ou suíços do que os têm com os outros italianos da Sicília. A "raça judia" é, igualmente, uma falsa designação, porque há grande diversidade de tipo físico entre aqueles que praticam ou cujos pais ou avós praticaram a religião judaica e porque o estereótipo físico popularmente considerado judeu é, na verdade, comum entre todas as ramificações de povos leavntinos e do Oriente Próximo, que não são nem jamais foram judeus na religião ou noutros aspectos da cultura.

Os judeus se mesclaram tanto com os diversos tipos físicos dos diferentes países em que têm vivido que em nenhuma característica física ou fisiológica, nem por um grupo qualquer de tais caracteres, podem eles ser distinguidos como uma raça. Huntington os considera um *kith*, como os islandeses, os parsis, os puritanos. Que alguns judeus podem ser identificados à vista deve-se menos aos traços fisicamente herdados do que, como diz Jacobs, "àquelas reações emocionais e de outras naturezas e àqueles condicionamentos que tomam a forma de uma conduta facial, de posturas do corpo e de maneirismos diferenciadores, como o tom da sentença, e peculiaridades de temperamento e de caráter", que podem ser explicados pelos costumes judeus e pelo tratamento que tiveram ùltimamente, nas mãos de não judeus.

À luz da preocupação biológica do nosso pensamento, a ingênua idéia de que *deve* haver uma ligação entre o tipo físico e o tipo de caráter é compreensível. A "personalidade" do do cão *poodle é* diferente da do policial. O temperamento do percherrão *é* diferente do do cavalo árabe de corrida.

Os homens são animais. O *homem* é, contudo, um animal de um tipo muito especial, e a transferência das observações dos não humanos para os humanos não se pode fazer tão desembaraçadamente. Em primeiro lugar, os animais não humanos derivam o seu caráter e personalidade principalmente de sua herança física, embora os animais domésticos sejam influenciados também pelo adestramento. Embora os animais aprendam pela experiência, dificilmente aprendem mais que cruas técnicas de sobrevivência uns dos outros. O fator da herança social é sem importância. Um pássaro mergulhador criado em completo isolamento de todos os demais pássaros de sua espécie mergulhará ainda como seus antepassados, quando solto perto de uma massa de água. Um menino chinês, entretanto, criado numa casa norte-americana de língua inglêsa, falará ingles e será tão desajeitado no manejo dos pausinhos como qualquer outro norte-americano.

E assim, embora o fato de que animais não humanos de aspecto físico semelhante comportam-se mais ou menos da mesma maneira seja corretamente interpretado como algo devido principalmente às suas relações genéticas, a questão não é tão simples quando se trata do animal humano. A existência de estereótipos físicos para os grupos humanos que vivem na mesma área, falam a mesma língua ou praticam a mesma religião provavelmente se explica pela concepção anterior de que os organismos que se parecem entre si, em ação, devem parecer-se entre si no físico. Em qualquer desses grupos, *há* numerosos indivíduos que são ìntimamente aparentados, do ponto de vista biológico, e que se aproximam de certa norma física. O observador leigo concentra a atenção nessas pessoas semelhantes e deixa de perceber sequer as outras, ou então as afasta como se fossem exceções. Assim, conservamos o permanente estereótipo de que o sueco é louro de olhos azuis. Os suecos morenos são objeto de comentários surpreendidos, embora, na verdade, os indivíduos louros se achem em nítida minoria, em numerosos distritos da Suécia.

Entre os animais não humanos, a semelhança no aspecto físico constitui uma razoável base de suposição de íntimo parentesco. Se dois cães que parecem de pura raça Dachshund se cruzam, admira-nos se qualquer dos filhotes parece um *fox terrier*, um cão policial ou um *Airedale*. Se, porém, se casam um homem e uma mulher que dez competentes antropologistas físicos classificam como "mediterrâneos puros", seus dez filhos podem aproximar-se, em graus que variam, dos tipos mediterrâneo, alpino e atlanto-mediterrâneo.

Os animais selvagens, via de regra, só se cruzam com outros do mesmo tipo. As linhagens da maior parte dos animais domésticos são mantidas puras graças ao contrôle humano do acasalamento. Há exceções, como a dos cães mestiços. Virtualmente, entretanto, todos os seres humanos são mestiços! Durante milhares sem conta de anos, os seres humanos têm vagado pela superfície da terra, casando-se com quem quer que seja indicado pela fantasia ou apontado pela oportunidade.

A significação da herança física nas linhas de família não deve ser menosprezada. Mas a herança age apenas em linhas de descendência direta e não há plena unidade de descendência em qualquer das raças existentes. Os tipos físicos observáveis, assim como as variedades de animais não humanos, surgem principalmente em conseqüência do isolamento geográfico. As diferenças físicas que caracterizam todas as raças animais são, em larga medida, produto de amostras do acaso, que se deram na época em que se separaram os grupos ancestrais, somadas às variações acumuladas que ocorreram desde que os grupos se tornaram isolados, e ainda a certas tendências inerentes.

Não se deve esquecer, ademais, que sabemos sobre os detalhes da herança humana muito menos do que a respeito da herança animal. Isto se deve parcialmente às grandes complexidades envolvidas, e parcialmente ao fato de que não fazemos experiências com seres humanos. Outrossim, os homens amadurecem tão lentamente que as estatísticas de casamentos ordinários não se acumulam tão rapidamente como as de animais de laboratório. Desde o princípio da história escrita, no Egito, houve apenas 200 gerações humanas, ao passo que os camundongos tiveram 24 000.

Uma das diferenças entre os humanos e os não humanos está no fato do casamento preferencial. Em certas sociedades, o casamento deve fazer-se com o primo primeiro maternal; noutras, não é permitido casar-se com um parente tão próximo. Mas a diferença importante está em que as raças animais tenderam a permanecer no isolamento geográfico, não se cruzando com outras raças da mesma espécie. Com os seres humanos, porém, a constante mistura, muitas vezes entre os tipos mais diversos, tem sido a regra na ampla perspectiva da História. Olhando determinadas sociedades, dentro do quadro de um período de tempo mais reduzido, podem-se, em verdade, apontar populações isoladas em ilhas, em vales inacessíveis ou desertos não férteis, onde o cruzamento interno num grupo relativamente pequeno predominou durante algumas centenas de anos. O mesmo se deu a respeito de famílias reais e outros grupos especiais. Lorenz mostrou que, em 12 gerações, o último imperador alemão tinha apenas 533 antepassados reais, em comparação com os teóricos 4 096.

Sem dúvida, há tipos físicos locais. Isto é verdadeiro não apenas quanto às populações de pequenas ilhas e grupos camponeses. Os estudos de Hooton sobre os criminosos norte-americanos revelaram a existência de tipos regionais bastante diferenciados nos Estados Unidos. Em tais casos, a relativa homogeneidade e estabilidade genética foram alcançadas. Isto, porém, é recente, Uma perspectiva mais longa no tempo mostra que tal homogeneidade é baseada numa heterogeneidade fundamental. Se comparássemos o número de diferentes antepassados tidos por tais grupos nos últimos dez mil anos com o número de diferentes antepassados de uma horda de macacos sul-americanos ou de zebras africanas durante o mesmo período, a população humana revelaria ter nascido de um número significativamente mais amplo de linhas genéticas. Em qualquer caso, o total de tais populações recentemente isoladas e de cruzamento interno é pequeno. Em tôda a Europa, nas Américas, na África e na Ásia, a constante formação de misturas novas e largamente instáveis tem sido a tônica dos últimos mil anos. Isto significa que a diversidade de correntes genéticas mesmo numa população superficialmente semelhante é grande. Significa também que o aspecto exterior semelhante em dois ou mais indivíduos não é, necessariamente, um indício de descendência comum, pois as semelhanças podem ser produtos de combinações do acaso, derivadas de um conjunto inteiramente diferente de antepassados. Praticamente ninguém jamais pode nomear todos os seus antepassados durante sete gerações. Se exceptuarmos a ligação com a linha dinástica de Carlos Magno, provavelmente não existirá sequer uma família européia, salvo os paleólogos bizantinos e os judeus espanhóis tais como os Solas, possuidora de uma genealogia incontestável que remonte para antes de 800 A.D., mesmo pela linha do nome.

Os europeus ou americanos que podem apontar os antepassados dos quais receberam seus nomes de família provavelmente são todos inclinados a subestimar ridiculamente a natureza mesclada de seus avós. Sentem êles que a afirmação "Oh, nós procedemos de uma linhagem inglesa", é uma descrição adequada de "filiação racial". Se premidos pela insistência, admitirão que a população recente da Inglaterra representa uma amálgama de correntes físicas introduzidas por invasores da Idade da Pedra, da Idade do Bronze, saxões, dinamarqueses e normandos, além de outros. Poucos, porém, dentre nós, podemos sequer imaginar a tremenda diversidade que seria representada pelo conjunto total dos nossos antepassados, durante mesmo os últimos mil anos. Charles Darwin era membro de uma família de classe média:

> ... consideramos sua mente como uma tìpicamente inglesa, a operar de maneira tìpicamente inglesa, e no entanto, quando vamos estudar a sua genealogia, em vão procuramos a "pureza de raça". É êle descendente de quatro diferentes linhas de régulos irlandeses; é descendente de outras tantas linhas de reis escoceses e pictos. Tinha sangue de Manx. Afirma ser descendente de pelo menos três linhas de Alfredo o Grande, e assim liga-se ao sangue anglo-saxão, mas liga-se também a várias linhas de Carlos Magno e dos carolíngios. Nasceu também dos imperadores saxões da Alemanha, assim como de Barbarroxa e dos Hohenstaufens. Tinha sangue norueguês bem como sangue normando. Descendia dos Duques da Baviera, da Saxônia, de Flandres, dos Príncipes de Savóia, dos Reis da Itália. Tinha nas veias sangue dos francos, alamanos, merovíngios, borgonheses e longobardos. Surgiu em descendência direta dos governantes hunos da Hungria e dos imperadores gregos de Constantinopla. Se não me falha a memória, Ivã o Terrível forneceu uma ligação russa. Provavelmente não há sequer uma das raças européias envolvidas nas andanças dos povos que não tenha tido uma parte na ascendência de Charles Darwin. Se foi possível, no caso de um inglês de sua espécie, mostrar num

considerável número de linhas o quanto é impura a sua raça podemos nós arriscar-nos a afirmar que, se fosse possível conseguir semelhante conhecimento, poderíamos encontrar maior pureza de sangue em qualquer dos seus compatriotas? O que somos capazes de mostrar pode ocorrer seguindo-se a genealogia de um indivíduo nos tempos históricos, temos nós qualquer razão válida para supor que não ocorreu em tempos pré-históricos, sempre que as barreiras físicas não isolaram uma parcela limitada da espécie humana? — KARL PEARSON.

Quando estudante na Inglaterra, era meu costume incomodar-me com anúncios publicados em jornais ingleses: "Americanos! Ascendência seguida até Eduardo III, £ 100!" Percebia que era aquela outra prova de que os europeus jogavam com a credulidade de meus compatriotas. Contudo, se o norte-americano pudesse mencionar sequer um antepassado num registro paroquiano inglês, havia possibilidades razoáveis de poder ser acompanhada a sua ascendência até Eduardo III ou a qualquer outro inglês vivo naquele período, que tivesse deixado certo número de filhos adultos num lugar onde houvesse a conservação dos registros.

Segundo as leis do acaso, essencialmente, toda pessoa cuja ascendência é pelo menos meio européia pode incluir Carlos Magno na sua "árvore genealógica". É, porém, igualmente descendente do bandido enforcado na colina, do servo débil mental e de todas as demais pessoas que viveram no ano 800 A.D. e que deixaram tantos descendentes quantos deixou Carlos Magno. A principal diferença entre a família do *snob* [10] e a do cidadão de "classe inferior" está em que o primeiro tem dinheiro para pagar a um genealogista, para que este levante ou falsifique uma linhagem. O engraçado, a respeito daqueles que afirmam que "o sangue falará" (a uma distância de onze séculos) está em que usualmente são por demais ignorantes para compreender que um homem de 1948 pode ser capaz de verdadeiramente afirmar que Carlos Magno foi antepassado seu, sem ter qualquer vestígio do "sangue" de Carlos Magno. A criança não recebe todos os genes do pai e da mãe, mas apenas um sortimento ao acaso. Uma pessoa poderia ter tido Carlos Magno como seu verdadeiro bisavô e ainda assim não ter herdado sequer um dos genes de Carlos Magno. Em mais de trinta gerações,

(10) Palavra inglesa, de uso corrente também entre nós, que designa o indivíduo presumido que dá demasiada importância à associação com pessoas que considera seus superiores. — N. do T.

são excelentes as possibilidades de que existam realmente alguns dos genes do fabuloso imperador em certas localidades onde ele teve numerosos descendentes, ao passo que alguns deles podem perfeitamente constituir uma parte do equipamento genético de pràticamente todos os camponeses, em vales isolados da Suíça.

No tempo de Darwin, a hereditariedade era considerada como uma questão de contínuos agregados de materiais. A herança de um novo organismo era resultado da mistura do potencial hereditário total do pai com o da mãe. Nesses têrmos, pouco sentido fazia acreditar que qualquer descendente de Carlos Magno possuía uma porção (ainda que diluída) do que tornou grande aquele imperador.

Todavia, os estudos do célebre monge Gregório Mendel resultaram na descoberta de que todas as crianças, recebiam uma parte, e apenas uma parte, do plasma germinal de cada um dos pais. Isto significava que os filhos dos mesmos pais (exceto nos nascimentos múltiplos oriundos de um único ovo) tinham uma diferente hereditariedade. Na verdade, calculam os geneticistas que se um homem e sua esposa tivessem milhares de filhos, nem sequer dois pareceriam exatamente iguais. Isto se dá porque a herança determinada que um novo organismo recebe das duas linhas genéticas que se cruzam depende da maneira acidental pela qual as duas células germinativas trocam partes dos seus cromossomos.

Do ponto de vista da moderna ciência da herança (genética), todo esnobismo que se supõe fundado na herança biológica de um ou de alguns antepassados remotos é essencialmente absurdo. No momento, não dispomos de técnicas para determinar todos os genes que um indivíduo realmente possui. Os seres humanos se reproduzem muito lentamente e têm muito poucos descendentes para possibilitar o emprêgo de métodos que foram aplicados com êxito no estabelecimento dos mapas genéticos de outros animais. No caso dos homens, devemos guiar-nos quase inteiramente' pela aparência do organismo, se desejarmos ligar o indivíduo a uma raça. Nos animais não humanos, isso, na prática, dá bons resultados. Mas os seres humanos dos grandes povos e nações do mundo contemporâneo tiveram antepassados de correntes físicas por demais diversas para tornar possível que as classificações baseadas nas similaridades de aparência correspondam ao verdadeiro quadro genético. Grupos de diferente aspecto podem ter surgido da mesma congregação de antepassados.

As populações humanas são demasiado mestiças e demasiado variáveis para serem agrupados em raças tão significativas como as variedades animais. Não é possível ainda uma classificação com base nos seus genes. As classificações pela aparência não são concordes. Há quase tantos agrupamentos diferentes quantos são os antropologistas físicos. As dificuldades que eles encontram em chegar a um acordo na classificação de raças é testemunho de que os dados não concordam nem se agrupam de uma maneira nítida, como deveria acontecer se realmente representassem uma ordem na natureza. Em todas as classificações biológicas há, decerto, alguns casos intermediários e alguns desacordos entre os especialistas quanto ao que devem ser os padrões de uma dada variedade, espécie ou gênero. Entre os antropólogos, tem-se não raro a impressão de que quase todo caso é intermediário; e, mesmo quando há acordo quanto aos padrões, há disputa sôbre o fato de saber se um dado indivíduo ou grupo de indivíduos concorda com eles. Com certas reservas e exceções, pode-se dizer que, se todos os seres vivos fôssem ordenados numa seqüência única, segundo o grau de semelhança, não haveria variações bruscas na linha, mas, pelo contrário, uma continuidade em que cada espécime seria diferente do seguinte por uma variação quase imperceptível.

As classificações feitas segundo diferentes grupos de critérios ou se confundem em demasia ou então nem sequer se encontram. Um mapa da distribuição mundial da forma da cabeça não combina, de maneira alguma, com outro da estatura ou da cor da pele. Em alguns casos, podem fazer-se divisões relativamente válidas, com base em combinações particulares de algumas dessas características. As pesquisas de Boas, Shapiro e outros lançaram dúvida sobre a fixidez dessas características. As crianças alemãs e russas que sofreram os períodos de fome que se seguiram à primeira guerra mundial eram acentuadamente diferentes de seus pais, tanto na estatura como na forma da cabeça. Durante períodos mais largos, as mudanças são ainda mais espantosas. Por exemplo, um grupo de "nórdicos" parece ter-se tornado doze pontos mais braquicéfalo, entre os anos 1200 e 1935 A.D.

Se as características físicas escolhidas como base da classificação racial são susceptíeveis de rápida modificação, sob a pressão do meio, como pode a classificação ser tida como representação de antigas divisões genéticas? W. M. Krogman, um dos principais antropologistas físicos norte-americanos, há pouco escreveu: "Uma raça não chega a ser, quando muito, uma entidade biogenética claramente definida; vê-se agora que tem também uma definição transitória. É plástica, maleável, varia conforme o tempo, o lugar e as circunstâncias."

Mesmo que estivéssemos dispostos a pôr de lado esse problema da adaptabilidade ou estabilidade dos padrões, a realidade firme e irredutível é que um sistema de âmbito mundial, que abranja uma multiplicidade de características físicas e que leve em conta as similaridades tanto quanto as diferenças, jamais passou pela prova da crítica à luz de movimentos historicamente conhecidos de povos e da entremistura entre eles. Os resultados dados por um conjunto de medidas deixa de combinar com o quadro obtido de outro conjunto. Essa discrepância poderia ser explicada pelo fato de que as medições tradicionais feitas pela antropologia física ortodoxa raramente são escolhidas de acordo com o conhecimento dos desenvolvimentos proporcionados pela recente biologia experimental. A mesma coisa aplica-se às divisões baseadas nas freqüências de grupos sangüíneos (o único critério amplamente empregado, quando os mecanismos genéticos são bem identificados), de cores da pele, de formas dos cabelos e outros semelhantes. As pesquisas sociais baseadas nos dados de grupo sangüíneo eram impopulares na Alemanha, em grande parte, conforme se pode supor, porque tais estudos mostravam que algumas partes do país tinham distribuições de freqüência quase idênticas a partes da África negra.

É o grande número de genes e o fato de que são, em sua maior parte, transmitidos independentemente, que explica a incoerência dos subgrupos da humanidade. Uma característica superficial como a diferença da cor da pele entre os europeus parece ser devida a muito poucos genes, mas a análise estatística de R. A. Fisher, de dados colhidos por Karl Pearson, indica que as diferenças no esqueleto devem-se a grande número de genes. Se os vários genes responsáveis por um grupo particular de características observáveis pudessem combinar, as teorias populares a respeito da raça estariam próximas da verdade. Se os genes humanos se comportassem como os do caramujo comum, cujos filhos geralmente recebem todos ou nenhum dos genes diferentes que determinam um particular modelo de concha, haveria uma sólida medida de estabilidade e predictabilidade nos tipos físicos humanos. Mesmo, porém, que a ligação de genes venha a ocorrer, dura apenas por algumas gerações, numa população humana. Depois de certo número de gerações de cruzamentos ao acaso, os genes ligados têm uma distribuição casual dentro do grupo.

Ao argumento até agora apresentado pode levantar-se uma objeção, e é preciso contestá-la. Dirão alguns críticos: "Há algo de verdadeiro em seu ponto de vista, no que diz respeito às raças européias e outras pequenas subdivisões raciais. Mas as suas críticas são inteiramente inaplicáveis com relação aos principais troncos raciais: o negro, o branco e o mongólico." É verdade que o termo "raça" tem sido empregado no discurso científico para se aplicar a entidades que não são rigorosamente comparáveis. Quando aplicada a uma pequena população há muito tempo isolada (os aborígenes da Tasmânia, por exemplo), a palavra pode ter um significado quase comparável ao que tem quando aplicada aos animais não humanos. Se um grupo pequeno se cruzou internamente o tempo suficiente para atingir a estabilidade genética e a homogeneidade, pode-se falar de herança tanto grupal como individual. Se conhecermos os caracteres hereditários do grupo como um todo, poderemos fazer úteis previsões sobre o equipamento genético de qualquer indivíduo no grupo. Entretanto, tais grupos recebem mais apropriadamente o nome de "etnia" [11], para evitar confusão. Como quer que seja, a sua existência tem pouca importância para os problemas de raça no mundo contemporâneo.

O segundo tipo de entidade é o representado pelas "raças" nórdica, alpina, báltica oriental, mediterrânea e outras da Europa, e por subdivisões comparáveis dos dois outros grandes troncos. Estes podem ser correta e sumariamente

---

(11) Em inglês, *breed*, que designa particularmente o grupo de animais domésticos (ou plantas) desenvolvidos e controlados pela intervenção humana. O termo aqui empregado parece ter, em português, significado mais preciso do que "casta", "criação", etc. — N. do T.

descritos, em jargão científico, como "abstrações estatísticas fenotípicas". Isto é, são classificações baseadas inteiramente em semelhanças de aspecto, quando tais semelhanças não constituem, de modo algum, prova de equivalência genética fundamental. Como demonstraram Boas e outros, as curvas de variação de duas linhas familiares dentro da mesma "raça" podem deixar absolutamente de se combinarem quanto a certos caracteres, ao passo que uma delas pode aproximar-se bastante da de outra linha de família, numa raça completamente diferente.

Ninguém jamais viu um "nórdico" que se conformasse em todos os detalhes à descrição tipo dos nórdicos dada por vários antropologistas físicos, a menos que se queira entender a fórmula popular muito simples, ocasionalmente dada também pelos antropólogos, ao definir um nórdico como pessoa loura, de olhos azuis, cabeça alongada e nariz estreito. O "nórdico" — tão precisamente definido por uma longa lista de medições e características observáveis, — constitui uma abstração nas mentes dos cientistas. A "raça nórdica" é composta, segundo uma opinião, de populações que, consideradas estatìsticamente, mostram distribuições de média ou de moda que tendem a enquadrar-se na moldura ideal. Segundo outra opinião em voga, a "raça nórdica" é composta de indivíduos que mostram mais traços nórdicos do que não nórdicos ou que têm um grupo de traços físicos, cada um dos quais, embora nenhum deles possa adaptar-se perfeitamente à descrição tipo, aproxima-se dos padrões fixados. Isto é, indivíduos são escolhidos de uma população e o grupo escolhido é chamado "nórdico", muito embora poucos indivíduos se aproximem da identidade com o tipo imaginário do "nórdico puro".

Ora, os antropologistas físicos podem, sem dúvida, selecionar todos os indivíduos no mundo que se mostram mais ou menos parecidos, embora haja bastante desacordo entre os antropólogos, quando se trata de casos particulares. Poderíamos também agrupar todas as pessoas cuja perna esquerda é ligeiramente mais curta que a direita, que têm pelo menos um lunar no peito, etc. Isto, pelo menos, poderia ser feito de maneira confiável e válida. Mas o recalcitrante perguntará: que adianta isso, além de manter inofensivamente empregadas algumas pessoas? No máximo, podemos supor uma conveniência descritiva para certas finalidades e para satisfação de uma curiosidade talvez não muito científica. Como Whitehead já há tanto mostrou, a classificação não é mais que um ponto de parada no caminho da ciência. Os classificadores que trataram de tais "raças" continuaram seguindo seu caminho, serenamente inconscientes dos resultados da biologia experimental e da genética mendeliana. Hoje em dia, concordam os geneticistas em que é a distribuição geográfica dos genes que precisa ser estudada.

Voltando aos "troncos", será preciso admitir livremente que, neste passo, não é tão fácil pôr de lado o
Embora o melhor antropologista físico do mundo não possa olhar para cem indivíduos brancos e dizer com 70% de correção que "os pais de A eram nórdico e alpino, os de B ambos mediterrâneos, etc.", quase todas as pessoas podem olhar para um filho de um branco puro ou de um puro negro e corretamente supor o tronco racial dos dois pais. Isto é uma realidade e não devemos tentar afastá-la da explicação. Por outro lado, o significado desse fato não deve ser exagerado. Que a cor da pele, a forma do cabelo, a conformação dos olhos e dos lábios, e outros caracteres físicos perduram de forma iniludível durante muitas gerações não prova que as carreiras dessas variações também partilham capacidades mentais e emocionais, que as distingam de maneira igualmente nítida. O número de potencialidades hereditárias de caracteres que se sabem serem diferentes (entre grupos, não entre indivíduos) é muito pequeno. Na verdade, um antropólogo, M. F. Ashley Montagu, calculou que menos de 1% do número total de genes entra em jogo na diferenciação entre quaisquer duas raças existentes. Outro, S. L. Washburn, exprime a mesma idéia em termos de evolução humana, dizendo: "Se o período desde a separação entre o homem e o macaco até o presente fosse representado por uma linha comum de cinqüenta e duas cartas de baralho colocadas de extremidade contra extremidade, todas as diferenciações raciais estariam em menos de metade da última carta."

As variações dentro dos três principais troncos raciais não devem ser menosprezadas. No espírito popular, "um negro é um negro". Para o cientista, a questão não é tão simples. Um eminente geneticista, na verdade, vê provas de que as diferenças entre dois grupos de negros africanos são maiores que as diferenças entre um deles e várias raças "brancas". Certamente, é verdade que, para muitas medições e caracteres, as diferenças entre "brancos" e "negros" são menores que a ordem de variação encontrada em qualquer linhagem considerada por si mesma. É igualmente verdadeiro que, em cruzamentos entre brancos e negros da África do Sul, a cor da pele é muitas vezes herdada separadamente da forma da cabeça e um tipo "branco" surge entre os híbridos, ao passo que em cruzamentos de segunda geração de africanos ocidentais e europeus, o tipo europeu só raramente é observado, se é que o chega a ser.

A noção tradicional de raça é, essencialmente, escolástica; isto é, as raças são consideradas como entidades físicas que podem ser nìtidamente distinguidas, com base na simples variação dos cabelos, dos olhos, da pele, das dimensões do corpo e das proporções. Mas os tipos físicos dos grupos humanos não são imutáveis. Mesmo quanto à constituição genética, já se demonstrou ter uma órbita de plasticidade. As linhas divisórias estão longe de se mostrarem nítidas. Ao contrário, há uma gradual fusão de todas as populações da época presente. A unicidade biológica da espécie humana é muito mais significativa do que as diferenças relativamente superficiais.

O principal defeito da antiga idéia de "raça" está em que não se enquadra no atual conhecimento do processo de hereditariedade física. Se os "sangues" se misturassem como o álcool à água, haveria muitas "raças" puras e as populações poderiam ser corretamente descritas pelas médias e estatísticas. Mas tendo genes separados e independentes, uma criança, no sentido genético, é filha de seus pais mas raramente de sua "raça". "Uma raça definida como um sistema de pontos médios ou modais — diz Dobzhansky, — é um conceito que pertence à era pré-mendeliana, quando os materiais hereditários eram tidos como sujeito contínuo de uma modificação difusa e gradual. ...A idéia de uma raça pura não é sequer uma abstração legítima; é um subterfúgio usado para encobrir a ignorância do fenômeno da variação racial."

Existem, sem dúvida, as variações locais. Em colônias de moscas vivendo a apenas uma centena de metros de distância, observaram-se diferenças raciais estatisticamente significativas. É provável que a incidência de determinados genes seja apreciavelmente diferente em aldeias humanas de igual população. São prováveis também as variações geográficas mais amplas, mas, enquanto não tenha sido traçada a distribuição dos genes humanos — tarefa que mal começou — não devemos saltar a conclusões abrangentes, com base nalgumas características superficiais que por acaso têm alto valor como estímulo social. Nosso atual conhecimento da genética das populações humanas foi alcançado viajando-se de barco a remo num amplo mar de ignorância e lançando uma sonda aqui e ali.

Uma coisa é dizer que os subgrupos da espécie humana, até agora propostos, não devem ser levados demasiadamente a sério. Seria outra muito diferente sugerir que não se pode descobrir nenhum subgrupo significativo. Uma coisa é insistir em que a evidência de que atualmente dispomos indica que as diferenças entre as sociedades humanas não são primàriamente explicáveis pela herança biológica diferente. Seria outra muito diferente deduzir daí que a herança física variante não desempenhou qualquer papel de importância.

Porque o preconceito racial conduz ao mal-estar social e internacional, há a tentação de negar, sem suficientes provas, toda validez e significação do conceito de raça, mesmo no sentido de "etnia" ou "tronco". O fato de que as noções populares de "raça" em voga são em grande parte mitológicas e sem aceitável base científica não nos deve levar a lançar fora a criança ao jogar fora a água do banho. Sem dúvida, certas características físicas externas são mais freqüentes entre certos povos que entre outros. Se isso fosse tudo, poderíamos deixar em paz a questão, observando que — até onde vai o conhecimento científico atual, — a principal importância dos vários tipos físicos da humanidade está em que possuem caracteres que têm um elevado grau de visibilidade social. O fato de que os seres humanos reagem negativamente a outros seres humanos não deve ser passado por alto.

Entretanto, sabe-se agora que há pelo menos algumas diferenças de processo fisiológico entre os principais troncos raciais. A maior parte dessas diferenças é, em verdade, apenas de freqüência de ocorrência da característica em questão, e não representa variações categóricas. Por exemplo, o fator Rh do sangue, que é ligado a condições fatais antes ou durante o parto, é muito mais freqüente entre os brancos norte-americanos que entre os negros, e quase não ocorre entre os chineses e japoneses. Não obstante, é necessário acentuar que nenhum "sangue" constitui um diagnóstico de todos os indivíduos de qualquer "raça" ou tronco. Todos os quatro principais grupos sangüíneos aparecem em todas as "raças" e troncos.

Os traços mentais, temperamentais e de caráter são quase impossíveis de isolar de forma pura, porque, justamente a partir do dia do nascimento, a influência da tradição social modifica as tedências biologicamente herdadas. É, contudo, mais do que possível que as potencialidades de existirem esses traços estejam presentes em diferentes proporções dentre os vários troncos humanos. A distribuição de capacidades musicais e outras não parece ser igual em todos os povos. Provavelmente, acham-se em jogo causas biológicas; e, muito embora estas expliquem apenas uma pequena fração das diferenças culturais, constituem ainda verdadeiras causas. Também aqui, infelizmente, é mais fácil dizer que o que a antropologia encontrou *não* é certo, do que apresentar descobrimentos positivos e comprovados.

Em certo grau, certos caracteres físicos e qualidades mentais acham-se associados na experiência ordinária. Provavelmente, essa coexistência deve-se muito mais às semelhanças na experiência de vida e formação entre pessoas que têm a mesma cor ou outros traços físicos, do que à herança biológica. Não há qualquer prova de que os genes que determinam a cor da pele ou a forma dos cabelos são correlacionados com os genes que influenciam o temperamento ou a capacidade mental. A idéia de se deduzir o caráter da cor é intrinsecamente absurda. O cão *setter* inglês e o irlandês têm o mesmo temperamento, embora este seja de pelos vermelhos e aquele branco com malhas. Ninguém pensa em determinar o temperamento de um cavalo empregando uma sela de cores. Numa população muito mesclada, que seja mais ou menos homogênea do ponto de vista biológico, não há correlação entre os caracteres devidos a diferentes genes. Como mostrou Haldane:

> Por exemplo, se considerarmos a Europa Central e Setentrional, encontramos uma considerável correlação entre a cor do cabelo e

o índice cefálico. Quando nos deslocamos para o norte, os cabelos se tornam, em geral, mais claros, e o crânio mais alongado. Encontramos a mesmas correlações na Inglaterra em geral. Se, entretanto, observarmos uma população muito misturada — por exemplo, de uma área rural inglesa, uma população cujos membros vêm casando-se entre si há muitos séculos, — verificaremos que essa correlação desaparece. Um homem de cabeça alongada não terá mais possibilidades de ter olhos azuis que outro de cabeça redonda. Segue-se também que um homem de olhos azuis não tem mais probabilidades de possuir grande proporção de antepessados anglo-saxões ou escandinavos do que outro de olhos castanhos, da mesma povoação.

A fragilidade das impressões populares sobre o temperamento "racial" é atestada pela flutuação de estereótipos. Em 1935, a maior parte dos americanos caracterizava os japoneses como "progressistas", "inteligentes" e "industriosos". Sete anos mais tarde, esses adjetivos cederam lugar a "astutos" e "traiçoeiros". Quando se precisavam de trabalhadores chineses na Califórnia, eles eram "frugais", "sóbrios" e "respeitadores da lei", ao passo que, quando se defendia a Lei de Exclusão, passaram a ser "imundos", "repugnantes", "inassimiláveis", "dominados pelo espírito de clã" e "perigosos".

Uma ponderação científica dos feitos históricos de diferentes povos é quase impossível, por causa da falta de acordo sobre os padrões. Para muitos soldados norte-americanos, os nativos da Índia pareceram "sujos" e "incivilizados". Para os intelectuais hindus, entretanto, os americanos pareceram incrivelmente "enfadonhos", "materialísticos", "pouco intelectuais" e igualmente incivilizados. Outrora as criações culturais, não pouco consideráveis, da África negra sejam pouquíssimo conhecidas dos ocidentais, é verdade que a riqueza total da civilização negra é pelo menos quantitativamente menos impressionante que a da civilização ocidental ou chinesa. Entretanto, não devemos esquecer certos fatos. A universidade negra de Timbuktu, fundada no século XII, comparava-se favoravelmente com as universidades européias da época — assim como acontecia com o nível geral de civilização nos três grandes reinos negros de então. O trabalho do ferro, que é uma base tão importante da nossa tecnologia, pode ser uma criação negra. Em todo caso, o antropólogo pensa que é mais válido atribuir essa diferença quantitativa ao isolamento geográfico da África e aos acidentes históricos. Os fatores do ambiente sempre tornam difícil calcular as capacidades inatas dos povos. Por exemplo, os escritores ingleses muitas vezes referem-se aos *Bengalis* da Índia como "intelectuais por natureza" e os *Maratas* como "congênitamente belicosos". Mas as planícies dos *Bengalis* são cronicamente infestadas de malária e parasitas intestinais, e as colinas de Marata relativamente livres das doenças que debilitam a energia agressiva. Felizmente para nós, os romanos não concluíram que nossos nada promissores antepassados, os rudes bárbaros das florestas britânicas e germânicas, eram incapazes de absorver ou criar uma elevada civilização.

É questão debatível saber se os testes de inteligência medem a "inteligência", e no entanto eles constituem, entre as bases de comparação de que dispomos, as únicas padronizadas e que possuem certa pretensão à objetividade. Indicam esses testes que surgem crianças altamente dotadas em todos os povos. Um negro norte-americano, aparentemente de "puro sangue", revelou possuir um Q.I. de 200. Quanto aos grupos, as crianças negras de Tennessee tinham em média 58, as de Los Angeles 105. Essa variação mostra que o Quociente de Inteligência não é determinado principalmente pela capacidade "racial". Na primeira guerra mundial, os negros de certos Estados do Norte que sabiam ler e escrever obtiveram médias mais altas, nos Testes Alfa do Exército, do que os brancos letrados de certos Estados do Sul. Os negros de Ohio e Indiana mostraram-se superiores aos brancos de Kentucky e Mississippi tanto nos Testes Alfa como nos Testes Beta. Esses e outros dados semelhantes correm muito paralelos às importâncias relativas gastas em educação em vários Estados e às condições ambientais, para que a correlação seja mera coincidência. Em 1935-36, a Califórnia gastou mais de 115 dólares por criança e por ano. O Mississippi gastou menos de 30 dólares por criança branca e cêrca de 9 dólares por criança negra. E ficou provado que as crianças negras que se mudam do Sul para o Norte não são superiores em "inteligência", medida por meio de testes, logo ao chegarem ao Norte.

A tendência de considerar os grupos biológicos como inferiores ou superiores uns aos outros deve-se, em parte, a um legado do pensamento darwiniano. Assim como as concepções de hereditariedade entre as pessoas educadas ainda não se afinaram com os fatos e teorias da genética

de hoje, assim também a maior parte de nós tende a apegar-
-se a vagas noções acerca da evolução em linha reta. Temos
propensão para ordenar todas as coisas numa "escala de
evolução", geralmente situando com cuidado nosso próprio
grupo no ponto máximo dessa "escala". Esse modo de
pensar acha-se muito atrás do conhecimento científico.

Não há provas, do ponto de vista biológico, de que a
mistura de "raças" é prejudicial. Asseguram alguns antropólogos que os cruzamentos entre "raças" são inofensivos ou
até mesmo benéficos, mas que os cruzamentos entre os três
grandes troncos são deletérios. Entretanto, poucos dados
sustentam essa afirmação. Fleming, antropólogo inglês, descobriu desarmonias dentofaciais na progênie de híbridos
nigro-brancos cruzados com híbridos nigro-chineses e sino-
europeus. Mesmo neste caso, é possível que as deficiências de nutrição tenham modificado a influência rigorosamente genética.

O problema inteiro é enormemente complicado por atitudes e condições sociais. Em quase toda parte, os cruzamentos entre pessoas de diferentes troncos são de tal modo
reprovados que a maior parte deles ocorre em camadas
econômicas inferiores; os pais e seus filhos são forçados a
viver como proscritos. Naqueles poucos casos (o dos ilhéus
de Pitcairn, por exemplo) em que os sangues mesclados
tiveram boas oportunidades, parecem por julgamento universal ser superiores na maioria das particularidades a qualquer dos grupos dos pais. Mesmo em condições de discriminação, mas onde não seja característica a desnutrição, os
híbridos têm melhores espécimes, do ponto de vista físico:
mais altos, longevos, mais fecundos, mais sadios.

O fenômeno do "vigor híbrido" parece ser tão importante entre os seres humanos quanto entre outros animais.
Os dados da História mostram igualmente que os povos mestiços são mais criadores que os grupos de maior cruzamento
interno. Quase todas as civilizações que a humanidade concorda terem sido as mais significativas (a egípcia, a meso-
potâmica, a grega, a hindu e a chinesa) surgiram onde se
encontraram diferentes povos. Não só houve o cruzamento
dentre diferentes modos de vida, mas houve também a
troca de genes entre correntes físicas contrastantes. Não

parece implausível que também isso tenha a sua parte naqueles grandes surtos de energia criadora.

Em parte alguma, no terreno da "raça", a mitologia é mais gritante ou mais absurda do que nas crendices e práticas relacionadas com a "miscegenação". As pessoas mais convencidas de que os negros têm uma psicologia especial congênita são justamente aquelas que explicarão as habilidades de um "negro" de pele clara pelo seu "sangue branco". Entretanto, diz-nos a genética mendeliana que não há razão para crer que tal indivíduo possua um número apreciavelmente menor de genes de "temperamento negro" do que os irmãos e irmãs mais escuras, dentro da mesma família. Sem dúvida, a extrema ilogicidade da crendice popular é refletida no fato de que quem quer que tenha uma pequena proporção de "sangue negro" é considerado sempre negro, embora fosse igualmente razoável chamar de branco quem quer que tivesse uma pequena proporção de "sangue branco".

Ao passo que a perspectiva e as pesquisas antropológicas devem ser mantidas abertas para a possibilidade de que existem diferenças entre as populações humanas, diferenças estas significativas em termos de capacidades e limitações, a única conclusão científica exeqüível, no momento, é a de "não provado". Como estamos acostumados a ligar a aparência (inclusive o vestuário) a diferentes modos de comportamento, caímos no erro de imaginar que as qualidades de temperamento e de inteligência dos "negros", por exemplo, devem, necessàriamente, *numa base biológica,* ser diferentes das dos "brancos". Nossa tendência é no sentido de exagerar quaisquer diferenças biologicamente determinadas que possam existir, por causa do fato de que os brancos e negros, por exemplo, tiveram histórias culturais muito diferentes e, hoje em dia, diferentes oportunidades. A questão geral é muito bem posta por Boas:

> O mesmo indivíduo não se comporta da mesma maneira, em diferentes condições culturais, e a uniformidade de comportamento cultural observada em toda sociedade bem integrada não pode ser atribuída a uma uniformidade genética dos indivíduos componentes. É imposta a êles pelo seu ambiente social, não obstante as suas grandes diferenças genéticas. A uniformidade de pronúncia numa comunidade desenvolve-se não obstante as grandes diferenças anatômicas na formação dos órgãos articuladores. A apreciação de formas definidas de artes gráficas e plásticas, de estilo de música, são historicamente

desenvolvidas e compartilhadas por todos aquêles que participam na vida cultural do grupo. A afirmação de que há uma relação definida entre a distribuição da compleição corporal num grupo e o comportamento cultural jamais foi provada. O mero fato de que, num grupo, certo tipo predomina e de que o grupo tem certa cultura não prova que haja entre essas coisas uma conexão causal. Existem indivíduos superiores e inferiores, existem indivíduos de diferentes características mentais, mas ninguém jamais provou que o seu comportamento cultural é estável, independente da história social, e que semelhante comportamento não possa ser encontrado em cada uma das grandes divisões da humanidade.

Há indivíduos altos e indivíduos baixos, e esta diferença é, indubitavelmente, condicionada pela herança. As diferenças médias nas características físicas entre várias populações humanas são pequenas, porém, se comparadas com a concorrência na variação de caracteres isolados e na repetição de tipos em diferentes raças. O estudo da variabilidade de características mensuráveis nas raças existentes e a análise dos poucos fatos genéticos estabelecidos sugerem que as mesmas correntes biológicas estão representadas em todos os grandes grupos "raciais", embora de maneira diversas. Não há raças puras imutáveis, mas, pelo contrário, populações cujas características físicas foram alteradas através do tempo, sob a influência da domesticação; da seleção natural, social e sexual; das influências do meio; das variações espontâneas; do cruzamento interior e exterior.

Gunther (que recebeu a medalha de Goethe de arte e ciência, em 1941), conta-nos que a alma, na raça dinárica, parece ser verde escura. É fácil reconhecer os absurdos dessa extravagância. Mas as sutis distorções do nosso pensamento, que vêm das concepções darwinianas (pré-mendelianas) são difíceis de erradicar. Se pensarmos cuidadosamente em todas as conseqüências da seguinte afirmação do eminente biólogo sueco Dahlberg, veremos claramente por que — dados os fatos da migração humana e do cruzamento provocado pelo acaso, as "raças puras" são rigorosamente mitológicas:

> Antes de Mendel, supunha-se que a matéria herdável é uma substância e que, no processo de cruzamento, as substâncias hereditárias são misturadas, assim como se misturam sucos de frutas e água. Se uma negra é cruzada com um homem branco, uma simples diluição se verifica e o resultado é um mulato. Fala-se, então, dos mestiços. Se os mulatos são cruzados, o resultado, segundo a antiga doutrina da

substância, devem ser exclusivamente mulatos, da mesma forma que, quando dois copos de suco de fruta da mesma concentração são misturados, não se espera obter nenhuma diferença de cor. Na verdade, o cruzamento de mulatos produz rebentos que variam desde o mais ou menos branco até o mais ou menos negro. O resultado concorda com a doutrina de Mendel, segundo a qual cada indivíduo possui um mosaico de genes, todos os quais aparecem aos pares, contendo um gene do pai e um da mãe. Na transmissão, os genes são misturados. Metade é posta fora e, quando o espermatozóide funde-se com o óvulo, um novo mosaico é estabelecido, podendo ter caracteres variáveis.

Resumindo a discussão da raça dentro do sentido biológico apropriado, destacam-se os seguintes pontos. O pensamento popular e certos trabalhos científicos precisam ser atualizados, conforme a genética de Mendel e a biologia experimental, em geral. Numa atmosfera onde as explicações biológicas eram populares, a tendência tem sido a de desprezar os fatores culturais e ambientais e saltar a conclusões biológicas exageradamente simples. Não há provas de que é perniciosa a mistura de raças. Não há base científica para uma classificação de raças numa escala de superioridade e inferioridade. Certos genes acham-se presentes em diferentes números, em diferentes grupos humanos; entretanto, a variabilidade de tôdas as grandes populações humanas precisa ser acentuada.

Os livros de geografia elementar ainda arrolam as raças branca, negra, amarela, parda e vermelha. É fácil — e correto — mostrar que cinco pigmentos e um efeito ótico (nascido do fato de que as camadas superpostas da pele não são transparentes) respondem pela cor da pele em todos os seres humanos, e que tais pigmentos acham-se presentes na pele de todos os homens e mulheres normais (os albinos carecem de um pigmento escuro, chamado melanina). Daí as diferenças da côr da pele serem devidas apenas a quantidades relativas de cada pigmento presente, e haver contínua ordem de variação entre os seres humanos vivos. É igualmente fácil — e correto — mostrar as dificuldades inerentes na tentativa de classificar as raças noutra base que não seja arbitrária e incoerente, se usarmos critérios tais como formato da cabeça, estatura ou caracteres do esqueleto.

Em conclusão, todavia, é conveniente acentuar que as objeções válidas a todos os métodos existentes de classificação não constituem provas da insignificância das diferenças raciais. Não nos esqueçamos das profundezas da nossa atual ignorância de certas matérias importantes. Por exemplo, é comum dizer-se que a maior parte dos caracteres visíveis utilizados na classificação racial é por demais desprezível para colaborar ou impedir a reputação das raças de qualquer modo. Entretanto, a sobrevivência de tais diferenças parece pouco provável, a menos que, de algum modo, estejam em causa alguns fatores seletivos. Weidenreich concluiu, não faz muito, que o aumento no tamanho do cérebro acarreta certas modificações no esqueleto. Noutras palavras, se ele tem razão, as modificações ósseas não adaptativas em si mesmas refletem ainda uma modificação que tem valor de sobrevivência. Novas investigações podem mostrar que os antigos antropologistas físicos utilizavam alguns dos critérios corretos, mas davam razões errôneas para fazê-lo e empregavam métodos questionáveis. Por outro lado, pode vir a ficar provado que a única classificação significativa deve ser baseada não num sortimento mais ou menos ao acaso de exterioridades, mas no número relativo de somatótipos que representam a conformação de todo o corpo e presumìvelmente refletem diferenças orgânicas e funções fisiológicas. Embora as semelhanças na biologia humana, entre todos os povos, sejam enormemente importantes para a compreensão da vida humana, há também fortes razões presuntivas para acreditar que as diferenças são igualmente de algum significado.

Existe realmente uma tendência inata para evitar ou mostrar hostilidade para com as pessoas de diferente aparência física? As provas existentes, neste ponto, são, de certo modo, embaraçosas. Por um lado, uma das descobertas mais notáveis da biologia geral é a da coesão das espécies. Em estado nativo, os organismos que conhecemos, pela observação de espécimes no cativeiro, embora possam cruzar-se entre si e ter rebentos férteis, comumente não o fazem. Na natureza, mais freqüentemente do que se pensa, os animais evitam ou são ativamente hostis para com animais semelhantes, de odor ou aparência diferente. Por outro lado, o vasto número de mulatos, nos Estados Unidos, dificilmente pode ser tomado como suporte dessa teoria. Em vários países, parece ter-se desenvolvido pouca repugnância à mesclagem entre grupos de aparência física diferente. A absorção de um número substancial de negros na Inglaterra, no século XVIII, a atitude para com os negros na França, a notável tendência dos colonos portugueses e holandeses a se casarem fora de seu grupo, ou a absorção virtualmente completa do negro no México (onde, em nenhuma época, os negros foram numericamente superiores aos brancos), todos são casos que precisam ser contados. Na verdade, como mostram Huxley e Haddon em *We Europeans*, pode-se citar muito bem o exemplo de verdadeira atração física entre membros de diferentes raças humanas, onde não tenham existido acentuadas barreiras sociais. Mesmo que ficasse provada uma tendência inerente para a hostilidade, isso não significa que tal hostilidade deva ser aceita como inelutável. Entre os maometanos, no Brasil, e talvez na Rússia soviética, os grupos socialmente coerentes não são "racialmente" uniformes.

As atuais classificações raciais arbitrárias têm uma utilidade científica extremamente limitada, e suas implicações populares as tornam socialmente perigosas. Há cem anos, tais termos eram uma conveniência, pois indicavam, em muitos casos, não apenas o tipo físico, mas a origem geográfica, a língua e a cultura, com razoável grau de probabilidade. Hoje, com os deslocamentos de população e as transformações sociais que se verificaram, essas "marcas registradas" com freqüência não pequena conduzem a previsões deformadas ou falsas. Um "negro" pode ser tudo, desde o muito preto até o inteiramente branco na cor; pode falar francês, árabe, inglês, americano, espanhol ou axanti; pode ser um peão de fazenda ou um químico de fama mundial; pode ser analfabeto ou escrever primorosamente o árabe ou ser presidente de uma faculdade norte-americana. Mesmo em têrmos rigorosamente biológicos, toda "marca" é uma "mistura".

O antropologista físico não encontra base para enfileirar as "raças" em ordem relativa de superioridade e inferioridade. Muito embora o cientista ache pouco merecedora de confiança a avaliação, a sociedade ocidental mostrou-se mais do que pronta a fazer juízos inequívocos e duros. A discriminação "racial" é, sem nenhuma dúvida, apenas parte do problema mais geral da discriminação social. Mas o homem moderno da Europa Ocidental e dos Estados Unidos diz, na verdade:

"Se as raças não existem, devemos inventá-las." Como disse alguém, "nas categorias raciais, não é a natureza, mas a sociedade que age como juiz". O fator realmente importante no cenário contemporâneo não é a existência de "raças" biológicas, mas do que Robert Redfield chamou de "raças socialmente supostas". É a associação de uma etiqueta a diferenças biológicas, reais ou imaginárias, e as diferenças culturais verdadeiras, que provoca o aparecimento de uma raça "socialmente suposta." Prova-se que as diferenças biológicas não são sempre evidentes a olho nu por fatos tais como o de acharem os nazistas necessário que os "judeus" usassem a estrela de Davi para que os bons "arianos" sempre os reconhecessem como "judeus", quando os vissem. Outras variações biológicas que pretendiam distinguir as "raças" acham-se no domínio da mitologia pura. Por exemplo, diz-se que mesmo os mulatos de pele clara revelarão o seu sangue "negro" pelo fato de possuírem uma cartilagem nasal de uma só peça, muito embora seja verdade que não só todos os seres humanos, mas todos os macacos e monos têm uma cartilagem dividida. Por outro lado, o público em geral não presta qualquer atenção a certas diferenças que são bastante reais (por exemplo, o relativo achatamento do osso externo de certas populações), porque ninguém, afora alguns antropólogos, sabe que elas existem.

Durante o século XIX e princípios do nosso, na Europa, numerosos divulgadores (notadamente, Gobineau e Chamberlain) colheram a idéia zoológica da raça na árvore do saber. Enxertando nela uma interpretação altamente seletiva e atraente da História, e escrevendo com graça, conquistaram amplo auditório para as suas glorificações dos "nórdicos", dos "arianos" e dos "teutões". Antes da Guerra Civil, vários apologistas americanos da escravidão tentaram, pelo estudo de crânios e tipos vivos, mostrar que os negros e brancos eram espécies inteiramente diferentes de seres humanos, que os negros eram, na verdade, muito mais intimamente aparentados com os macacos. Aqueles escritos norte-americanos foram amplamente citados na Inglaterra, na França e na Alemanha.

Nenhum daqueles homens era cientista, mas conseguiram fazer com que as suas fantasias tivessem certa autentificação científica. De algum modo, uma mistura de circunstâncias intelectuais, econômicas e históricas criou uma atmosfera favorável à aceitação dessas especulações, mesmo em círculos acadêmicos. O século XIX foi a idade clássica da invenção de "raças". A biologia darwiniana deu base à suposição de que havia algumas raças originais inteiramente louras e de olhos azuis, outras inteiramente morenas e de olhos escuros. É estranho que o mito de uma "raça" original de cabelos ruivos não tenha sido criado, embora haja grande número de indivíduos ruivos entre povos tais como os irlandeses, escoceses, judeus e malaios.

Após o término da primeira guerra mundial, o racismo científico foi sistemàticamente empregado para a demagogia política. O livro de Madison Grant, *The Passing of the Great Race*, e o de Lothrop Stoddard, *Rising Tide of Color*, foram muito invocados em conexão com a legislação exclusionista de imigração nos Estados Unidos. Essas obras foram mais tarde longamente citadas nos escritos nazistas. Os dados dos "testes de inteligência" aplicados aos soldados norte-americanos foram distorcidos e falsamente interpretados, para dar uma aparência de documentação aos preconceitos contra os negros e os americanos nascidos no exterior.

Neste mesmo século, em época mais recente, à medida que as pressões políticas e econômicas se tornavam mais intensas em várias partes do mundo, tornaram-se mais claros os motivos psicológicos do "ódio racial". O preconceito de raça é, fundamentalmente, apenas uma forma de escapismo. Quando a segurança dos indivíduos ou a coesão de um grupo é ameaçada, quase sempre se procuram e se encontram bodes expiatórios. Podem estes ser outros indivíduos dentro do grupo, ou podem constituir um grupo exterior. O primeiro fenômeno pode ser observado igualmente no galinheiro e em qualquer sociedade humana. O segundo parece ser a principal base psicológica das guerras modernas. A questão de saber "que fazer a respeito da satisfação do ódio" apresenta-se a tôda ordem social. É esse o processo psicológico fundamental. O fato de os indivíduos serem definidos como "bruxos", como "descrentes", ou como "membros de raças inferiores", depende das circunstâncias e dos tipos de racionalização em moda em dado momento.

As pessoas que têm aspecto diferente constituem objetos de agressão fàcilmente identificável. Mais ainda, se uma teoria "científica" especialmente plausível pode ser utilizada para mostrar que tal grupo é inerentemente inferior ou mau, pode-se então derivar toda satisfação do fato de dar vazão a nosso despeito contra êle, sem que por isso nos sintamos culpados. Via de regra, contudo, prefere-se a segurança de um "bode expiatório" ao perigo de um "leão". Os fracos parecem convidar ao ataque de certas pessoas, possivelmente da maior parte das pessoas que se acham por sua vez descontentes. As vítimas usuais da agressão social em massa são um grupo de minoria ou uma maioria dominada e sem força. Se o conflito entre diferentes "raças" é tido supostamente como parte da natureza das coisas, neste caso o bom cidadão que, noutros particulares, presta considerável deferência ao sentimento de lisura não precisa ter a consciência perturbada. Como disse Goethe, nunca nos sentimos tão livres de censura como quando expiamos nossas próprias faltas noutras pessoas.

Em sociedades simples, a hostilidade é geralmente dirigida contra os indivíduos que desempenham papéis específicos: os parentes da esposa, os curandeiros, os feiticeiros, os chefes. Em sociedades complexas como a nossa, observam-se muitos tipos de conflito de grupos. As pessoas adquirem aversões padronizadas por outras pessoas que jamais viram, e tais ódios não têm como base de justificativa o fato de serem maus todos os médicos ou de serem indignos de confiança todos os líderes políticos, mas o fato de se pertencer a um grupo à parte. Esses preconceitos estereotipados, dos quais o preconceito de raça é apenas um, tendem a ser mais intensos em áreas — tais como as secções recentemente industrializadas — onde é baixa a integração social.

As condições econômicas são mais estimulantes do que causas de preconceito racial. A aversão não é muito ativa, a menos que haja um conflito, real ou imaginário, de interesses. As relações de "raça" podem começar como um problema econômico, tornando-se porém problemas sociais e culturais logo que a minoria ganha consciência dos valores do grupo dominante e passa a contar com líderes articulados. Na sociedade americana, onde se dá grande ênfase ao sucesso, mas onde numerosos indivíduos deixam de alcançá-lo, a tentação de inculpar um grupo exterior pelo próprio fracasso em "mostrar-se à altura" é especialmente vigorosa. Um levantamento mostrou que 38% daqueles que não estavam satisfeitos com a sua posição econômica manifestavam anti-semitismo, ao passo que apenas 16% dos membros do mesmo grupo que se achavam contentes com a sua situação econômica manifestaram tais opiniões.

Os norte-americanos gostam de personalizar. É psicologicamente mais satisfatório censurar os "manipuladores de Wall Street" do que "as leis da oferta e da procura", a "claque de Stálin" do que a "ideologia comunista". Os norte-americanos sentem que compreendem muito melhor os problemas do trabalhador quando se pode separar do grupo um John L. Lewis. Essa propagada tendência ajuda-nos a compreender a perseguição de bodes expiatórios escolhidos segundo características de suposta descendência biológica. A sociedade norte-americana é altamente competitiva e muitos indivíduos não logram triunfar na luta. A segurança econômica é muito precária, sem nada ter a ver com a competição individualizada. Realmente, numa estrutura econômica mundial altamente organizada, a maior parte de nós se encontra mais ou menos à mercê de forças impessoais ou pelo menos das decisões de indivíduos que jamais vimos e que não podemos alcançar. Dada uma psicologia personalizante, sentimo-nos melhor se pudermos identificar determinadas pessoas como nossas inimigas. Um grupo "racial" pode, com a maior facilidade, ser identificado como oponente nosso. Há quase sempre uma partícula de verdade nos viciosos estereótipos criados, e isso nos ajuda a engolir a porção maior de inverdade — porque a tal somos obrigados, se quisermos encontrar uma fuga parcial da confusão.

As frustrações da vida moderna são suficientes para gerar qualquer número de preconceitos latentes e inconscientes. No sentido mais amplo, estes são ainda mais ameaçadores que quaisquer manifestações abertas que jamais tenham ocorrido. Porque o preconceito de "raça" não é isolado — faz parte de uma cadeia de tendências. Muitos estudos mostraram que os indivíduos que possuem os ódios mais pronunciados contra os negros e judeus são geralmente aqueles que também são mais vigorosos nas suas antipatias contra o operariado, contra os "estrangeiros", contra todos os tipos de mudança social, ainda que necessária. Um inquérito realizado pela revista *Fortune*, em 1945, mostrou que "a percentagem de anti-semitas é substancialmente superior ou inferior a 8,8% apenas em três grupos: os extremamente antibritânicos (20,8%), os ricos (13,5%) e os negros (2,3%). Esses fatos são intuitivamente compreendidos e exaustivamente explorados pelos políticos, muitos dos quais têm determinado interesse na perpetuação das desavenças.

O fanatismo dirigido contra qualquer parcela da população pode desencadear uma série de explosões que conduzirá à supressão da organização tradicional. É essa a ameaça interna. A externa é, quando menos, igualmente grave. Nunca nos devemos esquecer de que quatro quintos da população da terra consistem de pessoas de cor. Num mundo no qual as barreiras impostas pela distância quase desapareceram, não podemos ignorar os povos de cor. Nem, tampouco, seguramente podemos esperar continuar tratando-os como subordinados. Devemos aprender a viver em comum com êles. Isso requer respeito mútuo. Não significa pretender que não existam as diferenças. Significa, sim, reconhecer as diferenças sem mêdo, ódio nem desprezo por elas. Não significa exagerar as diferenças à custa das semelhanças. Significa compreender as verdadeiras causas das diferenças. Significa avaliar tais diferenças como se viessem aumentar a riqueza e a variedade do mundo. Infelizmente, o mero conhecimento nem sempre produz amizade. O antagonismo foi de interesse meramente acadêmico, enquanto os diferentes povos não tiveram a necessidade de manter relações entre si, mas, nas condições de hoje em dia, a questão é de natureza prática vital.

Tem-se aí um mal social para o qual não há panacéia. Como diz Ronald Lippit: "É agora mais fácil desintegrar um átomo que romper o preconceito." Não se pode conseguir muita coisa através de uma nova legislação ou mesmo por meio de melhor aplicação das leis existentes, pois as leis só são eficientes na medida da convicção dos cidadãos de que são retas e necessárias. Mais se pode fazer mudando-se as condições que criam preconceitos de raça do que por um ataque frontal.

Todos os tipos de conflito alimentam-se no medo. A libertação do medo é a melhor maneira de curar o preconceito racial. Isto significa libertação em relação ao medo da guerra, ao medo da insegurança econômica, ao medo do abandono pessoal, ao medo da perda de prestígio individual. Até que haja uma ordem mundial, até que haja uma medida maior de segurança pessoal, talvez até que a tecitura da vida norte-americana seja menos tensamente competitiva, a questão racial nos acompanhará. Como escreveu Rosenzweig:

> Da mesma forma que o corpo, na sua resistência a uma doença infecciosa, adota reações protetoras não quebrantadoras, na medida do possível, acabando, porém, por lançar mão de reações defensivas que, como sintomas da doença, interferem gravemente com o comportamento normal do paciente, assim também quando não se pode alcançar de maneiras mais adequadas a constância psicológica, adotam-se outras, invariavelmente, menos adequadas.

Mas isto não significa que nada se possa fazer de útil no entretempo. Devemos, antes de tudo, recordar que, na medida em que ajudemos na solução dêsses problemas maiores, também estamos ajudando a liquidar a questão de "raça". Em segundo lugar, na medida em que os cidadãos individuais assumirem plena responsabilidade pelos seus atos públicos e privados, podem-se alcançar muitos pequenos melhoramentos, em muitas diferentes situações, com influência direta sobre os problemas de "raça". Tais melhoramentos podem ter um tremendo efeito cumulativo. Dentro dos Estados Unidos, alcançaram-se alguns ganhos[1] significativos, dentro dos últimos quinze anos. Ainda há cinco anos, havia apenas quatro negros nas faculdades das universidades não negras do Norte; hoje, há quarenta e sete.

Podemos tratar as pessoas como pessoas, antes que como representantes de grupos "raciais". Podemos mostrar aos nossos amigos o quanto é absurdo pensar que grupos inteiros são "totalmente maus" ou "totalmente bons". Podemos desacreditar os sadistas do nosso próprio círculo de conhecidos. Podemos ridicularizar e desinflar os demagogos e agitadores. Podemos fazer circular pilhérias que realcem as virtudes da lisura e da tolerância, à custa, por exemplo, dos que incitam o ódio aos judeus. Podemos fazer o nosso papel para cuidar que os jornais e rádios representem os grupos de minoria como gozando de apoio público, antes de serem fracos e isolados. Em nossa conversa, podemos realçar os fatos da assimilação e do ajustamento à vida americana de grupos de minoria, tanto quanto os fatos de diferença. Podemos insistir em que os nossos líderes manifestem a sua reprovação pelas tentativas de inescrupulosos, quer no governo, quer na indústria, quer no operariado, de desviar o ódio dos cidadãos dos seus verdadeiros inimigos para inocentes bodes expiatórios. Podemos educar filhos mais seguros e livres, para que não tenham uma necessidade interior de ferir e atacar. Podemos aumentar a nossa própria autocompreensão, conquistando maior liberdade, e maior grau de comportamento responsável, à medida que ganhamos maior percepção dos nossos próprios motivos. Podemos exigir uma solução calma e pacífica dos conflitos entre grupos. Podemos despertar os nossos concidadãos de boa vontade do estado de complacência e de apatia. Podemos tirar partido do orgulho americano pela diversidade e reforçar a lealdade ao total da nossa heterogênea sociedade. Quase todos os americanos são, afinal, descendentes de grupos minoritários do exterior.

Podemos, igualmente, agir contra a ação emocional precipitada, que tem probabilidades de piorar dada situação. Ao passo que insistimos em que há questões morais que são do interesse de todos os cidadãos americanos, podemos recordar aos nossos amigos demasiado apaixonados as importantes variações das condições locais e a necessidade de falar e agir em termos que sejam localmente relevantes. Cada comunidade tende a se ressentir da interferência do exterior, e a mudança será menos perturbadora e mais permanente se surgir de dentro para fora e fôr promovida pelos líderes naturais da comunidade.

As minorias também têm, decerto, os seus preconceitos, de sorte que não se trata apenas de adotar a maioria a "reta atitude". Os membros de grupos menos privilegiados tendem a usar a sua posição desvantajosa como uma cobertura de sentimentos de inferioridade decorrentes da sua experiência como indivíduos. Comportar-se-ão êles próprios de maneira pouco lisa para com os grupos ainda mais baixos na estrutura do poder. O comportamento dentro de uma minoria deve ser sempre ligado também à muralha de preconceitos que os rodeiam. A freqüência do crime e do derramamento de sangue entre os negros norte-americanos, por exemplo, deve ser entendida, pelo menos em parte, como resultado da frustração de serem incapazes de expressar hostilidade para com os brancos e como conseqüência da tolerância branca para com os crimes que não infringem os privilégios brancos. Isto adapta-se maravilhosamente ao estereótipo branco que atribui "paixões animais" ao negro — muito embora insista, no mesmo fôlego, em que os negros são "folgadões" e gostam de ser submissos aos brancos. O preconceito de grupo é complexo de várias outras maneiras. Os mesmos indivíduos agirão sem preconceito numa situação e com grande antagonismo noutra. As atitudes não são as mesmas diante de todos os grupos minoritários. Os judeus, em geral, são castigados porque recusam deixar-se assimilar, os negros porque o querem. Muitos americanos não gostam absolutamente de judeus, mas gostam dos negros, "em seu devido lugar". A tolerância e a simpatia avançam e retrocedem segundo as condições econômicas locais e nacionais e segundo a situação internacional. Os americanos tiveram de enfrentar um problema seríssimo durante os últimos trinta anos, porque, como se observou, "a válvula de segurança da fronteira já não constitui proteção adequada contra a crescente pressão dentro do turbulento cadinho".

O antropólogo, na sua capacidade profissional, pode ajudar, e tem ajudado, de várias maneiras. Trabalhando nos comitês municipais e organizações semelhantes em cidades norte-americanas onde as tensões têm sido agudas, os antropólogos têm feito levantamentos de pontos de atrito potenciais e previsto os lugares onde era provável ocorrerem explosões, permitindo que os órgãos de serviço social e as organizações de lei e ordem estivessem mais adequadamente preparadas. Como especialistas nos costumes de diferentes povos, os antropólogos têm sido capazes também de fazer sugestões práticas para suavizar situações temporárias, indicando símbolos de descontentamento que não são imediatamente óbvios e sugerindo as palavras corretas a serem empregadas na reconciliação. Como estudiosos de organização social, têm descoberto quais eram os verdadeiros líderes dos grupos em conflito. Na indústria, têm desempenhado serviços semelhantes e dado conselhos práticos sobre aquilo em que as minorias trabalharão em conjunto e pacificamente, e aquilo em que não o farão.

Além de agir como "remediadores de atritos", os antropólogos têm servido de conselheiros de muitos projetos para o aperfeiçoamento a longo prazo das relações de "raça". Além de colaborar na aplicação de conhecimentos de que ora dispomos a respeito desses problemas, têm igualmente chamado atenção para os perigos de se levarem a cabo tais projetos, os quais não são evidentes ao senso comum. Por exemplo, falar com demasiada veemência sôbre os sofrimentos de grupos em posição desvantajosa é uma lâmina de dois gumes. As simpatias dos generosos podem ser despertadas, mas os antagonismos dos agressores podem também ser ativados mais intensamente — produzindo o "efeito de bumerangue". Ademais, um programa em favor de um grupo pode simplesmente ter o efeito de desviar a hostilidade contra outro grupo. Uma saída é bloqueada mas encontra-se um substituto socialmente tão grave ou pior.

Como parte da tarefa a longo prazo, os antropólogos têm sido ativos na educação, no sentido mais largo: programas de jardins-de-infância; reuniões públicas; educação de adultos; preparação de programas de rádio e artigos de jornal; escrever, conferir e rever textos escolares de escolas públicas; planificar caricaturas e outros materiais gráficos; preparar exposições de museus e livros para crianças e adultos. O Departamento de Antropologia da Universidade de Chicago realizou um vigoroso programa de conferências e discussões, nas escolas secundárias de Kansas City, Chicago, Milwaukee e outras cidades.

O antropólogo compreende que as errôneas teorias de "raça" e racismo são simultâneamente causa e efeito da discriminação "racial". Assim como a conveniência política levou os nazistas a proclamar a doutrina de que os japoneses não passavam, afinal, de "arianos amarelos", assim também, no calor da guerra, desenvolveram-se nos Estados Unidos espantosas teorias populares sôbre as "origens raciais" dos japoneses. Embora as leais e valentes façanhas de incontáveis soldados nipo-americanos mesmo então apontassem como mentirosas tais ridículas extravagâncias, em 1942 nenhuma soma de provas científicas teria bastado para convencer muitos americanos de que um senador federal não estava falando a pura verdade, ao exclamar: "Não acredito que haja sôbre o solo livre dos Estados Unidos da América um só japones solitário, uma só pessoa que tenha nas veias sangue japones, que não seja um homem que nos irá apunhalar pelas costas. Mostrem-me um japonês e eu lhes mostrarei uma pessoa cheia de perfídia e traição."

Não obstante, o antropólogo, embora não se deixe levar por ilusões sobre o poder do puramente nacional, acredita que a disseminação dos frios fatos a respeito da raça possa desempenhar um papel útil e importante na solução do problema. Como escreveu o antropologista físico Harry Shapiro:

> A ciência tem outro dever, além da apaixonada e objetiva *procura* da verdade. Cabe-lhe também a responsabilidade de *manter* a verdade inviolada e incorrupta. Em certas ocasiões, tal dever assume a forma de revelar a segurança fundamental da especulação tanto popular quanto científica.

CAPÍTULO VI

O Dom das Línguas

> *Nossa incompreensão da natureza da língua tem ocasionado maior perda de tempo, de esfôrço e de gênio do que todos os outros enganos e ilusões que têm afligido a humanidade. Tem retardado imensuravelmente o nosso conhecimento físico de toda classe e viciado aquilo que não poderia retardar.*
>
> A. B. JOHNSON, *Treatise on Language*

É contristador o fato de que poucos dentre nós conseguimos vencer nossas lutas de infância com a gramática. Tanto nos obrigaram a sofrer guardando regras de cor e aprendendo a língua de um modo mecânico e pouco imaginoso que tendemos a considerar a gramática como a menos humana das disciplinas. Os americanos, que gostam de dramatizar a si mesmos e a sua independência, pròvàvelmente guardam uma espécie de ressentimento inconsciente contra todos os padrões assim estabelecidos, que constituiriam uma ofensa gratuita ao princípio do livre arbítrio. Sejam quais forem as razões, os norte-americanos têm sido caracterìsticamente ineptos em matéria de línguas estrangeiras. Como os britânicos, temos esperado que todos os outros aprendam inglês.

No entanto, nada é mais humano que a fala de um indivíduo ou de um povo. A linguagem humana, ao contrário do grito de um animal, não ocorre como mero elemento de uma resposta maior. Somente o animal humano pode comunicar idéias abstratas e conversar a respeito de situações contrárias à realidade. Na verdade, o elemento puramente convencional da fala é tão grande que a língua pode ser considerada como uma cultura pura. Um tecelão birmanês transplantado para o México saberia imediatamente o que estaria fazendo um companheiro mexicano de cfício, mas não compreenderia uma palavra da língua *Nahuatl*. Não há chaves tão úteis como as da língua para mostrar atitudes psicológicas finais e inconscientes. Ademais, grande parte da fricção entre grupos e entre nações nasce porque, no sentido literal assim como no popular, elas não falam a mesma língua.

Vivemos num ambiente que é em grande parte verbal, no sentido de que passamos a maior parte das nossas horas de vigília a pronunciar palavras ou a reagir, ativa ou passivamente, às palavras de outrem. Conversamos conosco mesmo. Conversamos com as nossas famílias e os nossos amigos — em parte para comunicar-lhes e persuadi-los, em parte apenas para expressar-nos. Lemos jornais, revistas, livros e outras matérias escritas. Ouvimos o rádio, ouvimos sermões e conferências, ouvimos os diálogos no cinema. Como diz Edward Sapir:

> A linguagem interpenetra completamente a experiência direta. Para a maior parte das pessoas, toda experiência, real ou potencial, é saturada de verbalismo. Isso talvez explique por que tantos amantes da natureza não sentem que estão verdadeiramente em contacto com ela até que tenham dominado os nomes de numerosas flores e árvores, como se o mundo primário da realidade fosse verbal, como se não fosse possível chegar-se perto da natureza a menos que se dominasse primeiro a terminologia que, de algum modo, magicamente a exprime. É esse constante intercâmbio entre a linguagem e a experiência que afasta a linguagem da fria posição de sistemas pura e simplesmente simbólicos tais como o simbolismo matemático ou a sinalização com bandeiras. *

Os dicionários dizem ainda que "linguagem é um artifício para comunicar idéias". Os semânticos e os antropólogos concordam em que esta é uma função minúscula e especializada da fala. Esta é, primeiramente, um instrumento de ação. O significado de uma palavra ou frase não é o seu equivalente dicionarizado, mas a diferença que o fato de pronunciá-la produz numa situação. Empregamos palavras para

---

(*) Do artigo "Language", de Eward Sapir, *Encyclopedia of the Social Sciences*, vol. ix. Copyright 1933 por The Macmillan Company, transcrito com sua permissão. (Nota do Autor).

confortar-nos e lisonjear-nos, na fantasia e quando sonhamos acordados, para dar vazão à pressão interior, para nos incitarmos a dado tipo de atividade e para nos negarmos a outro. Empregamos palavras para promover as nossas próprias finalidades, ao tratar com outrem. Edificamos quadros verbais de nós próprios e de nossos motivos. Adulamos, conclamamos, protestamos, convidamos e ameaçamos. Até o mais intelectual dos intelectuais emprega apenas uma fração minúscula do total de palavras que pronuncia, para simbolizar e comunicar idéias que se acham divorciadas da emoção e da ação. O valor social primário da fala está em fazer com que os indivíduos trabalhem em conjunto de maneira mais eficiente e em aliviar as tensões sociais. Muitas vezes, o que se diz importa muito menos do que o fato de ser dita alguma coisa.

Para a manipulação desse ambiente verbal, o lingüista antropólogo introduziu algumas contribuições de caráter prático imediato. Forçado pela ausência de materiais escritos e por outras circunstâncias inerentes ao trabalho com primitivos, tornou-se ele um perito no "método direto". Sabe aprender uma língua pelo emprego dessa língua. Embora sensível às implicações mais amplas de formas mais sutis e mais raras de uma língua, é hábil nas socialmente práticas. Sabe como escapar ao subjuntivo quando o objetivo imediato é fazer com que se verifique uma conversação. A formação do professor de línguas convencional tenta-o ao incômodo pecado da preocupação com as delgadezas do idioma. Ama as regras complicadas e, mais ainda, as exceções dessas regras. Esta é uma das principais razões de, depois de oito anos de instrução em francês, um norte-americano ser capaz de ler com satisfação um romance francês, mas ficar aterrorizado ao perguntar em Paris pela direção de uma rua. O antropólogo não pode olhar as regras do livro. Está acostumado a cometer erros pequenos e grandes. Sua tradição é a de abrir caminho, de se concentrar no essencial, de prosseguir com a conversa a todo custo.

Como numerosas línguas exóticas eram de importância militar na segunda guerra mundial, o lingüista antropólogo teve ocasião de introduzir o seu método de trabalho diretamente com o informante nativo. Preparou materiais pedagógicos que realçaram os atalhos antropológicos no aprendizado do modo de falar línguas. Os resultados influenciaram os métodos tradicionais de ensino de línguas nos Estados Unidos. O lingüista antropólogo elaborou também métodos de ensinar adultos que não possuem uma linguagem escrita e métodos de ensinar os ágrafos a escrever e ler em sua própria língua.

Em virtude de terem os lingüistas antropólogos em geral recebido formação de etnólogos e de se entregarem ao trabalho geral de campo, tendem eles, menos do que outros estudiosos da linguagem, a isolar a fala da vida total do povo. Para o antropólogo, a língua é apenas uma espécie de comportamento cultural, tendo muitas ligações interessantes com outros aspectos da ação e do pensamento. A análise de um vocabulário mostra os interesses principais de uma cultura e reflete a história cultural. Em arábico, por exemplo, há mais de seis mil diferentes palavras para designar o camelo, suas partes e equipamentos. A crueza dos termos locais especiais do vocabulário das aldeias de língua espanhola do Novo México reflete o longo isolamento desses grupos em relação à principal corrente da cultura latina. Os arcaísmos especiais empregados mostram que o rompimento com a continuidade principal da língua espanhola ocorreu durante o século XVIII. O fato de que os índios *Boorabbee*, do Panamá, empregam palavras tais como *gadsoot* [12] (gadzooks), *forsoo'* (forsooth) [13], *chee-ah* (cheer) [14] e *mai-api* (mayhap) [15] sugere uma possível ligação com os piratas elizabetanos.

Sabe-se hoje muita coisa sobre a história das linguagens, especialmente daquelas que foram grandes veículos de cultura: o grego, o latim, o sânscrito, o arábico, o chinês e o inglês. Descobriram-se certas regularidades. Em contraste com o curso geral da evolução cultural, as línguas passam do complexo para o simples. O chinês e o inglês perderam, hoje em dia, quase todas as inflexões. As uniformidades da mudança fonética são mais encorajadoras para

(12) Interjeição de surpresa. em ingles. — N. do T.
(13) "Em verdade". — N. do T.
(14) Interjeição de ânimo. — N. do T.
(15) "Talvez". — N. do T.

aqueles que acreditam existir uma ordem possível de se descobrir nos acontecimentos humanos. Como disse Bloomfield:

Essas correspondências são uma questão de detalhe histórico, mas seu significado foi importantíssimo, já que mostraram que a ação humana, na massa, não é inteiramente casual, mas pode desenrolar-se com regularidade mesmo em questão de tão pouca importância como a maneira de pronunciar os sons, individualmente, no fluir do discurso.

O aspecto fonético da língua ilustra maravilhosamente tanto a natureza seletiva da cultura como a onipresença de padrões. O som de *p* no substantivo inglês *pin* é pronunciado com um ligeiro sopro de hálito que não ocorre quando pronunciamos o *p* em *spin*. Entretanto, os que falam inglês chegaram a um acordo inconsciente quanto a tratá-las como o mesmo sinal, embora não sejam acusticamente idênticas. É como o motorista treinado a parar diante de qualquer luz que tenha qualquer tom de vermelho. Se estou investigando uma língua desconhecida e descubro dois sons que são algo semelhantes àqueles representados pelo "b" e pelo "d" ingles, mas diferem por serem pronunciados suavemente, posso imediatamente prever que os sons do tipo "g" da nova língua conformar-se-ão ao mesmo padrão.

A língua é tão coerentemente não racional como qualquer aspecto da cultura. Apegamo-nos obstinadamente ao emprego de maiúsculas que não têm nenhuma função. Podemos também citar exemplos da absurda pronúncia da língua inglesa. "*Ghiti*" [16] pronuncia-se *fish* — sendo o *gh* como em *laugh* [17], o *ti* como em *ambition* [18]. Em *hiccough* [19], *gh* tem o som de *p*. "Ghoughteighteau" poderia ser lido como *potato* [20] — ou como o leitor quiser. Dizemos

(16) Não se encontra esta palavra nos dicionários comuns da língua inglesa. — N. do T.
(17) Pronuncia-se, aproximadamente, como *läf* (risada). — N. do T.
(18) Pronuncia-se, aproximadamente, como *am-bí-xum* (ambição). — N. do T.
(19) A grafia dessa palavra, que significa *soluço*, pode ser também *hiccup*. De origem imitativa, parece efetivamente repetir um soluço. — N. do T.
(20) *Batata*; a palavra "*ghoughteithteau*" não existe em inglês. — N. do T.

"*five houses*" [21] quando "*five house*" seria mais simples e transmitiria o significado igualmente bem.

São muito reveladoras as pequenas particularidades do uso lingüístico. Não é por acaso que os protestantes franceses se dirigem a Deus empregando a forma familiar do pronome pessoal (*tu*) e os católicos a mais formal (*vous*). Em todos os setores da sociedade francesa, exceto a antiga aristocracia, os esposos se tratam por *tu*. Mas, no *Faubourg St. Germain*, o duque dirige-se à duquesa dando-lhe o *vous* — ficando entendido que reserva o *tu* para sua amante.

Poder-se-ia escrever toda uma monografia sobre as diferenças na estrutura social das nações européias, reveladas pelos hábitos lingüísticos relacionados com o pronome pessoal da segunda pessoa. Na França, passa-se, depois da adolescência, a *tutoyer* [tutear] algumas pessoas. Essa familiaridade é restrita aos parentes imediatos e aos poucos amigos íntimos da infância. No mundo de língua alemã, entretanto, um estudante que não passasse desde logo a usar o familiar *Du* com aquêles que vê freqüentemente seria considerado como presunçoso. No exército da Áustria imperial, todos os oficiais do mesmo regimento tratavam-se mutuamente por *Du,* não importando qual fosse a sua posição hierárquica. Deixar de empregar a forma familiar era o mesmo que desafiar para um duelo. Na Áustria e outros países europeus, a iniciação do uso familiar entre adultos é formalizada numa cerimônia. As pessoas se beijam e bebem cada qual no copo da outra. Na Espanha e na Itália, a introdução do tuteio entre adultos é consideravelmente mais fácil que na França, porém menos freqüente que no sul da Alemanha e na Áustria. Na Itália, existe ainda a complicação de uma forma especial de pronome de tratamento respeitoso (*Lei*). A escolha do *Lei* ou do pronome formal mais comum tornou-se uma questão política. O Partido Fascista proibiu o emprego de *Lei*. Também na Suécia, levantaram-se paixões sobre o pronome *ni*, que é usado para dirigir-se àqueles de posição social inferior — e, segundo o princípio familiar de esnobismo invertido [*], para dirigir-se

---

(21) *Cinco casas*. Usa-se,, entretanto, a outra forma, em expressões tais como "*a five house block*": bloco de cinco casas. — N. do T.

(*) Outro exemplo do "princípio de esnobismo invertido": na universidade americana pequena e que luta por conseguir prestígio,

às personagens reais. Formaram-se clubes para abolir essa palavra. As pessoas ostentavam botões onde se lia: "Não uso *ni* e espero que também não o faças." Levaram-se pessoas ao tribunal por empregarem *ni* dirigindo-se a outras que se consideravam iguais ou superiores àquela que as depreciavam, empregando o *ni* ao se dirigirem a elas. "Para mim, és *ni;* eu não sou *ni* para ti."

Estes exemplos traduzem também o simbolismo intensamente emocional da linguagem. Durante o curso do desenvolvimento do nacionalismo e do movimento romântico, toda língua era tomada como uma manifestação tangível da singularidade de cada cultura. Na primeira parte do século XIX, os nobres magiares falavam latim no parlamento húngaro, porque não podiam falar magiar e não queriam falar alemão. O magiar, o irlandês, o lituano e outras línguas foram retiradas, no decorrer dos últimos cem anos, da categoria de línguas praticamente mortas. Essa tendência é quase tão antiga como a história escrita. Na Bíblia, aprendemos que os gileaditas matavam nos passos do Jordão todos aqueles que diziam *siboleth* em vez de *xiboleth*.

Os grupos existentes dentro de uma cultura acentuam a sua unidade por meio de uma linguagem especial. Os criminosos possuem o seu *argot* próprio. Assim, aliás, ocorre em todas as profissões. Certa escola da Inglaterra (Winchester) tem uma língua composta de latim medieval a que se acrescentou a gíria de muitas gerações e que é completamente ininteligível para os não iniciados. "Comunidade lingüística" não é, de modo algum, uma expressão sem significado. O emprego das formas de linguagem em comum implica outras coisas em comum. Os grupos elegantes de caçadores ou dos "condados" da Inglaterra afetam suprimir os *gg* finais, como distintivo de sua posição à parte. A afetação de modéstia é sinal da inabalável segurança psicológica. Se um membro das classes superiores inglesas é membro da equipe da Copa Davis, dirá: "Sim, jogo um pouco de tênis." Os indivíduos de muitos países pronunciam as palavras de determinada maneira, a fim de se associarem a determinadas classes sociais. A medida em que um inglês idoso ou de meia idade é ainda identificável como ex-

---

os membros da congregação que pertencem à associação Fi Beta Capa prefeririam aparecer na escola sem calças a aparecer sem suas chaves. Nas antigas universidades bem reputadas, as chaves Φ Β Κ são usadas apenas por alguns professores mais velhos. (Nota do Autor).

aluno de Harrow ou Rugby — e não como procedente de Yorkshire, nem como um oxoniano nem mesmo como um militar, — prova a identificação da linguagem diferenciadora com a condição social. É possível identificar um inglês com toda precisão pela gravata e pela pronúncia. Os torneios idiomáticos da fala identificam para a sociedade em geral as posições e papéis especiais dos seus vários membros. Os grupos de amigos e as classes usam inconscientemente desse artifício para impedir a absorção noutros grupos maiores. "Ele fala como um de nós" é uma declaração de aceitação. Os eufemismos, os termos especiais de carinho e a gíria constituem rótulos de classes.

O aroma essencial de cada cultura ou subcultura pode ser apanhado como uma fragrância da língua. Na Berlim de 1930, quando se encontrava um conhecido na rua, havia que se curvar tesamente e dizer: "Bons dias." Em Viena, dizia-se: "Tenho a honra", a um superior; "Que Deus te saúde", a um íntimo; ou "Seu criado", a um companheiro de estudos ou de aristocracia. Aquela *gewisse Liebenswürdigkeit* (uma certa amabilidade), que era o sinal culminante da cultura vienense, surgia mais clara e imediatamente em certas frases que não eram desconhecidas na Alemanha Setentrional e protestante, mas que eram muito menos freqüentes nas frases da conversa quotidiana: "Viva bem", "A senhora mãe", "Beijo-lhe a mão, nobre senhora" e muitas outras. Na Áustria, quando o entregador levava os gêneros à cozinha, dizia: "Que Deus te saúde", se o recebia a criada; "Beijo-lhe a mão, nobre senhora", se aparecesse a dona da casa.

Embora pudéssemos exagerar um pouco insistindo neste ponto de vista, há realmente *algo* significativo nas listas de palavras de cada língua européia que se tornaram de uso corrente nas outras línguas. Do inglês: *gentleman, fair play, week end, sport*. Do francês: *liaison, maitresse, cuisine*. Do italiano: *diva, bravo, bel canto*. Do alemão: *Weltschmerz, Sehnsucht, Weltanschauung, Gemutlichkeit*. Em seu livro *Ingleses, franceses y españoles*, Madariaga sugeriu que as palavras *fair play, le droit* e *el honor* constituem as chaves das respectivas culturas. Eis aqui uma amostra de seu estudo do inglês:

A ninguém surpreenderá o fato de que o inglês — língua do homem de ação, — seja uma língua quase inteiramente monossilábica. Porque o homem de ação, como sabemos, vive no presente, e o presente é um instante sem lugar para mais que uma sílaba. As palavras de mais de uma sílaba chamam-se às vezes, em inglês, *dictionary words* (palavras de dicionário), quer dizer, palavras de intelectual, palavras de bicho de livraria, palavras de demente, quase como se fôssem palavras de não-inglês. Os monossílabos ingleses são maravilhosos, sobretudo os que representam atos. Sua fidelidade é tão perfeita que faz pensar que tais monossílabos são os nomes próprios e naturais que correspondem aos atos que representam, e que os nomes empregados nas demais línguas não passam de lamentáveis fracassos descritivos.

Impossível, parece, melhorar o rendimento plástico e emotivo de palavras como *splash* (salpicar), *smash* (aplastar, destroçar), *ooze* (exsudar), *shriek* (gritar), *slush* (lodo), *glide* (resvalar), *sequeak* (gritar esganiçadamente), *coo* (arrulhar). Como achar algo melhor que *hum* (zumbir), *buzz* (cochichar), *howl* (ladrar), *whir* (voar com ruído de moscardo)? A palavra *stop* é um obstáculo tão peremptório, que passou a ser empregada em todas as línguas européias.

Certamente, os torneios recorrentes da frase, as frases, feitas de cada cultura e de diferentes períodos de tempo na mesma cultura são esclarecedores. Incorporam, dentro, de cápsulas, as correntes e pressões centrais da sociedade, os interesses culturais dominantes, as definições características da situação, as principais motivações. Não se pode praguejar eficientemente em inglês britânico para ouvintes norte-americanos, nem vice-versa. A saudação navajo é "Vai tudo bem"; a japonesa, "Há disposição respeitosa"; a americana, "Como vai" ou "Como andam as coisas?" Cada época tem as suas frases feitas. Como escreveu Carl Becker:

Se quisermos descobrir as portinholas traseiras que, em qualquer época, servem de entrada secreta do conhecimento, bem faremos em. procurar certas palavras modestas dotadas de significados incertos, que têm licença de desaparecer da língua ou da pena sem medo e sem preocupação; palavras que, pela constante repetição, tendo perdido seu significado metafórico, são inconscientemente tomadas como realidades objetivas. ... Em cada era, essas palavras mágicas têm as suas entradas; e as suas saídas.

De certo modo, nada há de muito novo em matéria de semântica. O gramático romano Varrão, num erudito tratado, afirmou que tinha descoberto 228 diferentes significados para a plavra "bom". O seu ponto básico foi o mesmo de Aldous Huxley: "Deve existir algum modo de lavar a seco e desinfetar as palavras. Amor, pureza, bondade, espírito — pilha de roupas sujas à espera da lavadeira." Estamos sempre ajuntando, por meio de palavras, coisas que são diferentes, e separando verbalmente coisas que, na verdade, são as mesmas. Um religioso da Ciência Cristã recusava-se a tomar comprimidos de vitamina alegando que eram "remédio"; aceitou-os de bom grado quando lhe foi explicado que eram "alimento". Uma companhia de seguros descobriu que o comportamento diante de "tambores de gasolina" era geralmente circunspecto, e habitualmente descuidado diante de "tambores vazios de gasolina". Efetivamente, os tambores "vazios" são mais perigosos, porque contêm vapor explosivo.

O problema semântico é quase insolúvel, porque, como disse John Locke, "tão difícil é mostrar os diversos significados e imperfeições das palavras quando nada temos além de palavras para fazê-lo". Essa é uma das razões de se fazer imperioso um método cultural comparado. Quem quer que tenha lutado com as traduções chega a compreender que há, numa língua, algo mais do que o seu dicionário. O provérbio italiano *"traduttore, traditore"* (o tradutor é um traidor) é inteiramente certo. Pedi a um japonês, que tinha razoáveis conhecimentos de inglês, que me traduzisse de sua língua a frase da nova constituição japonesa que representa a nossa "vida, liberdade e busca da felicidade". Ele traduziu: "licença para desfrutar prazer sensual". A passagem de um cabograma do inglês ao russo e do russo de novo ao inglês transformou-o de "Genova suspensa por travessura" em "Genoveva enforcada por delinqüência juvenil".

Tudo isso são cruezas evidentes. Mas vejamos as traduções, em meia dúzia de línguas, do mesmo trecho do Velho Testamento. A simples diferença de tamanho mostrará que a tradução não é questão apenas de encontrar na segunda língua uma palavra que corresponda exatamente a outra no original. As traduções de poesias são especialmente enganosas. A melhor tradução métrica de Homero é, provavelmente, a do fragmento feito por Hawtrey. Os dois últimos versos do famoso trecho do terceiro livro da *Ilíada*, "Helena nas Muralhas", é o seguinte:

> *So said she; but they long since in earth's soft arms were reposing*
> *There in their own dear land, their fatherland, Lacedaemon.* [22]

(22) A compreensão da argumentação do autor exige que o trecho seja examinado em inglês. Sua tradução (sem cotejo com

Hawtrey apreendeu o efeito musical dos hexâmetros gregos quase tão bem como é possível fazê-lo em inglês. Mas o grego diz literalmente: "Mas eles, por sua vez, fortemente se abraçavam à terra que dá a vida". O original é realista — os irmãos de Helena estavam mortos e isso era tudo. O inglês é sentimental.

Uma vez, em Paris, vi uma peça chamada "O Sexo Fraco". Achei-a deliciosamente atrevida. Um ano depois, em Viena, levei uma môça para assistir a uma tradução alemã da mesma peça. Embora não se tratasse de uma moça pudica, eu fiquei embaraçado, por a peça era vulgar, senão obscena, em alemão.

Creio que pela primeira vez compreendi bem a natureza da língua quando meu preceptor de Oxford pediu-me que traduzisse para o grego algumas páginas de um retórico britânico do século XVIII, que continham a seguinte frase: "ela atirou contra ele a máxima virulência da sua invectiva". Lutei com a frase e afinal cometi o pecado imperdoável de olhar cada palavra no dicionário inglês-grego. Meu preceptor olhou de relance a monstruosidade resultante e me encarou com um misto de desgosto, pena e espanto. "Meu rapaz — disse êle, — não sabe que a única maneira possível de traduzir isso é *deinos aedeitai*, ela censurou muito fortemente?"

Realmente, há três espécies de tradução. Há a variedade literal, de palavra por palavra, que é sempre deformada, exceto talvez entre língua de estrutura e **vocabulário** muito semelhantes. Segundo, há o tipo oficial, em que certas convenções quanto a equivalentes idiomáticos são respeitadas. O terceiro tipo, o psicológico, de tradução, onde as palavras produzem nos que falam a segunda língua aproximadamente os mesmos efeitos que produziram na original, é quase impossível. Quando muito, a tradução deve ser extremamente livre, com circunlóquios e explicações complicadas. Ouvi, uma vez, Einstein cometer um lapso de linguagem que denunciava uma verdade muito profunda. "Falarei em inglês esta noite — disse ele. — Se, porém, ficar excitado durante o debate, começarei a falar alemão e o Professor Lindeman traduzirá para mim."

---

o grego), será: "Assim falou ela; eles porém repousavam desde muito nos suaves braços da terra. Ali em sua própria terra querida, sua pátria, Lacedemônia." — N. do T.

Se as palavras se referissem apenas a coisas, a tradução seria relativamente simples. Mas também se referem às relações entre as coisas e aos aspectos tanto subjetivos quanto objetivos dessas relações. Em diferentes línguas, as relações são variadamente concebidas. A palavra balinesa *tis* significa não sentir frio quando está frio. A palavra balinesa *paling* designa o estado de um transe de embriaguês ou uma situação em que não se sabe onde se está, que dia é, onde fica o centro da ilha nem a casta da pessoa à qual se está falando. Os aspectos subjetivos decorrem do fato de que empregamos palavras não apenas para expressar coisas e relações, mas para nos expressar a nós próprios; as palavras se referem não apenas a acontecimentos, mas às atitudes de quem fala perante tais acontecimentos.

As palavras prostituta e puta têm exatamente a mesma denotação. No entanto, a conotação é muito diferente. E a conotação de uma palavra é pelo menos tão importante como a denotação, para despertar sentimento e produzir ação. Basta examinar cuidadosamente o mais rico terreno da moderna magia verbal — a publicidade.

Nem sempre as mesmas palavras significam a mesma coisa para diferentes gerações dentro da mesma cultura — escreve Margaret Mead.

Consideremos a palavra *emprego*. Para os pais, um emprego era algo que se obtinha quando se terminavam os estudos — o passo imediato, algo formidável, algo excitante, o fim dos descuidosos dias de escola. Um emprêgo era algo que se iria obter, que se era obrigado a arranjar, algo que se achava à espera ao termo dos estudos, assim como certamente o outono vem após o verão. Mas que era emprego — para os nascidos em 1914 e 1915? Algo que se poderia jamais obter, algo por que se ansiaria e rezaria, por que se teria fome e se roubaria, caso fosse o caso. Não havia empregos. Quando aquelas duas gerações conversam e é mencionada a palavra *emprego*, como irão elas se entender? Suponhamos que se fale do recrutamento: "É uma vergonha a gente ter de deixar o emprego." Para os mais velhos, é isso manifesto egoísmo antipatriótico. Para os jovens, é puro bom senso. Acham estranho que as pessoas mais velhas possam ver o sacrifício envolvido, quando homens casados com filhos deixam suas famílias para ir em serviço de defesa. Entretanto, a mesma pessoa não vê que qualquer um se incomodaria de ter de — abandonar um emprego. "Não sabem o que hoje significa ter *emprêgo*, no pensamento daqueles que nasceram em 1915, 1916 e 1917? Não sabem que, assim como entre os antigos não se era homem até haver gerado um filho varão, assim também hoje ninguém pode julgar a si mesmo completamente um ser humano, sem ter emprego? Não dissemos que um sujeito não deveria ir por ter um emprego. Dissemos apenas que era duro para ele. Não estávamos dizendo nada que eles mesmos não diriam a respeito de um homem que tem filhos. Mas, diabo... como explodiram!"

Os britânicos e os americanos ainda se acham na ilusão de que falam a mesma língua. Com certas reservas, isso ainda é verdadeiro no que diz respeito às denotações, embora haja, nos Estados Unidos, conceitos como *"sissy"* [efeminado], que não têm equivalentes precisos na Inglaterra. As conotações, entretanto, são muitas vezes diferentes de maneira importante, e isso traz ainda maior incompreensão, porque as duas línguas ainda são chamadas de "inglês" (tratando-se igualmente, por palavras, de coisas que são diferentes). Uma excelente ilustração é fornecida de novo por Margaret Mead:

... na Inglaterra, o termo *"compromise"* [conciliação] é um têrmo válido, e pode-se falar com aprovação de qualquer disposição que tenha sido uma conciliação, inclusive, muito frequentemente, aquela em que a outra parte ganhou mais de cinqüenta porcento dos pontos em discussão. Por outro lado, nos Estados Unidos, a posição de minoria é ainda a posição de onde toda gente fala: o Presidente *contra* o Congresso, o Congresso *contra* o Presidente, o governo estadual *contra* a metrópole e a metrópole *contra* o govêrno estadual. Isso é coerente com a doutrina americana dos *checks and balances* [pesos e contrapesos], mas não permite que o têrmo *"compromise"* [transigência] ganhe a mesma aura respeitável que possui na Inglaterra. Onde, na Inglaterra, *"compromise"* significa chegar a uma boa solução, nos Estados Unidos usualmente significa chegar a uma solução má, uma solução na qual todos os pontos de importância (para ambas as partes) são perdidos. Assim, em negociações entre os Estados Unidos e a Inglaterra, todas as quais teriam, pela natureza do caso, de serem *compromises,* já que se achavam em jôgo duas soberanias, os ingleses poderiam sempre falar com aprovação e orgulho do resultado, ao passo que os norte-americanos teriam de acentuar as suas perdas.

As palavras que correm de boca em boca com tanta facilidade não são, pois, substitutos completamente idôneos dos fatos do mundo físico. As moedas padrão desgastadas pelo uso são degraus escorregadios de espírito a espírito. Não é o pensamento, tampouco, uma simples questão de escolher palavras para expressar idéias. As palavras escolhidas sempre refletem a situação social assim como o fato objetivo. Dois homens entram num bar de Nova York e lhes é cobrada em excesso uma bebida de má qualidade: "Isto é uma roubalheira." A mesma coisa ocorre em Paris: "Os franceses são uns esfoladores."

Talvez a contribuição mais importante da antropologia lingüística tenha decorrido de certas dificuldades por que passa o antropólogo quando tenta expressar os significados contidos em estruturas de linguagem completamente diferentes do padrão de todas as línguas européias. O estudo e essa experiência forçaram o antropólogo a fazer uma descoberta muito surpreendente, que tem importância enorme para um mundo onde os povos que falam em muitos idiomas diferentes estão procurando comunicar-se sem distorção. Todo idioma é algo mais que um veículo para a troca de idéias e informações — mais mesmo que um instrumento de auto-expressão e de descompressão do vapor emocional ou destinado a levar outras pessoas a fazer o que nós queremos.

Toda língua é também um modo especial de encarar o mundo e interpretar a experiência. Oculto na estrutura de cada diferente idioma, acha-se todo um conjunto de suposições inconscientes a respeito do mundo e da vida nêle. O lingüista antropológico veio a compreender que as idéias gerais que se têm sobre o que acontece no mundo fora de si mesmo não são inteiramente "dadas" pelos acontecimentos exteriores. Ao contrário, até certo ponto, vimos e ouvimos aquilo a que o sistema gramatical de nossa língua nos tornou sensíveis, que nos ensinou a procurar na experiência. Esse pendor é ainda mais insidioso porque ninguém tem consciência de sua língua nativa como um sistema. Para quem é criado sabendo falar certa língua, esse idioma faz parte da própria natureza das coisas, permanecendo sempre na classe dos fenômenos de fundo. Tão natural é que a experiência seja organizada e interpretada nessas classes definidas pela linguagem como é natural que se sucedam as estações. Na verdade, a idéia ingênua é a de que quem quer que pense de outra maneira é antinatural ou estúpido, ou mesmo depravado — e, com toda certeza, ilógico.

De fato, a lógica tradicional ou aristotélica foi principalmente a análise das coerências nas estruturas de línguas tais como o grego e o latim. A forma sujeito-predicado da fala implicava um mundo imutável de relações fixas entre as "substâncias" e suas "qualidades". Essa idéia, como insistentemente afirmava Korzybski, é completamente imprópria para o moderno conhecimento físico, que mostra que as propriedades de um átomo alteram-se de instante a instante, segundo as relações cambiantes dos seus componentes. A palavrinha "é" tem-nos trazido muita confusão, porque às vezes significa que o sujeito existe, outras que é membro de uma classe determinada, outras ainda que sujeito e predicado são idênticos. A lógica aristotélica nos ensina que algo é ou não é. Tal afirmação muitas vezes é falsa em relação à realidade, pois o *e* abrangente é mais freqüentemente verdadeiro que o *ou* alternativo. O "mal" estende-se desde o negro até o cinza, passando por uma série infinita de matizes. A experiência real não apresenta entidades nítidas tais como "bom" e "mau", "espírito" e "corpo"; a nitidez da diferença continua sendo verbal. A física moderna mostrou que mesmo no mundo inanimado há muitas perguntas que não podem ser respondidas por um "sim" irrestrito ou por um "não" sem reservas.

Do ponto de vista antropológico, há tantos mundos diferentes sobre a terra quantos são os idiomas. Cada língua é um instrumento que guia as pessoas no observar, no reagir, no se expressarem de um modo especial. O bolo da experiência pode ser cortado em fatias de diferentes formas, e a língua é a principal força orientadora no fundo. Não se pode dizer, em chinês, "responda-me sim ou não", pois não há palavras que signifiquem sim e não. O chinês dá prioridade ao "como?" e às categorias não excludentes; as línguas européias ao "quê?" e às categorias excludentes. Em inglês temos plurais reais e plurais imaginários, "dez homens", e "dez dias"; em *Hopi*, os plurais e os números cardinais podem ser empregados apenas para coisas que possam ser vistas juntas, como um grupo objetivo. As categorias fundamentais dos verbos franceses são antes e depois (tempo), e potencialidade contra atualidade (modo); as categorias fundamentais de certa língua dos índios americanos (*Wintu*) são a subjetividade contra a objetividade, o conhecimento contra a crença, a liberdade contra a necessidade real.

Na língua *Haida,* da Colúmbia Britânica, há mais de vinte prefixos verbais que indicam se uma ação foi realizada carregando-se, disparando, martelando, empurrando, puxando, flutuando, estampando, colhendo, picando, etc. Algumas línguas têm diferentes verbos, adjetivos e pronomes para as coisas animadas e inanimadas. Na Melanésia há nada menos de quatro formas variantes de cada pronome possessivo. Pode uma ser usada para o corpo e espírito de quem fala, outra para os parentes ilegítimos e para sua tanga, uma terceira por suas posses e dons. As imagens conceptuais subjacentes de cada linguagem tendem a constituir uma filosofia coerente, embora inconsciente.

Enquanto que em inglês a palavra *"rough"* [áspero] pode ser igualmente bem empregada para descrever uma estrada, uma pedra ou a superfície útil de uma lima, a língua navajo acha necessário ter três diferentes palavras que não podem ser utilizadas uma em lugar das outras. Ao passo que a tendência geral é fazer o navajo distinções mais nítidas e concretas, não é esse inevitavelmente o caso. A mesma raíz é empregada para rasgar, raio de luz e eco, idéias que parecem diversas aos que falam as línguas européias. Uma palavra é empregada para designar um buquê de remédios com todo o seu conteúdo, a bolsa de pele que o contém, o conteúdo em geral e alguns dos diferentes componentes. Às vezes, o caso não é que as imagens dos navajos sejam menos fluidas e mais delimitadas, mas antes, simplesmente que o mundo exterior é dissecado segundo linhas diferentes. Por exemplo, o mesmo termo navajo é empregado para descrever um rosto enrugado e uma pedra coberta de nódulos. Em inglês, uma cútis poderia ser descrita como *"rough"* ou *"coarse"* [áspera], mas jamais se poderia descrever uma pedra como enrugada, a não ser por gracejo. O navajo diferencia dois tipos de pedras ásperas: o tipo que é áspero na maneira que é áspera uma lima, e o tipo que é cheio de nódulos. Nesses casos, as diferenças entre os modos inglês e navajo de ver o mundo não podem ser afastadas, dizendo-se meramente que a língua navajo é mais precisa. As variações estão nos caracteres que as duas línguas consideram como essenciais. Podem-se, na verdade, citar casos em que navajo é notavelmente menos preciso. O navajo resolve-se bem com uma só palavra para sílex, metal, faca e determinados outros objetos de metal. Isto, não resta dúvida, é devido ao acidente histórico de que, após o contacto com os europeus, o metal em geral e as facas em particular tomaram o lugar do sílex.

Os navajos dão-se por perfeitamente satisfeitos com o que aos europeus parecem discriminações um tanto imprecisas, no domínio das seqüências de tempo. Por outro lado, são o povo mais exigente do mundo no que trata de tornar explícitas nas formas da linguagem muitas distinções que os ingleses só fazem ocasional e vagamente. Em inglês, dizemos "eu como", querendo dizer que "como alguma coisa". O ponto de vista navajo é diferente. Se o objeto de pensamento é realmente indefinido, então "alguma coisa" há de ser ligada ao verbo.

A natureza de sua língua força o navajo a perceber e informar muitas outras distinções nos acontecimentos inglêses, que a natureza da língua inglêsa permite aos que a usam desprezar na maior parte dos casos, muito embora os seus sentidos sejam tão igualmente capazes como os dos navajos de registrar os menores detalhes do que se passa no mundo exterior. Por exemplo, suponhamos que um guarda florestal navajo e um guarda branco percebem que uma cerca precisa de reparo. O guarda branco provàvelmente escreverá em seu caderno: "Cerca em tal lugar assim assim precisa de consêrto." O navajo, para dar notícia do estrago, precisa escolher entre as formas que indicam se o dano foi causado por alguma pessoa ou por um agente não humano, se a cerca tinha um ou vários fios de arame.

Em geral, a diferença entre o pensamento navajo e o pensamento inglês — tanto quando se manifesta na língua como quando é forçado pela própria natureza das formas lingüísticas a tomar tais formas, — está em que o pensamento navajo é, via de regra, muito mais específico. As idéias expressas pelo verbo inglês *to go* [ir] proporcionam um ótimo exemplo. Quando um navajo diz que foi a algum lugar, nunca deixa de esclarecer se foi a pé, a cavalo, de carroça, de automóvel, de trem, de avião ou de navio. Se foi de embarcação, é preciso especificar se esta flutua ao sabor da corrente, se é impulsionada por quem fala ou é posta em movimento por um agente indefinido ou não enunciado. A andadura de um cavalo (passo, trote, galope, etc.) é expressa pela forma verbal escolhida. Ele distingue entre começar a ir, prosseguir, chegar, retornar de determinado ponto. Não ocorre, decerto, que tais distinções *não possam* ser feitas em inglês, mas habitualmente *não se fazem*. Parecem ter importância, para os que falam inglês, apenas em circunstâncias especiais.

Um exame cultural em profundidade da categoria do tempo é altamente instrutivo. Os principiantes no estudo do grego clássico muitas vezes ficam perturbados pelo fato de que a palavra *opiso* às vezes significa "atrás", às vêzes "no futuro". Os que falam inglês acham espantosa essa confusão, porque estão acostumados a pensar em si mesmo como a se mover através do tempo. Os gregos, entretanto, consideravam-se como estacionários, julgavam que o tempo vinha atrás deles, alcançando-os e depois movendo-se ainda para diante, tornando-se o "passado" que se estendia ante os seus olhos.

As atuais línguas européias acentuam as distinções de tempo. Os sistemas de tempos geralmente são considerados como as mais básicas das inflexões verbais. Entretanto, não ocorreu sempre assim. Afirma Streitberg que, no indo-europeu primitivo, faltava geralmente um indicador espècial do presente. Em muitas línguas, certamente, as distinções de tempo se acham presente apenas de maneira irregular ou são de importância nitidamente secundária. Em *Hopi*, a primeira pergunta respondida pela forma do verbo diz respeito ao tipo de informação transmitida pela asserção. Dada situação é comunicada como realidade, como algo previsto ou como uma verdade geral? Na forma de previsão, não há distinção necessária entre passado, presente e futuro. A tradução para o vernáculo tem de escolher, pelo contexto, entre "estava prestes a correr", "está prestes a correr" e "correrá". A língua *Wintu*, da Califórnia, leva muito mais além essa insistência sobre as implicações de validez. A frase "Harry está cortando lenha" deve ser traduzida de cinco diferentes maneiras, dependendo de saber se quem fala sabe disso por ouvir dizer, por observação direta ou por inferência direta de três graus de plausibilidade.

Em nenhuma linguagem são expressos o pleno sentido de uma experiência sensível e todas as suas interpretações. O que as pessoas pensam e sentem e a maneira de comunicar o que pensam e sentem são determinadas, sem dúvida, por sua história pessoal e pelo que realmente ocorre no mundo exterior. Mas são determinadas também por um fator que muitas vezes olvidamos, isto é, o padrão de hábitos lingüísticos, que as pessoas adquirem como membros de determinada sociedade. Tem sua importância o fato de uma linguagem ser ou não ser rica em metáforas e imagens convencionais.

Nossas imaginações são restringidas em certas direções, livres em outras. A particularização lingüística de detalhes por uma linha significará o desprezo de outros aspectos da situação. Nossos pensamentos são dirigidos de uma forma, se falarmos uma língua em que todos os objetos são classificados segundo o sexo, de outra se a classificação é pela posição social ou pela forma do objeto. As gramáticas são instrumentos para exprimir relações. É importante saber o que é tratado como objeto, o que como atributo, o que como estado, o que como ato. Em *Hopi*, as idéias que se referem às estações não são agrupadas junto com o que chamamos substantivos, mas antes com o que chamamos advérbios. Por causa de nossa gramática, é fácil personificar o verão, considerá-lo como uma coisa ou um estado.

Mesmo entre línguas estreitamente aparentadas, o quadro conceptual pode ser diferente. Vejamos um derradeiro exemplo de Margaret Mead:

Os norte-americanos tendem a dispor os objetos numa única escala de valores, do melhor para o pior, do maior para o menor, do mais barato para o mais caro, etc., e são capazes de expressar uma preferência dentre vários objetos complexos, utilizando essa única escala. A pergunta "Qual a sua cor predileta?", tão inteligível para um norte-americano, nada significa na Inglaterra, e tal pergunta é respondida por outra: "Cor predileta de quê? De uma flor? de uma gravata?" Considera-se cada objeto como possuidor de um conjunto muito complexo de qualidades, e a cor é meramente uma qualidade de um objeto, não um elemento de uma escala de cores, na qual podemos fazer uma escolha transferível a grande número de diferentes espécies de objetos. A redução americana das complexidades a escalas únicas é inteiramente compreensível em função da grande diversidade de sistemas de valores que os diferentes grupos imigrantes trouxeram à vida americana. Fazia-se muito necessário certo denominador comum entre os incomensuráveis, e foi quase inevitável a ultra-simplificação. Em conseqüência, porém, os norte-americanos pensam em função das qualidades que têm escalas unidimensionais, ao passo que os ingleses, quando pensam num objeto ou acontecimento complexo, mesmo que o reduzam a partes, pensam em cada parte como se conservasse todas as complexidades do total. Os americanos subdividem a escala; os britânicos subdividem o objeto.

A língua e suas mudanças não podem ser compreendidas a menos que o comportamento lingüístico seja relacionado a outros fatos do comportamento. Reciprocamente, podem ganhar-se muitas visões sutis daqueles hábitos nacionais e modos de pensar de que geralmente não se tem consciência, olhando detidamente frases idiomáticas especiais e contornos de linguagem na própria língua e na de outrem. O que um russo diz a um americano não é transmitido apenas pelo manejo de palavras: muita coisa é deformada, perdida ou esquecida, a menos que o americano saiba alguma coisa da Rússia e da vida russa, muito mais do que a pura habilidade lingüística necessária para uma tradução formalmente correta. O americano deve, aliás, ter tido certa entrada naquele mundo exterior de valores e significados que são indicados pelos matizes do vocabulário russo, cristalizados nas formas da sua gramática, implícitos nas pequenas distinções do significado na sua língua.

Qualquer língua é mais que um instrumento para a transmissão de idéias, mais até que um instrumento para influir sobre os sentimentos de outros e para a expressão de si mesmo. Tôda língua é também um meio de categorizar a experiência. Os acontecimentos do mundo "real" jamais são sentidos ou comunicados como se o fizesse uma máquina. Há um processo de seleção e interpretação no próprio ato de responder. Algumas características da situação exterior são realçadas; outras são ignoradas ou não inteiramente discriminadas.

Cada povo tem as suas classes próprias características, nas quais os indivíduos distribuem a sua experiência. Essas classes são estabelecidas principalmente pela língua, por meio dos tipos de objetos, processos ou qualidades que recebem especial ênfase no vocabulário, e igualmente, embora de maneira mais sutil, por meio dos tipos de diferenciação ou atividade que se distinguem nas formas gramaticais. A língua parece dizer, "veja isto", "sempre considere isto separado daquilo", "tais e tais coisas devem ficar juntas". Como as pessoas são, desde a infância, acostumadas a reagir por esses modos, adotam sem hesitação essas discriminações, como se fizessem parte do material irrefragável da vida. Quando vemos duas pessoas de diferentes tradições sociais responderem de diferentes maneiras ao que parece ao observador de fora serem estímulos idênticos, compreendemos que a experiência é muito menos um objetivo absoluto do que imaginamos. Tôda língua tem influência sobre o que vê o povo que a emprega, o que sente, como sente, aquilo de que pode falar.

O "senso comum" assegura que diferentes línguas são métodos paralelos de expressar os mesmos "pensamentos". O "senso comum", todavia, implica, em si mesmo, falar de modo a ser prontamente entendido pelos semelhantes — na mesma cultura. O "senso comum" anglo-americano é, realmente, muito refinado, pois se deriva de Aristóteles e das especulações dos filósofos escolásticos e modernos. O fato de que toda sorte de questões filosóficas básicas é levantada pela maneira mais cavalheiresca é obscurecido pela conspiração de silenciosa aceitação, que sempre acompanha o sistema de compreensões não convencionais a que chamamos cultura.

A falta de equivalentes verdadeiros entre quaisquer duas línguas é simplesmente expressão exterior de diferenças interiores entre dois povos, em suas premissas, em suas categorias básicas, na formação de suas sensibilidades fundamentais e em sua visão geral do mundo. O modo de formularem os russos o seu pensamento mostra a marca dos hábitos lingüísticos, dos modos característicos de organizar a experiência, pois, como diz Edward Sapir:

> Os seres humanos não vivem apenas no mundo objetivo, nem apenas no mundo da atividade social, como geralmente se compreende, mas se acham muito à mercê da língua determinada que se tornou o meio de expressão de sua sociedade. É acabada ilusão imaginar que nos ajustamos à realidade essencialmente sem o emprego da língua e que a língua é apenas um meio acidental de resolver problemas específicos de comunicação ou reflexão. O fato é que o "mundo real" é, numa larga medida, inconscientemente construído sobre os hábitos de linguagem do grupo. ... Vemos e ouvimos e, de algum modo, experimentamos, em grande parte, enquanto o fazemos, porque os hábitos de linguagem de nossa comunidade predispõem a certas escolhas de interpretação.

Uma língua é, em certo sentido, uma filosofia.

CAPÍTULO VII

Antropólogos em Ação

É evidente que os antropólogos têm conhecimentos e habilidades especiais para ajudar os governos a administrar tribos primitivas e povos dependentes. Para isso têm sido empregados pelos governos inglês, português, espanhol, holandês, mexicano, francês e outros. E compreender as instituições nativas é um requisito essencial para o bem sucedido governo colonial, embora, até agora, os antropólogos tenham sido utilizados mais para executar normas que para as formular. Do govêrno colonial ao trabalho direto sôbre problemas de grupos minoritários, num complexo Estado moderno, vai um passo fácil. Os antropólogos serviram no pessoal da War Relocation Authority [23], distribuindo os evacuados norte-americanos japoneses, e colaboraram no Conselho de Trabalho de Guerra e no Departamento de Informações de Guerra tratando de outros problemas de minorias dentro dos Estados Unidos.

Durante a guerra, utilizaram-se conhecimentos antropológicos para empregar os trabalhadores nativos, na produção de alimentos nas áreas nativas e para conseguir a cooperação dos nativos com a causa aliada. Muitos antropólogos ajudaram a treinar 4 000 oficiais do Exército e 2 000 da Marinha para o governo militar de territórios ocupados. Os antropologistas desempenharam um papel importante, elaborando a série de folhetos distribuídos aos soldados das fôrças armadas, que, do ponto de vista de instrução, percorriam tôda a gama, desde o emprego da gíria australiana até o comportamento adequado para com as mulheres do

---

(23) Organismo encarregado da reintegração dos grupos evacuados. — N. do T.

mundo muçulmano. Ajudaram a descobrir a melhor maneira de induzir os prisioneiros japoneses, italianos e alemães a se renderem, e promoveram a continuada resistência nos países ocupados pelos nossos inimigos.

Depois, em tempo de paz, os antropólogos foram convocados por professôres, médicos, administradores do governo e da indústria. Porque só podemos fazer experiências com sêres humanos numa medida muito limitada, o máximo que nos é dado fazer para nos aproximarmos do método experimental, utilizado com tanto êxito na química e na física, é analisar e anotar os resultados das numerosas diferentes experiências que têm sido realizadas pela natureza no decorrer da história humana. Isto, em educação, por exemplo, significa que, caso se esteja estudando uma nova prática, uma coisa útil a fazer seria analisar todos os diferentes grupos humanos nos quais as crianças foram treinadas mais ou menos segundo tais linhas. Averiguando a maneira pela qual isso se operou noutras sociedades, pode-se ter alguma idéia sôbre se a introdução dessa espécie de treinamento será ou não será conveniente. Concentrando-se sôbre as diferenças evidentes entre as nossas práticas educacionais e as de outros povos, obtemos um melhor entendimento de nossa própria concepção de educação. Poderíamos ver, por exemplo, que os primitivos acentuam o estável e o sagrado, ao passo que as nossas noções foram configuradas pela nossa vontade de assimilar imigrantes, aperfeiçoar, estar "em dia". Assim, chegamos a acreditar na educação como um instrumento para a criação de algo novo, não simplesmente para a perpetuação do tradicional. O estudo de sistemas educacionais em constraste poderia igualmente tornar mais eficientes os esforços dos governos e professores missionários, entre os povos coloniais e dependentes. Sem essa perspectiva, aquêles professôres provàvelmente suporão que os incentivos que melhor se aplicam às crianças de seu próprio grupo aplicar-se-ão igualmente bem aos escolares de outra tradição. Na verdade, tais incentivos podem não apenas deixar de motivar as crianças de outra cultura, como podem ter o efeito inverso. A antropologia é importante também na educação universitária de hoje, por causa do seu papel na organização e ensino de programas completos em várias regiões importantes do globo.

As utilidades da antropologia física em certas especialidades médicas já foram examinadas, e as implicações do estudo da personalidade na cultura, para a pediatria e a psiquiatria, serão estudadas no capítulo seguinte. A utilidade mais ampla da antropologia cultural para a medicina consiste na faculdade antropológica de perceber as principais correntes de uma cultura, à medida que se chocam com os indivíduos. Estudos quantitativos cuidadosamente planejados para dar uma prova em profundidade das teorias sôbre a saúde mental estão agora começando a aparecer. Donald Horton mostrou que quanto maior é o nível de inquietação numa sociedade, maior é a freqüência do alcoolismo. Correlacionou também a intensidade da bebida com certos padrões culturais de escape à agressão e de sexualidade. Os princípios essenciais desse método de descobrir que tipos de costumes tendem a ser constantemente encontrados juntos poderiam ser aplicados a outros problemas. Já se declarou que o suicídio de adolescentes ocorre mais freqüentemente quando o casamento é tardio e quando é severamente castigada a expressão sexual pré-marital. Essa teoria só seria provada se o exame dos fatos revelasse um índice mais elevado nas sociedades mais repressivas e um nível mais baixo nas mais permissivas.

Embora a ordem de variação individual seja ampla em toda sociedade, o antropólogo sabe que em qualquer cultura determinada a maioria dos indivíduos reagirá muito mais prontamente a certos apelos do que a outros. Isso é importante não só na administração mas também no trabalho do Departamento de Estado dos Estados Unidos, ao influenciar atitudes públicas no exterior como um meio de obter compreensão e aceitação para as nossas normas políticas a curto e a longo prazo. Não é suficiente informar aos governos de outros Estados, pelos documentos convencionais, de natureza legal e racional, da diplomacia. Com efeito, hoje há poucas nações onde a política não seja influenciada pela opinião pública. O pano de fundo das normas políticas dos Estados Unidos precisa ser mantido no primeiro plano do espírito dos povos. Isso só pode ser conseguido se apresentarmos as nossas metas fundamentais e as nossas razões em têrmos que levam em conta a situação e os padrões de sentimento dos vários povos que desejamos influenciar.

Desconsertados pelo estranho comportamento dos povos que tentavam administrar, nas ilhas recentemente ocupadas do Pacífico, e de outras partes, os governos, segundo Felix Keesing.

Assim mesmo como procuraram a cooperação da geologia, da entomologia e de outras ciências físicas e biológicas para administrar os recursos dos territórios em causa, e a da medicina tropical para tratar de problemas de saúde, assim também recorreram à Antropologia para lançar luz sôbre os problemas extremamente difíceis das relações humanas, especialmente o ajustamento dos chamados povos nativos ou indígenas à civilização moderna.

Todavia, Antropologia aplicada é uma expressão relativamente nova. A revista *Applied Anthropology* [24] data apenas de 1941. Afora as contribuições da Antropologia física à identificação de criminosos e à seleção de recrutas para o exército, a primeira prova de que a Antropologia poderia ter utilidade prática imediata foi talvez o episódio do "Banco Dourado": em 1896, e uma vez no século presente, a Inglaterra foi envolvida em custosas guerras com os *Axanti*, um povo da Costa Ocidental da África. As razões dos distúrbios eram obscuras para os funcionários coloniais. Em 1921, por pouco se impediu uma explosão semelhante, quando um antropólogo mostrou o tremendo significado simbólico, para os *Axanti*, do que aos inglêses parecia ser apenas o assento de um rei — o Banco Dourado.

Pouco depois dêsse episódio, a Antropologia tornou-se uma disciplina exigida dos candidatos aos serviços coloniais inglêses. Em 1933, o Comissário John Collier agregou pessoal antropológico ao Departamento de Assuntos Indígenas dos Estados Unidos. O México e outros países latino--americanos em breve reconheceram as contribuições que a Antropologia poderia dar para se criar a alfabetização na língua índia nativa e facilitar as adaptações das culturas aborígenes ao mundo moderno. Já se começaram a empregar antropólogos no Serviço de Conservação do Solo e no Bureau de Economia Agrícola do Departamento de Agricultura norte-americano.

Nesses primeiros esforços, o papel do antropólogo era principalmente o do acalmador de tensões. Era mandado

(24) Em 1949, essa revista passou a chamar-se *Human Organization* (Organização Humana). — N. do T.

a campo quando algumas mortes ou o aparecimento de um culto agressivo criava um problema imediato. Certa tribo indígena extremamente pobre dedicava-se à pródiga prática de destruir tôda casa em que ocorresse uma morte. Um antropólogo sugeriu que a própria cultura religiosa proporcionava ao povo meios de anular as ameaças do mundo sobrenatural por práticas análogas à fumigação. O Serviço Indígena introduziu a fumigação e as casas e propriedades dos mortos passaram a não ser destruídas. Em Papua, os antropólogos utilizaram o princípio de substituição cultural introduzindo um porco, em lugar de um corpo humano, num rito de fertilidade, e uma bola de futebol para substituir a lança, fazendo cessar as hostilidades entre as facções de uma tribo.

Contudo, a Antropologia aplicada tem a função de instruir o público em geral, tanto quanto a de aconselhar o administrador. A ignorância do modo de vida de outros povos provoca indiferença e insensibilidade entre as nações, uma interpretação errada e um mal entendido que se tornam cada vez mais ameaçadores à medida que o mundo se apequena. As bem organizadas exposições em museus de Antropologia podem ajudar muito a derrubar atitudes irracionais profundamente arraigadas contra culturas estrangeiras. Pelo emprego de outros métodos atraentes de educação voluntária — filmes, conferências, publicações populares, — os antropólogos estão, pouco a pouco, informando à opinião pública que os costumes dos outros são tão necessários a êles quanto para nós são os nossos; que cada cultura tem as suas necessidades especiais.

Durante a guerra recente, a Antropologia aplicada floresceu. Os antropologistas britânicos tiveram postos importantes no Foreign Office, no Almirantado, no Serviço Britânico de Informações, no Inquérito Social de Guerra. Um dêles era conselheiro político do Oriente Médio, outro detinha a principal responsabilidade administrativa do vasto Sudão Anglo-Egípcio, outro ainda cuidava de problemas de ligação com povos nativos de Quênia e Abissínia. Uma antropóloga, Ursula Graham Bower, passou a ser popularmente conhecida como "a T. E. Lawrence da segunda guerra mundial"; porque foi capaz de conquistar e manter a confiança dos *Zemi*, tribo estratègicamente colocada na fronteira entre o Assão e a Birmânia, a invasão japonesa da Índia teve uma história diferente da que poderia, não fôsse isso, ter acontecido.

Nos Estados Unidos, os antropólogos têm trabalhado em sua capacidade profissional nos serviços de Inteligência Militar, no Departamento de Estado, no Escritório de Serviços Estratégicos, na Junta de Bem-Estar Econômico, no Inquérito Estratégico de Bombardeamento, no Govërno Militar, na Organização do Serviço Seletivo, no Escritório de Inteligência Naval, no Serviço de Informações de Guerra, no Corpo de Intendência, no Bureau Federal de Investigações, na War Relocation Authority, no Projeto Alcan Highway, no Serviço Hidrográfico do Chefe de Operações Navais, na Administração Econômica Estrangeira, na Administração Federal de Segurança, no ramo médico da Fôrça Aérea do Exército e na Divisão de Guerra Química. Em parte, têm trabalhado em investigações isoladas. Havia que preparar um manual para os soldados na Eritréia. Um livro de frases militares no inglês franco dos chineses precisava ser revisto. Um homem que podia tratar apropriadamente com índios selvagens do Equador foi a ponta de lança de uma expedição à procura de novas fontes de quinino. Quais eram as formas diferenciadoras das tatuagens na região de Casablanca? Quem tinha estado em Bora Bora, uma das Ilhas da Sociedade? Preparou-se um manual de "Emergência na Selva e no Deserto", para ajudar aviadores desgarrados a reconhecer e preparar alimentos comestíveis. Deram-se conselhos sôbre o desenho de roupas e equipamentos para o Ártico e para os trópicos. As tarefas encomendadas variavam desde selecionar recrutas índios que conheciam imperfeitamente o inglês até preparar um memorando sôbre "como reconhecer peixes deteriorados" (que prontamente foi classificado pelo Exército como "confidencial"). Materiais de educação visual foram preparados para ajudar na formação de pessoal designado para serviço secreto no exterior e os antropólogos pronunciaram conferências em muitos cursos de orientação.

Contudo, à medida que progredia a guerra, os antropólogos eram chamados como algo mais que peritos nos costumes e línguas das áreas críticas. As suas capacidades eram aplicadas no diagnóstico e correção de problemas de moral da tropa em nossas fôrças armadas e em vários setores da frente doméstica, notadamente o das relações de raças na indústria. Ajudaram também a fechar a brecha entre os conhecimentos de nutrição e a respectiva prática. Tornou-se cada vez mais claro, para numerosos administradores de alto escalão, que o prosseguimento eficiente da guerra implicava pessoas tanto quanto máquinas e materiais. Por isso, os antropólogos — e cientistas sociais de vários outros ramos, — tiveram a sua oportunidade. Nos parágrafos seguintes o ponto de foco será a contribuição especìficamente antropológica, mas cabe declarar explìcitamente que muitos desses projetos foram feitos em colaboração.

Analisando a propaganda do inimigo e dando conselhos sôbre a construção da nossa própria guerra psicológica, prevendo como seria a reação do inimigo em dadas circunstâncias, fazendo planos para levantar o moral em nosso próprio país, os antropólogos tiveram ocasião de lançar mão das maiores reservas de informação e teoria de sua ciência. Por exemplo, foram os antropólogos postos diante de perguntas como as seguintes, pelos formuladores de normas políticas: ao dar conta dos primeiros acontecimentos da guerra, devemos reduzir ao mínimo a importância dos desastres? Irá essa medida criar maior confiança? Irá a maior confiança produzir maior eficiência? Em têrmos antropológicos, os condutores da política estavam perguntando: que tipos de motivação são preponderantemente padronizados na cultura norte-americana? Os serviços mais importantes dos antropólogos consistiram em impedir que seus colegas representassem tanto o inimigo como os aliados segundo a imagem americana e em constantemente recordar aos intelectuais o significado do não racional. Certos professores e homens de letras queriam usar nossas estações de rádio para discutir a democracia com os japoneses num plano elevadamente intelectual. Não é possível, porém, raciocinar com a irracionalidade dos povos.

Numa escola de formação de oficiais para o govêrno militar na Itália, um antropólogo foi severamente criticado por alguns membros da congregação "liberal", por promover contactos entre os oficiais e os ítalo-americanos locais. Queixavam-se de que alguns dêstes haviam revelado simpatias fascistas e, mais ainda, que nem todos falavam o italiano corrente. Afirmava-se que eminentes italianos, como Salvemini, podiam ensinar aos oficiais tudo o de que precisavam saber sobre a Itália. A resposta do antropólogo foi que, afinal, os oficiais iriam ter de tratar com italianos que tinham tido simpatias fascistas, que eram imperfeitamente educados — e não com os Salveminis. O contacto não significava completa aceitação moral, mas uma oportunidade de passar a compreender e estar informado sobre coisas de uma classe que não é ordinariamente fornecida pelos doutores.

Dois exemplos mostrarão o contraste entre o ponto de vista antropológico e o ponto de vista cultural no trato com os nossos inimigos. Fervia em Washington a propaganda sôbre a nossa maneira de tratar a instituição imperial do Japão. Os intelectuais liberais, em geral, insistiam em que deveríamos atacá-la como sustentáculo de um Estado fascista. Asseguravam que era desonestidade e traição aos mais profundos ideais norte-americanos permitir que os japoneses supusessem, pelo nosso silêncio, que toleraríamos a monarquia após a vitória. Os antropólogos se opuseram a essa política. Apresentaram a objeção geral de que a solução dos conflitos entre os Estados Unidos e outros povos jamais poderia ter por base um imperialismo cultural, que insistisse na substituição das suas pelas nossas instituições. Tinham eles, porém, objetivos práticos mais imediatos. Mostraram que, antes de outra coisa, se examinássemos historicamente o lugar da instituição imperial na cultura japonesa, verificamos claramente que não havia ligação inevitável com as atitudes políticas e práticas que estávamos procurando destruir. Em segundo lugar, como a instituição imperial era o núcleo do sistema de sentimento japonês, atacá-la abertamente seria intensificar e prolongar enormemente a resistencia japonesa, dar gratuitamente aos militaristas japoneses o melhor brado de guerra possível para manter o moral. Em terceiro lugar, a única esperança de uma rendição japonêsa unificada de todas as fôrças espalhadas pelas ilhas do Pacífico e no continente asiático seria através daquele único símbolo, que era universalmente respeitado.

Mostraram os antropólogos que é quase sempre, afinal, mais eficiente preservar certa continuidade na organização social existente a efetuar a organização partindo de uma base estabelecida. Isso fôra demonstrado pelos inglêses, quando seus antropólogos criaram o princípio do "govêrno indireto".

Se os Estados Unidos e seus aliados desejavam abolir a monarquia, esta poderia vir a ser um dia abolida pelos próprios japoneses, se conduzíssemos a situação com destreza e adotássemos um astuto programa educacional. Quando uma instituição é destruída pela força vinda de fora, segue-se geralmente uma reação compensatória e não raro destruidora de dentro para fora. Se um padrão cultural cai como resultado de fenômenos internos, a mudança tem mais probabilidades de durar.

O segundo exemplo é o da atitude diante da guerra psicológica dirigida contra as forças armadas japonesas. A maior parte dos nossos altos dirigentes militares raciocinava da seguinte forma: sabemos que os nazistas são fanáticos, mas os japoneses se revelaram ainda mais fanáticos. Como podem os folhetos e as transmissões pelo rádio influenciar soldados que participarão de boa vontade num ataque *Banzai,* em condições desesperadas, numa caverna, acabando por se fazerem voar em pedaços por uma granada de mão? Por que devem ser as vidas de nossos soldados postas em risco, tentando obter mais prisioneiros, quando é evidente que os prisioneiros japoneses não nos fornecerão informações militares?

Os generais e almirantes que assim argumentavam eram homens altamente inteligentes. Em termos de senso comum, seu quadro era perfeitamente aceitável. Contudo, o senso comum não bastava, pois presumia que todos os seres humanos iriam retratar para si mesmos a mesma situação em têrmos idênticos. Um prisioneiro de guerra americano ainda se sentia como americano e esperava retomar seu lugar normal na sociedade americana, após a guerra. Um prisioneiro japonês, entretanto, concebia-se socialmente morto. Considerava suas relações com sua família, seus amigos e seu país como terminadas. Mas, desde que estava fìsicamente vivo, desejava filiar-se a uma nova sociedade. Para espanto de seus capturadores norte-americanos, muitos prisioneiros japoneses desejavam passar para o exército americano e ficavam, por sua vez, espantados quando eram informados de que isso era impossível. Escreviam de bom grado propaganda para nós, falavam por altifalantes insistindo com suas próprias tropas a que se rendessem, davam informações detalhadas sôbre posições de artilharia e a situação militar em geral.

Nos últimos seis meses da guerra, alguns prisioneiros japoneses voaram em aviões americanos, quarenta e oito horas após a sua captura, apontando as posições japonesas. Alguns tiveram permissão para voltar às linhas japonêsas e trouxeram de volta informações indispensáveis.

Do ponto de vista americano, havia nisso algo de fantástico. O comportamento, antes e depois da captura, era inteiramente incoerente. A incongruência, porém, baseia-se num ponto cultural. A tradição judaico-cristã é a da moralidade absoluta — o mesmo código, pelo menos em teoria, é invocado em todas as situações. Os antropologistas que tinham penetrado na literatura japonesa sabiam claramente que sua moralidade era situacional. Enquanto alguém estivesse na situação A, seguia publicamente as regras do jôgo com um fervor que dava aos americanos a impressão de "fanatismo". Entretanto, no minuto em que passava à situação B, as regras da situação A já não se aplicavam.

A maior parte dos condutores da política norte-americana deixou-se enganar pelo estereótipo dos japoneses, que era interpretado em termos de motivos e imagens projetadas a partir do cenário americano. O antropólogo foi útil, por fazer uma tradução cultural. Ademais, tinha conhecimentos de princípios estabelecidos nas ciências sociais para desafiar as suposições de que o moral de qualquer povo era ou poderia ser absolutamente inexpugnável. O moral poderia ser relativamente elevado em certas condições, mas não poderia ser igualmente constante em tôdas as condições. O problema era descobrir os meios corretos de alargar as aberturas e fendas que inevitavelmente iriam abrir-se com as derrotas locais e gerais, as pressões da fome e do isolamento. A diretriz oficial japonesa mandava que nenhum japonês fôsse feito prisioneiro, a menos que estivesse inconsciente ou tão gravemente ferido que não se pudesse mover. Durante muito tempo, acreditamos piamente nisso. Dias ou semanas após a captura, um interrogador por trás das linhas perguntava a um prisioneiro como lhe ocorrera ser capturado, e ele dava a resposta padrão: "Eu estava inconsciente." A resposta era anotada nas suas fichas. Afinal, porém, os cépticos começaram a confrontá-las com os relatórios apresentados por ocasião do episódio. Verificou-se então que o Recruta Watanabe, que fôra dado como capturado enquanto inconsciente, tinha sido realmente feito prisioneiro quando nadava. A diferença entre o comportamento e o estereótipo cultural é importante.

Assim como c conhecimento da nossa própria natureza e da dos nossos inimigos foi uma poderosa arma no arsenal da guerra psicológica, na manipulação política e mesmo na regulamentação cronométrica e no caráter das nossas operações militares, assim também o conhecimento das culturas dos nossos aliados ajudou a vencer os pontos mais difíceis da ação combinada e a manter a unidade efetiva durante a guerra. Aqui, havia o problema, por exemplo, de convencer os ingleses e os americanos de que cada povo estava trabalhando tendo em vista as mesmas metas, usando de técnicas algo diferentes. Foi necessário mostrar a uma nação que as formas de palavras freqüentemente usadas nos jornais da outra tinham para os ouvintes significado diferente das mesmas palavras na imprensa do aliado. Foi útil mostrar aos britânicos que o comportamento social do pracinha americano na Inglaterra baseava-se, em parte, em sua interpretação do comportamento das moças inglesas, como se correspondesse ao mesmo comportamento das moças americanas. Recìprocamente, a má vontade para com os ingleses foi suavizada transmitindo-se aos soldados um quadro do que significava a sua conduta em termos britânicos, em comparação com americanos. O livro de Leo Rosten, *112 Gripes about the French* constituiu uma tradução sagaz e útil da cultura francesa para o norte-americano.

Não se pretende dizer que esses esforços antropológicos de várias espécies lograram êxito uniformemente. Ao contrário, a guerra demonstrou claramente certas imaturidades da Antropologia como ciência, e especialmente como ciência aplicada. O que permaneceu sólido foram certos valores da atitude antropológica. Como perito numa região, o antropólogo proporciona conhecimentos menos especializados que o geógrafo, o economista, o biologista, o oficial de saúde pública. A contribuição singular do antropólogo aos estudos regionais está no fato de que somente ele estuda todos os aspectos de uma dada área — a biologia humana, a língua, a tecnologia, a organização social, a adaptação ao ambiente físico. A sua formação equipa-o para aprender os fatos essenciais de uma zona, ràpidamente, e organizá-los num esquema total. Porque tem, numa só cabeça, conhecimentos sobre a relação tanto do homem com o homem como do homem com a natureza, acha-se numa posição que lhe permite ajudar os especialistas a compreenderem as relações da sua especialidade com a vida total de uma comunidade.

Não é por causa da sua inteligência superior, mas por causa das condições sob as quais têm de realizar seu trabalho, que os antropólogos elaboraram meios de estudar grupos humanos que têm provado possuir certas vantagens sobre os métodos característicos dos trabalhadores de outros campos. O antropólogo é acostumado a ver regularidades. Encara uma sociedade e cultura como um todo completo. Essa perspectiva pode ser confrontada com o estudo mais especializado, mas inevitàvelmente unilateral, de certo aspecto isolado. O antropologista afirma que, quando se separam escolas públicas, métodos de tributação ou de recreação da cultura total, e quando se trata deles como camadas diferentes no corte de uma rocha, existe certa deformação da realidade. O antropólogo é acostumado, independentemente daquilo em que esteja concentrando a atenção em detalhe, a apreender a organização social em geral, o padrão econômico em geral, etc. Pode estar trabalhando especialmente nos mitos de um povo, mas, ainda que não estude em detalhe a agricultura do milho, nunca perde inteiramente de vista o fato de que o milho constitui a base do sistema econômico. Essa perspectiva é uma das chaves do tratamento antropológico. Ver as partes em relação ao todo é mais importante do que conhecer todos os detalhes. Os fatos são o arcabouço, ao passo que a perspectiva constitui a estrutura. A estrutura pode perdurar quando a maior parte dos fatos houver sido esquecida, e continuar fornecendo uma moldura dentro da qual um novo fato pode ser adaptado, uma vez adquirido.

Uma segunda pauta importante do método antropológico é, naturalmente, o ponto de vista cultural. Por um lado, o antropólogo adapta-se aos hábitos e valores culturais dos construtores da política e dos administradores, quando está dando assistência. Por outro lado, o que realmente diz aos administradores é:

> Se estamos acostumados a uma máquina a vapor, mas subitamente nos encontramos diante de outra máquina obviamente diferente, que haveríamos de fazer? Não procuraríamos aprender algo a respeito dela, antes de tentar fazê-la funcionar? Em vez de maldizer a máquina por atrapalhar o serviço, tentaríamos descobrir como funciona.

Mesmo que pensemos que uma máquina a vapor é mais eficiente, não trataríamos um motor de combustão interna como uma máquina a vapor — se dispuséssemos apenas de uma máquina de combustão interna.

O antropologista aplicado chama constantemente atenção para o fato de que aquilo que pode ao estrangeiro parecer hábitos simples e triviais, que não faz mal ignorar, muitas vezes acha-se de tal modo relacionado com os sentimentos mais profundos a ponto de acarretar grave conflito, se zombarmos dêle. O antropólogo pergunta sempre: como se parece isto do ponto de vista *deles?* Do contrário, as normas políticas seriam formuladas em termos de suposições inconscientes, que são apropriadas à cultura do administrador mas que não são, de modo algum, partilhadas por todos os homens.

Alguns nativos que não sofreram influência da cultura ocidental dificilmente podem conceber a vendabilidade da terra. É preciso levar sempre em conta a influência dos sentimentos que tão profundamente foram absorvidos da própria cultura, a ponto de permanecerem como "fenômenos de fundo" não examinados. Assim, para um membro da tradição anglo-saxônica, o liso ajuizamento de um caso criminal é considerado como certo no julgamento pelo júri. Entretanto, há grandes grupos, mesmo de modelo europeu, acostumados ao Direito Romano, o qual tem tanto direito de ser uma grande tradição de justiça como o direito costumeiro anglo-saxônico. O juiz americano tem sempre de justificar a sua decisão num caso particular referindo-se a dado princípio geral; o juiz chinês jamais deve fazer o mesmo. Um americano cujo carro feriu um turco em Istambul esperava um processo legal. Quando visitou sua vítima no hospital, esta encerrou o assunto observando: "O que tem de ser está escrito."

As metas concretas do esforço em nossa própria sociedade (por exemplo, a ambição de dinheiro) não podem ser tomadas como psicologicamente naturais. O fato de que os incentivos não são idênticos para todos os grupos explica a impossibilidade parcial dos empreendimentos educacionais levados a cabo pelos missionários e pelos governos coloniais. As instituições sociais não podem ser compreendidas independentemente do povo que nelas participa. Não pode, tampouco, o comportamento de um indivíduo ser compreendido sem que se levem em conta os sistemas de sentimentos possuídos pelos grupos sociais de que é membro.

Em terceiro lugar, o método antropológico consiste em aplicar a uma determinada situação o que se sabe sobre as sociedades e culturas em geral. A contribuição do antropólogo para o estudo dos problemas rurais dos Estados Unidos não se funda numa familiaridade inicial com dada área rural, mas na sua formação para descobrir o padrão de costumes e sentimentos e para analisar como tais coisas operam como um sistema total. Quando muito, o antropologista aplicado é um médico social, e, como o médico bem sucedido, tem critério bastante para aplicar a cada caso o conhecimento geral.

Os problemas da indústria, da conservação do solo e dos trabalhos de ampliação agrícola, de convencer as pessoas a mudar os seus hábitos alimentares, parecem, à primeira vista, estar dentro do campo da tecnologia. Na conservação do solo, por exemplo, o problema parece ser para engenheiros e peritos em agricultura. Esses técnicos, porém, só podem descobrir a resposta racional e científica para uma situação. Muitas experiências revelam que as pessoas que vivem na terra não seguirão necessariamente os conselhos de peritos, quando são simplesmente apresentados a elas como uma conclusão científica. A menos que lhes seja "vendido" um programa de conservação do solo, por homens que compreendem os seus costumes, os seus modos de pensar e os seus sentimentos profundamente enraizados, é provável que um projeto valioso e essencial fracasse por causa da resistência humana e da sabotagem silenciosa. Noutras palavras, há um elemento humano essencial na execução bem sucedida de toda operação tecnológica. Os antropologistas sociais, estudando sociedades inteiras de um ponto de vista desinteressado, aprenderam meios de observar e de ouvir que lhes permitem ser bastante astutos na determinação de onde deve a pressão ser aplicada e de onde deve ser afrouxada.

Os industriais, os engenheiros e os nutricionistas são altamente instruídos, mas sua instrução não segue essas diretrizes. São capazes de dizer por que uma máquina não funciona ou quantos acres de solo são arrastados num ano ou que alimentos nos convêm, mas raramente podem averiguar por que um grupo trabalha eficientemente em conjunto e outro não o faz, ou descobrir a maneira mais rápida e mais eficiente de persuadir uma comunidade inteira a começar a comer um alimento não familiar. Os hábitos alimentares podem ser tão importantes quanto o suprimento alimentar ao se determinar se um dado grupo é adequadamente alimentado. Os homens não tratam o que comem como simples nutrição; dotam-no de valor simbólico e colocam os diferentes alimentos numa ordem de prestígio: O valor de subsistência do alimento não pode ser alterado; o prestígio do valor ritual do alimento pode ser manipulado de diversas maneiras. Os padrões habituais de comportamento nos *folkways* relativos à alimentação geralmente constituem respostas automáticas a estímulos baseados em impressões da infância. Noções fixas quanto a saber que alimentos são de aspecto atraente, que alimentos podem ser conveniente e sadiamente ingeridos juntos, os utensílios apropriados para cada alimento, acham-se incluídas nesses padrões. Por causa do seu caráter automático, são os mais difíceis de mudar.

As reações emocionais condicionadas às dietas desempenham um papel importante nos hábitos alimentares. Os *folkways* nacionais, os costumes tradicionais de família, os escrúpulos religiosos, os valores estéticos, as reações motoras, os conceitos de privilégios pessoais e os desejos de saúde contam-se entre essas reações emocionais. De modo geral, são fortemente estabelecidos no indivíduo e a resistência inevitavelmente se levanta contra os argumentos racionais e lógicos que advogam a sua mudança. Por isso, a alimentação adequada e a distribuição conveniente de alimentos em tempo de guerra não constituem meros problemas fisiológicos ou financeiros, mas também problemas de relações humanas. A mesma importância pode comprar uma dieta inadequada, num caso, e uma dieta adequada baseada na escolha prudente, noutro. Tampouco é o problema, como podem atestar os órgãos de bem-estar, exclusivamente o da distribuição dos excedentes, porque certos alimentos disponíveis podem não ser comidos se a cultura local os rejeita, por serem baixos em prestígio (por motivos irracionais), ou como pouco sadios. Depois da primeira guerra mundial, os belgas, passando fome, recusaram-se a comer milho — que estavam acostumados a dar como alimento ao gado.

Há um passo intermediário indispensável entre a descoberta de um conhecimento técnico socialmente útil e a utilização desse conhecimento pela totalidade dos cidadãos. A aplicação de qualquer conjunto de habilidade é determinada não apenas pelas próprias habilidades e pelo ambiente físico em que são empregadas, mas também pelos sentimentos, tradições e ideais do povo a que se destinam. Os métodos antropológicos são bem adaptados para o manejo desse passo intermediário que faz a pessoa querer ou aceitar o que a ciência natural mostra que lhe é necessário. A tarefa técnica da antropologia é a de descobrir, numa cultura ou subcultura, os fatores que respondem pela aceitação ou não aceitação, e mostrar o tipo de clima mental que deve ser criado, para que se alterem os hábitos de vida. Desse ponto de vista, o estudo antropológico da mudança cultural pode ser comparado com o trabalho do médico em matéria de saúde pública. Em que tipo de ambiente total propaga-se uma doença? De que maneira é ela debelada? Quais são as susceptibilidades e imunidades das várias populações? Quais são os transmissores da infecção?

A experiência do antropólogo em culturas exóticas torna-o cauteloso acerca da interpretação em termos de padrões familiares; vive ele atento para a possibilidade de explicações não familiares nem óbvias. Porque grande parte do comportamento "primitivo" parece ser tão absurdo ou irracional, do ponto de vista da cultura ocidental, os antropólogos acostumaram-se a levar a sério tudo o que vêem e ouvem. Não significa isto que julguem que tudo o que ouvem é "verdadeiro". Significa apenas que reconhecem o possível significado do "falso" e do "irracional", para compreender e prever como reagem os indivíduos ou grupos.

Os aspectos mais técnicos dos métodos antropológicos são também interessantes. Envolvem meios de fazer com que as pessoas falem e de avaliar o que dizem, de reunir documentos pessoais e de usar várias provas. Os antropólogos aprenderam, à sua custa, que pode fazer uma diferença muito grande o fato de se ser introduzido num novo grupo por um comerciante ou por um missionário, ou por um funcionário do governo, por um indivíduo estimado ou por um indivíduo detestado. Descobriram também o quanto é importante saber se os primeiros amigos que se encontram na sociedade que está sendo investigada são colocados mais no alto ou mais na base daquela sociedade. O hábito de estar alerta para esses pontos e outros semelhantes paga bons dividendos em sociedades modernas e complexas, compostas de certo número de grupos mais ou menos separados, locais, ocupacionais e de prestígio.

Os antropólogos estão sendo cada vez mais atraídos para a planificação e administração de vários tipos de programas. Algumas vezes, o seu papel é meramente o de prestar informações ou realizar pesquisas de fundo, mas há um número crescente dos que se estão tornando também administradores. Não importa qual seja o campo preciso de atividade, há sempre certas características gerais de antropologia prática. Dá-se ênfase constantemente à importância das considerações tanto simbólicas como utilitárias nas relações humanas. A comunicação do administrador aos seus superiores e subordinados, assim como ao grupo administrado, deve levar em conta os aspectos tanto racionais como não racionais da comunicação. A antropologia aplicada já passou, agora, da fase em que a tarefa primária era inculcar o respeito e a compreensão dos costumes nativos. O problema, agora, é visto de dois lados. O conteúdo e a estrutura da cultura do grupo administrado devem ainda ser analisados. O antropologista prático deve também possuir uma compreensão sistemática das subculturas especiais dos fazedores de normas, dos administradores supervisores e dos operadores de campo.

Por isso, tende o antropologista, muitas vezes, a ser um intermediário cuja função indispensável é a de fazer com que um grupo compreenda o ponto de vista do outro. Essa posição tem as suas dificuldades, como descobriram os antropólogos que trabalhavam nos campos de reintegração de evacuados de guerra e na indústria. O antropólogo parecia estranho para o japonês nos campos, pois era um membro do pessoal que não dava ordens. Os outros membros do pessoal julgavam o antropólogo igualmente estranho, pois parecia, pelo menos em parte, identificar-se com os evacuados japoneses — estar na administração mas, ao mesmo tempo, não pertencer a ela. Os japoneses suspeitavam de que o antropólogo era um espião dos administradores; a administração freqüentemente temia, no antropólogo, um espião de sua sede em Washington. Somente protegendo escrupulosamente as confianças de ambos os grupos de clientes, podia o antropólogo firmar a confiança nele próprio como um intermediário. Os altos administradores estavam convencidos da necessidade de advogados e médicos, mas só gradualmente se convenceram de que os especialistas em relações humanas eram úteis na manutenção da saúde mental. Na maior parte dos casos, o antropólogo conquistava a confiança de seu diretor de programa provando que podia ser um previsor idôneo do clima social, pondo o dedo nos pontos de atrito que se apresentavam, para que a administração pudesse adotar medidas preventivas ou pelo menos estar preparada para enfrentar a dificuldade, quando esta surgisse.

A mesma espécie de tratamento foi aplicada no estabelecimento de comunidades, na reabilitação regional e no lançamento das bases para a paz futura, em zonas ocupadas. O trabalho do antropólogo foi descobrir fontes de irritação e conflito entre os grupos ajudados, que não fossem evidentes aos funcionários e técnicos chegados de fora. A tendência costumava ser a de considerar o homem simplesmente como um animal físico e a terra como um recurso físico. Os antropólogos chamaram a atenção para o fato de que todo um conjunto de valores e padrões costumeiros de vida social intervém entre o homem e os recursos naturais, e que essa rede total precisa ser investigada. Como dizem Redfield e Warner:

> Os problemas do agricultor norte-americano foram atacados principalmente pelo lado da tecnologia agrícola, do crédito e da distribuição e, em certa medida, em função dos esforços variados e especiais de melhoramento rural, às vezes chamados de bem-estar social. Do ponto de vista da antropologia social, as técnicas agrícolas, o crédito agrícola, a detenção da terra, a organização social e o moral de uma comunidade agrária são partes mais ou menos interdependentes de um todo. Esse todo, como tal, pode ser estudado objetivamente.

Princípios idênticos aplicam-se nos terrenos do governo militar e da administração colonial. O moral de toda sociedade depende da segurança com que os indivíduos sentem que as suas necessidades, ao trabalhar juntamente com outros, serão atendidas. O administrador jamais deve esquecer que essa segurança pode basear-se em premissas e em seqüências de reações emocionais que são inteiramente diferentes daquelas a que está acostumado. Os norte-americanos são um povo de elevado espírito prático. Via de regra, sem reflexão nem análise, concebem que o critério final de qualquer ato é a utilidade, considerada em termos materiais. Um dado curso de ação pode fazer sentido para um americano e ainda assim parecer arbitrário, sem razão de ser ou opressivo, para um povo de diferente tradição cultural. Um melhoramento aparentemente inocente e tecnologicamente valioso pode trazer confusão às relações sociais. Quando a casa em estilo ocidental foi introduzida em Samoa, a falta de postes fez desaparecer as chaves fixas que indicavam as posições em que deveriam sentar-se as pessoas de diferentes categorias. Essas posições haviam simbolizado toda a estrutura da sociedade samoana. O seu desaparecimento repentino perturbou o modo normal de vida.

O governo militar e a administração colonial constituem, inevitavelmente, tentativas de provocar a mudança cultural. A mudança se produz constantemente em todas as sociedades — embora com diferentes velocidades. O país de Yemen está, no momento, passando rapidamente do século XIII para o XX. A mudança dirigida muitas vezes é necessária e pode trazer muito mais ganhos do que perdas para um grupo pré-industrial. Se é, porém, forçada com demasiada rapidez, e se não se introduzem novas motivações para o prosseguimento de aspectos socialmente valiosos da cultura, a mudança pode ser destruidora, na medida em que grupos inteiros se tornam perenes reservatórios de delinquência e criminalidade. Ou, como ocorreu em certas ilhas do Pacífico, o povo perde completamente o gosto pela vida e comete o suicídio racial. As medidas tomadas pelos missionários, administradores e educadores têm todas produzido, com frequência não pequena, não uma imitação aceitável de um europeu cristão, mas um indivíduo caótico, sem raízes em qualquer modo de vida definido. Tanto a mudança cultural que é forçada com rapidez destruidora como a contenção premeditada da parte de um poder governante cria o desajustamento e a hostilidade.

Se compreendermos que mesmo os traços culturais mais casuais podem estar intimamente ligados às aspirações de um povo, perceberemos que as mudanças necessárias serão feitas lentamente se tiverem de ser construtivas. O bloqueio de canais familiares de ação e expressão pode ser pelo menos tão perturbador como os problemas criados pela inovação. E as inovações não criam necessariamente motivações correspondentes às da cultura ocidental. Pelo contrário, como diz

Frederick Hulse, podem ter "um efeito depressivo sobre incentivos tais como os anteriormente existentes". Hulse cita um excelente exemplo do Japão:

> Os incentivos à atividade produtiva que são considerados naturais pela maior parte dos economistas ocidentais não ocorrem entre as classes trabalhadoras do Japão, e incentivos sociais tais como a esperança de admiração de sua perícia e engenho, que eram convenientes e apropriados no sistema feudal, não podiam ter eficiência entre a grande maioria, que jamais alcançou uma habilidade de artesanato. Tudo o que resta é a necessidade de obter, de algum modo, alimento, roupas e abrigo para cada um e para sua família. Conseqüentemente, o rápido fracasso do sistema de racionamento, o florescimento do mercado negro, o uso excessivo dos trens pelas pessoas em visita a seus parentes agricultores, tornaram-se inevitàvelmente um dreno cada vez maior do potencial de guerra do Japão.

Quando o contacto cultural é promovido de maneira desordenada e míope, os efeitos podem retroceder contra as nações exploradoras. Se os países europeus, que tão arrogantemente obrigaram a se abrirem as portas do Japão e da China, compreendessem verdadeiramente a relatividade cultural, possivelmente não teria ocorrido o episódio de Pearl Harbor nem a ameaça da vasta desorganização da China. É, sem dúvida, igualmente verdadeiro que ocorreu uma incompreensão dos aspectos menos superficiais da vida norte-americana, levando os japoneses ao seu êrro fatal de Pearl Harbor.

Durante o século passado, muitos povos foram empurrados por todos os lados por nações da Europa e da América, que abusaram deles. Quanto mais tal ocorre, tanto mais tais povos têm probabilidades de se vincularem em agregados — em agrupamentos potencialmente militares pan-asiáticos, pan-islâmicos, etc. Isso pode acontecer mesmo que os ameacemos com o que consideramos os padrões justos, pois a pergunta crítica será sempre esta: sentem-se *eles* justamente ameaçados? Vem a propósito a pilhéria de Bernard Shaw: "A Regra de Ouro diz realmente: — Não faças aos outros o que desejarías que te fizessem, pois seus gostos podem ser diferentes." Tampouco adianta muito dizer: deixemos em paz as outras culturas. Os contactos entre os povos devem inevitàvelmente aumentar e o mero contacto já constitui uma forma de ação. Um povo é alterado pelo mero conhecimento de que os outros são diferentes dele. O importante é que tudo o que se fizer seja apropriado, que tenha alguma relação significativa com os valores e expectativas culturais de ambas as partes.

Se os valores do grupo minoritário são destruídos, a potência maior não apenas destruiu um enriquecimento potencial da natureza humana em geral, mas também criou problemas para si mesma. Nas Ilhas Fiji, por exemplo, o prestígio costumava depender das proporções de um banquete e de quantos bens um homem podia dar ao seu clã. Não se recusava a um homem aquilo que ele pedia, mas cabia-lhe dar, se pudesse, e a aprovação social voltava-se para o doador. Assim, um forte motivo competitivo, tanto para a produção como para uma equitativa distribuição de alimentos, era ordinariamente assegurado. Procurando substituir êsse padrão, encorajando a competição e outros gestos bem intencionados, os oficiais e missionários britânicos apenas conseguiram arruinar todo o sistema econômico. Com grande parte da população morrendo de epidemias introduzidas pelos europeus, com um índice de natalidade caindo violentamente e com os sobreviventes pauperizados a existir parcamente com punhados de arroz, por certo tempo pareceu que os fijianos estavam destinados ao desaparecimento.

O ritmo com que se introduzem as mudanças é sempre um problema difícil, com complicações peculiares a cada caso específico. As decisões representarão necessariamente transigências entre os requisitos práticos e os intervalos de tempo teoricamente desejáveis. De um modo ideal, as mudanças devem ser cada vez mais iniciadas pelos próprios povos administrados. A meta do administrador antropológico não está alcançada quando se conseguiu certo entendimento da cultura estranha pelos representantes da potência governante. O antropólogo deve também ajudar o grupo administrado a se compreender em termos relativos, a apreender as alternativas e a escolher as direções em que deseja mover-se.

Os Engenheiros Sociais, neste caso, viriam em auxílio dos fracos e dos devastados, não como um engenheiro de estradas que chega com seus próprios planos para uma rodovia até uma cidade distante e estranha, de sua própria escolha, mas como alguém que diz: "Em que direções, amigos, sempre viajaram? Vamos estudar essa estrada e ver se podemos reconstruí-la, para que possam chegar em segurança." — LYMAN BRYSON.

Durante os últimos vinte anos, criou-se na Escola de Comércio de Harvard, no Instituto de Tecnologia de Massachusetts e na Universidade de ʽChicago uma nova especialidade que é às vezes conhecida como antropologia industrial. Nos estudos agora famosos da fábrica da Western Electric, em Cícero, Illinois, decidiu-se tratar dos problemas humanos da indústria pela maneira que o antropólogo fora forçado a empregar estudando tribos primitivas. Isto é, os observadores deveriam banir seus preconceitos sobre a razão de as pessoas trabalharem arduamente, de lograrem ou não lograrem êxito. Os observadores deveriam prosseguir como se estivessem entrando num mundo completamente estranho: anotar e analisar, sem introduzir suposições que não surgissem dos dados colhidos.

A antropologia industrial consiste em aplicar a um setor da nossa própria sociedade as técnicas e tipos de raciocínio elaborados no trabalho de campo antropológico e na antropologia utilizada na administração colonial. O trabalho anterior relacionado ao pessoal fora dirigido no sentido do desenvolvimento de maior eficiência, antes que no sentido da manutenção e cooperação. Mas descobriu-se que os melhoramentos físicos das condições de trabalho não aumentavam a produção, a menos que os trabalhadores os interpretassem como uma mudança social favorável. Novas rotinas que realmente resultavam em redução da fadiga fisiológica, provocaram a redução da produção, porque prejudicaram as relações sociais costumeiras. Os engenheiros tendiam a pensar, agir e comunicar em termos racionais. As operárias reagiram de maneira não racional, segundo a lógica dos sentimentos correntes em sua subcultura particular. Porque as greves se verificavam mesmo quando as exigências dos trabalhadores a propósito de jornada, salários e facilidades físicas eram plenamente atendidas, a administração foi obrigada a pensar na engenharia social tanto quanto na tecnologia. Os antropólogos ajudaram a administração a compreender que, embora o desenho de um engenheiro possa indicar precisamente o funcionamento de uma máquina, o gráfico que, no gabinete do presidente, mostra a cadeia de comando da organização formal de uma indústria não é uma representação inteiramente correta das linhas de comunicação significativas. Toda cultura tem padrões tanto de comportamento quanto de ideal. Os sistemas informais de comportamento, que envolvem as estruturas dos pequenos grupos e as consequências da individualidade de um capataz bem como a sua posição, podem efetivamente provocar um curto-circuito no fluir claro e racional de energia indicado no gráfico.

Isto, evidentemente, não se limita às organizações industriais. Planos cuidadosamente elaborados no Serviço de Assuntos Indígenas dos Estados Unidos em Washington redundaram em fracasso por causa de padrões informais de relações num escritório de campo, que não foram levados em conta pelos planificadores. Um programa pode ser completamente sabotado, no nível de operação, por um cumprimento ultraliteral, por atrasos estratégicos, por ações que são verbalmente corretas mas emocionalmente hostis. A imaginação popular americana representa o "grande diretor" como alguém que faz "andar" a organização. Entretanto, é pura ficção supor que um diretor pode alcançar os seus objetivos deixando-se ficar sentado num escritório e dando ordens. Como dizem no Departamento de Estado, "a política é feita nos telegramas". Isto é, quando ocorre um incidente num país estrangeiro, é necessário imediatamente enviar instruções aos nossos representantes ali sediados. Essa contingência particular não foi prevista pelos homens de alto escalão a quem supostamente cabe formular as normas políticas. Uma decisão é tomada às pressas por um subordinado e, em nove dentre dez casos, o Departamento se compromete com uma política por causa da ação iniciada. Na maior parte das organizações, essas decisões determinam a política. O padrão ideal é bloqueado pelo poder dos padrões informais de comportamento, que são deixados fora de consideração no planejamento administrativo.

Não obstante, há regularidades verificáveis no ser humano, tantas quantas existem nos problemas tecnológicos da indústria e de todas as organizações. A organização informal, exatamente onde e como se entretecem no gráfico o formal e o informal, os aspectos semânticos da comunicação, os sistemas de sentimentos e os símbolos de cada subcultura, podem ser traçados com bastante precisão para serem úteis. Como escreveu Eliot Chapple:

> Nas questões de natureza tecnológica, o antropólogo não está treinado para fazer juízos; interessa-o primariamente a eficiência relativa de dois métodos de agricultura, e não o valor de um novo sistema de contabilidade de custos. O que pode fazer é prever o que

ocorrerá às relações entre as pessoas, quando tais métodos forem introduzidos. É tarefa administrativa tomar a decisão, pesando as provas fornecidas pelo antropólogo e pelo perito técnico. Utilizando métodos antropológicos, o administrador pode alcançar um contrôle, no campo das relações humanas, comparável ao que já tem no campo dos custos e da produção. É capaz de compreender e estimar os efeitos da mudança e prever os passos que precisam ser dados para modificar a sua organização ou restituí-la a um estado de equilíbrio. Pode fazer isso tanto adquirindo um conhecimento dos princípios antropológicos como empregando antropólogos para fazer análises de situações existentes.

Os primeiros trabalhos antropológicos na indústria preocupavam-se em grande parte com as relações humanas dentro da fábrica. A interdependência da indústria e da comunidade devem ser investigadas. A forma especial de problemas do trabalho, na área industrial de Piedmont, no Sul, é considerada como padronizada pela persistência de hábitos culturais que governam as relações entre proprietário e ocupante da terra. Verifica-se que a indústria de plásticos da Nova Inglaterra depende da continuação de um tipo de estrutura familial encontrada entre certos grupos imigrantes, onde a geração mais jovem continua submetendo-se à autoridade paternal mesmo depois do casamento e a manter com os pais uma unidade econômica. Conrad Arensberg mostrou como algumas das características especiais do comportamento nos sindicatos de operários da indústria automobilística se acham relacionados com o fato de que tantos desses trabalhadores foram levados das regiões montanhosas do Sul.

As alterações tecnológicas inevitavelmente produzem mudanças de organização social, tanto dentro como fora da fábrica. Cabe ao antropólogo traçar de tal forma o espaço social e registrar graficamente os principais canais das correntes culturais, de modo que as conseqüências inesperadas dos atos racionais do engenheiro e do técnico em eficiência possam ser reduzidas ao mínimo. Do contrário, os aspectos não racionais da vida social tornar-se-ão irracionais. Assim como um ritmo de mudança cultural demasiado rápido provoca a apatia, a hostilidade ou a autodestrutividade, assim também as inovações técnicas repentinas conduzem a vasta erosão social dentro de nossa sociedade. Não quer isso dizer simplesmente que as oportunidades são destruídas. Se o trabalhador é instigado sem advertência a adotar uma nova tarefa onde não pode utilizar as habilidades em que se baseava sua confiança em si mesmo, um trabalho que não tenha um nome que traga o reconhecimento social, fora da oficina, a angústia flutuante no ambiente e a agressão potencial podem converter-se em luta civil.

O antropologista aplicado dispõe de maneiras úteis de obter e transmitir toda sorte de informações sôbre relações humanas. Porque considera o comportamento de qualquer grupo como uma exemplificação de processos sociais e culturais de natureza geral, pode muitas vezes fazer um rápido diagnóstico baseado nuns poucos indícios, como um paleontólogo que reconstrói um animal inteiro a partir de uns poucos ossos, com base em seu conhecimento geral da estrutura de animais semelhantes. Porque sabe o que acontece quando se puxam alguns fios do tecido, é capaz de advertir as conseqüências inesperadas da ação social planificada. Reconhecendo as culturas dos administradores e dos administrados, percebe a rivalidade natural em cada grupo. Discrimina entre os característicos do pessoal que toma decisões, os do público que esse pessoal representa e os do povo para o qual é dirigida a sua ação. Por isso, constitui um eficiente agente de ligação entre todos os grupos. Sabe que às vezes é necessário dirigir o barco contra a corrente, a fim de chegar à margem oposta.

Em resumo, o antropologista prático bem fará em conceber seu papel como o do médico social, antes que o do engenheiro social. Em certos setores, a antropologia aplicada é descrita como "a manipulação de gente". Epítetos que vão desde o "prostituta científica" até o de "mãos alugadas do império" são livremente empregados. (O outro lado responde, naturalmente, com "escapista de torre de marfim"). Admitindo-se que nenhuma profissão deve ser composta de um conjunto de técnicos que vendem os seus serviços ao que oferece mais, sem levar em conta outras considerações, parte dessa excitação parece um tanto tola. O antropologista industrial está ao alcance igualmente dos sindicatos de trabalhadores e dos seus patrões. Seu conhecimento é publicado — e não ciosamente guardado como segredo de ofício de uma Gestapo capitalista. As pessoas são manipuladas na propaganda, no cinema, no rádio e, afinal, no ensino. Se é permitido a um antropólogo discutir a mudança cultural com os escolares de segundo grau, provavelmente será seguro permitir-lhe dar conselhos sobre o Serviço Indígena. Há necessidade de desenvolvimento de um código profissional mais explícito e geralmente aceito, e a Sociedade de Antropologia Aplicada tem trabalhado para esse fim há vários anos. A maior parte dos antropólogos, entretanto, já endossaria a afirmação de John Embree:

> Assim como o médico tem uma doutrina básica segundo a qual deve impedir a doença e salvar a vida, assim também o antropólogo aplicado tende a operar sobre a doutrina básica de que deve impedir o atrito e a violência nas relações humanas, preservar os direitos e a dignidade dos grupos administrados e salvar vidas ... ajudando a estabelecer relações pacíficas e de respeito próprio entre povos e culturas.

CAPÍTULO VIII

A Personalidade na Cultura

O antropólogo, como o psicólogo e o psiquiatra, está procurando encontrar o que faz com que as pessoas se movam. A questão da flexibilidade da "natureza humana" não constitui mera balela acadêmica. É necessária uma resposta realista para os esquemas educacionais e para o planejamento social prático. Os nazistas supunham que podiam dar às pessoas quase que qualquer forma que desejassem, se começassem bastante cedo e aplicassem suficiente pressão. Os comunistas tendem, em certos particulares, a supor que a "natureza humana" é sempre e em toda parte a mesma — como, por exemplo, na sua suposição de que as motivações primárias são inevitavelmente econômicas. Dentro de que limites pode ser moldado o ser humano? A única maneira científica de se perceber pelo menos uma variação mínima é examinar a história de todos os povos conhecidos, passados e presentes. Como treinam seus filhos os diferentes grupos, de tal maneira que as personalidades dos adultos, embora variando entre si, mostrem, não obstante, muitos traços menos característicos de outros grupos? Pode-se fazer seguramente a previsão estatística de que 100 americanos apresentarão certas características de organização pessoal e comportamento mais freqüentemente do que o farão 100 ingleses de idade comparável, mesma classe social e mesma disposição vocacional. Na medida em que se pode descobrir precisamente como isso ocorre, muito progresso terá sido feito no sentido de tornar possível modificar a educação infantil no lar e a educação formal, de maneira a criar os traços considerados como mais desejáveis. Um tremendo passo à frente, na compreensão das diferenças e fricções internacionais, terá sido dado ao mesmo tempo.

É, em parte, determinado pela cultura qual dentre diferentes caminhos de comportamento, dentro das capacidades físicas e mentais de um indivíduo, ele irá caracteristicamente seguir. O material humano tem certa tendência no sentido das formas próprias, mas uma das definições da socialização, em qualquer cultura, é a previsibilidade do comportamento diário de um indivíduo em várias situações definidas. Quando uma pessoa abriu mão de boa parte da sua autonomia fisiológica em favor do controle cultural, quando se comporta a maior parte do tempo como fazem os outros, seguindo rotinas culturais, essa pessoa está socializada. Aqueles que conservam uma parcela demasiado grande de independência acham-se necessariamente confinados nos hospícios ou cadeias.

As crianças são educadas de diferentes maneiras em diferentes sociedades. Às vezes, são desmamadas cedo e abruptamente. Às vezes têm permissão para se aleitarem enquanto quiserem, desmamando-se gradualmente aos três ou mais anos de idade. Em certas culturas, a criança é asperamente dominada, desde o princípio, pela mãe, pelo pai ou pelos dois. Noutras, um calor afetuoso predomina na família, na medida em que os pais se recusam a tomar nas mãos a responsabilidade pela disciplina de seus filhos. Num grupo, a criança cresce na família biológica isolada. Até a época de ir para a escola, deve ajustar-se apenas a sua mãe, seu pai, um ou dois irmãos, e, em certos casos, um ou mais criados. Noutras sociedades, o bebê é tratado e até amamentado por várias mulheres diferentes, todas as quais acaba aprendendo a chamar de "mãe". Cresce numa família numerosa, onde muitos adultos de ambos os sexos desempenham papéis mais ou menos equivalentes para com ele e onde seus primos maternais mal se distinguem de seus irmãos e irmãs.

Algumas das necessidades de toda criança são comuns a todos os animais humanos. Mas cada cultura tem o seu próprio esquema para os métodos mais aprovados de satisfazer a tais necessidades. Cada sociedade diferente comunica à nova geração, muito cedo na vida, um quadro padrão de fins apreciados e meios sancionados, de comportamento apropriado para homens e mulheres, jovens e velhos, sacerdotes e fazendeiros. Numa cultura, o tipo apreciado é a matrona experiente, noutra o jovem guerreiro. noutra ainda o ancião erudito.

Em vista do que os psicanalistas e especialistas em psicologia infantil nos têm ensinado sobre os processos de formação da personalidade, não é de admirar que um ou mais padrões de personalidade sejam freqüentes entre os franceses mais do que entre os chineses, entre as classes superiores inglesas mais do que entre as classes inferiores também inglesas. Evidentemente, não está implícito aí que os caracteres da personalidade dos membros de qualquer grupo sejam idênticos. Há desvios em toda sociedade e em toda classe social de uma sociedade. Mesmo entre aquêles que se aproximam de uma das estruturas típicas de personalidade, há grande ordem de variação. Teòricamente, isso é de se esperar, porque a constituição genética de cada indivíduo é única. Mais ainda, não há dois indivíduos da mesma idade, sexo e posição social, na mesma subcultura, que tenham idênticas experiências de vida. A própria cultura consiste de um conjunto de normas que se aplicam de variada maneira e são interpretadas por cada um dos pais. Entretanto, sabemos, pela experiência, que os membros de diferentes sociedades tenderão, tìpicamente, a manejar os complicados problemas da satisfação biológica, do ajustamento ao meio físico, do ajustamento a outras pessoas, de maneiras que têm muita coisa em comum. Não há, decerto, suposição alguma de que o "caráter nacional" é fixo durante toda a História.

É fato provado pela experiência que, se um bebê russo é trazido para os Estados Unidos, agirá e pensará, quando adulto, como um norte-americano — e não como um russo. Talvez, a "pergunta de sessenta e quatro dólares" [25] no campo inteiro da antropologia seja a seguinte: que faz de um italiano um italiano e de um japonês um japonês? O processo de se tornar membro representativo de qualquer grupo implica uma moldagem da natureza humana em bruto. Presumìvelmente, os recém-nascidos de qualquer sociedade são mais parecidos com outras crianças de qualquer outra parte do mundo do que com os indivíduos mais velhos de seu próprio grupo. Mas os produtos finais de cada grupo mostram certas semelhanças. A grande contribuição da antropologia consistiu em chamar atenção para uma variedade

(25) Alusão a um célebre programa de perguntas do rádio norte-americano. — N. do T.

desses estilos de comportamento, para a circunstância de que várias espécies de doença mental ocorrem com variada freqüência em diferentes sociedades, ao fato de que há certas correspondências espantosas entre os padrões de educação da infância e as instituições da vida adulta.

É facílimo ultra-simplificar êste quadro. Provavelmente, o prussiano tende a ver todas as relações humanas mais em têrmos autoritários em grande parte porque as suas primeiras experiências foram tidas na família autoritária. Mas êsse tipo de estrutura familiar era apoiado pelos modos aceitos de comportamento no exército, na vida política e econômica, no sistema de educação formal. As direções fundamentais da educação infantil não derivam da natureza inata de um povo; têm em vista os papéis dos homens e mulheres e são fundidas no molde dos ideais mais profundos da sociedade. Como disse Pettit: "O castigo corporal é raro entre os primitivos, não por causa de uma generosidade inata, mas porque não é solidário com o desenvolvimento do tipo de personalidade individual considerado como ideal."

Os padrões de educação infantil não causam, em nenhum sentido simplificado, as instituições da vida adulta. Há, antes, uma relação recíproca, uma relação de esforço mútuo, entre as duas coisas. Nenhuma alteração arbitrária, divorciada dos temas gerais da cultura, nos métodos de educação de crianças, modificará subitamente a personalidade adulta numa desejada direção. Foi essa a falsa suposição que serviu de base a certos aspectos do movimento de educação progressiva. Nas suas escolas, as crianças estavam sendo preparadas para um mundo que só existia nos sonhos de certos educadores. Quando os jovens deixavam as escolas, revertiam muito naturalmente à visão da vida que tinham absorvido nos dias pré-escolares, em suas famílias, ou dissipavam suas energias numa rebelião impotente contra o padrão da sociedade maior. A "competição" — ou pelo menos certos tipos de competição para certos fins, — pode ser "má", e no entanto, a tradição e a situação americana incluem a competição no tecido total da vida americana. A tentativa, da parte da pequena minoria, de eliminar essa atitude por meio de práticas escolares, resulta em fracasso, em conflito ou em retirada do indivíduo em questão.

É especialmente absurdo buscar apoio numa só disciplina infantil como chave mágica que dá o tom de toda a cultura. Uma vulgarização de certa teoria científica sobre a estrutura do caráter japonês explica as fontes da sua agressividade como conseqüência de uma prematura e severa educação higiênica, explicação que foi merecidamente ridicularizada como "interpretação da História pelo papel higiênico". O conjunto total de disciplinas da infância é tão insuficiente para explicar a estrutura típica de personalidade como qualquer lista de traços culturais, se não houver informações quanto à sua organização. É preciso conhecer as relações recíprocas entre todas as recompensas e punições; quando como e por quem foram administradas.

Vez por outra, há uma ligação altamente provável entre um dado aspecto da experiência da criança e um dado padrão da vida adulta. O divórcio é extremamente freqüente entre os navajos. Em parte, isso pode ser relacionado com o fato de que a afeição e a dependência emocional da criança navaja não são tão unidas a seus pais. Entretanto, sabemos, pela recente história de nossa sociedade, que um elevado índice de divórcio pode também ser produzido por outras causas, embora haja a diferença de que o divórcio navajo é consumado de maneira muito mais natural, sem transtornos emocionais muito menores. Isto é relacionado com a ausência de complexos românticos de amor entre eles, coisa, que, por sua vez, presumivelmente depende, em certo grau, da experiência de infância que se concentra menos numa mãe e num pai.

Seja como for, o modêlo geral da personalidade pode ser compreendido apenas em têrmos da experiência total da infância *somada* às pressões situacionais da vida adulta. Pode bem ocorrer que, como afirmam os psicanalistas, aquela indulgência máxima para com a criança no período pré-verbal esteja correlacionada com uma personalidade segura e bem ajustada. Entretanto, isso só pode ser considerado como base — não como uma promessa de realização. A criança navaja recebe toda satisfação nos primeiros dois anos de vida. Mas os adultos navajos manifestam um grau muito elevado de intranqüilidade. Isto é, em grande parte, uma resposta à situação real; em têrmos das suas dificuldades presentes como um povo, eles se mostram, de forma realística, preocupados e suspeitosos.

Esses fatores situacionais e padrões culturais são responsáveis, em conjunto, pelo fato de que cada cultura tem os distúrbios mentais prediletos. Os malaios se tornam *"amuck"* [26]; alguns índios do Canadá dão-se à agressão canibalística; certos povos do suleste asiático imaginam-se possuídos de espíritos de tigres; as tribos da Sibéria são vítimas da "histeria ártica"; certo povo de Sumatra apresenta a "loucura do porco". Os diferentes grupos de uma dada cultura mostram índices variados de incidência. Nos Estados Unidos de hoje, a esquizofrenia é mais freqüente entre as classes inferiores; a psicose maníaco-depressiva é uma doença de classe superior. As classes médias norte-americanas sofrem distúrbios psicossomáticos tais como úlceras, relacionados com a conformação e a agressão reprimida. Certos tipos de invalidez psicológica são característicos dos "arrivistas" sociais norte-americanos. Os problemas de nutrição revelam-se mais freqüentes entre os filhos de famílias judias, nos Estados Unidos. A explicação desses fatos não pode ser exclusivamente biológica, pois uma vez o número de mulheres ultrapassou o dos homens pacientes de úlcera. Em certas sociedades, é maior o número de homens que o de mulheres que se tornam dementes; noutras, dá-se o contrário. Em certas culturas, a tartamudez é predominantemente uma afecção feminina, noutras, masculina. Os japoneses que vivem no Havaí são muito mais propensos às desordens maníaco-depressivas do que os que vivem no Japão. A elevada pressão sanguínea incomoda os negros norte-americanos mas é rara entre os negros africanos.

Os antropólogos têm estudado não o que há de singular em cada indivíduo, mas, pelo contrário, a personalidade como produto da canalização dos desejos e necessidades, assim os biológicos como os sociais, dos membros dos grupos sociais. Na medida em que nos damos conta das necessidades não apenas econômicas e físicas, mas também emocionais de outros povos, as suas ações parecem menos obscuras, menos imprevisíveis, menos "imorais". Há uma filosofia unificadora por trás do modo de vida de cada sociedade, em qualquer dado ponto de sua história. Os principais perfis das suposições fundamentais e dos sentimentos recorrentes só excepcio-

(26) Termo malaio que designa uma espécie de acesso peculiar àquele povo e que resulta numa forma de frenesi exterminador. — N. do T.

nalmente têm sido criados a partir do material da herança biológica única e da peculiar experiência de vida. Geralmente, constituem produtos culturais. Dos modos de vida de seu meio, o indivíduo comum deriva a maior parte da sua visão mental. Para ele, sua cultura ou subcultura parece constituir um todo homogêneo; tem ele pouco senso da sua profundidade e diversidade histórica.

Como as culturas possuem organização assim como conteúdo, essa reação intuitiva é parcialmente correta. Cada cultura tem suas tramas padronizadas, seus conflitos e suas soluções típicas. E assim, os aspectos culturalmente estilizados da criança, os modos usuais de vesti-la, os prêmios e castigos aceitos na educação higiênica, igualmente fazem parte de uma conspiração inconsciente para comunicar à criança um conjunto determinado de valores básicos. Cada cultura é impregnada dos seus próprios significados. Por isso, nenhuma ciência válida do comportamento humano pode ser construída com base nos cânones do behaviorismo radical. Porque há, em toda cultura, mais coisas que atraem os olhos e nenhuma quantidade de descrição exterior pode transmitir essa sua porção subjacente. O pão e o vinho podem significar meros alimentos do corpo, numa cultura. Noutra, podem significar comunhão emocional com a divindade. O fato, em si, em cada caso é o mesmo, mas o seu lugar na estrutura cultural — e portanto o seu significado para a compreensão do comportamento dos indivíduos — foi alterado.

Certos tipos de comportamento serão manifestados por todos os seres humanos, não importa qual tenha sido a sua formação. Existe um "impulso" orgânico em cada diferente indivíduo, que o conduz a certos tipos de atos. Mas a cada característica biológica dada é atribuído um significado cultural. Ademais, cada cultura é bem sucedida, em maior ou menor grau em "impelir" a variedade de impulsos na mesma direção. Acima e além dos castigos ligados ao desvio, é mais fácil e esteticamente mais satisfatório conformar a própria conduta segundo padrões preexistentes, que se conseguisse fazer parecerem tão naturais e inevitáveis como a alternação do dia e da noite.

Os característicos do animal humano que tornam possível a cultura são a faculdade de aprender, de comunicar, por meio de um sistema de símbolos aprendidos, e de transmitir o comportamento aprendido de geração a geração. Mas o que é aprendido varia amplamente de sociedade a sociedade e mesmo em diferentes setores da mesma sociedade. A maneira de aprender mostra também formas padrozinadas e características. O tom emocional dos pais e de outros agentes da transmissão de cultura tem modos típicos e culturalmente relacionados. As situações em que se dá o aprendizado são diferentemente definidas e enunciadas em diferentes sociedades. Os prêmios por aprender, os "presentes" para que se aprenda, as sanções por deixar de aprender, tomam muitas diferentes formas e ênfases. Isso é verdadeiro não apenas para a cultura como um todo, mas também para as várias subculturas que dela fazem parte. A formação da personalidade da criança norte-americana é afetada pelo subgrupo social, econômico e regional particular a que pertencem os pais. Os padrões de crescimento físico e maturação são mais ou menos os mesmos para os filhos do Café Society e os do Baixo East Side, mas as práticas de educação da criança, as metas de vida preferidas e as maneiras, recompensas e castigos pertencem a mundos inteiramente diferentes.

Todos os animais exibem certas limitações, capacidades e exigências, enquanto organismos. Tais coisas jamais devem ser esquecidas no entusiasmo pelos poderes determinadores da cultura. O conhecido livro de Margaret Mead, *Sex and Temperament in Three Primitive Societies* tem dado a muitos leitores a impressão de que a autora afirma serem completamente produzidas pela cultura as diferenças temperamentais entre homens e mulheres. A crítica, em uma só linha, feita por um colega antropólogo, constitui um sensato corretivo: "Margaret, seu livro é brilhantíssimo. Mas você conhece mesmo alguma cultura em que os homens é que têm as crianças?"

As pressões da educação da criança fazem sentir as suas influências sobre diferentes materiais biológicos. As necessidades metabólicas variam. A digestão não exige precisamente o mesmo tempo em cada criança. As primeiras disciplinas culturais são dirigidas para três reações orgânicas muito básicas: aceitar, reter e libertar. As culturas variam amplamente no grau em que exercem pressão positiva ou negativa sobre uma ou mais dessas reações. Uma fonte poderosa de variação individual dentro de uma sociedade baseia-se no fato de que a reação à formação cultural é modificada pelo relativo grau de maturidade neurológica da criança. Mesmo à parte dos bebês que se sabem nascidos prematuramente, o equipamento nervoso dos recém-nascidos mostra uma considerável ordem de variação. Não obstante, há ainda consideráveis desvios entre as possibilidades organicamente definidas. Os imperativos de sobrevivência e satisfação do animal humano podem ser alcançados de mais de uma maneira, por meio das capacidades dadas. Especialmente no caso de um animal que usa símbolos, como o homem, estas perguntas são importantes: que é aprendido? Quem o ensina? Como é ensinado? Há uma inter-relação contínua e dinâmica entre os padrões de uma cultura e as personalidades dos seus membros individuais. Embora certas necessidades sejam universais, recebem diferentes ênfases em diferentes sociedades. Uma sociedade se perpetua biologicamente por meios que são bem conhecidos. Dentre os menos plenamente compreendidos, acha-se o fato de que as sociedades se estão de maneira constante a se perpetuar socialmente, inculcando em cada nova geração modos de acreditar, sentir, pensar e reagir já experimentados pelo tempo.

Como os ratos que aprendem a correr um labirinto em cuja saída há alimentos, as crianças se familiarizam a pouco e pouco com os caminhos batidos mas muitas vezes tortuosos da trama cultural. Aprendem a receber suas "deixas" para resposta não apenas de suas necessidades pessoais, ou das realidades de uma situação, mas também dos aspectos sutis da situação enquanto culturalmente definida. Esta "deixa" cultural diz: seja desconfiado e reservado. Outra afirma: decanse, seja sociável. A despeito das diversidades das naturezas individuais, os índios *Crow* aprendem a ser habitualmente generosos, os *Yurok* habitualmente tacanhos, o chefe *Kwakiutl* habitualmente arrogante e pomposo. Longe de se sentir sempre ressentido, ante as paredes do labirinto cultural, a maior parte dos adultos e mesmo as crianças, em certo grau, encontram prazer no desempenho das rotinas culturais. Os seres humanos em geral acham altamente compensador comportar-se como os outros que partilham da mesma cultura. Também a sensação de percorrer o mesmo labirinto promove a solidariedade social.

A medida em que a personalidade constitui um produto social tem sido obscurecida por certo número de fatôres. A herança física e cultural da criança vem das mesmas pessoas e o crescimento físico e social é feito paralelamente. O aprendizado humano ocorre lentamente; o aprendizado animal é mais dramático. Há também pelo menos duas pistas psicológicas para a ênfase exagerada nos fatores biológicos. A educação implica necessariamente um conflito mais ou menos certo entre o professor e o educando. Os pais e professores têm quase certeza de experimentar certa culpa, quando se comportam agressivamente para com os filhos, de sorte que tendem a acolher satisfeitos qualquer generalização que negue a significação da hostilidade no processo de formação da personalidade. A teoria de que a personalidade é meramente o amadurecimento de tendências biológicas proporciona aos mais velhos uma racionalização conveniente. Se uma criança vier realmente a se tornar aquilo a que está destinada, com base na sua constituição genética, será necessário então apenas que se lhe proporcione o atendimento das simples necessidades físicas. Se uma criança não se revela tão capaz ou atraente como um pai pensa que deve ser, com base no "sangue bom" do lado da família representado por aquêle pai, a teoria pode ser ainda invocada, lançando-se a culpa aos parentes afins.

Admitindo-se que a personalidade é, em grande parte, produto da educação, e que grande parte da educação é culturalmente determinada e controlada, é preciso mostrar que há duas espécies de aprendizado cultural: o técnico e o regulador. Aprender a tabuada de multiplicar é técnico, ao passo que aprender as maneiras (por exemplo, em nossa sociedade, não cuspir em qualquer lugar) é regulador. Em nenhum dos casos tem a criança de aprender tudo por si mesma; as respostas lhe são dadas. Ambos esses tipos de educação são socialmente desejáveis e necessários para o indivíduo, embora seja certo que resista a eles em certo grau. Um tipo destina-se a tornar o indivíduo produtivo, socialmente útil, a aumentar a riqueza e a força do grupo. O outro tipo de educação destina-se a reduzir o incômodo que o indivíduo pode ser dentro do grupo, na medida do possível, a impedi-lo de incomodar os outros, criando a desarmonia dentro do grupo, etc. Neste particular, é conveniente notar que a linguagem comum faz essa distinção nas duas conotações da palavra "bom", quando utilizada como atributo de uma pessoa. Diz-se que uma pessoa é "boa" quer no sentido de ser moral e socialmente tratável, quer no sentido de ser incomumente hábil, consumada, etc.

Em nossa sociedade, a escola é tradicionalmente encarregada do desenvolvimento da educação técnica, o lar e a igreja para a educação reguladora. Entretanto, há uma considerável coincidência de atribuições, ensinando-se no lar certas habilidades e na escola ensinando-se também certas formas de moral e maneiras.

Há certas limitações tanto quanto à magnitude como quanto à forma com que se pode levar a cabo a educação reguladora. A estrutura física e a organização de cada organismo humano determinam os limites; a maturidade física e a quantidade de educação prévia determinam a velocidade. Por exemplo, a criança não pode adquirir a capacidade de caminhar até que estejam completadas certas ligações entre as fibras nervosas. A instrução não pode ocorrer, em medida muito acentuada, até que se tenha desenvolvido a linguagem. Cada fase ou época tem as suas próprias tarefas especiais e características. Tanto os limites de idade como as tarefas variam grandemente em diferentes culturas, mas o desenvolvimento se faz, em toda parte, por passos, fases e graus. Um nível de ajustamento só é alcançado para ser superado por outro e mais outro. Isso ocorre de maneira muito explícita nas sociedades ágrafas, mas a medida em que as séries escolares, e, na vida adulta, as lojas e clubes levam a cabo a mesma segmentação, em nossa própria sociedade, não pode ficar esquecida. Em certo grau, isto significa que qualquer personalidade adulta constitui uma sucessão de camadas de hábito, muito embora os princípios organizadores da personalidade provàvelmente ganhem, muito cedo, uma relativa fixidez, que ajuda a obter a continuidade. Sòmente na primeira infância, parece uma criança comportar-se de maneira acidental. Em breve, demonstra ela possuir um modêlo de personalidade que, embora em formas disfarçadas, muitas vezes proporciona as tendências direcionais de tôda a sua vida.

Noutras palavras, a personalidade adulta é uma integração arquitetônica. Há princípios integradores, mas há também vários níveis e áreas que são mais ou menos centrais para a estrutura como um todo. Se estudamos uma personalidade pelos níveis, vemos como as respostas características de dado grau de complexidade suplantam ou disfarçam qualquer manifestação direta de reações que são típicas num diferente grau de complexidade. A mesma personalidade reage a diferentes situações com diferenças que, às vêzes, se afiguram bastante dramáticas. Toda personalidade é capaz de ter mais do que um modo de expressão. O modo particular depende do campo psicológico total e dos enunciados culturais. Se estendemos a mão para pegar um objeto, o movimento das mãos é dirigido por sua posição percebida num ambiente percebido. Assim também, as manifestações da personalidade são reguladas, em parte, pela percepção pela pessoa, de si mesma e de outros, dentro do cenário cultural.

É conveniente, do ponto de vista descritivo, falar de regiões nucleares e periféricas da personalidade. As alterações da região nuclear, embora, em si mesmas, às vezes triviais, sempre modificam o plano de conduta da personalidade e pertencem necessariamente à variedade das alternativas. As mudanças na região periférica podem ser puramente quantitativas, e podem ocorrer sem alterar outros traços da personalidade. As principais fases (oral, anal, genital) exigem mudanças nucleares, mas, junto com elas, encontram-se aquelas adaptações mais superficiais à situação e ao papel, que cada cultura espera das pessoas de uma determinada idade, sexo e ofício. Na maioria dos casos, a periferia é onde ocorre uma relativa liberdade para fazer adaptações. Sempre há o problema da inter-relação, do que significa o ajustamento periférico para o núcleo menos flexível. As culturas têm precisamente essa mesma propriedade arquitetônica.

A seqüência de desenvolvimento ou de amadurecimento da personalidade não é inteiramente espontânea ou autodeterminada. A maior parte das fases ou dos respectivos aspectos persistirá precisamente enquanto trabalharem a favor do organismo. Haverá tanta continuidade na vida de qualquer indivíduo quanto for útil seu sistema de valores. A criança continua criança enquanto estiver funcionando a sua variante privada do sistema cultural de valores. Quando, porém, seu ambiente exige mudança, para obter satisfação, ela muda. Assim, o desenvolvimento da personalidade é mais um produto da contínua e não raro tempestuosa interação entre a criança que amadurece e os mais velhos e mais poderosos mentores aos quais cabe a responsabilidade de transmitir a cultura e que, ao fazê-lo, convertem-na numa dada espécie de ser humano. O fato de que o desenvolvimento da personalidade deve seguir por esse caminho traz consigo duas conseqüências importantes: significa que a educação deve ser um processo prolongado, custoso do ponto de vista do tempo e do esforço. Predispõe o indivíduo à regressão, isto é, a voltar a uma fase anterior de ajustamento, caso encontre dificuldade numa fase posterior. Como permitir a uma criança que se adapte a um nível inferior significa deixar que ela se torne mais ou menos "fixada" naquele nível, e como esse desenvolvimento por "fixações" sucessivas a predispõe ao perigo da regressão, poderia parecer razoável tentar contornar as duas complicações não permitindo que ocorram fixações. Por que não ensinar à criança o tipo correto final de comportamento, desde o princípio, ou, quando isso é patentemente impossível, por que não lhe permitir que nada aprenda até que se torne capaz de aprender precisamente o que será por fim esperado dela, como membro adulto da sociedade?

Ninguém advoga seriamente essa espécie de atalho do processo educacional na esfera técnica. Não se espera que as crianças façam cálculo antes de terem aprendido a aritmética simples. Mas, no campo da educação reguladora, têm-se feito sérias tentativas para obrigar as crianças a se conformarem já desde os primeiros tempos de suas vidas às exigências de renúncia que terão de enfrentar quando adultas — principalmente nas esferas do sexo, da higiene e do respeito à propriedade. Por motivos ainda não compreendidos plenamente, parece que resultará menor número de desajustamentos pessoais se certos impulsos infantis forem deixados a seguir sua própria orientação. A indulgência e confiança durante o período em que é forte o impulso oral parece constituir a melhor garantia de que o indivíduo mais tarde será capaz de restringir, de bom grado e sem distorção, os prazeres da boca. Para alcançar a segurança básica, a criança precisa ter certeza tanto do mundo físico (mantido) quanto do mundo cultural (desculpado). Certas formas de aprendizado podem ser alcançadas com injúria menor depois de se ter adquirido a linguagem. Sem a fala, a criança tem de aprender por tentativa e erro e pelo condicionamento. Com a fala, pode tirar proveito da instrução. Quando um tipo de atividade é proibido, a criança pode aprender a alcançar o seu fim por um modo diferente de comportamento. A própria fala tem de se desenvolver de maneira lenta e primitiva, mas, uma vez adquirida, pode-se acelerar qualquer outra forma de educação.

Os fraseados habituais empregados para chamar à ordem uma criança têm certa relação com as formas típicas do caráter adulto. Às vezes, como em nossa própria sociedade no momento, a tendência dominante é a de assumirem os pais plena responsabilidade diante da criança e de acentuar a nítida separação entre o "certo" e o "errado". "Faça tal coisa porque assim é certo." "Faça isto porque estou mandando." "Não o faça porque isto é feio." "Faça-o porque sou seu pai e os filhos devem obedecer aos pais." "Faça isto senão não lhe comprarei bala." "Se não for um menino bonzinho, mamãe vai ficar triste", — ou mesmo "Se não for um menino bonzinho, mamãe não gosta mais de você." Ainda que a ameaça ("Se molhar a calça, os outros vão rir de você."), que é o principal instrumento de socialização em muitas sociedades primitivas, também seja usada pelos americanos, a maior parte da socialização, depois do período verbal, é edificada em torno da retirada do amor e da proteção paternal. Isso pode dar à criança uma sensação de indignidade, com conseqüências que duram a vida inteira. O mêdo de não estar à altura esperada é, para muitos americanos, uma importante força propulsora. Sente-se a persistente necessidade de mostrar aos pais que, afinal, a criança era capaz de sucessos positivos.

Essa tendência é reforçada por outras metas culturais. Os pais procuram tornar seus filhos "melhores" do que êles; tornam-se "ambiciosos por seus filhos", querem vê-los conseguir o que êles mesmos não conseguiram. Os pais sofrem uma pressão social e são julgados por seus filhos. Competem entre si por meio de seus filhos, sem ter eles mesmos bastante segurança para resistir a essa pressão. Forçando os filhos à renúncia e ao triunfo, podem aliviar as suas próprias inquietações.

Tendo sofrido em suas posições humildes, muitos pais das classes inferiores e médias inferiores mostram-se ansiosos por verem seus filhos "subir". Isso, porém, implica adiamento e renúncia, que só pode ser aprendida e transformada em parte estável do caráter se, desde a mais remota infância, o indivíduo tem contínuas oportunidades para experimentar as vantagens de trabalhar e esperar. E, se os pais são economicamente incapazes de dar a seus filhos essa espécie de formação — a compensação para a renúncia e a maior recompensa para o adiamento, — é quase certo estarem os seus esforços destinados ao fracasso. O castigo físico da indolência e da displicência, quando não confrontado com os ganhos e vantagens da experiência, geralmente não alcançará o fim desejado. Em vista da incapacidade de manterem os pais menos privilegiados os seus filhos afastados da experiência da privação, tais filhos tendem a desenvolver uma auto-suficiência precoce e o desprendimento emocional. Por que, afinal, deve uma criança permanecer dependente e obediente a pais que realmente não a têm mantido e protegido? Quando, por essa forma, a criança se torna prematuramente independente, a socialização geralmente chega ao fim. E quando essa emancipação é acompanhada de sentimentos de profunda hostilidade e ressentimento para com os pais, está preparando o caminho para uma carreira criminosa.

A fim de ser socialmente bem ajustado, é preciso que um indivíduo não seja por demais miopemente egoísta, demasiado obstinado na sua procura do conforto e do prazer; há, porém, igualmente, um limite até o qual uma pessoa pode tomar uma posição "não egoísta". Uma orientação para uma vida posterior, por exemplo, exige que a existência mundana consista exclusivamente de obediência, sacrifício, caridade, negação de si mesmo e austeridade. As pessoas que podem alcançar e manter esse modo de vida muitas vezes constituem companhias bastante agradáveis; algumas delas fazem poucas exigências outras prestam muita assistência e auxílio. Se, porém, o tipo de indivíduo criminoso ou pouco socializado pode dizer-se que explora a sociedade, é sem dúvida igualmente verdadeiro que a sociedade explora muitos dos indivíduos demasiadamente socializados, demasiadamente conscientes, demasiadamente morais e desprendidos. Todos os modernos psiquiatras nos ensinam que os seres humanos, para que permaneçam emocionalmente sadios, precisam divertir-se. A tentativa de fazer com que o indivíduo ganhe uma visão de sua vida a um prazo excessivamente longo é, por si mesma, uma norma social míope, que deve ser afinal caramente paga.

Duas observações comuns a propósito do comportamento do indivíduo em nossa cultura tornam-se inteligíveis a partir desta perspectiva sobre o castigo, a inquietação e a consciência. Por que hão de os seres humanos comumente aceitar o castigo por um mal feito como algo "justo", sem qualquer protesto? A explicação é complexa, baseando-se parcialmente em nossa formação cristã e no sistema mutuamente reforçado das nossas normas sociais e processos de socialização. A peculiaridade da tradição européia setentrional precisa ser levada em conta. A "ênfase na importància da escolha moral" não é, como prontamente imaginamos, uma característica humana, pois, como indica Margaret Mead:

> Os estudos comparativos ... demonstram que esse tipo de caráter no qual o indivíduo é induzido a primeiro perguntar não "Quero eu isto?", ou "Estou eu com medo?", ou "É êste o costume?", mas "É isto certo ou errado?", constitui um fenômeno muito especial, característico de nossa própria cultura e de muito poucas outras sociedades. Depende do fato de os pais pessoalmente administrarem a cultura em têrmos morais, mostrando-se diante da criança como representantes responsáveis das escolhas justas e castigando ou recompensando a criança em nome do *Justo*.

Os americanos também às vezes "confessam" voluntariamente pecados que jamais teriam sido descobertos, ou podem mesmo cometer muito abertamente certos atos proibidos, sem outra razão aparente senão a esperança de serem castigados. Com base nessas observações e outras semelhantes, os clínicos às vezes falam em "necessidade de punição" ou "em instinto masoquista". Um postulado alternativo e mais simples é o de que as pessoas "culpadas" que de bom grado aceitam ou mesmo solicitam o castigo o fazem porque é esse o único meio pelo qual a sua inquietação da consciência pode ser reduzida ou eliminada. Se o castigo coincidisse sempre com a ocorrência de um delito, neste caso, uma vez cometido um ato sem castigo, não haveria necessidade de sentir-se culpado nem a necessidade de castigo.

Muitos problemas fascinantes situam-se nessa esfera. Qual é, por exemplo, a relação entre consciência e o "princípio de realidade", isto é, aprender a adiar a satisfação imediata, em troca de uma satisfação final maior? Mais uma vez, percebe-se o fim último desse princípio no conceito de recompensa após a morte. Aqui, como no caso do tipo renunciador da personalidade exaltado pela cristandade primitiva e medieval, os prazeres terrenos são indefinidamente adiados. É esse um prolongamento de um hábito geral que é aprendido e recompensado no curso da própria vida. O céu passa a ser um lugar onde a felicidade é garantida. Na terra, é perigoso ser feliz. O problema é o de saber se essa forma de pensamento ocorreria, se os castigos não fossem muitas vezes adiados de sorte que não se soubesse quando se estaria seguro ("sem culpa") e quando se não estaria.

Existe outra questão embaraçosa que é saber qual é precisamente a relação entre a culpa e a agressão. A depressão e os estados correlatos de culpa se definem às vezes como "agressão voltada para dentro". Significa isso meramente que a agressão causada por um impulso frustrado é, por sua vez, inibida pela ansiedade, e que a pessoa sente ansiedade em vez de agressão?

Fenichel escreveu muito sobre o que pode ser chamado de psicologia do desculpar-se, tomando a posição de que pedir desculpas é um modo comum e muitas vezes socialmente aceitável de reduzir a culpa. Ao pedir desculpas, a criatura se castiga, em certo sentido, e assim impede que a outra pessoa o faça. Esse dinamismo talvez desse uma chave para a excessiva deferência e obsequiosidade como estratégias habituais de uma personalidade.

O fato de os sêres humanos, em conseqüência das suas experiências sociais durante e depois da infância, muitas vezes desenvolverem uma forma relativamente completa e estável de asceticismo, pode parecer constituir um dilema psicológico. Experiências com animais inferiores têm indicado invariavelmente que, a menos que um dado ato ou hábito seja pelo menos ocasionalmente recompensado, acabará por deteriorar-se e desaparecer. E analogamente já se demonstrou que, a fim de que as recompensas tenham um efeito reforçador sobre determinada reação, não devem ser adiados para muito depois da ocorrência dessa reação. Como, pois, iremos explicar o constante afã e firmeza de propósitos dos sêres humanos que aparentemente afastam todas as recompensas e satisfações terrenas? É fácil pôr de lado esse problema, quer fazendo uma suposição *ad hoc,* quer traçando uma distinção categórica entre as leis psicológicas que governam o homem e o animal. É verdade que os seres humanos têm desenvolvido os processos simbólicos num grau maior do que qualquer dos animais inferiores, e que esse fato coloca o homem à parte, em certos aspectos importantes. Entretanto, ocorre uma explicação mais simples. Sabe-se que, para os animais situados numa posição suficientemente alta na escala da evolução para experimentarem a inquietação, uma redução nesse desagradável estado de coisas é altamente compensador e sustentará até mesmo os mais difíceis hábitos, por um período supreendentemente longo. Embora ainda não tenha sido esclarecida a relação exata entre inquietação e o senso moral, geralmente se admite que existe uma relação. Freud, por exemplo, disse que "nossa consciência não é o juiz inflexível que os professores de ética teimam em declarar que é, mas, na origem, não passa de ser o "mêdo à comunidade".

Partindo dessas premissas, é fácil chegar à conclusão de que aqueles indivíduos cujas vidas e cuja obra são ostensivamente privadas de recompensa, no sentido habitual do têrmo, nem por isso deixam de ser reforçados e sustentados pela satisfação que decorre da redução da inquietação de consciência, ou culpa. Nícias, o filósofo epicurista de *Thaïs,* exprime essa concepção com singular clareza quando, ao comparar os motivos do seu próprio comportamento com os do monge abstinente Paphnutius, diz: "Ah, bem, querido amigo, ao fazer essas coisas, que são de aparência totalmente diferente, ao mesmo tempo obedeceremos ao mesmo sentimento, o motivo único de tôdas as ações humanas: ambos estaremos procurando um fim comum: a felicidade, a impossível felicidade!" Dessa forma, a aparente contradição é resolvida e cria-se numa concepção naturalística da recompensa, suficientemente ampla para abranger os efeitos revigoradores e vivificantes da satisfação dos sentidos e o consolo e conforto de uma consciência limpa.

Aquilo a que Freud chamou a "criminalidade causada pelo sentimento de culpa" tem íntima relação com o "masoquismo moral". Não raro, apresentam-se ao tratamento psicanalítico pessoas que, como revela sua análise, cometeram não apenas transgressões triviais, mas também crimes tais como roubo, fraude e incêndios premeditados. É essa uma observação surpreendente, pois não é de neuróticos a maior parte dos criminosos, e não se tornam candidatos à análise. A sociedade pode querer transformá-los ou podem êles querer transformar a sociedade, mas raramente desejam transformar-se a si mesmos. A resposta dada por Freud é a de que a análise de tais pessoas "proporcionou a surpreendente conclusão de que esses atos são cometidos precisamente *porque* são proibidos, e porque ao levá-los a cabo o autor goza de uma sensação de alívio mental. Sofria ele de um opressivo sentimento de culpa, cuja origem não conhecia, e após ter cometido um delito, a opressão era abrandada. ...Por paradoxal que isso possa parecer, devo sustentar que o senso de culpa era anterior à transgressão; que não decorria dela, mas, ao contrário — a transgressão é que decorria do senso de culpa. A tais pessoas poderíamos justificadamente descrever como criminosas por causa de um sentimento de culpa."

Essa análise da "criminalidade causada por um sentimento de culpa" contém uma importante advertência, qual seja: não se pode diagnosticar com precisão a personalidade com base em ações isoladas, retiradas do seu contexto dinâmico e desligadas dos significados que têm e dos fins a que servem para o agente individual. Suponhamos que três jovens, A, B, e C, tomem bicicletas que não lhes pertencem e saiam a passear sem o devido conhecimento dos proprietários. Em nossa sociedade, êsse ato, objetivamente idêntico nos três casos, constitui uma violação dos estatutos de propriedade. Pode ser, porém, que o indivíduo A haja desempenhado o ato porque sabia que, ao fazer isso, estaria prestando ao proprietário um serviço de dada espécie. Como sua "intenção" não fora roubar, não seria ele legalmente inculpável e não poderia, por isso mesmo, ser tido por um criminoso. O motivo do indivíduo B para tomar a bicicleta pode ter sido não o desejo de usá-la para tirar proveito de sua venda, mas porque desempenhando tal ato e permitindo que se tornasse conhecido, humilharia seu pai e, provavelmente, ainda satisfaria a inconsciente "necessidade de punição". Neste caso, diríamos que funcionam mecanismos nìtidamente neuróticos. Somente no caso do indivíduo C, que tirou a bicicleta pela razão relativamente pouco complicada de que conscientemente a desejava mais do que temia as conseqüências de tirá-la, podemos dizer que se manifestou uma personalidade nìtidamente criminosa. E mesmo a esse veredicto só poderíamos chegar se C fosse suficientemente familiarizado com a cultura para estar consciente das regras aceitas aplicáveis em tal situação. A mesma indagação dos motivos, satisfações e conhecimentos deve ser feita, decerto, antes que se possa identificar precisamente o verdadeiro significado de atos que são ostensivamente "normais" ou ostensivamente "neuróticos".

O fato de que não há, pois, relação fixa entre determinadas ações cometidas abertamente e os motivos básicos, tem constituído necessariamente um empecilho ao desenvolvimento de uma boa compreensão da estrutura e dinâmica da personalidade. E, por causa do fenômeno da repressão, mesmo a introspecção, como hoje sabemos, poderia servir de boa base para dar um retrato completo dos desejos e inclinações de alguém. É principalmente por essas razões que as técnicas especiais elaboradas por Freud e seus discípulos, para a investigação da personalidade *total,* inclusive os aspectos tanto inconscientes quanto conscientes, revelaram-se tão revolucionárias e nos deram o primeiro sistema psicológico realmente completo.

Mesmo que seja reconhecida a necessidade de um abrigo físico e moral durante a infância, os problemas práticos não são resolvidos pela política de se deixar em paz a criança. Durante a infância, a criança em qualquer ocorrência estará desenvolvendo uma "atitude diante da vida": confiança, resignação, otimismo, pessimismo. Essas atitudes serão determinadas, em grande parte, pelo tipo e quantidade de "cuidados" recebidos. A ligação entre cuidados da criança e personalidade não foi ainda plenamente apreciada. Mas a sua importância é dupla: é útil por ajudar a criança a desenvolver perícias básicas, que mais tarde serão úteis quando terminar a indulgência e a criança tiver de se arriscar por si mesma; e é especialmente útil possuir atitudes positivas perante os pais e os outros, quando começa a educação reguladora.

Na verdade, o padrão emocional perante os pais ou irmãos torna-se muitas vezes o protótipo de reações habituais para com amigos e associados, empregadores e empregados, chefes e divindades. Numa sociedade onde a inexperiência de infância é tipicamente a de uma dependência exagerada mas insatisfeita do pai, há terreno fértil para o demagogo. Por outro lado, uma cultura como a dos índios Zuñi, onde as ligações das crianças são distribuídas entre muitos parentes e onde a dependência é concentrada no grupo como um todo, antes que em indivíduos particulares, é peculiarmente resistente a líderes do tipo de Hitler. Quando a mãe é o verdadeiro centro da família, as divindades tendem a ser representadas em forma feminina.

Os mesmos padrões de tratamento das crianças pelos pais produzem diferentes variedades de personalidade, dependendo da disposição inerente da criança, individualmente, e das reações preferidas na cultura. Se os pais dão muitos golpes no amor próprio da criança, esta pode compensá-los por meio de uma conformidade exagerada e desafiadora às expectativas, aceitando a falta de importância e a dependência por uma auto-inflação egoísta. Diferentes padrões de comportamento, como já se disse, representam muitas vezes a mesma causa psicológica fundamental. Individualidades agressivas e tímidas podem constituir simplesmente manifestações exteriores diferentes de uma imagem ferida do eu. Toda vez que é negada a satisfação, e que não se proporcionam recompensas adequadas ou prazeres substitutos, a criança constrói novas fontes de ajustamento: mentir, furtar, esconder, desconfiar, mostrar-se sensível, descrer, revelar diferentes graus de indulgência desafiadora em atividades proibidas.

A despeito de nossos padrões de socialização, certos americanos são relativamente livres das inquietações e relativamente livres da necessidade de lutar. Mesmo quando o desmamamento é realizado muito cedo, a mãe feliz que não é levada por suas próprias inseguranças e compulsões interiores pode controlar o acontecimento de tal modo que ele constitui mais uma quebra de continuidade psicológica do que uma quebra de ternura e associação. Neste caso, provavelmente o desmamar não será tão importante quando foi no caso de um menino que Margaret Fries estudou intensamente, durante certo número de anos de sua juventude:

O protótipo das reações de Jimmie às frustrações da vida podia ser encontrado na sua reação ao fato de ter sido desmamado aos cinco meses de idade, quando se tornou passivo, negativo e afastado do mundo.

Enquanto que os sentimentos excessivos de culpa tendem a surgir na base de medidas demasiado prematuras e demasiado remotas, as circunstâncias especiais desempenham um papel importante. Se a mãe foi por demais bem treinada a reagir negativamente ao cheiro das próprias fezes e das de outrem, ela própria sofrerá uma inquietação ativa enquanto processar à educação higiênica de seus filhos, e provavelmente será impelida, em certos pontos, à agressão ativa contra a criança.

Noutras sociedades, os métodos de inibir as reações de crianças que podem ser socialmente inconvenientes ou pessoalmente perigosas dão aos pais meios mais numerosos de evitar a responsabilidade da pessoa. Um número maior de pessoas, tios, tias e outros membros da família numerosa, toma parte nas ações disciplinadoras, de sorte que há um envolvimento emocional menos intenso entre a criança e um ou ambos os seus pais. O mecanismo da vergonha possibilita certo deslocamento para fora do próprio círculo da família. A confiança dominante nesta técnica provavelmente traria como resultado uma espécie de conformação inteiramente diferente, caracterizada pela "vergonha" ("Eu me sentiria muito pouco à vontade se alguém me visse fazendo isto"), mais do que pela "culpa" ("Sou mau porque não estou vivendo à altura dos padrões de meus pais".) Finalmente, as sanções podem ser situadas, em maior ou menor grau, fora do alcance de todas as pessoas vivas. Os seres sobrenaturais (inclusive fantasmas) podem ser os agentes da punição e da recompensa. Com o tempo, a infelicidade ou o acaso se apodera da criança que erra e seus preceptores têm o cuidado de fazê-la impressionar-se pela ligação entre seus mal feitos e seu sofrimento. Embora esse método tenha certas vantagens óbvias, ao promover ajustamentos positivos a outras pessoas, tende também a impedir que o indivíduo encare de frente o mundo exterior. Se alguém está à mercê de forças mais poderosas e talvez caprichosas, se pode sempre inculpar agentes sobrenaturais, em vez de inculpar a si mesmo, tem muito menos probabilidades de se esforçar por conseguir ajustamentos realísticos.

Em nossa sociedade, é preciso notar também que somente no período pré-escolar é a criança primàriamente preocupada com as relações com os membros de sua própria família imediata. O período escolar traz consigo uma crescente socialização, por meio de professores, de crianças do próprio grupo de idade e das crianças mais velhas. Em nossa cultura, há freqüentemente um conflito entre os padrões dos pais e os critérios do grupo de idade. Tanto as metas de vida dos pais como os meios de alcançá-las podem ser parcialmente rejeitados. Essa necessidade de distribuir o comportamento em compartimentos e de resolver de outro modo o conflito entre as expectativas complica muito socialização da criança numa cultura complexa.

Em toda cultura, porém, o êxito ou a recompensa é essencial para toda educação. Uma resposta que não é recompensada não será respondida. Assim, tôdas as reações que se tornam habituais são "boas", do ponto de vista do organismo; proporcionam necessariamente certa forma de satisfação. A "maldade" dos hábitos é um juízo que outras pessoas ligam a ela; isto é, um hábito é "mau" se incomoda outra ou outras pessoas. O grande problema da adaptação pessoal a um ambiente social está em que se tem de encontrar um comportamento satisfatório para o indivíduo e ao mesmo tempo satisfatório para outras pessoas ou pelo menos aceitável da parte delas. Todos os homens aprendem as reações que para êles são redutoras de motivação e resolutoras de problemas, mas um dos fatores que determinam quais são as reações redutoras de problemas é a tradição social dada. Também a cultura em grande parte, sem dúvida, determina as respostas que outras pessoas irão considerar "boas" ou incômodas. A educação, enquanto relacionada com a motivação, trata quer com um desafio de necessidade, quer com uma alteração nos meios de sua satisfação.

A suposição comum tem sido a de que os hábitos só podem ser eliminados pela punição, isto é, fazendo com que sejam seguidos por mais sofrimento do que satisfação. É verdade que os hábitos podem ser "vencidos" dessa maneira, mas tal coisa sai cara, pois a pessoa que aplica o castigo muitas vezes ganha a desconfiança da parte da criança. Há, entretanto, outro mecanismo utilizado pelos sistemas culturais, vale dizer, o mecanismo da extinção. Assim como a recompensa é essencial para a implantação de um hábito, assim também é ela essencial para que tal hábito continue funcionando. Se a satisfação que um organismo geralmente obtinha de certa reação habitual pode ser retirada, o hábito acabará por desaparecer. A agressividade pode ocorrer como primeira reação à falta de recompensa, mas se essa agressividade não é nem recompensada nem castigada, também ela em breve cederá lugar a uma renovação do comportamento exploratório e variável, a partir do qual pode evoluir um novo hábito ou adaptação.

Embora a extinção seja um instrumento valioso para a libertação dos males inconvenientes, opera também no sentido de eliminar num indivíduo aquêles hábitos a que os outros podem estimar ou chamar "bons", caso tais hábitos não sejam continuadamente recompensadores também para o indivíduo. Assim, o bom comportamento, na criança como no adulto, não pode ser tido como certo; é preciso que seja satisfatório para o indivíduo bem como para os outros. Essas considerações mostram a impropriedade da antiga noção de que a repetição necessariamente torna um hábito mais forte. Sabemos agora que os hábitos podem tanto ser revigorados quanto enfraquecidos pela repetição. Não é a repetição em si mesma, é antes a recompensa, o fator crucial para se determinar se um hábito irá crescer ou se reduzir com a repetição.

O outro fato importante a respeito do processo de educação é que, tal como uma reação correta tende a se tornar cada vez mais fortemente ligada ao impulso que domina, assim também essa reação tende a se tornar ligada a qualquer outro estímulo que por acaso se aplique ao organismo, na ocasião em que se dá a reação bem sucedida. Por exemplo, em muitas sociedades, a proximidade física da mãe torna-se em breve para a criança uma promessa de recompensa. Assim, qualquer renúncia, como a que se acha implicada na educação higiênica, torna-se integrada muito mais facilmente quando a mãe está presente. Estamos inclinados a exagerar a especificidade das reações congênitas. Tendemos a pensar que o comportamento ao mamar é algo automático. Não se trata, porém, simplesmente de uma cadeia de reflexos, como percebe quem quer que tenha visto o comportamento desajeitado e impróprio de um recém-nascido. Há reflexos em jôgo, mas assim também há outras condições orgânicas e também a educação. Dessa forma, se uma criança recém-nascida tem fome, a pressão sobre seu rosto provocará a reação de voltar-se prontamente — o que pode colocar o seio à sua vista. Mas essa reação só pode ser produzida com grande dificuldade, da parte de um bebê que acaba de ser alimentado.

Uma cultura dirige a atenção para um caráter da situação estimuladora e lhe dá um valor. É dessa maneira que as reações até aos impulsos orgânicos mais básicos podem ser determinadas tanto pelos valores e expectativas culturais como pelas pressões internas. Como diz Margaret Mead:

> A prova dada pelas sociedades primitivas sugere que as suposições que qualquer cultura faz sobre o grau de frustração ou realização nas formas culturais podem ser mais importantes para a felicidade humana que a questão de saber que impulsos biológicos prefere desenvolver, quais prefere suprimir ou deixar sem desenvolvimento. Podemos tomar como exemplo a atitude de uma mulher vitoriana, de que não se esperava que tivesse prazer na experiência sexual e que de fato não o sentia. Sem dúvida, não era ela, em nenhum grau, tão frustrada quanto as suas descendentes que acham muito pouco satisfatório o sexo, sobre o qual aprenderam que deveriam ter prazer.

Quanto mais energia canaliza uma cultura para a expressão de certos impulsos, tanto menos, presumivelmente, resta para satisfazer a outros impulsos. Na verdade, é preciso argüir que a maneira pela qual é satisfeita uma única tendência acaba por transformar a natureza dessa própria tendência. A fome de um chinês não é precisamente idêntica à fome de um norte-americano.

O estudo comparado, pelos antropólogos, da educação de crianças em várias culturas, nos últimos anos, teve uma profunda influência sobre a pediatria. É cada vez maior o número de médicos progressistas a favor da demanda espontânea, em oposição aos horários marcados no relógio, no que diz respeito aos bebês. Vêem eles também a ligação entre crianças que têm uma segura idéia de que seus pais lhes têm amor e são cidadãos responsáveis e cooperativos, porque sentem que a comunidade se preocupa com o seu bem-estar. A criança que pode edificar seu caráter sobre o alicerce da confiança na afeição constante de seus pais tem menos probabilidades de ser um adulto desconfiado, a procurar e encontrar inimigos dentro de seu próprio grupo e noutras nações. Tem maiores probabilidades de possuir uma consciência firme e realística, antes que sempre inspiradora de medo e ameaçadora. Uma estável ordem mundial que leve em conta relações novas, mais amplas e mais complexas, só pode ter por base personalidades individuais que sejam emocionalmente livres e amadurecidas. Enquanto os líderes e as massas forem incapazes de tolerar tipos de integridade diferentes da sua própria, haverá reações às diferenças como se estas fossem convites à agressão. Os demagogos e ditadores florescem onde a insegurança pessoal alcança seu ponto máximo.

A mãe moderna, que reduz o contacto com a criança a um mínimo e mantém relações altamente impessoais com ela se está privando de um tipo de experiência que é difícil de igualar noutros particulares. A experiência de numerosas sociedades ágrafas, onde a primeira obrigação da mãe é para com o filho, durante seus primeiros dois anos de vida, sugere que o investimento paga bons dividendos à mãe, no final das contas, tanto por garantir a lealdade e o apoio emocional, mais tarde, como pela satisfação criadora de produzir filhos felizes e produtivos.

Embora seja preciso admitir sem reservas os perigos de uma cultura cujo centro seja a criança, no sentido de que *apenas* as necessidades dos bebês e meninos são reconhecidas, a questão não deve ser deformada para se transformar num dilema do tipo "tudo ou nada". As crianças devem, sem dúvida, vir a compreender que há outras pessoas no mundo e que há uma intensa competição na busca de satisfações. Ainda assim, é mais sensato perguntar: quando? Repentinamente ou talvez gradualmente? A ênfase competitiva de nossa cultura reforça os padrões de pressa ao exigir a renúncia nas esferas da amamentação, da educação higiênica, dos tabus sexuais e do contrôle da agressividade. As justificativas apresentadas para os nossos costumes atuais de socialização parecem, em grande parte, constituir racionalizações. Por exemplo, está-se propagando a suposição de que, se uma criança é alimentada irregularmente, ou irregularmente submetida a qualquer outro cuidado, isto "arruinará sua saúde". Mas as crianças primitivas podem ser atendidas e alimentadas toda vez que choram, sem quaisquer indícios de malefícios. Outros jovens mamíferos são similarmente tratados por suas mães e provavelmente têm menos distúrbios digestivos do que as crianças submetidas a horários, que têm probabilidades de sentir fome em excesso e depois comer em demasia.

Também é crença comum que qualquer liberdade, na questão do sono, será igualmente perniciosa para o bem-estar físico da criança, mas se ela dorme apenas após um período de choro e inquietação, o sono pode adquirir para ela uma conotação de ansiedade pela vida inteira. Ademais, no caso de crianças um pouco mais velhas, a conseqüência líquida mais evidente de um número rigidamente fixo de horas na cama é a de que ela tem muitos períodos de vigília quando está sozinha, sem apoio social — uma situação favorável ao desenvolvimento de fantasias inquietadoras. Quantas crianças são realmente postas na cama para que os adultos se vejam livres delas? Quantas compreendem isso intuitivamente?

Tais problemas de criação infantil não são, tampouco, indiferentes às questões prementes do nosso mundo contemporâneo. Uma, embora apenas uma, das causas da guerra é a agressão inibida gerada pelo processo de socialização. A ira, manifestada abertamente para com os pais e outras pessoas mais velhas, nem sempre produz bons resultados. Por isso, é reprimida, alimentando um cancro de ódio e ressentimento que pode libertar a sua energia no ferrar de um combate de um grupo, uma classe social ou uma nação. A insegurança, a suspeita e a intolerância podem, de igual forma, ter as suas raízes na experiência da infância. Como escreve Cora Du Bois:

> A qualidade de disciplina incoerente e restritiva que impregna a vida da criança pode muito bem vir a criar nela um senso de insegurança e desconfiada suspeita. Tem à sua disposição apenas uma só arma para enfrentar a frustração, e essa arma é a raiva. A idéia alternativa, a idéia de ser boa para alcançar os próprios fins, não se apresenta à criança. Que a raiva é, contudo, uma arma ineficaz, é algo que se aprende, a mais tardar, durante os primeiros dez anos da vida.

Quando, em conseqüência da competição entre dois indivíduos em busca do mesmo fim, um ataca o outro, tal ato é comumente dado como crime. Quando a competição se faz entre diferentes classes sociais, minorias, etc., é provável que os antagonismos resultantes recebam o nome de preconceito ou perseguição. E quando a competição ocorre entre nações, as agressões resultantes e as contra-agressões são, decerto, conhecidas como guerras. Não se inventou um meio eficiente de tratar da competição e da agressão internacional, nem é provável que o seja, enquanto a repressão e o revide permanecerem como os artifícios padrões para o trato das agressões internas de indivíduos ou elementos de minoria. É verdade que se pode alcançar certo êxito passageiro inibindo-se a agressão por meio do castigo, mas não é essa uma solução básica do problema. A intimidação e a subjugação, embora produzam a acomodação exterior temporária, simplesmente fazem crescer a quantidade de ressentimento e hostilidade pendente, que irá irromper mais cedo ou mais tarde, quer como uma contra-agressão direta ao subjugador, quer como uma agressão deslocada, quer sob outra forma irracional de comportamento.

Certas fontes de insegurança brotam da desordem econômica e política nacional e internacional. Tais fontes e as que surgem da socialização mostram-se mais entreligadas do que poderia parecer à primeira vista. Enquanto as agressões das crianças e dos adultos, individualmente, forem enfrentadas principalmente pelo revide, continuará sendo esse o padrão dominante para o trato das agressões entre classes, entre raças e entre nações. Assim também, enquanto não existir segurança para as nações, pelo mesmo tempo existirão a insegurança e a frustração, para os indivíduos compreendidos dentro de tais nações. As fontes de desorganização pessoal e social são fundamentalmente as mesmas, e se acham inseparàvelmente entreligadas. Em nossa cultura norte-americana, cumpre-nos competir livremente entre nós e ainda assim, externamente, continuar sendo os melhores amigos. Se as agressões entre grupos, dentro de um país, tornam-se tão sérias que há perigo de esfacelamento, a guerra, deslocando a agressão contra outro grupo, constitui uma reação adaptativa, do ponto de vista da preservação da coesão nacional.

O ideal do homem bom e da boa mulher jamais poderá ser inteiramente realizado sem uma ordem mundial que proporcione segurança e liberdade às boas nações. O revide e a aceitação passiva da agressão não são as duas únicas alternativas para as nações, assim como também não o são para as crianças. As nações, como as crianças, precisam ser socializadas. Paralelamente, uma ampliação da dependência entre as nações pareceria ser a direção a seguir. Na medida em que as nações reconhecessem os seus mútuos interesses, estariam dispostas a submeter-se às renúncias que a socialização necessariamente implica. Nos indivíduos, todo caráter é uma espécie de obediência retardada. A maior parte das pessoas comporta-se socialmente na medida em que apenas pequena parte da população é obrigada a agir como uma fôrça policial. Assim também, a força internacional de polícia poderia ser pequena, se fôsse sistematicamente cultivada a dependência nacional. Isso pressupõe uma divisão dos recursos e tarefas econômicas. O ideal da auto-suficiência, quer na esfera pessoal, quer na política, tem importantes limitações que devem ser claramente reconhecidas e estimadas. O princípio de "segurança coletiva", por meio do qual o grupo se torna mais forte do que qualquer indivíduo isolado (pessoa ou nação) e que é, por isso mesmo, capaz de proporcionar proteção até para o mais fraco dos membros do grupo, é a primeira condição para que se reduza a necessidade de agressão individual.

Uma teoria da personalidade é simplesmente um grupo de pressupostos a respeito da "natureza humana". A ênfase deve ser dada — em vista dos descobrimentos da psicanálise, da antropologia e da psicologia do aprendizado, — às *potencialidades* humanas. Nada pode estar mais longe da verdade do que o lema de que "a natureza humana é inalterável", se por natureza humana entende-se a forma específica e o conteúdo da personalidade. Qualquer teoria da personalidade que se baseie em tal alicerce é necessariamente frágil, pois a personalidade é proeminentemente um produto social e a sociedade humana se acha sempre em marcha. Especialmente no presente momento, parece estarem eminentes novas e importantíssimas mudanças da organização internacional, cujas implicações para a personalidade individual só vagamente podem ser entrevistas.

Uma opinião absoluta e culturalizada da natureza humana não só carece de uma conceção do que podem ser os futuros desenvolvimentos, como ativamente se levanta no caminho dos esforços que podem ser racionalmente feitos para se apressar a realização de possíveis níveis de integração pessoal, social e internacional. É verdade que, entre todos os povos, o hábito e o costume são difíceis de morrer. O milênio não irá chegar subitamente. Não obstante, enquanto homens de todas as nações lutam por se adaptarem às novas exigências da situação internacional, modificam eles continuadamente as suas concepções de si mesmos e dos outros. Lenta mas seguramente, uma nova ordem social e novas tendências da personalidade aparecerão no processo.

Cada cultura deve construir sobre aquilo que possui — seus símbolos especiais para despertar reações emocionais, suas compensações diferenciadoras pelas privações impostas pela padronização cultural, seus valores peculiares que justificam para o indivíduo a renúncia a certa parte de seu impulso vital em favor do controle cultural. Bem escreveu Gregory Bateson:

> Se o balinês é mantido ativo e feliz por um temor sem nome e sem forma, não localizado no espaço ou no tempo, podemos ser mantidos nas pontas dos pés por uma esperança sem nome, sem forma nem lugar, de enorme triunfo. Temos de ser como aqueles poucos artistas e cientistas que trabalham com essa urgente espécie de inspiração, essa urgência que vem de sentir que o grande descobrimento ou a grande criação (o sonêto perfeito) está sempre um pouco além do nosso alcance ou como a mãe de uma criança que sente que, desde que preste atenção suficiente, há verdadeira esperança de que seu filho possa ser aquêle fenômeno infinitamente raro, uma pessoa grande e feliz.

CAPÍTULO IX

Um Antropólogo ante os Estados Unidos

Suponhamos que, daqui a quinhentos anos, os arqueólogos desenterrassem as ruínas de núcleos de civilização de vários tamanhos, na Europa, na América, na Austrália e noutras regiões. Haveriam de concluir, corretamente, que a cultura norte-americana constituiu uma variante de um fenômeno de âmbito mundial, que se distinguia pela elaboração de numerosos artefatos e especialmente pela extensão em que tais artefatos se achavam ao alcance de homens de toda classe. Cuidadosos estudos de distribuição e difusão indicariam que as bases dessa civilização se haviam desenvolvido na África setentrional, na Ásia ocidental e na Europa. O sagaz arqueólogo haveria, entretanto, de inferir que a cultura americana, no século XX, já não era colonial. Perceberia que caracteres diferenciadores no ambiente físico dos Estados Unidos haviam-se tornado perceptíveis na urdidura do tecido cultural norte-americano e que a hibridação cultural em grande escala e as invenções nativas continuavam produzindo um novo tecido e novos padrões na trama.

Infelizmente, não pode o antropólogo social de 1948 ampliar muito mais este quadro sem abandonar o terreno da realidade demonstrada. O estudo antropológico das comunidades norte-americanas foi iniciado em Middletown (1928) e Middletown in Transition (1937). Desde essa época, tivemos uma série de monografias sobre a Yankee City; dois livros sobre Southerntown; Plainville, U.S.A.; breves estudos de seis diferentes comunidades, pelo Departamento de Agricultura; o popular livro de Margaret Mead, And Keep Your Powder Dry; e duas dezenas de artigos dispersos. Muito recentemente, Warner e Havighurst publicaram um estudo sobre a estrutura de classes e a educação, *Who Shall be Educated?* Walter Goldschmidt deu-nos *As You Sow*, um informe sobre as comunidades agrícolas da Califórnia; e as publicações sobre uma cidade do Médio Oeste, *Jonesville*, U.S.A. começaram a aparecer. Entretanto, comparemos todo esse punhado de obras com os volumes incontáveis e valiosos que se publicaram sobre a história, o governo, a geografia e a economia dos Estados Unidos. Dessa cultura, no sentido antropológico, sabemos menos do que sobre a cultura esquimó.

Até agora, baseou-se este livro em dados bem documentados e em teorias que provam seu poder de previsão. Ao tratar da cultura norte-americana, é necessário recorrer a uma análise que passa apenas por ligeiro matiz além do impressionismo. Considerando a pequena quantidade de trabalho recente no campo, há o perigo especial de se descrever a cultura norte-americana mais como foi do que como é. Todavia, um esboço das características que se revelam através dos padrões, valores e suposições pode ajudar-nos um pouco a compreender-nos a nós mesmos e, dessa forma, compreender melhor os outros povos. Podem-se reunir pontos de concordância nos estudos antropológicos já feitos, no testemunho de sagazes observadores europeus e asiáticos, nas observações pessoais. Esta tem sido uma civilização empresarial — e não uma civilização militar, eclesiástica ou erudita. A brevidade da nossa história nacional provocou esse domínio do econômico assim como o realce dado ao potencial em oposição à sociedade atual. Carecendo da inércia de um padrão cultural de raízes profundas e dado o elevado padrão de vida, os costumes norte-americanos mudaram rapidamente, sob a influência do automóvel, do rádio e do cinema. Há muitos caracteres culturais que são demasiado evidente para requerer um acúmulo de provas: o gosto pelo confôrto físico o culto da higiene corporal, o capitalismo financeiro. Certos valores, tais como a lisura e a tolerância, constituem, como geralmente se concorda, simples modificações da nossa herança britânica, antes de ser algo distintivamente norte-americano. Sem, contudo, catalogar caracteres exaustivamente, este capítulo tratará seletivamente de certos traços relacionados que parecem realçar melhor a organização fundamental da cultura.

Já se chamou à cultura estadunidense uma cultura de paradoxos. Não obstante, a propaganda nacional e nossa indústria cinematográfica seriam impossíveis, não existissem certos termos que se podem aplicar à ampla maioria deste povo capturável. Embora as diferenças regionais, econômicas e religiosas sejam altamente significativas, em alguns particulares, há certos temas que transcendem a esses valores. Alguns objetivos na vida, certas atitudes básicas, tendem a ser partilhados pelos americanos de tôdas as regiões e de todas as classes sociais.

Comecemos pelo mais trivial: até as críticas mais acerbas aos Estados Unidos têm admitido a nossa generosidade material. A despeito do romantismo do "desinterêsse por espírito público", a maior parte dos norte-americanos é franca e sinceramente benévola. Às vezes, é verdade que o humanitarismo americano acha-se ligado ao espírito missionário — à decisão de ajudar os outros refazendo o mundo pelo modêlo norte-americano.

Nunca, talvez, uma sociedade importante teve tantos padrões generalizados para o riso. Em civilizações mais antigas, geralmente ocorre serem os gracejos inteiramente compreendidos e apreciados apenas por classes e grupos regionais. É verdade que há certa distância entre o humor requintado de *The New Yorker* e os chistes dos programas populares de rádio. Todavia, as fórmulas mais difundidas alcançam todos os norte-americanos. Dentre elas, algumas das mais características se relacionam com o culto do homem médio. Ninguém se torna tão grande que não nos possamos divertir à sua custa. O humor é uma sanção importante da cultura norte-americana. Provavelmente, o ridículo de Hitler fêz mais do que todas as críticas racionais da ideologia nazista, para levar o homem da rua a desprezar o nazismo.

Todos os europeus mostram-se admirados ante as atitudes americanas para com as mulheres. Notam muitas vezes que os norte-americanos "estragam suas mulheres", ou que "os Estados Unidos são dominados por anáguas". A verdade é mais complicada. Por um lado, é claro que um número muito grande de mulheres americanas de posição econômica privilegiada é libertada de grandes canseiras domésticas pelos instrumentos de poupar trabalho, em particular depois que seus poucos filhos entraram para a escola. Seus abundantes ócios empregam-se em clubes femininos, atividades comunais, organizações "culturais", doentia devoção aos filhos, outras atividades branda ou gravemente neuróticas. É verdade também que muitos homens norte-americanos se acham tão envolvidos na procura da meta do êxito que abdicam, em grande parte, do controle da criação de seus filhos, deixando-o a suas esposas. A responsabilidade das mulheres americanas pelas questões morais e culturais é tremenda. Por outro lado, não raro se esquece que, em 1940, dentre cada 100 mulheres em idade de trabalhar, cêrca de 26 trabalhavam fora de seu lar, que quase toda moça que sai da escola secundária ou do colégio universitário possui certa instrução no trabalho. Interessamos as mulheres pelas carreiras profissionais mas lhes dificultamos alcançar numa carreira uma vida cheia. Numa cultura onde o "prestígio" é tudo, sentimos ser necessário reservar um Dia das Mães, como expiação simbólica pela falta de reconhecimento que geralmente damos aos deveres domésticos.

No Japão, um ano atrás, queixavam-se comigo japoneses de numerosas classes que era difícil compreender a democracia americana, porque os americanos pareciam não possuir uma ideologia explícita, que pudessem comunicar. Os japoneses citavam os russos, que eram capazes de dar imediatamente uma explicação coerente de seu sistema de crenças. Vários americanos já observaram que os Estados Unidos precisavam, mais que um bom charuto de cinco cêntimos, de uma boa ideologia de cinco cêntimos. A ideologia explícita que realmente possuímos deriva-se do radicalismo político dos fins do século XVIII. Repetimos os velhos termos e algumas das idéias acham-se hoje tão vivas como então. Grande parte dessa doutrina é, contudo, antiquada, e uma nova ideologia latente, inerente aos nossos reais sentimentos e hábitos, está à espera de expressão popular.

Particularmente desde a drástica desilusão que acompanhou as belas frases de Wilson, após a primeira guerra mundial, os americanos se têm mostrado tímidos em expressar suas convicções mais profundas e verbalmente cépticos quanto à oratória do Quatro de Julho. Ainda assim, não tem sido menos apaixonada a devoção ao "estilo americano". É significativo que os aviadores, nesta última guerra, em narcose numa aplicação de psicoterapia, não só falaram livremente a respeito de problemas de emoção pessoal como se mostraram igualmente articulados quanto às razões ideológicas da participação americana na guerra.

O padrão do credo americano implícito parece abranger os seguintes elementos recorrentes: fé no racional, necessidade de racionalização moralística, convicção otimista em que o esforço nacional tem importância, individualismo romântico e o culto do homem comum, uma valorização elevada da mudança — que geralmente se considera como "progresso", — a busca inconsciente do que é agradável.

O misticismo e o supernaturalismo têm sido temas muito pouco importantes na vida americana. Nossa glorificação da ciência e nossa fé no que pode ser obtido por meio da educação constituem dois aspectos notáveis de nossa convicção generalizada de que o esforço secular e humanístico aperfeiçoará o mundo numa série de mudanças, todas ou quase todas para melhor. Tendemos, ademais, a crer que a moral e a razão coincidem. O fatalismo é geralmente repudiado e a própria resignação parece não ter afinidades com o nosso caráter — embora seja respeitada da boca para fora, de conformidade com a doutrina cristã.

A filosofia política dominante norte-americana tem sido a de que o homem comum pensaria e agiria racionalmente. As mesmas premissas aparecem nas atitudes típicas em relação à responsabilidade dos pais. O indivíduo, desde que "deixado por si mesmo" e não seja "corrompido pelas más companhias", será razoável. Se uma criança não é boa, a mãe ou ambos os pais tendem a se inculpar ou explicar o fracasso por um "mau sangue" — como se a ação orientada pela razão pudesse sempre, de si mesma, produzir crianças bem ajustadas, quando a herança biológica fosse adequada.

Embora muitos americanos sejam, em muitos sentidos, profundamente irreligiosos, ainda acham tipicamente necessário encontrar justificativas morais para os seus atos pessoais e nacionais. Nenhum povo moraliza tanto quanto nós. A verdadeira procura do poder, do prestígio e do prazer, por si mesmos, precisa ser disfarçada (para que se obtenha a aprovação pública) como atos voltados para um fim moral ou como sendo mais tarde justificados por "boas obras." Inversamente, uma vida contemplativa tende a ser considerada como "ociosa".

A mãe americana oferece seu amor a seu filho mediante a condição de que este atenda a certos padrões de atividade. Não há frases de conversação mais caracteristicamente americanas do que "Vamos andando", "Faça alguma coisa", "Podemos dar um jeito nisso". Embora tenha havido, durante os anos de trinta, uma difundida desvalorização do presente e do futuro, e embora o pessimismo e a apatia a respeito da bomba atômica e outros problemas internacionais constituam sem dúvida correntes bem fortes no pensamento nacional contemporâneo, a reação dominante norte-americana ainda é — contra as perspectivas de outras culturas, — a de que vivemos num mundo no qual o esforço triunfa. Um recente estudo da opinião pública mostrou que apenas 32% dos americanos se preocupavam com a segurança social — para eles próprios.

Inúmeros observadores europeus têm-se mostrado impressionados pelo "entusiasmo", que consideram uma qualidade tipicamente americana. Durante a guerra, os psicanalistas militares notaram repetidas vezes que os ingleses saíam-se melhor que os americanos na defesa de uma posição, mas estes eram melhores para tomá-las. Como observou Margaret Mead, os britânicos enfrentam um problema; os americanos partem do nada e o criam completamente novo.

Os americanos não são apenas otimistas crentes em que "o trabalho conta". Seu credo insiste em que qualquer um, em qualquer posição na estrutura social, pode e deve "fazer o esforço". Mais ainda, gostam de pensar que o mundo é controlado pelo homem. Essa idéia sobre a natureza da vida é, assim, imediatamente ligada àquela concepção do lugar do indivíduo na sociedade, que pode ser chamada de "individualismo romântico".

No mundo de língua inglesa, há duas ideologias principais do individualismo. A variedade inglesa (a que poderíamos pregar um rótulo com o nome de Cobden) é capitalista na sua perspectiva básica. O individualismo americano tem raízes agrárias e pode ser associado a Jefferson. Até hoje, os americanos detestam que se lhes "diga o que devem fazer". Sempre desconfiaram do governo forte. Os papéis sociais mais freqüentemente tratados nas pilhérias de histórias em quadrinhos são aqueles que interferem com a liberdade dos outros: o apanhador de cães, o funcionário displicente, a arrivista social (Mrs. Jiggs), que força o marido e a família a abrirem mão de suas satisfações habituais. Uma das frases mais comuns da linguagem norte-americana é "meus direitos". Essa atitude historicamente condicionada para a autoridade é constantemente reforçada pelos padrões de educação infantil. O filho deve "ir além" de seu pai e a revolta contra o pai na adolescência é esperada.

Todavia, como assinalou Tocqueville, os americanos, caracteristicamente, interessam-se mais pela igualdade do que pela liberdade. "Valho tanto quanto meu vizinho" parece ser, a princípio, uma contradição com a ênfase americana no sucesso e na realização individual dentro de um sistema competitivo. É verdade que há relativamente poucos lugares no alto da pirâmide social — *em qualquer momento dado*. Mas a crença americana em que "há sempre outra oportunidade" tem a sua base nos fatos históricos da mobilidade social e da fluidez (pelo menos no passado) da nossa estrutura econômica. "Se não lograr êxito no princípio, tente outra vez." O americano sente também que se ele próprio não "acha sua oportunidade", tem possibilidades de alcançar o êxito indireto, por meio de seus filhos.

O individualismo norte-americano concentra-se na dramatização do indivíduo. Isto se reflete na tendência de personalizar as realizações, boas ou más. Os americanos preferem atacar os homens a atacar as questões. As corporações são personificadas. Os projetos de energia pública foram anunciados como um meio de combater o Demônio das Empresas de Serviços Públicos, ao mesmo tempo que como um meio de obter um serviço melhor e mais barato.

Quanto menor a oportunidade, maior o mérito do êxito. "Não se pode impedir que suba, ao homem de valor". Reciprocamente, o fracasso é uma confissão de fraqueza e as distinções baseadas na posição social e as próprias linhas divisórias das classes são racionalizadas com base em afirmações tais como: "Ele chegou a esse ponto pela força do trabalho"; "Se não logrou êxito, a culpa é dele mesmo". Tais atitudes — e a idealização do tipo do "sujeito duro" e do "americano de sangue rubro", bem como o medo de "ser um papalvo" — derivam-se tanto da ética puritana quanto do tempo do pioneirismo americano. A atitude agressiva e a rápida mobilidade tiveram muita importância no rápido desenvolvimento de um novo país, e então fazia sentido que fossem elevadas as recompensas em dinheiro e proeminência social. O culto do êxito foi ainda mais longe que em qualquer cultura conhecida, salvo, talvez, o Japão de antes da guerra. Isso se acha refletido em inumeráveis frases correntes tais como "aperfeiçoar-se a si mesmo", "adiantar-se" e "como vai indo?" A oposição à proposta de Roosevelt para um programa de tributação que limitaria a renda líquida a 25 000 dólares atesta a profundidade dos sentimentos refletidos em *slogans* tais como "o céu é o limite". Mas procurar o dinheiro não é simplesmente procurar o materialismo sem finalidade. O dinheiro é, antes de tudo, um símbolo. A competição mais profunda faz-se em torno do poder e do prestígio. O adjetivo "agressivo", na cultura norte-americana, é um atributo de alto sentido elogioso, quando aplicado à personalidade ou ao caráter de um indivíduo. "É preciso ser agressivo para alcançar o êxito". Como diz Lynd, a crueza evidente da agressão é escusada, sendo ela identificada com o bem comum.

Há, porém, uma nota defensiva nessa agressividade, que também é sintomática. A agressividade competitiva contra os semelhantes não é apenas o desempenho de um papel num drama. A única maneira de se ter segurança na vida americana é ser um sucesso. A incapacidade de se mostrar "à altura" é tida como uma profunda incompatibilidade pessoal. Numa palavra, o credo americano é de igualdade de oportunidade, não de igualdade do homem.

O culto do homem médio poderia parecer implicar a reprovação de indivíduos destacados de tôda sorte. É verdade, sem dúvida, que boa parte da hostilidade é dirigida de baixo para cima. Entretanto, por influência dos aspectos dramáticos e de êxito da orientação do "individualismo romântico", a atitude típica para com os líderes pode ser melhor descrita como uma atitude de sentimentos mistos. Por um lado, há certa tendência para atacar os indivíduos superiores, procurando reduzi-los ao nível de seus semelhantes. Por outro, o seu próprio êxito constitui uma comprovação dramática do modo de vida americano e um convite à identificação e emulação.

O culto do homem médio significa conformidade com os critérios da maioria corrente. Para Tocqueville, constituía isto uma "debilitação do indivíduo". Um observador mais recente, Erich Fromm, que também examinou o cenário americano de um ponto de vista europeu, igualmente acha essa conformidade repressiva da auto-expressão. Não chega a perceber, entretanto, que o americano não é um autômato passivo que se submete a compulsões culturais, como os provincianos europeus. O americano voluntária e conscientemente procura ser igual aos demais de sua idade e sexo — sem, de modo nenhum, tornar-se um átomo anônimo na molécula social. Pelo contrário, todos os instrumentos da sociedade são mobilizados para exaltar a mulher individualmente e dramatizar todos os feitos não habituais de homens e mulheres — mas dentro ainda do alcance das aspirações aprovadas da maioria conformada. "Miss América" e a "mãe típica norte-americana" são todos os anos objeto de ampla publicidade, mas um ateu declarado (não importa o quanto seja brilhante ou o muito que tenha feito) não pode ser eleito presidente.

A devoção norte-americana aos extremamente humildes deve ser ligada a essa atitude. Como mostra Lynd, prestamos culto à grandeza e, ainda assim, idealizamos "o homenzinho". "Protestar" é um traço americano característico, mas o protesto dos soldados americanos contra o sistema de casta dos oficiais deve ser compreendido em função das idéias igualitárias norte-americanas e especialmente do culto do homem médio. O fato de que os oficiais e praças não têm igual acesso às várias facilidades de recreação e transportes enfurecia os soldados, que julgavam estar assim ferido o que se considerava serem os sentimentos mais fundamentais do código americano. Em certa medida, esse aspecto do culto do homem médio representa, sem dúvida, um refúgio para aqueles que não conseguem "subir", uma justificativa para a inveja em relação àqueles que o fazem.

Por causa do culto do homem médio, a intimidade superficial é fácil nos Estados Unidos. As pessoas de todas as classes sociais podem falar sobre temas comuns de um modo que não é tão fácil na Europa, onde a vida é baseada mais em repetições de padrões de antigas rotinas de família, que são diferenciadas segundo a classe. Todavia, as amizades norte-americanas tendem a ser casuais e passageiras.

Graças à nossa economia em expansão e ao folclore nacional criado por vários acidentes históricos, a crença no "progresso" do século XIX tornou-se entrincheirada mais nos Estados Unidos que em qualquer outra parte. Como mostraram Lovejoy e Boas, a idade áurea americana tem sido situada principalmente no futuro, e não no passado. Em certa medida, não há dúvida, o futuro foi trazido ao presente pelo sistema de compra a prestações, a filosofia do "gaste, não poupe", etc. Mas as noções básicas fundamentais foram mostradas muito explicitamente por Carl Becker:

> Situando a perfeição no futuro e identificando-a com os sucessivos feitos da espécie humana, a doutrina do progresso faz da novidade virtude e predispõe os homens a acolherem a mudança como se constituísse em si mesma uma validação suficiente das suas atividades.

Os europeus ocidentais e os norte-americanos tendem a ser fundamentalmente diferentes nas suas atitudes conformistas. Os americanos acreditam que se devem "conformar" apenas aos padrões do próprio grupo de idade, e crêem que a mudança relativa no tempo é um valor importante; os europeus acreditam — ou acreditavam, — que se devem conformar a uma sociedade passada, e acharam segurança no comportamento tradicional; todavia, a conformidade a uma sociedade contemporânea é apenas acidental, não constituindo um valor. Há, na verdade, grandes disparidades na acolhida norte-americana à mudança. Orgulhamo-nos da mudança material mas, em geral, somos mais hostis que os europeus contemporâneos a mudanças em nossas instituições (como, por exemplo, a Constituição ou o sistema de livre emprêsa). Em certos particulares, a conformidade do inglês de classe média, por exemplo, é mais rígida do que a dos americanos — mas, noutros particulares, o é menos. As atitudes americanas perante a mudança tornam mais sérios os conflitos de gerações. Todavia, justamente esses conflitos de geração tornam possíveis certos tipos de mudança social. Como mostra Margaret Mead, as crianças podem ser mais "bem sucedidas" que seus pais e, por isso mesmo, "melhores".

Os norte-americanos enunciam publicamente que aproveitar bem o tempo é uma parte importante da vida e admitem ter desejos de "algo novo e excitante". Em termos dessa ideologia, criamos Hollywood, nossa vida universitária à moda da Floresta de Arden, nossos Parques, Monumentos e Florestas Nacionais. Os elementos de proa da nossa indústria de diversões são os homens e mulheres mais bem pagos dos Estados Unidos. Em 1947, o povo americano gastou quase vinte bilhões de dólares em bebidas alcoólicas, ingressos de cinema e teatro, fumo, cosméticos e jóias. Gastamos tanto para ir ao cinema quanto para ir à igreja, mais em produtos de beleza do que em serviço social. Entretanto, por causa da tradição puritana do "trabalho pelo trabalho", essa devoção à recreação e ao prazer material é muitas vezes acompanhada de certo senso de culpa — outro exemplo da bipolaridade de muitos caracteres da cultura americana. O princípio do prazer alcança o seu desenvolvimento mais completo na cultura norte-americana da juventude. A juventude é a heroína do Sonho Americano. Mais especialmente, a jovem às portas do casamento é a heroína da sociedade norte-americana.

Tomamos idéias e valores emprestados de fontes inumeráveis. Se considerarmos as características isoladas, podemos enquadrar quase todas em uma dúzia ou mais de culturas, inclusive as primitivas. Por exemplo, durante a última guerra, muitos dos nossos soldados levavam amuletos mágicos tais como um porco de madeira em miniatura, que se dizia ter sido responsável por elevar brumas, aplacar um mar encrespado, comutar uma sentença no momento da execução, ou curar diversos casos de enfermidades. Se, porém, olharmos para a combinação total de premissas e atitudes, veremos um padrão que tem o seu sabor especial, muito embora esta descrição seja por demais breve para explicar variações regionais, de classe, de grupo étnico e de geração.

Um instantâneo antropológico do modo americano de vida não pode apanhar todos os detalhes, mas, tendo outras culturas no plano de fundo, deve realçar certo jogo significativo de luz e sombra. E essa tentativa é indispensável. Nenhum conhecimento, por maior que seja, da cultura russa ou chinesa, influirá na solução dos nossos problemas internos, a não ser que também nos conheçamos a nós mesmos. Se pudermos prever nossas próprias reações a uma provável jogada russa e dispor de certos indícios sobre a razão de reagirmos daquela maneira, será tremendo o ganho de autocontrole e o no sentido de uma ação mais racional. Por causa da nossa tradição de assimilar imigrantes e por causa do nosso orgulho excessivo por nossa própria cultura, é particularmente difícil fazer com que os americanos compreendam outras culturas.

Vista na perspectiva da variação das instituições humanas, define a cena americana a seguinte combinação de características mais notáveis: consciência da diversidade de origens biológicas e culturais; ênfase na tecnologia e na riqueza; o espírito de fronteira; uma confiança relativamente forte na ciência e na educação e uma relativa indiferença à religião; uma insegurança pessoal extraordinária; preocupação com a discrepância entre a teoria e a prática da cultura.

"O cadinho" é uma das expressões mais acertadas que jamais se aplicaram aos Estados Unidos. Provavelmente, grande parte da vitalidade da vida norte-americana e da estatura mais elevada e outras provas de superioridade física de novas gerações de americanos deve ser atribuída à mescla de diversas correntes culturais e biológicas, bem como a fatôres de alimentação e meio. A "Balada para os Norte-americanos" proclama triunfalmente nossas múltiplas origens. Os jornais, durante a guerra, orgulhosamente se referiam ao fato de que Eisenhower era um nome alemão, mas seu dono era americano; ao fato de que outro general era índio; e à variedade de nomes dos soldados americanos e dos que se podiam ler nos seus cemitérios de além-mar. A notável história dos nipo-americanos das fôrças armadas foi usada para documentar o êxito do modo americano.

A heterogeneidade tornou-se, na verdade, um dos princípios organizadores da cultura americana. O "Acredite se Quiser" de Ripley, os programas de adivinhações pelo rádio, o "Informação, por favor" e outros artifícios educacionais informais são provas de que os norte-americanos dão valor a informações desligadas e sentem que o povo deve estar preparado para viver num mundo onde as generalizações são difíceis de aplicar.

Se considerarmos uma cultura como um sistema no qual certos traços recebidos principalmente por empréstimos estão sendo padronizados em resposta a fatores situacionais e necessidades orgânicas, nossa posição atual tem algumas semelhanças irrefragáveis com a da Europa, provàvelmente, no século XII. Foi só então que uma integração quase permanente chegou a ser atingida no cadinho cultural europeu. Os elementos culturais pagãos e cristãos, greco-romanos e germânicos, se haviam manifestado ativamente, numa oposição árdua, durante os séculos dos movimentos dos povos. Nossos movimentos de massa se detiveram há apenas uma geração, com o fechamento da fronteira. Durante os séculos X e XII, na Europa, as florestas foram derrubadas e drenados os pântanos; construíram-se cidades em grande número na Europa setentrional, quando começou a haver certa fixação na distribuição e densidade das populações.

Por causa do próprio fato de que a diversidade é um tema explícito da cultura norte-americana, devemos ter cuidado para não exagerar nossa estimativa das ameaças das contradições admitidas em nosso modo de vida. Aqueles que voltam os olhos anelantes para os bons tempos do passado, de uma suposta homogeneidade nos valores americanos, esquecem-se de que os Tories quase igualavam em número os patriotas, não se lembram dos detalhes da situação que exigiu os documentos Federalistas, não fazem conta de dois conjuntos radicalmente opostos de valores que conduziram à Guerra Entre os Estados. Na verdade, devemos concordar com Frank Tannenbaum, em que a harmonia que melhor se adapta a uma sociedade democrática "é aquela que vem de múltiplas tensões, conflitos, pressões e dissensões interiores". Embora a estabilidade de uma cultura dependa do grau em que os conflitos que engendra podem ter desenlaces adequados, ainda assim a força dos processos democráticos está em que não só tolera, mas até acolhe de bom grado a diferença. A democracia baseia-se não num valor único, mas num múltiplo sutil e intricado de valores. Sua força está no equilíbrio das instituições sociais.

Ainda que a definição do americano como alguém que vive constantemente a apanhar trens seja uma caricatura, a frase de G. Lowes Dickinson, "depreciador das idéias mas enamorado dos artifícios", continua sendo desconfortàvelmente correta, como uma caracterização de todos os americanos, exceção feita de pequeníssima minoria. E, ao passo que rechaçamos indignados a pecha fascista de "plutocracia", mostrando as nossas instituições humanitárias, nossas numerosas fundações dedicadas ao gasto de milhões não revelados em fins elevados, continua sendo verdadeiro que não só somos a nação mais rica do mundo, mas também que o dinheiro nos toca muito mais de perto que a qualquer povo como o padrão universal de valor.

É por isso que o nível de capacidade intelectual é muito mais elevado na Escola de Direito de Harvard que na Escola Superior de Artes e Ciências da mesma universidade. Nem sempre são os estudantes mais capazes de Harvard que recebem as maiores distinções. As energias de muitos deles são consagradas, com bastante realismo, muitas vezes a "fazer contactos", através de "atividades", por meio de uma assídua campanha para conseguir filiação num "clube final". Não ocorre isso necessariamente porque sejam congenitamente desinteressados por idéias, mas porque foram efetivamente condicionados pela pressão da família e por certas escolas. Possuem considerável visão intuitiva do interior da nossa estrutura cultural. Sabem que o esforço intelectual lhes valerá pouco "reconhecimento" e menor salário. Sabem o quanto é vital o "êxito", para a segurança em nossa sociedade. Jovens brilhantes condenam-se a vidas de inexorável competição e estreita escravidão.

Nossa economia é, numa medida patológica, uma economia de prestígio. A esposa precisa comprar casacos de peles e dirigir um automóvel caro, porque também ela constitui uma rubrica de evidente consumo. Mesmo nos centros de ensino tidos como não comerciais, ouve-se murmurar com reverência: "Hum, ele é um professor que ganha 15 mil dólares por ano!" O sistema numérico de classificação, invento indubitàvelmente americano, é simplesmente mais uma projeção de nossa convicção de que tudo o que se consegue pode ser expresso em cifras.

Suponhamos que um aborígene intelectual australiano, que também fosse um antropólogo formado, tivesse de escrever um estudo sobre a nossa cultura. Haveria ele de inequivocamente afirmar que as máquinas e o dinheiro se acham muito próximos do centro do nosso sistema de lógica simbólica. Mostraria que as duas coisas estão ligadas num complexo sistema de interdependência mútua. A tecnologia é considerada como a própria base do sistema capitalista. A posse de artigos de certa utilidade é tida como uma marca de sucesso, na medida em que as pessoas sejam julgadas não pela integridade de seu caráter ou pela originalidade de seus espíritos, mas pelo que parecem ser — desde que tal se possa medir pelos salários que ganham ou pela variedade e dispêndio em bens materiais que demonstram. O "êxito" é medido por dois automóveis — e não por duas amantes, como em certas culturas.

Se o nosso antropólogo aborígene pudesse introduzir em seu estudo certa perspectiva temporal, perceberia que esse sistema de valores mostrou certos sinais de alteração durante as duas últimas décadas. Entretanto, contra o fundo de todas as culturas conhecidas, a americana ainda se destacaria pelas suas orientações quantitativas e materialistas.

Os americanos amam a grandeza — naquilo que diz respeito às coisas e aos acontecimentos. Seus constantes exageros parecem a outras pessoas fanfarronadas. Os americanos gostam de falar por números. Gostam de "ir ao ponto" e preferem "as coisas tal como são". Os europeus geralmente se dão por satisfeitos em classificar os estudantes segundo categorias correspondentes a "elevada distinção", "distinção" e "aprovado". Só os americanos acham que a posição relativa dos estudantes de um curso pode ser medida numa escala contínua de zero a 100. Essa insistência no quantitativo não deve ser tomada muito facilmente como prova de um absoluto materialismo. Mas os norte-americanos tendem a se mostrar muito excitados pelas coisas, em oposição às idéias, às pessoas e às criações estéticas. O materialismo virtuoso" tem tendido a se converter numa parte do credo americano.

A posição social, nos Estados Unidos, é determinada mais pelo número e preço de automóveis, aparelhos de ar condicionado e coisas semelhantes, possuídas por uma família, do que pelo número de seus empregados ou pela erudição e pelas habilidades estéticas dos seus membros. Presta-se reverência apenas ao homem que "faz *as coisas* à grande". A maior parte dos norte-americanos subscreve, com efeito, a lenda de Einstein, muito em voga, mas a revista *Time* observou recentemente que muitos não a levavam muito a sério, até que ficaram sabendo que as "teorias" de Einstein tinham tornado possível a bomba atômica. É significativo que Edison seja um nome conhecido em todos os lares, ao passo que apenas os professores já ouviram falar em Willard Gibbs. Afirma John Dewey que o pensamento americano é caracterizado por um "veemente anelo pelos absolutos". Não se refere, entretanto, a uma preocupação com os "absolutos" da religião e da filosofia. Refere-se à tendência de pensar que, por ser possível propor simples perguntas, existem respostas simples, que classificam as idéias e os indivíduos, no total, como pretos ou brancos. Por essa razão, no inglês dos Estados Unidos, a palavra "*compromise*" [transigência], tem uma conotação desfavorável. O culto das exterioridades e do quantitativo deixa pouca paciência para os infinitos matizes e variações da experiência direta. Sem dúvida, a vastidão da cena americana e a pouca permanência do lugar social criam certa necessidade de generalizar. Os europeus são geralmente mais sensíveis à complexidade das situações.

Nossa expressão "pioneiro da indústria" não representa uma combinação de palavras ao acaso. Os padrões do "estilo americano" foram fixados durante aquele período em que os Estados Unidos se achavam na linha de escaramuças da civilização. A fronteira foi uma influência predominante na conformação do caráter e da cultura norte-americana, na configuração da sua vida política e instituições; a fronteira é o tema principal e intermitente da sinfonia americana. O que nos distingue como um povo, o que nos diferencia dos outros ramos da civilização européia ocidental, nós o devemos em grande parte à presença da fronteira — à sua riqueza sem dono, aos seus perigos e desafios.

Infelizmente, muitas das reações que explicavam a sobrevivência em tais condições são singularmente impróprias para a nossa situação atual. Numa medida bem considerável, as virtudes da fronteira são o vício intolerável dos Estados Unidos de hoje. Então, o que "pagava" era a improvisação, e não o planejamento. Infelizmente, temos tendido a ver essas qualidades como absolutas, antes que da perspectiva da relatividade cultural. O jovem agressivo e pueril Mickey Rooney era, recentemente, o herói de uma população que devia já ter crescido. Uma história em quadrinhos reacionária que retrata os triunfos de Aninha, a Pequena Órfã e do Papai Warbucks apegando-se teimosamente a atitudes e hábitos pioneiros, ainda é a leitura inspiradora de milhões de norte--americanos. O individualismo egoísta continua existindo, muito depois de ter desaparecido o lugar econômico para ele. O mesmo espírito de fronteira proporciona, contudo, as fontes espirituais que podem prontamente produzir reformas potenciais. Se nós americanos somos inquietos, instáveis em nossas idéias como em nossos hábitos, se também podemos gabar-nos de certa liberdade, certa flexibilidade em nosso pensamento e certo vigor e independência em nossa ação, isso se pode, até certo ponto, explicar pelo fluir constante da vida americana, sempre para o oeste, sempre para longe das coisas velhas e permanentes. O ritmo americano não se tornou refinado e digno, medido em harmonia com o esplendor duradouro de antigos lugares e com a simetria de grandes parques atapetados com gramados, como só mesmo séculos de cuidados poderiam ter produzido. Não elaboramos um esplêndido sistema de lei comum a partir do cru código popular da floresta alemã, por um milênio de mudança paciente e vagarosa. Nossas instituições políticas não crescem no fundo das sombras que o *imperium Romanum*, a *pax Romana*, os *instituta Gaii* lançaram para sempre sobre as idéias dos homens da Europa ocidental. Neste continente, não edificamos, sob o jugo de um êxtase comum e de uma poderosa aspiração, um templo portentoso para Nossa Senhora de Chartres, nem um grande templo para os Três Reis de Colônia. É verdade que tomamos parte em todos os grandes feitos da Europa Ocidental, porque temos uma ascendência comum de sangue e de idéias, com os homens daquela parte da Europa, mas participamos deles mais remota e cada vez mais diferentemente. O êxtase comum dos nossos avós voltava-se para a conquista de uma terra vasta e magnífica, às vezes impiedosa e terrível; nossos avós nasceram ao pé de carroças cobertas em passos de montanha, na planície e no deserto. Os *Vigilantes* administravam as leis em muitas das nossas primeiras comunidades. Se todo o nosso desenvolvimento econômico como nação foi condicionado pelo fato de que, por mais de um século, sempre houve terras livres no Oeste, à disposição do homem que perdera seu emprego no

Leste, é igualmente verdadeiro que essa terrível luta pela sobrevivência contra o índio e contra a própria terra gerou em nossos antepassados não uma reação lenta, ordenada e convencionalizada a um dado estímulo, mas uma reação pronta e tensa que se adapta a cada diferente necessidade: o temperamento da vida americana até o dia de hoje.

As fábricas com linhas de montagem e os arranha-céus devem, em parte, ser compreendidos em função da fronteira. Nosso tão rápido desenvolvimento na invenção e na técnica, nossos gigantescos sistemas financeiros e industriais — em geral, o fato de que nos ajustamos tão completa e ràpidamente, ainda que tão desarmoniosamente, à Idade da Técnica — tudo isso deve ser explicado pela presença da fronteira, onde tínhamos de adaptar-nos à vastidão de maneira decidida, com rapidez e perícia. Numa antiga cultura, existe a crença na ordem estabelecida, uma oposição firme à mudança, uma impermeabilidade constitucional a novas idéias que implicariam alteração radical do modo de vida. A fronteira libertou o espírito americano. Desenvolveu a generosidade e a radiante vitalidade, juntamente com uma inquietação que foi, ao mesmo tempo, boa e má, porém que trouxe de fato certa flexibilidade de espírito, fluidez às idéias e à sociedade, a disposição para a experiência ousada.

A educação em larga escala, assim como o sufrágio e a produção em massa, constitui um traço dominante do nosso código. Durante a última geração, a educação suplantou a fronteira, como um meio favorito de mobilidade social, pois continuamos a definir o êxito em função da mobilidade e não em função da estabilidade. Nosso sistema educacional foi recentemente construído sobre uma espécie de intelectualismo diluído. Temos imaginado, muito freqüentemente com ingenuidade, que, se um povo fosse "bem informado" e educado segundo a razão, de acordo com os cânones aceitos da lógica, o seu caráter cuidaria de si mesmo e poderia esse povo adquirir automaticamente o ponto de vista necessário ao cidadão de uma grande sociedade. Entrementes, as influências endurecedoras da fronteira iam-se tornando cada vez mais diluídas. Os filhos das classes economicamente dominantes estavam sendo criados em relativo luxo. Os pais não condicionavam seus filhos a rigorosos padrões de conduta, porque eles próprios estavam confusos. Na verdade, muitas das funções educativas anteriormente desempenhadas pela família foram entregues à escola. O sistema educacional existente é irrecuperavelmente irresoluto em muitas frentes. Vacila entre educar as meninas para serem donas de casa ou para que façam carreira nos negócios; divide-se entre condicionar as crianças para objetivos cooperativos teoricamente desejáveis ou para as realidades competitivas existentes. A despeito das terríveis exigências que lhes são feitas, os professores da escola primária e secundária são mal pagos e não gozam de elevada posição social. Os psiquiatras concordam em que a eliminação da desorganização social, bem como da desorganização pessoal, pode ser promovida apenas por meio de práticas educacionais mais coerentes, tanto no lar como na escola, pois as ações automáticas baseadas nos hábitos da primeira parte da vida são as mais estáveis.

O antropólogo deve caracterizar nossa cultura também como profundamente irreligiosa. Mais de metade de nosso povo passa ainda, vez por outra, pela rotina das fórmulas, e há ilhas rurais e étnicas de nossa população em que a religião ainda é uma força vital. Contudo, muito poucos dos nossos líderes ainda são religiosos, no sentido de que tenham convicção de que a prece ou a observância dos códigos das igrejas afetará o curso dos acontecimentos humanos. As figuras públicas participam no culto público e contribuem financeiramente para uma igreja por motivos de conveniência ou porque sabem que as igrejas representam um dos poucos elementos de estalibilade e continuidade de nossa sociedade. Mas a crença no julgamento e nos castigos de Deus, como um motivo de comportamento, é limitada a uma minoria cada vez mais escassa. São comuns os sentimentos de *culpa*, mas raro o senso de *pecado*.

O mito de Jesus vive nos corações dos homens e a ética cristã está longe de ter morrido. Como nos recorda Bridges: "Aqueles que não compreendem não podem esquecer, e aqueles que não obedecem aos Seus mandamentos chamam-Lhe Mestre e Senhor." Contudo, na opinião de muitos penetrantes observadores, o protestantismo americano tem vida hoje em dia principalmente como órgão de uma benigna obra social. Relativamente poucos protestantes, exceto de umas poucas seitas e em certas áreas rurais, manifestam profundo sentimento religioso. A Igreja de Roma conserva o seu vigor, e partes das encíclicas de Papas recentes não deixam de ser impressionantes declarações sobre a vida contemporânea. Para não pouco numerosos intelectuais, em anos recentes, a Igreja Católica tem-se afigurado como a única rocha firme num oceano de caos e decadência. Para outros, parece que a Igreja autoritária, não obstante toda a sabedoria social que já demonstrou, não obstante toda a sutileza dos seus doutores, comprou para os seus fiéis a paz de espírito em seu tempo, identificando expedientes culturais efêmeros com a imutável natureza humana. Um sistema de crenças profundamente sentidas é inquestionavelmente necessário à sobrevivência de qualquer sociedade, mas um número crescente de americanos discute a medida em que os dogmas de qualquer igreja cristã organizada são compatíveis com o conhecimento secular contemporâneo.

Grande parte dêsse debate reflete a vacuidade de certos aspectos da cultura norte-americana. A alternativa da ciência ou da religião é fictícia, desde que se admita que as funções da religião são primariamente simbólicas, expressivas e orientadas. Tôda cultura deve definir seus fins e bem assim aperfeiçoar seus meios. As expressões lógicas e simbólicas dos valores últimos de uma civilização não podem surgir diretamente da investigação científica, embora seja justo exigir que não se baseiem em premissas contrárias à realidade conhecida ou à teoria provada. Uma "ciência" mecanicista e materialista dificilmente proporcionará as orientações para os problemas mais profundos da vida, essenciais para a felicidade dos indivíduos e uma ordem social sadia. Não o faz tampouco uma filosofia política tal como a "democracia". O homem precisa de dogmas que não ofendam o cérebro mas sejam significativos para as vísceras e para as sensibilidades estéticas. Devem eles ser simbolizados em ritos que satisfaçam o coração, agradem o olhar e a audição, saciem a sede de drama.

Concordam os observadores quanto à pobreza da vida cerimonial norte-americana. O cerimonialismo norte-americano é, em proporção demasiado grande, aquele das convenções dos *Shriners* e das reuniões operárias. Se os sentimentos nacionais que realmente possuímos têm de ser mantidos, num grau de intensidade suficiente para preservá-los, é preciso que se lhes dê expressão coletiva em ocasiões apropriadas. Se a conduta do indivíduo tem de ser regulada segundo as necessidades e fins da sociedade, os sentimentos da sociedade devem ser periodicamente reforçados no indivíduo, em reuniões nas quais todas as classes afirmem, de forma simbólica: "Somos um só povo". *

Os transtornos econômicos de massa que se sucederam a um crescimento econômico sem precedentes; a falta de atenção para os problemas humanos de uma civilização industrial; a impessoalidade da organização social das cidades; o cadinho, a residência geográfica transitória, a mobilidade social, o enfraquecimento da fé religiosa — todas essas tendências têm contribuído para fazer com que os americanos se sintam sem apoio, a vogar numa viagem sem sentido. O sistema de família americano acha-se em processo de se fixar num novo tipo de organização, e tal fato não admite a tranqüilidade física. Por que constituem os norte-amerinacos uma nação de pioneiros? Em parte, tem-se nisso um mecanismo de defesa contra a excessiva fluidez da nossa estrutura social. Cansado da tensão da luta contínua em pról de um lugar social, o povo tem de alcançar um grau de fixidez rotineira e reconhecida, aliando-se a outros em associações voluntárias.

O funcionamento sem atritos de qualquer sociedade depende do fato de não terem os indivíduos de pensar a respeito de muitos dos seus atos. Podem eles desempenhar melhor suas funções especializadas, se boa parte de seu comportamento constituir uma reação mais ou menos automática a uma situação padronizada, de uma forma socialmente conveniente. Um homem encontra na rua uma conhecida. Tira-lhe o chapéu. Esse pequeno ato mantém ligada uma sociedade, fazendo com que o comportamento de um seja inteligível ao seu vizinho e dá aos participantes uma sensação de segurança. Porque sabemos o que fazer e o que outra pessoa fará, tudo parece estar sob controle. Tais padrões, de igual forma, libertam energia para as atividades nas quais o indivíduo está realmente interessado. O problema de nossa sociedade está em que o acúmulo de significados do qual deve depender esse modo de comportamento repetitivo e esperado encontra-se lamentavelmente desorganizado. O des-

(*) Pode parecer que essas informações impliquem certa exaltação do nacionalismo ou pelo menos uma aceitação da sua perene inevitabilidade. Não se pretende nada disso. Interessa-me, antes de tudo, chamar atenção para a realidade empírica dessa ligação entre os meios e os fins. Creio também que certos sentimentos americanos têm certo valor para nós e para o mundo, — pelo menos enquanto não chega o milênio de uma sociedade mundial. (Nota do Autor.)

locamento cultural dos grupos emigrantes, a expansão rápida e desordenada das cidades, e muitos outros fatores, contribuíram todos para desorientar o indivíduo de uma matriz social coesiva. Os técnicos aplicaram a ciência à indústria, sem que a administração, os sindicatos ou o Estado tenham feito mais que frágeis tentativas de indispensáveis adaptações compensatórias na estrutura social. Um desproporcionado desenvolvimento tecnológico imprimiu movimento à vida americana, mas negou-lhe ritmo. Proporcionou o superestímulo constante e necessário para lançar muitos de nós num perpétuo estado de indecisão neurótica. A disparidade entre o nosso engenho na solução de problemas mecânicos, em oposição aos humanos, é uma grave questão. Seria, de certo, infantil dizer: "Fora as máquinas!" Evidentemente, não são as máquinas, mas a nossa falta de atenção científica para os problemas que provocam, que representa o mal. É legítima a esperança de que as máquinas possam libertar a maioria dos seres humanos dos trabalhos desagradáveis, proporcionando-lhes assim uma fuga do industrialismo feudal. Outrossim, como tem Mumford insistido em dizer, as máquinas e a rapidez no transporte e distribuição de gêneros, que as máquinas possibilitam, criam uma reciprocidade internacional e uma dependência tal que é capaz de tornar a paz e a ordem das nações mais perto de uma condição que *deve* ser alcançada, antes que algo piedosamente desejável.

Nas zonas rurais e nas pequenas cidades, a resposta pronta e direta dos vizinhos pode produzir grande segurança pessoal e outros valores que enriquecem a vida. Nas grandes cidades, contudo, a economia é tão minuciosamente organizada e especializada que a dependência de um indivíduo em relação a outro, embora realmente mais premente, não é sentida em termos pessoais calorosos. Falta às pessoas uma rede de relações que as liguem ao emprego, à família, à igreja e a outras instituições. Sentem a falta de apreciação pessoal dos produtos do seu trabalho e de uma criatividade não utilitária. Edward Sapir bem comparou essa posição piscológica com a do primitivo:

> Enquanto o indivíduo conserva certo senso de controle dos principais bens da vida, é ele capaz de tomar o seu lugar no patrimônio cultural de seu povo. Agora que os principais bens da vida se transferiram em tão grande número do reino do imediato para o dos

fins remotos, converteu-se numa necessidade cultural para todos aqueles que não desejariam ser considerados deserdados, tomar parte na procura dêsses fins mais remotos. Não é tampouco a harmonia e a profundeza da vida ... possível quando a atividade é quase inteiramente circunscrita pela esfera de fins imediatos e quando o funcionamento dentro daquela esfera é tão fragmentário a ponto de lhe faltar inteligibilidade ou interêsse inerente. Nisto está a mais triste pilhéria da atual civilização norte-americana. A vasta maioria de nós, privada de qualquer participação que não seja insignificante e abortiva na satisfação das necessidades imediatas da espécie humana, acha-se privada ademais da oportunidade e do estímulo para compartilhar a produção de valores não utilitários. Numa parte do tempo, somos cavalos de tração; no resto, somos indiferentes consumidores de bens que não receberam a menor marca da nossa personalidade. Noutras palavras, nosso eu espiritual tem fome, em sua maior parte, ou quase todo o tempo.

Os norte-americanos mais reflexivos estão preocupados com o fato de que a teoria e a prática da nossa cultura se acham irremediàvelmente fora do compasso. Sabe-se bem que, enquanto o conteúdo cultural muda ràpidamente, as formas culturais muitas vêzes têm extraordinária permanência. Assim, o que verdadeiramente sobrevive é apenas a *tradição* da nossa independência econômica. Por mais que falemos sôbre a livre iniciativa, criamos os monopólios mais vastos e mais esmagadores do mundo. Apesar de a fábula de que todo menino pode vir a ser presidente ter sido repetidamente alvo de galhofa nos anos recentes, os pais e filhos continuam agindo segundo a motivação dominante de que o trabalho árduo, a educação e a agressividade podem vencer quase tôdas as limitações. O resultado é, decerto, um número incontável de homens e mulheres descontentes ou amargurados, pois, como mostrou Veblen, numa economia capitalista, o número de lugares no alto é desalentadoramente pequeno. Os indivíduos sentirão uma constrição entumecedora, enquanto o nosso padrão ideal for o da proclamada igualdade de oportunidade para todos. Assim também, "a liberdade" tornou-se algo fértil em cinismo desiludido, diante da compreensão cada vez maior da verdade das palavras de Durkheim: "Só posso ser livre na medida em que os outros sejam proibidos de tirar proveito da sua superioridade física, econômica ou de outra natureza, em detrimento de minha liberdade." E grande parte da glorificação de nosso "elevado padrão de vida" é, como contrapõe Norman Thomas, "ridículo a não poder mais. O que os trabalhadores têm

direito de exigir da era da máquina não é que ela lhes dê mais banheiras do que as que possuía Henrique VII para seu agitado palácio; têm direito de pedir que as máquinas vençam a pobreza, em lugar de aumentar a insegurança."
É verdade que se pode considerar uma sociedade como uma estrutura de expectativas. Já se produziram, experimentalmente, neuroses em animal de laboratório, fazendo com que ocorressem irregularmente e ao acaso as relações entre o estímulo e a reação esperada. Segue-se que, se as expectativas geradas pela ideologia cultural são notavelmente pouco realísticas, a frustração e a neurose da massa são as conseqüências inevitáveis.

A diversidade das origens étnicas que contribuíram para formar nossa nação proporcionou um importante reforço psicológico à doutrina da igualdade humana, que era o evangelho da Era do Iluminismo e do Movimento Romântico. Não houvesse a crença na igualdade mística passado a fazer parte da ideologia oficial da cultura norte-americana e oferecido segurança psicológica aos não anglo-saxões, é bem possível que tais grupos divergentes houvessem permanecido como rígidas ilhas de europeus transplantados. Contudo, o contraste entre essa teoria legal e política e as teorias e práticas privadas de um número demasiado grande de cidadãos americanos (simbolizado em rótulos tais como "wops" e "greasers", nas leis de Jim Crow e nos linchamentos), constitui uma das pressões que mais severamente solapam o equilíbrio do sistema social norte-americano. Os negros e, numa medida apenas ligeiramente inferior, os americanos de língua espanhola, constituem grupos de casta — isto é, não ocorre entre eles e o resto da população o casamento normal exogâmico. A segregação nos projetos de habitação e as práticas discriminatórias das nossas forças armadas levantam-se como intoleráveis contradições às instituições de uma sociedade livre.

Nos últimos quinze anos, os antropólogos mostraram provas de que, em contraste com as nossas crenças oficiais, já se cristalizou consideràvelmente, pelo menos em algumas partes dos Estados Unidos, uma estrutura de classes. Lloyd Warner e seus colaboradores distinguem um sistema de seis classes: a alta superior, a alta inferior, a média superior, a média inferior, a baixa superior e a baixa inferior. Tais grupos não têm caracteres exclusivamente econômicos. Na verdade, os membros da classe mais alta costumam ter menos dinheiro que os do grupo alto inferior. A estratificação não corresponde, tampouco, às linhas ocupacionais. Por exemplo, encontram-se médicos em todas as cinco primeiras classes. No sentido de Warner, uma classe consiste de pessoas que se visitam em suas casas, pertencem aos mesmos clubes sociais, trocam presentes e têm consciência de si mesmas como grupo apartado dos outros e de posição subordinada ou inferior em relação aos demais.

Indagar se o sistema de seis classes é geralmente válidou, ou se há uma subdivisão maior ou menor que representa melhor a realidade em certas comunidades é uma questão legítima, que não pode ser respondida enquanto não dispusermos de novos estudos. A divisão do trabalho numa sociedade complexa torna quase inevitável certa forma de estratificação de classes sociais. Ocorre apenas que, na cultura norte-americana, o reconhecimento dos fatos repugna ao credo norte-americano. Os inquéritos de opinião pública indicam que 90% dos americanos insistem em que pertencem à "classe média", a despeito das variações de nível de rendimentos, ocupação e hábitos sociais. Um estudo mostra que 70% dos grupos de baixo rendimento protestam por uma posição social de classe média. Warner, entretanto, situa 59% das pessoas de uma cidade da Nova Inglaterra nas duas classes inferiores.

Por influência da depressão e das teorias marxistas, a discussão em torno das classe aumentou muito nos últimos vinte anos. Quando a posição de uma classe é de má vontade reconhecida, tal ocorre muitas vezes com ira — como algo não-americano e, conseqüentemente, errado. Certos estudiosos da estrutura de classes norte-americana deixaram de examinar o significado dos valores — aceito por quase todos os americanos, — que opera no sentido de negar e derrubar as difinições de classe. Exceto, possivelmente, nas áreas limitadas do litoral do Leste, no Sul e na zona de San Francisco, são ainda relativamente fluidas as linhas e cada qual espera poder subir. A afirmação de que a cultura norte-americana é, predominantemente, de classe média, constitui algo mais que uma aceitação da ideologia popular que às vezes desculpa os fatos desagradáveis da diferenciação. Por isso, a "classe", sendo embora um fenômeno real, não tem precisamente o sentido que lhe dão na Europa. Certamente, os americanos mostram-se cada vez mais conscientes do *status*, mas a ordem de distribuição dos indivíduos e suas famílias imediatas é muitas vezes divorciada ainda da de seus parentes mais próximos. E o lugar da totalidade do corpo de parentes, nas comunidades menores, é freqüentemente baseado no tempo de residência em seu meio. Nossa sociedade permanece, em importantes aspectos, sendo uma sociedade aberta.

Apesar de tudo, indicam os fatos que a rápida ascensão, à força da capacidade e da diligência, é mais difícil do que há uma ou duas gerações. É mais difícil alcançar projeção social por iniciativa própria e mais fácil graças às ligações de família. Em Washington, durante a guerra, notava-se que uma parte considerável da comunicação e do poder percorria canais que não apenas eram extra-oficiais, mas que não eram os dos grupos de interesse político ou de outros grupos normais norte-americanos. Pela primeira vez, desde a Era de Jackson, parecia estar existindo uma classe superior, sem levar muito em conta as linhas regionais ou políticas. O problema de classes já se manifesta, ademais, nas escolas. Os professores, geralmente êles próprios numa situação de classe média, fazem discriminação contra as crianças de classe inferior. As crianças se apercebem de que estão sendo punidas por seguir os padrões culturais de seus pais. Quando o esfôrço e a capacidade não são recompensados, torna-se convidativo o caminho da deliqüência e do escapismo teimoso. Em suma, a tipificação de classes, mais que a tipificação individual, tem-se convertido num modo americano de conceder ou negar reconhecimento a outras pessoas.

Os americanos estão presenciando uma mudança social de dimensões difíceis de apreender. Concretamente, a mudança social tem as suas origens nas pressões e insatisfações sentidas por indivíduos específicos. Quando a insegurança pessoal é suficientemente intensa e suficientemente difundida, germinam-se novos padrões nos poucos indivíduos criadores e haverá disposição para experimentá-los, da parte do maior número. Tal é a presente situação da sociedade norte-americana. Se considerarmos uma sociedade como um sistema em equilíbrio, é possível dizer que, na década posterior a 1918, o equilíbrio de antes da guerra foi precariamente conservado. Mas a depressão e a segunda guerra mundial parecem ter destruído irreparàvelmente o antigo equilíbrio. No momento, os americanos torturam-se na tentativa de alcançar um equilíbrio novo e de base diferente. A devastadora propriedade da frase "a personalidade neurótica do nosso tempo" é, a um tempo, condição e resultado dessa circunstância. A base da vida social é a sensibilidade dos seres humanos à conduta de outros seres humanos. Numa sociedade complexa, a necessidade de interpretação e resposta correta às exigências dos outros é especialmente grande. Mas, na cultura norte-americana, as primeiras experiências da criança que cresce tendem a acentuar de tal forma as necessidades do prestígio (especialmente do prestígio econômico), que as exigências do ego de nossos adultos são muitas vezes tremendas demais para que eles sigam qualquer outro modêlo. Como diz Kareen Horney, "a luta pelo prestígio como um meio de vencer os temores e a vacuidade interior é, sem dúvida, culturalmente prescrita". Contudo, tal artifício, assim como a devoção desmedida ao princípio do prazer, constitui apenas débil paliativo. O lema popular, "cada um por si", era menos perigoso quando havia crenças firmes e geralmente aceitas no outro mundo a proporcionar certo freio ao exagerado individualismo.

O código de vigoroso individualismo da fronteira exige têmpero e modificação, porque raramente é de alcance possível na situação presente. Como diz Sirjamaki, "a cultura considera o individualismo como um valor social básico, mas põe obstáculos tremendos à sua realização". Em quase todos os aspectos da vida social, as exigências americanas de conformidade são demasiado grandes. Depois que acabou a fronteira, o individualismo era expresso principalmente na parte econômica da cultura. Hoje, os Estados Unidos são quase que o único país do mundo em que um grande número de pessoas apega-se aos princípios do *laissez-faire*, na econômica e no govêrno. Em sua forma extrema, essa posição é completamente irreal, equivalente a uma fixação sôbre um vazio fantasma do nosso passado.

Certa aceitação do planejamento e da estabilidade como um valor reduziria a inveja e as dissensões que acompanham a mobilidade incessante. Numa sociedade onde cada um vai para cima ou para baixo, há uma excessiva necessidade psicológica de estimar o familiar. Essa pressão exagerada sôbre a conformidade, somada ao nosso exteriorismo em matéria ne negócios criou o que Fromm recentemente chamou de "personalidade da praça de mercado", como o tipo mais freqüente da nossa cultura. Dadas as pressões no sentido da conformidade, nega-se a muitos, talvez à maioria dos nossos cidadãos, a realização de sua personalidade.

As pretensões de grandeza dos Estados Unidos não se baseiam, até agora, nos Whitmans e Melvilles, nem nos Woods e Bentons, nem nos Michelsons e Comptons. Menos ainda, consistem no fato de se terem aumentado os teusouros contemplativos ou religiosos da humanidade. Emerson, Thoreau, James e Dewey são eméritos pensadores, mas é duvidoso que tenham a estatura de muitos outros filósofos antigos ou modernos. Mary Baker Eddy, Joseph Smith e outros líderes de seitas cultuistas ou revivalistas representam tudo o que é caracteristicamente americano em religião.

Contudo, os norte-americanos têm-se mostrado inventivos em mais de uma esfera. Por admiráveis e úteis que sejam as invenções materiais que fizeram do "padrão americano de vida" uma senha internacional, as invenções sociais dos Estados Unidos são as contribuições mais distintivas dadas pelo país à cultura mundial. O culto do cidadão médio é uma invenção norte-americana mais característica ainda do que a linha de montagem. Filósofos de muitas nacionalidades haviam sonhado com um Estado guiado por um grupo habilmente treinado embora pequeno de cidadãos bons e sábios. Os Estados Unidos, entretanto, foram o primeiro país a se dedicar à concepção de uma sociedade na qual a sorte do homem comum seria tornada mais fácil, onde as mesmas oportunidades estariam ao alcance de todos, onde as vidas de todos os homens e mulheres seriam enriquecidas e enobrecidas. Isso era algo de novo sob o sol.

Não podemos dormir sobre os louros de feitos do passado. E. H. Carr expressou de maneira franca as alternativas:

> O impacto da União Soviética se fez sentir num mundo ocidental onde boa parte da estrutura do individualismo já se achava em decadência, onde a fé na auto-suficiência da razão individual fora minada pelo criticado relativismo, onde a comunidade democrática se achava em urgente necessidade de revigoramento contra as forças de desintegração latentes no individualismo e onde as condições técnicas de produção, por um lado, e as pressões sociais da civilização em massa,

por outro, já estavam impondo amplas medidas de organização coletiva. ... O destino do mundo ocidental dependerá da sua capacidade de fazer frente ao desafio soviético por meio de uma bem sucedida procura de novas formas de ação social e econômica, na qual o que é válido na tradição democrática e individualista possa ser aplicado aos problemas da civilização de massa. *

Todos o sadvogados de um govêrno de elite, de Platão a Hitler e Stálin, ridicularizaram a competência dos cidadãos comuns a formar opiniões racionais sôbre questões complexas. Não há dúvida de que muitas das afirmações do século XIX exaltaram absurdamente a racionalidade. Contudo, a melhor prova antropológica, como mostrou Franz Boas, está em que o julgamento das massas é mais sólido que o julgamento das classes sôbre questões amplas de política, em que entram em jogo sentimentos e valores. Essa doutrina não deve ser pervertida, para se converter em pretensão de perícia do homem comum em matérias técnicas ou artísticas. E o pensamento contemporâneo não se refere, tampouco, ao julgamento do cidadão individual. Antes, refere-se às decisões coletivas alcançadas na integração de um grupo e no trato de "matérias de interêsse comum que dependem das estimativas de probabilidade". Como acrescenta Carl Friedrich:

> Esse conceito do homem comum salva do ataque da revolta irracional aqueles elementos da doutrina mais antiga que são essenciais à política democrática. Procura um terreno médio entre as idéias racionalistas extremadas de tempos mais remotos e a negação de toda nacionalidade por aqueles que se acham desapontados com as suas limitações. ... Bom número de homens comuns, quando postos diante de um problema, pode ser levado a ver os fatos de uma dada situação a fim de proporcionar uma maioria operante para uma solução razoável, e tais maiorias, por sua vez proporcionarão bastante apoio contínuo para que um govêrno democrático possa aplicar os critérios comuns relativos a questões de interêsse comum.

Qual é a perspectiva da cultura norte-americana? Permita-se a um antropólogo, embora tendo em mente os princípios de sua ciência, falar sem reservas em termos dos seus próprios sentimentos norte-americanos. Dada a nossa rique-

(*) De E. H. Carr, The Soviet Impact on the Western World. Copyright 1947, por The Macmillan Company, transcrito com sua permissão e a do autor. (Nota do Autor.)

za material e biológica, dado o gênio adaptativo que constitui a herança construtiva de nosso espírito de fronteira peculiarmente americano, será culpa não dos anjos, mas de nós mesmos se nossos problemas não forem em grande parte resolvidos. O fator decisivo será a medida em que as norte-americanos sintam individualmente uma responsabilidade pessoal. Isto, por sua vez, depende de um intangível: a sua atitude filosófica total. James Truslow Adams, em *The Epic of America*, insiste em que a significativa contribuição dos Estados Unidos à totalidade da cultura humana é o "sonho Americano", "a visão de uma sociedade na qual a sorte do homem comum se tornará mais fácil e sua vida enriquecida e enobrecida". Foi no terreno ideológico que os Estados Unidos deram e continuam dando sua maior contribuição ao mundo. No Novo Mundo, povoado por robustos homens e mulheres que tiveram a coragem de emigrar e muitos dos quais eram impelidos pela visão ativa de uma sociedade mais nobre, os americanos ampliaram o significado da liberdade e lhe deram muitas expressões novas.

É esta a perspectiva para a cultura americana que temos de acalentar e ao mesmo tempo acreditar. Nem há, tampouco, na ciência, qualquer coisa que indique que os sonhos do homem não influenciam e até às vezes determinam o seu comportamento. Se bem que a escolha é o mais das vêzes uma ilusão lisonjeira, se bem que em geral são os dados antecedentes e existentes dos sentidos que conformam o nosso destino, há momentos na existência das nações bem como na dos indivíduos em que as forças exteriores em oposição se acham quase igualmente equilibradas, e é então que intangíveis tais como "vontade" e "crença" fazem inclinar a balança. As culturas não são sistemas inteiramente contidos em si mesmos, que seguem inevitavelmente a sua evolução autodeterminada. Sorokin e outros profetas do destino não conseguem perceber que um dos fatores que determinam o passo seguinte na evolução de um sistema são precisamente as atitudes dominantes do povo. E tais atitudes não são completamente determinadas pela cultura existente. John Dewey mostrou-nos que, em "juízos práticos", a própria hipótese tem uma influência crucial sobre o curso dos acontecimentos: "na medida em que é aceita e serve de base de atuação, decide ela os acontecimentos em seu favor".

Até mesmo o acabado pessimista Aldous Huxley percebeu que as descobertas da moderna psicologia foram pervertidas, para fomentar um falso determinismo. Se as reações podem ser condicionadas, pela mesma razão podem ser descondicionadas e recondicionadas — embora nem os indivíduos nem os povos mudem súbita e completamente. Achamo-nos agora libertos das exigências predominantemente exteriores e materiais que as condições de fronteira fazem à sociedade. O planejamento inteligente pode abrandar as tensões hostis na anarquia nacional, proporcionando a um tempo segurança e liberdade socializada ao indivíduo. Os ideais de florescente frescor que se adaptam às condições transformadas e ao que é sólido e criador no distintivo "estilo americano" são o único antídoto seguro para os nossos males sociais. Somente se propagarão e serão aceitos os ideais que correspondem às necessidades emocionais culturalmente criadas do povo. O humanismo científico é um dêsses ideais. Arraigado na tradição dos americanos, de dar valor elevado aos feitos científicos, o humanismo científico pode atualizar o Sonho Americano. Como nossa cultura é oriunda do mundo inteiro, assim também devemos restituir ao mundo inteiro não aquele materialismo tecnológico que é a ciência aviltada e rebaixada, mas a atitude científica incluída no tecido da vida quotidiana do povo. Essa é uma visão de humildade em face da complexidade das coisas, de alegre perseguição de idéias de que não há nenhuma possessão exclusiva. É a ciência considerada não apenas como provedora dos agentes da barbárie, mas a ciência como reveladora da ordem na experiência, como elevadora do senso da nossa precária dependência recíproca, como a mais segura e a mais poderosa das forças internacionalizadoras.

'O humanismo científico deve ser o vigoroso credo do futuro. A despeito do culto desmedido pela invenção e da tecnologia, as massas ainda são, na expressão de Carlson, "inocentes de ciência, no sentido do espírito e método da ciência como parte do seu modo de vida. ...A ciência, neste sentido, até agora apenas tocou o homem comum ou os seus líderes." Uma maioria efetiva de nossos cidadãos já não precisa basear sua segurança pessoal na expectativa da vida futura ou a dependência do adulto das imagens projetadas dos próprios pais. A visão científica é a visão que teve Platão no *Banqute,* um sistema de segurança que é despersonalizado mas humanizado, e não desumanizado. Para tentar fazer com que seja real essa visão, oferece aos homens e mulheres norte-americanas aquela nobreza comum de propósitos que é a energia vitalizadora de qualquer cultura significativa. A aventura exige uma coragem semelhante à fé religiosa, uma coragem que não se abate ante o fracasso de qualquer experiência específica, uma coragem pronta a oferecer as renúncias de uma longa espera, uma coragem que reconhece que até o próprio conhecimento negativo significa desenvolvimento, uma coragem capaz de compreender que as hipóteses gerais que servem de base à aventura serão provadas apenas se uma diminuição da inquietação e um aumento do entusiasmo pela vida dia a dia transformarem as vidas de todos nós.

CAPÍTULO X

Um Antropólogo ante o Mundo

A temeridade desse título atemoriza o antropólogo acostumado a trabalhar sobre um pequeno quadrado, prestando cuidadosa atenção aos detalhes da realidade. Outrossim, a receita para a ação que deve ser tirada da antropologia aplicada até agora é a da cautela, das modestas expectativas a respeito daquilo que se pode conseguir pelo planejamento, da humildade com relação ao que se pode prever com os atuais instrumentos de observação e conceptualização, de preferência pela *vis medicatrix naturae* em muitas situações sociais.

Não faltam indícios de que certos antropólogos, alvoroçados pelas novas perícias descobertas e embriagados pelo fato de que, pela primeira vez, homens de responsabilidade procuram o seu conselho numa escala razoavelmente ampla, estão encorajando esperanças que sua ciência ainda não amadureceu o suficiente para realizar. Para evitar que os antropólogos façam afirmações irresponsáveis, a profissão talvez tenha necessidade de elaborar sanções comparáveis às que o direito e a medicina criaram para controlar o charlatanismo e a prática desvirtuada.

A antropologia já alcançou certa utilidade prática. Possui técnicas eficientes para a obtenção de informações necessárias para o diagnóstico e a interpretação do comportamento humano. Há um conjunto de generalizações construídas pouco a pouco, e que os estadistas, os administradores e os planificadores não podem, sem perigo, deixar de considerar. A antropologia é capaz de pôr a nu a lógica interna de cada cultura. Pode às vezes mostrar como a teoria econômica, a teoria política, as formas artísticas e as doutrinas religiosas de cada sociedade são todas expressões de um único conjunto de suposições elementares. Em certos casos, os antropólogos têm provado que podem prever com certa precisão o tempo social. Uma coisa, porém, é ser capaz de fazer algumas predições úteis sobre o que tem probabilidades de acontecer — e prevendo dessa maneira, ser capaz de fazer úteis preparativos. Outra muito diferente é interferir, introduzir deliberadamente novas complicações num labirinto social já tortuoso. Pelo menos quando se trata de situações importantes, o antropólogo bem faria se se apegasse ao que já provou ser uma regra valiosa em muitos casos médicos: "Sente-se atento. Observe. Prepare-se para prováveis desenvolvimentos, mas não interfira com as forças naturais que favorecem a recuperação, até que tenha certeza de que a ação será útil ou, como um mínimo absoluto, que não fará mal."

Por outro lado, como observou Walter Lippmann: "O princípio controlador da nossa época é o de que os povos do mundo não permitem que a natureza siga o seu curso." A participação dos cientistas sociais nessas decisões, se não é exageradamente ambiciosa ou arrogante, pode acrescentar uma muito necessária alavanca de conhecimentos especializados. Por tratarem as ciências sociais com os fatos da vida de todos os dias, muitos estadistas e homens de negócios sentem que podem tornar-se seus próprios sociólogos, sem qualquer formação. A atitude predominante a respeito dos que fazem profissão das ciências sociais é desarrazoada pelo fato de se pedir demasiado pouco e esperar em demasia. Como escreveu Scroggs:

Quando encontramos um charlatão vendendo azeite de cobra, não lançamos a culpa aos médicos; ao contrário, levados pela reflexão, o que fazemos é ter pena das crédulas vítimas do patife. A medicina e suas ciências aliadas alcançaram uma posição tão claramente definida e tão bem compreendida que não são atacadas quando os médicos não operam milagres ou quando os charlatães prostituem uma profissão nobre para fins vis. A econômica e todas as ciências sociais, por outro lado, ainda se acham em formação. Em certos aspectos, são como o barco de Kipling, antes de se encontrar a si mesmo. Por causa do caráter complicado dos materiais que preocupam essas ciências, o seu desenvolvimento não pode ser apressado e sua aplicação é inevitavelmente limitada. Aquêles que se impacientam com os males da sociedade humana exigem demais quando esperam que as ciências sociais diagnostiquem a enfermidade, escrevam uma receita e tenham logo o paciente no caminho do restabelecimento.

O antropólogo não pode, a um tempo, ser um cientista, um perito forjador de normas políticas nacionais e um profeta infalível. Se, porém, lhe cabe dar uma contribuição realmente científica para a solução de problemas públicos, seus estudos altamente técnicos em ciência básica devem ser sustentados numa escala mais substancial. Há vaga aceitação pública da necessidade de o cientista natural realizar experiências ocultas, algumas das quais terminam em becos sem saída. Contudo, tende a haver desdém ou falta de paciência ante a minúcia interminável com que o antropólogo se dedica ao estudo do sistema de parentesco, por exemplo. No entanto, as idéias válidas sobre o comportamento humano devem ter por base um estudo exaustivo das minúcias, tal como se faz no estudo dos compostos orgânicos em química. A antropologia atual tem limites reconhecíveis. Há uma enorme lacuna entre o programa e sua realização. A maior força da antropologia está em fazer algumas das perguntas acertadas, antes que em dar respostas. O conhecimento antropológico precisa ser fundido com o das outras ciências humanas. Em particular, o estudo da variação de grupo deve ser complementado por uma atenção maior à variação individual. Uma das coisas admiráveis que Reinhold Niebuhr afirma em *The Nature and Destiny of Man* é que o mundo contemporâneo superestima os poderes da "vontade coletiva" e subestima os da vontade individual.

Todavia, a despeito de todas essas cautelas e reservas profundamente sentidas, o antropólogo é, como cidadão, moralmente obrigado a encarar o mundo, pois a essência da democracia está em que cada indivíduo ofereça ao pensamento do grupo aquelas percepções que decorrem da sua formação e experiência especial. A compreensão contemporânea das relações internacionais acha-se mais ou menos no lugar onde se achavam o conhecimento dos feitos das pequenas sociedades, quando os antropólogos iniciaram o seu trabalho de campo entre as culturas ágrafas. O antropólogo dispõe não de uma solução, mas de uma indispensável contribuição para a apreciação da cena mundial em seu todo. Não estará ele sob a influência de ilusões quanto à adequação de seus dados empíricos. Mas será confiante na aplicabilidade de seus princípios. Durante os últimos dez anos, os antropólogos não somente escreveram muito sobre a cultura norte-americana e britânica. David Rodnick descreveu *os alemães de após-guerra* tão desapaixonadamente como se fossem uma tribo de índios. Os livros de Ruth Benedict e John Embree sobre o Japão, os de vários antropólogos chineses e estrangeiros sobre a China, deram à nossa compreensão do Extremo Oriente uma nova perspectiva. Os historiadores, economistas e cientistas políticos dizem freqüentemente: "Os métodos antropológicos dão resultados bastante bons quando se aplicam a povos simples. São, porém, inúteis para tratar de uma sociedade diversificada, estratificada e segmentada." Esse raciocínio baseia-se em uma incompreensão, embora haja significativas divergências entre as populações tribais, camponesas e plenamente industrializadas. Os problemas da civilização moderna são, não resta dúvida, mais complicados. É muito maior a quantidade de dados necessários. Para certas finalidades, cada subcultura precisa ser investigada separadamente. Para outras finalidades, entretanto, as variações regionais e de classe são relativamente exteriores, superficiais e sem importância. Embora os estados multiculturais, como é o caso da Iugoslávia, apresentem suas complicações especiais, nenhuma nação pode existir por muito tempo como nação, a menos que haja algum núcleo identificável de propósitos comuns. As metas básicas podem ser expressas de uma variedade de formas que levam à confusão, mas são sustentadas pela vasta maioria dos membros de todos os grupos da sociedade. Ruth Benedict forneceu um exemplo bem significativo:

Os ricos industriais e o camponês ou o operário, numa nação ou área da civilização ocidental, têm muitas atitudes em comuns. A atitude perante a propriedade apenas em parte depende do fato de que se é rico ou pobre. A propriedade pode ser, como na Holanda, algo que representa uma parte quase inseparável da estima própria de cada um, algo a que se há de fazer acréscimos, que deve ser mantido imaculadamente e nunca despendido de maneira descuidada. Isso é certo tanto se o indivíduo pertence aos círculos cortesãos, como se é alguém que se pode descrever nas palavras de uma expressão proverbial: "Ainda que seja apenas um centavo por ano, há que economizá-lo." Alternativamente, a atitude perante a propriedade pode ser inteiramente diferente, como na Romênia. Uma pessoa de classe superior pode ser ou vir a ser valido de um homem rico, sem perda de posição social ou de confiança em si mesma; sua propriedade, diz ela, não é "ela própria". E o camponês pobre acrescenta que, sendo pobre, é inútil economizar qualquer coisa; "faria isso — diz êle, — se fôsse rico." Os de situação cômoda aumentam suas posses por outros meios que não a poupança, e a atitude tradicional perante as diferenças na propriedade associa a riqueza à sorte ou à exploração, e não à posição assegurada, como na Holanda. Em cada um desses países, como noutras nações européias, muitos dos que têm atitudes especiais profundamente fixadas para com a propriedade, a natureza específica dessas suposições pode ser grandemente clarificada pelo esudo do que se exige da criança em sua maneira de tratar e possuir a propriedade, e sob que sanções e condições são permitidas oportunidades em expansão, na adolescência, e qual é sua estrutura em plena situação adulta.

As atitudes perante a autoridade acham-se localizadas de maneira análoga. Um grego, quer pertença às classes superiores, quer seja um aldeão, tem uma oposição característica à autoridade do alto, que se revela na conversa quotidiana e influencia a sua escolha de meios de vida, tanto mesmo quanto colore as suas atitudes políticas.

Assim como os antropólogos asseguram que certos temas atravessam todas as culturas complexas, assim também insistem em que há princípios conhecidos e cognoscíveis de comportamento humano que são universais. Por essa razão também uma restrição da aplicabilidade da antropologia é falsa. Todas as sociedades humanas, desde as "mais primitivas" até as "mais avançadas" constituem um contínuo. A industrialização apresenta diferentes problemas mas também alguns dos mesmos que se oferecem aos índios navajo, aos camponeses da Polônia, aos plantadores de arroz do Sião e aos pescadores japoneses.

A antropologia concede às variações culturais a mesma anistia que o psicanalista concede aos desejos incestuosos. Em nenhum dos casos, todavia, acha-se implícita a aprovação. A barbaridade de um campo de concentração não é boa em virtude de constituir um eleneto do plano de vida nazista. O antropólogo e o psiquiatra aceitam o que existe apenas no sentido de afirmar que tal é significativo e não pode ser ignorado. As fantasias de incesto podem desempenhar certo papel na economia psicológica de certa personalidade. São sintomas de causas subjacentes. Se é impedida a manifestação dos sintomas, as causas estarão agindo ainda e produzirão outro distúrbio. Se o derivativo costumeiro da agressão de uma tribo na guerra é cortado pode-se prever um aumento na hostilidade intratribal (talvez sob a forma de feitiçaria) ou em estados patológicos de melancolia resultantes de se voltar a cólera contra a própria tribo. Os padrões de cultura devem ser respeitados, porque são funcionais. Se é destruído um padrão, deve-se proporcionar um substituto socialmente desejável, ou devem as energias serem canalizadas com alguma finalidade noutras direções. Respeito não significa preservação em todas as condições. Os *folkways* sicilianos não fazem muito sentido em Boston, por mais colorido que proporcionem ao bairro de North End. Os hábitos chineses acham-se deslocados em San Francisco, mesmo que atraiam turistas, por serem "raros". Muitas vezes, tem-se justamente acusado antropólogos de querer fazer do mundo um museu cultural, de se esforçar por manter os aborígenes noutros tantos parques zoológicos. Alguma coisa do que se fala sôbre os valores do índio americano e das culturas hispano-americanas dos Estados Unidos tem sido sentimental. É significativo que os antropólogos têm estudado essas culturas exóticas quase com exclusão da cultura norte-americana em geral. Muitas vezes, temos confundido o direito de ser diferente com a exigência de perpetuação das diferenças.

A melhor posição antropológica adota um terreno intermediário entre o sentimentalismo e o tipo filistino de "modernização". Quando qualquer cultura é totalmente obliterada, há uma perda irreparável para a espécie humana, pois nenhum povo deixou de criar algo digno de nota no decorrer de sua experiência. O antropólogo prefere a evolução à revolução, porque uma gradual adaptação significa tanto que não há gerações perdidas como que tudo aquilo que tem valor permanente no antigo modo de vida é acrescentado à corrente total da cultura humana.

A perspectiva antropológica exige tolerância de outros modos de vida desde que não ameacem a esperança de uma ordem mundial. Contudo, não se pode produzir uma satisfatória ordem mundial pela redução da diversidade cultural e pela criação de uma pardacenta mesmice universal. Aquelas ricas diversidades de forma que as culturas recebem de diferentes histórias, diferentes meios físicos, diferentes situações contemporâneas — e que não estejam em conflito com a moderna tecnologia e ciência, — são bens inestimáveis para a boa vida no mundo. Como diz Lawrence Frank:

> Acreditar que os povos de língua inglesa ou os europeus ocioentais podem impor a todos os demais o parlamentarismo, as práticas peculiares de comércio e negócios, os credos esotéricos e rituais religiosos e todas as demais características idiomáticas dos seus padrões europeus ocidentais é a incompreensão inicial e a cegueira de grande

parte do pensamento e do planejamento dos dias de hoje. ... Toda cultura é assimétrica, parcial e incompleta, fazendo virtudes das suas diferenças e anestesias. Tôda cultura, ao se pôr a braços com os mesmos problemas, criou padrões de ação, de linguagem e de crença, de relações humanas e valores, e ignorou ou conteve os outros. Toda cultura procura representar-se a si mesma por suas aspirações, acentuando suas elevadas metas éticas ou morais e seu caráter essencial e usualmente ignorando suas deficiências e suas características não raro destruidoras.

Nenhuma cultura pode sozinha ser aceita como a definitiva e melhor para todos os povos; devemos reconhecer as infelicidades, as degradações, a miséria, a incrível brutalidade, crueldade e desperdício humano, em tôdas as culturas, que cada uma tende a ignorar, enquanto acentua elevadas aspirações morais e objetivos éticos. ... Podemos encarar as culturas assim como encaramos as artes de diferentes povos, como esteticamente importantes e artisticamente significativas, cada qual dentro de seu próprio contexto ou engaste.

Nossa época é hostil aos meios tons. Os povos de todos os continentes estão sendo, cada vez mais acentuadamente, forçados a escolher entre a extrema direita e a extrema esquerda. Todavia, o estudo científico da variação humana indica que a experiência é uma sucessão contínua, que qualquer posição extrema representa uma distorção da realidade. Admitir como bom apenas o que é norte-americano, inglês ou russo é pouco científico e menos histórico. Geralmente, têm os americanos aceitado a diversidade como condição, mas apenas alguns americanos a têm adotado como um valor. A nota dominante tem sido a do orgulho em destruir a diversidade por meio da assimilação. A significação do conhecimento antropológico está em que qualquer modo particular de vida faz parte de um fenômeno maior (a cultura total da humanidade), de que qualquer cultura constitui apenas uma fase temporária. O antropólogo insiste em que cada problema mundial específico seja tratado dentro de uma estrutura que inclui a espécie humana como um todo.

A ordem é adquirida a preço por demais elevado, se a comprarmos ao preço da tirania de qualquer grupo isolado de princípios inflexíveis, por mais nobres que possam parecer, da perspectiva de qualquer cultura isolada. Os indivíduos são biològicamente diferentes, e há vários tipos de temperamento que reaparecem em diferentes épocas e lugares na história do mundo. Enquanto a satisfação das necessidades temperamentais não seja desnecessàriamente estorvante para as atividades de vida de outros, enquanto as diversidades não sejam socialmente destruidoras, os indivíduos devem ter não apenas permissão mas em verdade encorajamento para se realizarem de diferentes maneiras. A necessidade de diversidade é baseada nos fatos das diferenças biológicas, diferenças de situação, antecedentes diversos de história individual e cultural. A unicidade do mundo deve ser negativa apenas na medida em que é contida a violência. A unidade positiva terá de ser firmemente baseada na adesão universal a um código moral muito generalizado, muito simples mas também muito limitado. Pode florescer triunfantemente não apenas no grau em que são realizadas as mais plenas e mais variadas potencialidades do espírito humano. A espécie mais sadia de sociedade criaria cidadãos que desejassem expressar-se de maneiras que fossem, ao mesmo tempo, pessoal e socialmente úteis. A mais elevada moralidade na melhor sociedade admitiria a realização de todas as necessidades da personalidade, apenas limitando o modo, o lugar, o tempo e o objeto de expressão.

O paradoxo da unidade na diversidade jamais foi tão significativo como hoje. Os fascistas intentaram uma fuga da "atemorizadora heterogenidade do século vinte", empreendendo uma volta ao primitivismo, onde não há conflitos atormentadores nem a necessidade de fazer escolhas incômodas, porque há uma razão única e esta não pode ser contraditada. Assim também, os comunistas prometem a fuga à liberdade por meio da entrega, da parte do indivíduo, de sua autonomia ao Estado. A solução democrática é a de heterogeneidade orquestral. Poderíamos compará-la a uma sinfonia. Há um plano para o todo e uma relação das partes que deve ser mantida. Mas isso não significa que se percam os deliciosos contrastes de temas e de compassos. O primeiro movimento é distinto do quarto. Tem valor e significado próprio — embora ainda assim dependa o seu pleno significado de uma relação ordenada e articulada ao resto.

Assim, o mundo deve manter-se em paz pelas diferenças. O conhecimento dos problemas dos outros e de estranhos modos de vida deve vir a ser suficientemente generalizado para que a tolerância positiva se torne possível. Também necessário para o respeito para com os demais é um certo mínimo de segurança pessoal. Certas desigualdades de oportunidade entre povos devem ser niveladas, mesmo que isso traga aparente sacrifício da parte das nações atualmente mais afortunadas. Só se pode construir um mundo seguro e feliz a partir de indivíduos seguros e felizes. As raízes da desorganização individual, nacional e internacional em parte são as mesmas. Lippit e Hendry dizem bem:

> Uma civilização é algo que amassa e amolda os homens. Se a civilização a que pertencemos caiu de nível pelo fracasso dos indivíduos, a questão que se nos apresenta é então a seguinte: Por que nossa civilização não criou um tipo diferente de indivíduo? Devemos começar recuperando a força animadora de nossa civilização, que veio a se perder. Já vimos tirando partido da tranqüilidade da democracia, da sua tolerância, de sua cordialidade. Tornamo-nos parasitas dela. Ela nos tem significado mais do que um lugar onde vivemos cômodamente, em segurança, como o passageiro de um navio. O passageiro faz uso do navio e nada paga em troca. Se os membros de nossa civilização se degeneraram, de quem podemos queixar-nos?

Quando Copérnico demonstrou que a terra não era o centro do nosso universo, produziu uma revolução no pensamento dos cientistas naturais e dos filósofos. Nos Estados Unidos, o pensamento sobre os assuntos internacionais ainda tem por base a falsa suposição de que a civilização ocidental é o eixo do universo cultural. O informe de Harvard sobre educação geral publicado em 1945 é, em vários aspectos, um documento sábio e até mesmo nobre. Todavia, não contém sequer uma palavra sobre a necessidade de o cidadão educado conhecer alguma coisa da história, da filosofia e da arte asiática ou dos recursos naturais da África ou das línguas não européias. A História começa com os gregos e as importantes proezas da cultura humana são limitadas à bacia do Mediterrâneo, à Europa e à América. É preciso que uma revolução pacífica destrone esse paroquialismo.

Não admira, pois, que continuemos a interpretar o pensamento e a ação não ocidental em termos das categorias do ocidente. Projetamos os nossos conceitos dominantes do passado recente — econômica, política e biologia, — em vez de tentar aprender os padrões culturais mais fundamentais de que um dado tipo de atividade econômica constitui apenas uma expressão. São essas concepções básicas e as imagens que um povo tem de si mesmo e de outros que a Antropologia pode especialmente ajudar a esclarecer. O antropólogo tem tido experiências na penetração das barreiras de idiomas, de ideologia e de nacionalidade, a fim de compreender e persuadir. Ele comprende que qualquer conduta pouco familiar é uma expressão da experiência cultural total de outro povo.

É fatal para todas as esperanças de paz que os norte-americanos considerem todas as evidências de suposições culturais diferentes, de outras nações, como exemplos de sua perfídia moral. As alternativas não são concordar ou rejeitar; é possível aceitar outras suposições, no sentido de enfrentar o fato da sua existência e de compreendê-las. No grau em que assim os responsáveis pelas normas políticas como o público compreendam que os valores de qualquer par de sociedades em conflito não podem ser subitamente alterados por uma demonstração supostamente lógica da sua invalidade, é reduzido o perigo de suspeitas patológicas de parte a parte. As incompreensões recíprocas crescem por mútuo estímulo, a menos que cada parte substitua a pergunta "é razoável?" (que significa: compatível com as nossas próprias premissas, que jamais foram completamente esclarecidas nem sequer trazidas à luz da consciência), pela pergunta "é razoável em função das suas próprias premissas?" Os legítimos conflitos de interesses entre dois ou mais poderes muitas vezes poderiam ser resolvidos por meio da conciliação, não fossem as forças emocionais irracionais mobilizadas por intermédio de interpretações falsas de motivos devidas ao exclusivismo cultural. Em relação a um grupo, o outro se afigura insensato, incapaz de perceber as conseqüências, a tolice e a imoralidade das suas próprias ações, e adquire o caráter de uma força daninha que deve ser atacada.

A compreensão, da parte das duas nações, de que estão operando baseadas em diferentes premissas decerto nem sempre leva à suavidade e à luz. Representa apenas um útil primeiro passo, que não pode deixar de diminuir a força do irracional. Mas as premissas podem ser diferentes, ainda que não incompatíveis, ou podem ser diferentes e incompatíveis. No caso das ideologias em conflito da União Soviética e das democracias ocidentais, pode perfeitamente ocorrer que, como sugeriu Northrop, não seja possível equilíbrio estável algum, a não ser que uma cultura destrua a outra ou, provàvelmente, um novo grupo de suposições seja introduzido, capaz de absorver e reconciliar o que é permanentemente valioso para o animal humano em ambos os modos de vida em oposição. Mesmo agora, há um terreno comum que bem poderia ser trazido para perto do centro da acirrada discussão política. Por exemplo, os povos tanto norte-americanos como da União Soviética são notáveis entre as nações do mundo pela sua fé na capacidade de o homem manipular seu ambiente e controlar seu destino.

O apequenamento do mundo torna o mútuo entendimento e o respeito da parte de diferentes povos algo imperioso. As sutis diversidades no modo de encarar a vida dos vários povos, as suas expectativas e imagens de si mesmos e de outros, as diferentes atitudes psicológicas que se acham na base das suas instituições políticas em contraste e a sua "nacionalidade psicológica" geralmente diferente, tudo isso se combina para tornar às nações mais difícil compreenderem umas as outras. É dever do antropólogo mostrar que essas forças "mentais" exercem um efeito tão tangível como as forças físicas.

O problema crucial do século é, na verdade, saber se a ordem mundial será alcançada por meio de o domínio de uma única nação, que imponha a todas as demais o seu modo de vida, ou por algum outro meio que não prive o mundo da riqueza de culturas diferentes. A uniformidade mundial na cultura significaria a monotonia estética e moral. A solução do antropólogo é a unidade na adversidade: acordo sobre um conjunto de princípios de moralidade mundial respeitando-se, porém, e se tolerando todas as atividades que não mereçam a paz mundial. O antropólogo considera a realização desse caminho extremamente difícil, mas não impossível. A antropologia pode ajudar, criticando o maquinismo formal para a manutenção da paz, insistindo em que se levem em conta os sentimentos, costumes e a vida não racional dos povos em vez de se pensar exclusivamente segundo linhas legalistas. A antropologia pode ajudar também na educação, no sentido mais amplo. Pode proporcionar material para destruir estereótipos potencialmente perigosos dos outros povos. Pode colaborar na formação de peritos, em cada país, que realmente tenham conhecimento fundamental de outros países, conhecimento que vá além das exterioridades e permita ao perito interpretar corretamente o comportamento de outras nações para o seu próprio povo. De muitas maneiras, diretas e indiretas, pode a antropologia influenciar a opinião pública, em direções cientìficamente válidas e pràticamente sadias. Não será menos significativa a sua demonstração de unidade básica da espécie humana, a despeito de uma divergência superficial atraente e interessante.

A antropologia não possui, de maneira alguma, todas as respostas, mas um público cujo pensamento tenha sido esclarecido pelo conhecimento antropológico estará, de algum modo, melhor adaptado a perceber as direções convenientes da política nacional. Apenas aqueles que sejam a um tempo bem informados e bem intencionados terão a compreensão necessária para a construção de pontes entre diferentes modos de vida. Um levantamento unificador de todas as contribuições culturais e de todos os povos irá, por sua vez, influenciar a mentalidade geral do homem. Estudando culturas mundiais neste quadro comparativo, os antropólogos esperam promover uma melhor compreensão dos valores culturais de outras nações e outras épocas, ajudando assim a criar algo daquele espírito de tolerante compreensão que é uma condição essencial de harmonia internacional.

Se examinarmos a história dos acontecimentos humanos de uma perspectiva suficientemente ampla no espaço e longa no tempo, não pode haver dúvida de que há certas tendências superiores e gerais na História. Uma dessas permanentes tendências é a de o tamanho e a extensão especial das sociedades serem sempre maiores. O antropólogo praticamente nem indagará se, com o tempo, haverá uma sociedade mundial, nesse mesmo sentido. O único argumento terá por base as perguntas: quando virá? Depois de quanto sofrimento e derramamento de sangue?

Desenhar detalhados planos para os instrumentos políticos e econômicos que poderiam implementar uma ordem mundial não é do domínio do antropólogo. Evidentemente, a permanente colaboração de economistas, cientistas políticos, juristas, engenheiros, geógrafos, outros especialistas e homens práticos de negócios de muitos países será necessária para desenhar o maquinismo com que cada homem poderia reconstruir o novo mundo. Mas as induções baseadas nos dados antropológicos sugerem certos princípios básicos que as invenções sociais devem enfrentar para que possam funcionar. Da sua experiência no estudo das sociedades como todos, da experiência com povos e culturas em agudo contraste, o antropologista e outros cientistas provaram alguns teoremas que o estadista e governante não podem ignorar sem perigo para o mundo.

Ante a necessidade de ser, a um tempo, estudante de economia, tecnologia, religião e estética, o antropólogo aprendeu forçosamente a intricada interdependência de todos os segmentos da vida de um povo. Embora, homem-dos-sete--instrumentos, seu trabalho seja usualmente rude, o antropólogo é pelo menos firme de espírito a respeito das abstrações acadêmicas. Sabe por conhecimmento próprio da falácia do "homem econômico", do "homem político". etc. Porque seu laboratório é o mundo das pessoas vivas em suas tarefas quotidianas habituais, os resultados do antropologista não são enunciados com os requintes estatísticos do psicólogo cercado de instrumentos, mas talvez possua um senso mais vívido das complicações decorrentes de uma descontrolada variedade de estímulos — em oposição aos estímulos escolhidos no laboratório.

Por todas essas razões, o antropólogo insistirá na estupidez de qualquer norma política que acentue os fatores políticos ou econômicos à custa dos fatores culturais e psicológicos. Concordará em que a posição geográfica, os recursos naturais, o grau presente de industrialização, o índice de analfabetismo e inúmeros outros fatores são importantes. Afirmará, contudo, que um tratamento puramente geográfico ou econômico está fadado a gerar nova confusão. Nenhum esquema mecânico de governo mundial ou de uma força policial internacional salvará o mundo. Já se verificou ser necessário algo mais que o policial para a manutenção da ordem em todas as organizações sociais.

O antropólogo suspeitará de que não apenas alguns dos especialistas de sua profissão, mas também o público norte--americano em geral irá encarar os problemas de modo por demais exclusivo à luz da razão. Uma das tradições mais duradouras deste país é a fé na razão. Trata-se de uma tradição gloriosa, — desde que as pessoas não superestimem ridìculamente o quanto de razão se pode obter num determinado limite de tempo. Quando examinamos minuciosamente o nosso comportamento, vemos invariavelmente o quanto é grande a proporção dos nossos atos determinados segundo a lógica dos sentimentos. Se todos os homens, em toda parte, compartilhassem precisamente os mesmos sentimentos, o grande papel dos elementos não lógicos da ação poderiam não redundar em grande dificuldade. Mas os sentimentos dos homens são determinados não só por aqueles grandes dilemas que se apresentam a toda a humanidade, mas também pela experiência histórica peculiar, pelos problemas singulares levantados pelos diferentes meios físicos de cada povo. Em conseqüência dos acidentes da História, todos os povos têm não só uma estrutura de sentimentos em certo grau única, mas também um corpo mais ou menos coerente de pressupostos caraterísticos a respeito do mundo. Esta última é realmene uma região de fronteira entre a razão e o sentimento. E a dificuldade está em que as premissas mais críticas tão freqüentemente deixam de ser enunciadas — mesmo pelos intelectuais do grupo.

Assim é que se deve levar em conta mais que os fatos externos sôbre uma nação. Os seus sentimentos e as suposições inconscientes que, de forma característica, fazem a respeito do mundo, também são dados que devem ser descobertos e respeitados. Todos estes serão, decerto, ligados à religião, à tradição estética e a outros aspectos mais conscientes da tradição cultural do povo. Para compreender todos esses intangíveis e levá-los em consideração ao planejar, o estudante deve recorrer à História. Não basta à ciência explicar o mundo da natureza. A educação deve abranger o ambiente "intangível" em que vivemos.

O problema de como reduzir e controlar os impulsos agressivos é, em muitos aspectos, o problema central da paz mundial. É necessário abordá-lo de todos os ângulos possíveis. Um dos modos, embora seja apenas um, de impedir as guerras, é reduzir os motivos irritantes que provocam a tensão dentro de cada sociedade. Isto significa, antes de tudo, assegurar certo mínimo de bem-estar econômico e de saúde física a todas as populações do mundo. Sem dúvida nenhuma, porém, a tarefa não termina aí. Um povo pode ser sempre próspero e ainda assim arder de hostilidade. A Noruega era mais pobre do que a Alemanha, em 1939, e ainda assim não possuía grupos belicosos.

Algumas coisas são conhecidas a respeito das fontes e da dinâmica da hostilidade. As bases psicológicas de agressão potencial no indivíduo são criadas pelas privações inevitáveis na socialização. Nenhuma sociedade deixa, em algum ponto, de puxar as orelhas das crianças, embora difiram grandemente no modo e no momento. Certas disciplinas da infância são provavelmente exageradas ou desnecessárias. Outras são levadas a cabo com uma brutalidade evitável. Citando outra vez Lawerence Frank:

> Enquanto acreditamos que a natureza humana é fixa e imutável e continuamos aceitando as concepções teológicas do homem como alguém que deve ser disciplinado, coartado e aterrorizado ou assistido sobrenaturalmente, para que seja feito um ser humano decente e um membro participante da sociedade, também continuaremos a criar personalidades deformadas e retorcidas, que continuamente ameaçam, se não frustram e derrubam todos os nossos esforços no sentido da ordem social.

Um pouco de frustração e privação é inevitável na produção de adultos responsáveis. Mas as tensões resultantes podem ser aliviadas mais eficientemente do que já o fez a maior parte das sociedades humanas no passado, por meio da competição socialmente útil, por meio de válvulas socialmente inofensivas para a agressão, como nos esportes, e ainda de outras maneiras que não foram ainda descobertas.

Até mesmo os que são inseguros manifestam hostilidade para com os demais. Será pela diminuição tanto das causas realistas como das não realistas da ansiedade no mundo que se poderão controlar as bases psicológicas da guerra. A guerra não é, evidentemente, o único caminho que a violência pode tomar. Via de regra, a libertação da agressão dentro de uma sociedade é inversamente proporcional às saídas exteriores a ela. Muitas medidas simplesmente virão transferir as correntes de hostilidade — e não eliminá-las. Não é a agressão, tampouco, quer franca, quer mascarada, a única reação adaptativa possível à ansiedade. A retirada, a passividade, a sublimação, a conciliação, a fuga e outras muitas vezes dão resultados, aliviando as pressões daqueles que foram privados ou ameaçados. Certas culturas, em seu florescimento, têm sido capazes de canalizar a sua hostilidade livre para canais socialmente criadores: a literatura e as artes, as obras públicas, a invenção, a exploração geográfica, etc. Na maior parte das culturas, na maior parte do tempo, a maior parcela da sua energia é difundida em várias correntes: nas pequenas irrupções irritadas da vida quotidiana; em atividades construtivas; em guerras periódicas. A agressão destruidora, que parece surgir com certa regularidade após uma catástrofe de grandes proporções em uma sociedade, só se instala após certo intervalo. O fascismo não surgiu imediatamente depois de Carporetto nem o nazismo imediatamente após o tratado de Versalhes. Finalmente, é preciso notar que, como são necessárias duas ou mais nações para que haja uma guerra, um clima psicológico de incerteza, confusão e apatia pode pôr a paz em perigo, tanto quanto a hostilidade contida.

A guerra é uma luta pela força, mas não simplesmente pelo controle de mercados e processos de fabricação. O bem-estar econômico e social não depende, como julgaria a concepção popular, sempre do poder político. O padrão de vida na Suíça e na Dinamarca era mais alto que em muitas das potências, no intervalo entre as guerras. Deve-se também pensar na guerra como decorrente de pontos de vista, modos de encarar o mundo, pois todos os motivos de raízes mais profundas se exprimem indiretamente desviando ou lastreando a perspectiva pessoal. A procura do poder, as formas de caráter preferidas de um grupo, sua produtividade econômica, sua ideologia, seus padrões de liderança, acham-se todos tão intimamente entreligados que uma mudança em qualquer um dêsses fatôres significa uma alteração nos demais. A melhor perspectiva através da qual podemos encarar o atual mundo de confusão é a cultural em profundidade. Desde esse ponto privilegiado, podemos ver tanto as ilusões características de cada civilização como os valores fertilizadores de culturas opostas.

Embora engastada no passado, essa rede de sentimentos e suposições encara o futuro. O moral, quer individual, quer nacional, quer internacional, é em grande parte uma estrutura de experiências. A natureza das expectativas é quase tão crucial quanto os fatos externos na previsão de conseqüências. Em tempo de guerra, os cidadãos patrióticos sofrerão privações de monta sem muitas queixas. Em tempo de paz, as mesmas privações podem provocar conflitos ou propagada inquietação social. Os fatos externos são os mesmos, porém as expectativas são diferentes. Boa parte do que está acontecendo na Europa e na Ásia depende não da escassez de alimentos, da forma precisa de disposições políticas novlmente instituídas, da reconstrução de fábricas e outras condições semelhantes, mas, ao contrário, da boa adaptação entre tais condições e as esperanças dos povos em questão.

Enquanto o antropólogo decifra o registro cultural em profundidade, dificilmente pode deixar de se impressionar pela importância do fator tempo. A capacidade de mudança cultural e mesmo de agudas reversões, da parte de certos grupos biológicos, parece quase ilimitada. O erro de muitos reformadores sociais bem intencionados nem sempre se tem limitado ao fato de tentarem uma legislação suntuária. Às vezes, as medidas têm sido bastante prudentes para o grupo a que se destinam, mas tudo se tem perdido por causa de uma pressa desarrazoada. Fazer lentamente a mudança costuma ser um bom lema para aqueles que desejam instituir ou dirigir a mudança social. Por causa da enorme tenacidade dos hábitos não lógicos, a tentativa apressada de alterar intensifica a resistência ou produz mesmo reações. Os planos para o novo mundo devem ser realmente vastos e ousados, mas é preciso que haja grande paciência e incansável espírito prático na sua execução.

É este um aviso de cautela, mas não de pessimismo. Porque talvez a maior lição que nos pode ensinar a antropologia é a da plasticidade da "natureza humana". A exuberante variedade de soluções que têm sido imaginadas para o mesmo problema (o do "sexo" ou o da "propriedade", por exemplo) é verdadeiramente espantosa e deixa-nos eternamente cépticos ante qualquer argumento apoiado na forma. "Isso não daria certo — é contrário à natureza humana." Entretanto, alguns dos expoentes mais eutusiásticos do determinismo cultural e da educação se esquecem de quantas gerações e mesmo de quantos milênios já se passaram em experiências de vida humana levadas a cabo por várias sociedades. O *Homo sapiens,* sob as condições devidas, acabará fazendo quase qualquer coisa — mas o tempo necessário para que um determinado resultado seja alcançado deve ser realmente muito longo.

É possível a colaboração prolongada entre diferentes povos? A antropologia não tem conhecimento de prova definitiva em contrário. Certamente, há exemplos isolados de cooperação pacífica e não raro duradoura entre grupos de línguas diferentes e, menos freqüentemente, entre grupos de diferente aparência física. Nem têm tais casos implicado invariavelmente relações de subordinação.

Procurou este livro seguir um caminho intermediário entre o "determinismo econômico" e o "determinismo psicológico". Em tempos recentes, um grupo de estudiosos de assuntos humanos proclamou ruidosamente que tudo é devido a fatores situacionais, especialmente à tecnologia e às pressões econômicas. Outro grupo — que ultimamente se tornou de grande voga, — chega a afirmar: "Os instrumentos e sistemas econômicos são apenas a expressão de personalidades humanas. A chave dos problemas do mundo está não nas novas técnicas de distribuição nem no acesso mais equitativo às matérias primas, ou mesmo numa organização internacional estável. Tudo o de que precisamos é um método mais sadio de criação de filhos, uma educação mais sábia."
Cada uma dessas "explicações" é, por si mesma, unilateral e estéril. Provàvelmente, a tendência para a ultrasimplificação naquelas duas direções corresponde ao que encontramos em diferentes escolas de historiadores que, desde pelo menos o tempo dos gregos, têm visto a História ou como um processo de forças impessoais, ou então como um drama de personalidades. Cada concepção tem um forte apelo para os seres humanos que anseiam por simples respostas às suas complexas indagações, mas nenhuma delas basta para contar tôda a história; precisamos de ambas.
Os aspectos tanto externos como os mais internos do problema são tremendos. Quando paira a ameaça do desastre, quando se sente sempre ameaçadora a experiência, o homem pode fazer uma dentre duas coisas, ou ambas. Pode mudar a situação — o ambiente externo, — ou pode mudar a si mesmo. O primeiro caminho, em termos bem gerais, é o único que tem sido tomado numa medida apreciável pelos povos europeus ocidentais nos últimos séculos. O segundo, em termos igualmente gerais, é aquêle que foi tomado pelos povos asiáticos e pelos nossos índios americanos. Nenhum dos dois, por si mesmo, conduz a uma boa vida equilibrada para a maioria dos homens. Agir segundo o não enunciado pressuposto de que um ou outro irá salvar--nos é a trágica conseqüência de nos termos habituado ao modo de pensamento aristotélico, que pensa em termos de alternativas mutuamente excludentes. Ambos os caminhos são necessários e abertos. Para ter a democracia, precisamos contar com personalidades capazes de serem livres. Contudo, nenhum esquema de socialização ou educação

formal que traga a liberdade da pessoa pode poupar aos organismos que são livres a necessidade do medo e o imperativo de lutar, a menos que a estrutura social e econômica torne realisticamente compensadoras essas orientações.

A mudança interna deve nascer do desenvolvimento de uma fé que deve dar significado e finalidade à existência, mas em que um homem familiar razoável possa acreditar, com o que temos aprendido do nosso mundo pelos métodos científicos. Uma indução tão ampla como a que a antropologia pode oferecer é a de que toda sociedade precisa desesperadamente de moralidade, no sentido de padrões comuns, e de religião, no sentido de orientações para problemas irrefragáveis tais como a morte, a responsabilidade individual, e outras atitudes finais com relação aos valores. A religião, neste sentido, é absolutamente necessária para promover a solidariedade social e a segurança individual, afirmando e aplicando simbolicamente um sistema de finalidades comuns. Em minha opinião, é necessária uma fé que não force a reserva intelectual, o conflito ou a divisão em compartimentos estanques. Hoje em dia, tal fé, creio eu, não pode ser baseada, com êxito, em premissas sobrenaturais. É preciso que, necessariamente, seja uma religião secular. Nada absolutamente existe nas ciências do comportamento humano que negue a existência de "absolutos" na e para a conduta humana. Entretanto, uma ciência humanística efetivamente assegura que tais absolutos podem e devem ser validados pela observação empírica, mais do que por documentos que pretendam a autoridade sobrenatural. Charles Morris, em *Paths of Life*, fez obra de pioneiro na procura de uma religião mundial secular. Outros estão começando a pensar em termos não muito diferentes. As dificuldades são numerosas; a necessidade, imperiosa. "Religião secular", não quer necessariamente dizer ateísmo, no sentido próprio daquela palavra. Muitos cientistas que preferem o ponto de vista naturalista ao supernaturalista acreditam no Deus descrito pelo filósofo Whitehead em *Process and Reality*. Estão convencidos de que o universo é ordenado e, em certo sentido, moral. Sua diferença com os supernaturalistas está na maneira de poder o homem descobrir e viver pela ordem divina.

Cumpre ao homem, humildemente mas com coragem, aceitar a responsabilidade pelo destino da espécie. Qualquer outro postulado constitui uma retirada inspirada no mêdo e, afinal, uma retirada que conduz à branca rede do precipício de inimaginável caos. Pode o homem ser capaz de se compreender e controlar, tanto como já demonstravelmente compreendeu e controlou a natureza não orgânica e os animais domésticos. Quando menos, a experiência vale ser feita. Esta é a grande aventura emocional reservada à segunda metade do século XX, essa madura "idéia do poder transcendente", que deve fazer com que pareçam triviais ou antes vulgares e sem interesse todas as formas de exploração. Para esta aventura, o "estudo do homem" pode contribuir não apenas com algumas das instruções orientadoras como igualmente com as técnicas de acumular grande parte da informação que é tão essencial como os princípios e os conceitos.

O desenvolvimento de uma ciência florescente do homem acompanhará uma compreensão pública mais ampla da necessidade da antropologia e suas ciências afins, e de um apoio adequado. A ênfase nas coisas materiais, na cultura norte-americana, e o estupendo triunfo da ciência física, têm tendido a atrair para o Direito, os negócios e as ciências naturais os melhores cérebros. Mesmo que o antropólogo mediano fosse tão inteligente como o físico mediano, a significativa investigação entre sêres humanos abrange um considerável número de pessoas, tempo e dinheiro. Não se pode fazer, nem mesmo com a melhor guarda pessoal, o que se pode fazer com um exército. Entretanto, a sociedade norte-americana gastou mais para um único telescópio, em Monte Wilson, do que foi despendido em três anos em todos os estudos da vida humana (excluída a medicina). Nos anos de antes da guerra, os norte-americanos gastaram dez vêzes mais, cada ano, colecionando espécimes zoológicos e botânicos, do que em colecionar insubstituíveis dados relativos às culturas humanas que vão desaparecendo ràpidamente, ante a propagação da civilização européia. Não obstante, como observou Mortimer Graves:

> O fato essencial está em que os principais problemas do homem não se acham absolutamente nas ciências naturais, porém em áreas tais como a das relações raciais, relações do trabalho, controle do poder organizado para finalidades sociais, estabelecimento das bases cientí-

ficas da vida, modernização da estrutura social e política, coordenação da eficiência com a democracia — todos os problemas surgidos no ajustamento do homem a um mundo científico, dinamicamente social, em que vive. A saúde pública, por exemplo, não é primariamente uma questão de conhecer mais a respeito das enfermidades, no sentido rigorosamente biológico — é primariamente um problema de ciências sociais, um problema de pôr efetivamente em funcionamento na vida dos homens o que já se conhece a respeito da medicina. No nível tecnológico, já existem provavelmente bastantes coisas sabidas para dar empregos a todos, com alimentação gratuita. O que é necessário é forçar algumas das superstições medievais a desaparecerem dos costumes sociais e políticos, e não há indício de que isso será feito nos laboratórios da física e da química. O mero avanço nessas e em ciências análogas, sem a solução concomitante dos mais importantes problemas sociais, emocionais e intelectuais, só pode produzir maior desajustamento, maior incompreensão, maior inquietação social e, conseqüentemente, mais guerras e revoluções.

É preciso que haja experiências ousadas na existência social e na procura de novos princípios integradores, apropriados para um mundo que foi feito um só — pela primeira vez na história humana, — graças à comunicação e à interdependência econômica. Para que façamos mais do que tampar o dique com o dedo, para que possamos construir para cima a fim de sair da inundação e vencer ao mesmo tempo a maré da miséria e da frustração, devemos injetar no processo social o estudo do comportamento humano, do indivíduo e sua sociedade. Esse estudo deve abranger a investigação objetiva dos valores humanos. As pessoas não são simplesmente impelidas pelas pressões situacionais; são impelidas também pelas metas idealizadas fixadas por sua cultura. Como disse Ralph Barton Perry, se os ideais têm realmente algum significado na vida humana, há de haver por certo ocasiões nas quais significarão tudo.

As necessidades humanas opostas, na medida em que sejam características de grupos inteiros, antes que de indivíduos específicos, decorrem antes de mais nada de sistemas variantes de valor. Como tantas vezes se tem dito, a crise de nossa época é uma crise de valores. Há pouca esperança de criar novas entidades sociais que venham a ser mais estáveis que as antigas, até que novas, mais amplas e mais complexas relações possam ser construídas sôbre valores que não sejam apenas geralmente reconhecidos e profundamente sentidos, mas também que tenham certa justificação científica.

Nenhum dogma do folclore intelectual foi tão danoso para a nossa vida e a nossa época quanto a chapa segundo a qual "a ciência nada tem a ver com as virtudes". Se a consideração dos valores há de ser propriedade exclusiva da religião e das humanidades, é impossível uma compreensão científica da experiência humana. É absurdo, porém, afirmar a necessidade lógica de semelhante abdicação. Os valores são fatos sociais de certo tipo, que podem ser descobertos e descritos tão neutramente como a estrutura lingüística ou a técnica de pescar salmão. Tais valores são de caráter instrumental e podem ser testados em função das suas conseqüências. Serão realmente eficientes os meios para que se alcancem os fins colimados?

Quando se trata dos valores intrínsecos ou "absolutos", é preciso admitir que os métodos e conceitos ainda não existem para determinar rigorosamente a extensão variante em que tais são congruentes com os fatos cientificamente estabelecidos da natureza. Isso, porém, ocorre porque, até um período muito recente, os cientistas, sem fazer críticas, aceitaram a exclusão dêsse campo. Em princípio, é possível descobrir uma base científica para os valores. Alguns parecem ser tão "dados" pela natureza como o fato de que os corpos mais pesados do que o ar caem. Nenhuma sociedade jamais aprovou o sofrimento como uma coisa boa em si mesma; — já, sim, como um meio para se chegar a um fim. Não temos de depender da revelação sobrenatural para descobrir que é mau o acesso sexual conseguido por meio violento. Isso é tanto um fato da observação geral como o de que diferentes objetos têm diferentes densidades. A observação de que a verdade e a beleza são valores humanos transcendentais e universais é um dos dados da vida humana, tanto quanto o nascimento e a morte. É um grande mérito de F.C.S. Northrop o fato de ter mostrado esta generalização essencial: "As normas de conduta ética devem ser descobertas a partir do conhecimento certificável da natureza do homem, da mesma forma que as normas para a construção de uma ponte devem ser derivadas da física."

Resolver esse problema em seus detalhes demandará, na melhor das hipóteses, uma geração — se os melhores espíritos de muitos países se entregarem à tarefa. Há complicações e possibilidades intermináveis de distorção, especialmente pela ultra-simplificação. A questão chave é a dos valores humanos universais. A justificação dos demais valores girará em torno da questão da conveniência a determinadas classes de indivíduos ou a culturas específicas. Certos valores (por exemplo, se prefiro couve ou espinafre) implicam apenas o paladar e são socialmente indiferentes. A descoberta e ordenação dos valores universais jamais pode basear-se simplesmente em contar e colocar numa escala suposta de avanço cultural. Os fatos são muito complexos. Fazemos parte de uma cultura, dentre talvez vinte culturas letradas. Entretanto, um dos nossos padrões ideais, a monogamia, embora praticada por apenas uma quarta parte das culturas descritas, é compartilhado com algumas das tribos mais "atrasadas" da Terra. Não obstante, apesar de todas as dificuldades, os métodos de análise científica podem ser aplicados aos valores humanos com enorme esperança de êxito.

A antropologia já não é apenas a ciência do passado remoto e esquecido. Sua própria perspectiva é singularmente útil na investigação da natureza e das causas do conflito humano e na invenção de métodos para a sua redução. Seu caráter geral dá à antropologia uma posição estratégica para determinar os fatores que criarão uma comunidade mundial de culturas distintas e as manterá juntas contra a desintegração. Possui métodos para revelar os princípios que servem de base para cada cultura, para verificar em que grau uma cultura possui as pessoas. É singularmente emancipada do jugo do que é localmente aceito. Quando lhe perguntaram como lhe acontecera descobrir a relatividade, Einstein replicou: "Pondo em dúvida um axioma." Em conseqüência das suas investigações culturais em profundidade, os antropólogos têm mais liberdade para descrer de algo que parece, mesmo para seus colegas de ciência da mesma cultura, necessariamente verdadeiro. No presente estágio da história do mundo, a lacuna aparentemente intransponível entre vários modos poderosos e opostos de vida só pode ser vencida por aqueles que sejam capazes de duvidar construtivamente do que é tradicionalmente óbvio.

Como Lyman Bryson conclui em *Science and Freedom*, "o mais difícil problema do homem é o próprio homem". O perigo das armas atômicas e outras novas armas está não nas próprias armas, mas na vontade de usá-las. São as fontes dessa vontade, condicionada diferentemente por diferentes culturas, que devem ser investigadas, compreendidas e controladas. A ciência deve criar um clima no qual possa ela mesma operar sem difundida destruição. A ciência do homem, aplicando ao comportamento humano os processos padronizados que se mostraram tão eficientes no trato de outros aspectos da natureza, poderia produzir alguns dos ingredientes necessários à criação de semelhante clima. Não pode fazê-lo sozinha, mesmo que a antropologia reuna forças à psicologia, à sociologia e à geografia humana. Não pode dar a plenitude da sua contribuição a menos que o apoio e a compreensão pública aumentam grandemente os seus recursos em braços e fundos. Para que se encontrem respostas confiáveis às perguntas acertadas, a pesquisa que se levou a cabo está para as pesquisas que se precisam fazer como a película da atmosfera está para a espessura total deste planeta.

Edwin Embree respondeu de maneira eloqüente às objeções mais costumeiras a esse programa:

Muitas pessoas julgam visionário tentar melhorar nossas próprias vidas e relações. Sentem que encerraram definitivamente o assunto dizendo: "Não se pode mudar a natureza humana."

Pois bem; não mudamos a natureza do universo físico, mas, compreendendo-o, de uma infinidade de maneiras nós o usamos para nosso serviço e nossa conveniência. Não removemos a força da gravidade quando aprendemos a voar. Não tivemos de emendar as leis da física, mas bastou-nos apenas compreendê-las, para construir pontes e arranha-céus ou para conduzir máquinas a cem milhas por hora. Não alteramos o clima, e contudo, pelo sistema central de aquecimento, conseguimos obter conforto em meio aos invernos mais rigorosos e, por meio de instrumentos refrigeradores do ar, estamos começando a ter igual conforto nos verões mais quentes. Não alteramos as leis da biologia para criar cavalos de corrida e porcos gordos, para produzir milho e trigo de qualidade muito superior a qualquer coisa conhecida em estado selvagem, nem mesmo ao produzir híbridos tão úteis como as mulas e o *grapefruit*.

Assim, no que diz respeito à natureza humana, a questão não é "mudar" os impulsos e instintos fundamentais; trata-se simplesmente de compreender tais forças e utilizá-las para canais mais construtivos e sadios do que as lutas e frustrações que compõem parte tão grande da vida, mesmo em meio à nossa abundância material.

O novo estado de desenvolvimento das ciências sociais, ainda em grande parte não compreendido pelo público em geral, pode talvez ter conseqüências tão revolucionárias como as da energia atômica. Entretanto, seria fantástico antecipar qualquer imediata moldagem da civilização mundial aos desejos e necessidades humanas. As culturas e crenças, as atitudes e os sentimentos dos homens mudam lentamente, mesmo no acelerado ritmo moderno. Por isso, é conveniente ter em conta certos fatos históricos. Como nos recorda Leslie White, apenas 2% aproximadamente da história humana se passaram desde a origem da agricultura, 0,35 desde a invenção do primeiro alfabeto, 0,009 desde a publicação da *Origem das Espécies* de Darwin. A ciência social contemporânea não passa de uma criança robusta, que solta altos gritos porque o mundo ainda está surdo. Ainda assim, promete ela muita coisa, desde que não morra de fome ou que não seja estragada por mimos.

A atual ignorância e a rudeza dos métodos e teorias das ciências sociais não devem ser disfarçadas. A humanidade que está abandonando gradualmente a esperança de alcançar o reino do céu deve resistir aos engodos de messias baratos que pregam uma fácil obtenção, da noite para o dia, do reino da terra. Em certo grau, as culturas se fazem por si mesmas. Do ponto de vista mais míope, o homem ainda se acha mais ou menos à mercê de tendências irreversíveis que não foram de propósito criadas. Não obstante, a longo prazo, as ciências sociais oferecem a possibilidade de previsão e compreensão, de aceleração de tendências desejáveis, de oportunidades grandemente aumentadas de bem sucedido ajuste, quando não de controle.

A vida humana deve continuar sendo uma casa de muitas moradas. Contudo, o mundo, com toda a sua variedade, pode ainda ser um só, na sua fidelidade aos propósitos elementares comuns, compartilhados por todos os povos. As fronteiras que bloqueiam a compreensão recíproca serão desgastadas pelo comércio internacional de idéias, pela troca de bens e serviços. Dentro de cada sociedade, a utilização de métodos científicos no estudo das relações humanas pode ajustar nossos padrões culturais às mudanças provocadas pela tecnologia por uma ampla interdependência econômica. Isso pode acontecer. Provavelmente, acontecerá. Mas quando?

APÊNDICE

Os Ramos da Antropologia e as Relações da Antropologia com as Demais Ciências do Homem.

Para certas pessoas de espírito acadêmico, os campos de conhecimento que tratam dos seres humanos são distribuídos como uma série de jardins formais, separados por muros. Segundo um recente artigo numa revista profissional, os territórios cultivados pelas várias ciências seriam os seguintes:

sociologia:	a relação entre os seres humanas
psicologia:	o comportamento humano em condições controladas
psicologia social:	o comportamento humano nas condições reais de vida
história:	acontecimentos singulares e suas conexões através do tempo
economia:	comportamento de subsistência, suas formas e processos
ciência política:	comportamento de controle, suas formas e processos
antropologia:	semelhanças e diferenças culturais e anatômicas fundamentais

Semelhante mapa dos jardins do saber é útil para a descrição do traçado teórico pelo seu desenvolvimento histórico. Na verdade, certos estudiosos visualizam esses altos e grossos muros como se realmente existissem e defendem as suas fronteiras contra quaisquer invasores. Todavia, na prática, nunca se construíram certos muros, ou foram construídos tão baixos que os estudiosos mais intrépidos os saltaram; outros desmoronaram há uma ou duas décadas. Contudo, justamente porque alguns estudiosos do homem acreditaram na realidade daqueles muros, algumas das flores mais preciosas no jardim deixaram de dar frutos. Ademais, nunca se cercaram certas terras férteis, porque a sua propriedade era objeto de contestação. Por isso, foram pouco cultivadas, pois o estudioso ousado que se atreveu a acompanhar seu problema fora dos muros de seu território foi castigado pela suspeita e pela indignação de seus colegas mais conservadores. Por isso, entre as fronteiras das várias ciências sociais e para além delas, existe uma vasta terra-de-ninguém.

Um pressuposto implícito tem sido o de que o comportamento humano tem lugar numa série de compartimentos impermeáveis. Por isso, o economista devia estudar o "homem econômico", o cientista político o "homem político", o sociólogo o "homem social", etc. Ao antropólogo, acostumado a trabalhar entre grupos primitivos onde o comércio é muitas vezes um processo religioso e onde o "governo" é inseparável do resto da vida social, essas categorias distintas e separadas pareciam resultar da rigidez da organização acadêmica. Para ele, tal classificação parece impedir o acompanhamento dos problemas, aonde quer que nos conduzam. Os eruditos de outros campos também vieram a se tornar cada vez menos satisfeitos com o desenrolar das suas investigações somente até o ponto onde se achavam as fronteiras tradicionais e em abandoná-los num campo de litígio intelectual.

Quanto ao que realmente fazem os estudiosos do homem, estão desaparecendo as nítidas distinções. Já existem cientistas a cujo respeito é arbitrário dizer "é um psicólogo social", antes que "é um sociólogo" ou "é um antropólogo". O Departamento de Relações Sociais de Harvard funde os terrenos da antropologia social, da sociologia e da psicologia social e clínica. Alguns psiquiatras podem igualmente ser chamados de antropólogos. Numerosos homens são quase igualmente "geógrafos humanos" e antropólogos. Certos antropologistas físicos ensinam anatomia humana em escolas de medicina.

Entretanto, existem ainda distinções em teoria tanto quanto na prática, importantes para a compreensão do papel da antropologia na cena contemporânea. A divisão do trabalho entre a antropologia e outros campos da vida humana, bem como entre os diferentes ramos da própria antropologia, é determinada, por um lado, pelo "que", e por outro pelo "como".

A divisão mais evidente do território é indicada pela afirmação de que os antropólogos investigam a biologia, a história, a língua, a psicologia, a sociologia, a econômica e o governo e a filosofia dos povos primitivos. A história dos primitivos só é conhecida pelo breve período coberto pelas memórias e tradições orais, além de escassas referências existentes nos documentos históricos europeus e nas provas limitadas, mas úteis e importantes, proporcionadas pela arqueologia. O antropólogo precisa reconstruir a história sobre a reduzidíssima base da sequência de artefatos no tempo e sua distribuição no espaço. Porque o antropologista que trabalha entre primitivos raramente pode levar pacientes vivos para um laboratório, não lhe é dado desempenhar a espécie de experiências que constitui a marca característica da psicologia e das pesquisas médicas. Como os primitivos não possuem constituições escritas nem cartéis internacionais, certos terrenos de investigação do cientista político e do economista permaneceram fora da província do antropólogo.

Um exame mais atento revela que certos grupos convencionalmente atribuídos à antropologia não são primitivos. Os maias da América Central tinham uma linguagem parcialmente escrita. A arqueologia da China, do Oriente Próximo e do Egito tem sido considerada como propriedade quase por igual do antropólogo, do orientalista e do egiptólogo. Ademais, durante pelo menos um século têm os antropólogos resistido, por questão de princípio, a qualquer tentativa de se restringir o seu campo ao da "barbarologia superior". Embora o estudo das comunidades americanas e européias pelos antropólogos seja de menos de vinte anos, e ainda mais jovem a exploração antropológica da moderna indústria, os antropologistas ingleses e alemães invadiram o território sacrossanto dos estudiosos clássicos já muito antes de 1900. Seu ponto de vista lançou nova luz sobre a civilização grega e romana. Por 1920, o estudioso francês Marcel Granet examinava a civilização chinesa do ângulo antropológico. Na antropologia física, a restrição aos primitivos foi ainda menos acentuada.

A antropometria (técnica padrão para medir seres humanos) foi desenvolvida entre os europeus e aplicada em grande escala.

Do ponto de vista da matéria tratada, o único traço que tem distinguido cada ramo da antropologia e que não tem sido característico de qualquer outro estudo humano é o emprego de dados comparativos. O historiador via de regra é um historiador da Inglaterra ou do Japão, do século XIX ou do Renascimento. Na medida em que faça comparações sistemáticas entre as histórias de diferentes países, regiões ou períodos, passa a ser filósofo da história — ou antropólogo! Um célebre historiador, Eduard Meyer, chega a atribuir à antropologia a tarefa de determinar os caracteres universais da história humana. Com raras exceções, o sociólogo tem-se limitado à civilização ocidental. O economista só conhece os sistemas de produção e troca nas sociedades onde predominam o dinheiro e os mercados. Embora se tenha tornado moda o estudo do "governo comparado", o cientista político pensa ainda em termos de constituições e leis escritas. Os horizontes do lingüista tradicional têm sido limitados pelas línguas indo-européias e semíticas. Só muito recentemente, por influência da antropologia, viram os psicólogos e psiquiatras que os padrões de "natureza humana" normal e anormal são, em parte, relativos ao tempo, ao lugar e ao povo. Para o médico, a anatomia e a fisiologia humana têm representado a estrutura e o funcionamento dos modernos brancos euro-americanos.

O antropólogo, todavia, há muito tempo atrás, tomou como sua província a humanidade *inteira*. O antropologista físico estuda a forma do cabelo dos negros apenas para compará-la com a dos chineses e dos brancos. O arqueólogo nunca dá informações sobre uma escavação sem fazer comparações, e ao escrever seu informe, dispõe seus dados tendo em vista o emprego desses dados por outros antropólogos para finalidades camparativas. Para o lingüista antropológico, a descrição de um som ou uma forma gramatical fora do comum não é um fim em si mesmo, mas o estabelecimento de um ponto numa sucessão de variação. O etnólogo interessa-se por um tipo específico de organização de clã, como um elo numa cadeia de provas que indica ligações entre dois ou mais povos em algum período passado. O antropologista social analisa a crença e a prática da feitiçaria para mostrar como os seres humanos manipulam o mesmo problema fundamental de diferentes maneiras, ou para demonstrar a universalidade de certos processos sociais. Hoje, a psicologia, certas partes da medicina, a sociologia, a geografia humana e, em menor grau, a lingüística, o direito, a filosofia e outras ciências estão empregando cada vez mais freqüentemente os dados comparativos. Os psicólogos estudam a educação infantil em sociedades primitivas e vasculham a bibliografia antropológica à procura de dados de percepção, aprendizado e estética. Os psiquiatras criaram grande interesse pelos tipos de doenças mentais encontrados em vários grupos não europeus e pelas maneiras de tais povos tratarem daquelas aberrações. Outros médicos acham proveitoso descobrir que doenças ocorrem em tribos que têm pouco contacto com os europeus, e quais são as imunidades "raciais" existentes. Os sociólogos, ao contrário dos geógrafos humanos, pouco trabalho de campo têm feito entre os primitivos, mas o sociólogo contemporâneo estuda fatos e teorias antropológicas como parte de sua formação. O sociólogo, o psicólogo e o psiquiatra saqueiam o armazém de fatos do antropólogo para provar uma teoria, ilustrar uma afirmação ou encontrar uma nova pergunta que exige formulação e verificação.

A história, no sentido mais amplo, é a tentativa de descrever os acontecimentos passados da maneira mais precisa, concreta e completa possível, estabeleceu a seqüência dêsses acontecimentos, apontar os padrões porventura existentes nas seqüências. Assim, a história é tanto um método como uma ciência independente, e a antropologia possui o seu lado histórico. O decorrer do desenvolvimento humano, a dispersão da espécie sôbre a face da terra, a evolução das culturas, tudo isso são investigações históricas.

A psicologia e a antropologia constituem as duas principais pontes entre as ciências da vida e os estudos do comportamento humano. A sociologia, a economia e o governo estudam as ações dos homens e os seus resultados. Somente a psicologia, a psiquiatria e a antropologia adotam simultâneamente os dois tratamentos, mostrando-se interessados pelo comportamento e pelos seus fundamentos biológicos. Analogamente, a antropologia e a geografia humana ajudam a fechar o abismo entre as ciências físicas e as ciências sociais.

O antropólogo e o geógrafo interessam-se igualmente pela adaptação do homem ao clima, aos recursos naturais e à localização. Daqueles que estudam o homem como animal, o antropologista físico se destaca pela sua insistência na medição e no trato com um considerável número de casos. O estudioso de animais extintos ou fossilizados (o paleontólogo) muitas vezes dispõe de apenas alguns espécimes para fazer seu trabalho. Os pesquisadores médicos, exceto no campo da saúde pública, só recentemente começaram a ver a necessidade de tratamento estatístico. Os anatomistas, sob influência da antropologia física, começaram a tratar de gráficos e curvas de variação, mas gostam ainda de se informar sobre a dissecação de um ou de alguns cadáveres. O antropólogo difere do médico por estudar mais o são do que o doente.

A diferença de perspectiva entre o psicólogo e o antropólogo decorre principalmente do fato de que o primeiro tem os olhos voltados para o indivíduo, o segundo para o grupo e para os indivíduos enquanto membros de um grupo. O contraste com o geógrafo é também de foco e de ênfase. O geógrafo só ocasionalmente, se tanto, preocupa-se com os indivíduos. Olha a tecnologia que um povo elaborou e os modos pelos quais tal povo alterou a paisagem natural por meio dela. Trata de físicos e de estatísticas vitais apenas na medida em que pareçam refletir extremos de temperatura ou qualidades do solo. Pelos rituais, pelas artes e pelos hábitos lingüísticos, tem ele apenas reduzidíssimo interesse.

Em vista do fato de que são ostensivamente interessados por muitos problemas comuns, o grau em que os sociólogos e antropólogos têm mantido tratamentos fundamentalmente diferentes é um dos fatos mais curiosos na história do pensamento ocidental. A abordagem sociológica tem-se inclinado para o que é prático e presente, a antropológica para o que é pura compreensão e passado. A antropologia se desenvolveu nas classes; a sociologia, nas massas. O passatempo de um homem rico pode permitir-se o luxo da exaltação estética em materiais fascinantemente diversos e complexos. O antropólogo tem sido considerado socialmente menos perigoso pelos conservadores, porque era um "gentleman" preocupado com o passado há muito, em sítios remotos.

Ainda hoje, numa reunião conjunta, é relativamente fácil separar as duas espécies. Falam diferentemente; têm até mesmo um aspecto diferente. Esse contraste pode ser explicado pelas diferentes origens das duas disciplinas, pelas diferentes motivações que conduzem homens e mulheres à sociologia ou à antropologia, e pelas diferentes afiliações intelectuais dos dois grupos. A antropologia foi, em grande parte, criada por indivíduos que tinham sido treinados em definidas ciências empíricas tais como a medicina, a biologia e a geologia. A sociologia nasceu da teologia e da filosofia, onde reina supremamente o raciocínio abstrato. Os sociólogos têm tido muitas ligações pessoais com os assistentes sociais, os reformadores e os filósofos. Por outro lado, as tendências dos antropólogos têm-se voltado na direção da observação pura. Infelizmente, ainda se mostram reservados e não gostam de falar sobre conceitos, métodos e teorias. Um crítico pouco generoso disse que a sociologia era "a ciência com o máximo de métodos e o mínimo de resultados". Muitas vêzes, têm os antropólogos deixado de ver a floresta pelas árvores, ao passo que algumas vêzes nos perguntamos se os sociólogos reconhecem que existe mesmo uma árvore. Essas generalizações devem ser encaradas, evidentemente, como uma tendência, antes que como um fato literal. Ao passo que o têrmo "sociólogo" é muitas vezes um epíteto na boca do antropólogo, nestes últimos anos ambos se vêm aproximando de maneira cada vez mais perceptível. A obra de certos grandes sociólogos europeus, como Emile Durkheim, há muito tem sido tão admirada pelos antropólogos que êles chegam a tratá-los como de seu grupo.

As ciências são geralmente divididas em físicas (física, química, geologia, etc.); biológicas (botânica, zoologia, medicina, etc.); sociais (economia, sociologia, etc.) Algumas vêzes, as ciências físicas e biológicas são agrupadas com as "ciências naturais", com as quais geralmente são desfavoravelmente confrontadas as "ciências sociais". Na verdade, alguns diriam que os estudos sociais não são nem mesmo podem vir a ser ciências. Essa opinião é um curioso reflexo da ignorância e dos preconceitos de séculos passados. Outrora, afirmava-se que estudar o homem, criação especial de Deus, era ímpio, ou que o comportamento humano era, na sua essência, imprevisível, por serem todos os dados "subjetivos". Entretanto, qualquer cientista deve saber que os dados jamais são "subjetivos" ou "intangíveis" — que é o nosso modo de encará-los que pode ser ou não ser "tangível" ou "objetivo". As ciências sociais ainda estão, conforme se admite, pouco amadurecidas; isso é compreensível, pois são também jovens. A História é, primariamente, uma das humanidades, mas é também, em grau cada vez maior, uma ciência social. O governo, ou a "ciência política" é via de regra considerado como uma ciência social, mas são tão marcantes as suas semelhanças com a história e o direito que é discutível— essa qualificação. Sem dúvida, até agora, a observação direta tem desempenhado um papel muito pequeno nesse campo. Alguns psicólogos são cientistas biológicos; outros são cientistas sociais. A antropologia não pode ser introduzida por força em qualquer dessas categorias. O arqueólogo, num grau considerável, trabalha e pensa como geólogo ou como historiador. Os processos do antropólogo que está estudando o meio físico de uma dada tribo dificilmente se podem distinguir dos do geógrafo humano. O antropologista físico é, inevitavelmente, uma espécie de biologista humano.

É preciso dizer algo também sobre a diferença de tratamento da antropologia e das humanidades. Estas em geral olham para o passado, ao passo que a antropologia tem em vista o futuro. Fazem-se as mesmas sondagens, os métodos são porém diferentes. A arte e a ciência procuram igualmente tornar inteligível a experiência. Para o artista, entretanto, o Touro Sentado é a exemplificação dramática de tôda a luta dos índios contra o homem branco. Para o antropólogo, o Touro Sentado desaparece na massa dos chefes índios das planícies, para ser compreendido em termos do nosso conhecimmento total do papel de chefe, dos vários fatores situacionais daquela época, bem como em função de sua própria existência particular. As humanidades abordam questões gerais por meio de pessoas ou episódios particulares. A antropologia trata das particularidades na estrutura de universais.

Muitos escritores parecem desgostosos com as invasões dos estudiosos científicos do homem a um território que tem sido considerado propriedade dos autores teatrais, romancistas e, ultimamente, dos jornalistas. Deve-se admitir desde logo que os grandes romancistas e dramaturgos, baseando-se nas velhas tradições de seu ofício, são muito mais adeptos de revelar sem máscaras as principais fontes da ação humana do que os antropólogos. Se um amigo meu deseja saber em pouco tempo o que torna gordos os poloneses rurais, devo sem dúvida remetê-lo ao romance *Os Camponeses*, de Ladilas Reymont, e não ao clássico das ciências sociais, *O Camponio Polonês* de Thomas e Znaniecki. As melhores monografias de Malinowski sobre os habitantes das Ilhas Trobriand não se comparam com *Minha Antonia*, de Willa Cather ou *Black Lamb and Grey Falcon*, de Rebecca West, a ponto de transmitir com imaginativa realidade as operações interiores de uma sociedade e as motivações dos diferentes atores daquela sociedade.

Mas até os maiores artistas deixam de oferecer um meio de conferir as suas conclusões, a não ser o da convicção subjetiva. O fato de que um romancista é capaz de agitar profundamente os sentimentos não prova que esteja dizendo uma verdade verificável. Alguns famosos autores teatrais são notavelmente restritos a certos mundos particulares, que embora comoventes e interessantes, são estreitos. O artista dá grande importância à intuição e à inspiração, ao passo que o antropólogo mostra-se grato pelos seus indícios, mas não os aceita enquanto não estiverem provados por métodos rigorosos. Oferecendo meios de escrutinizar as suas conclusões e reduzindo a inclinação pessoal por meio do emprego de métodos padronizados de investigação, o antropólogo apresenta percepções que, embora mais abstratas e por isso menos imediatamente tenazes, possuem certos méritos inegáveis.

Qual é a diferença no tratamento de um bom repórter e um bom antropólogo de campo? Os dois têm muitas coisas em comum — nos obstáculos que lhes cumpre vencer para encontrar as pessoas que desejam encontrar, no cuidado que devem ter em escolher seus informantes, e no seu apreço pelo registro preciso do que foi dito ou feito. É um alto elogio o fato de um antropólogo dizer a outro: "Foi um belo relatório." A diferença decorre das finalidades a que se destinam as duas informações. O repórter precisa ser interessante. O antropólogo é obrigado a dar conta do enfadonho ao lado do atraente. O repórter deve sempre pensar no que atrairá seus leitores, no que será para eles intangível, em função dos seus modos de vida. A primeira responsabilidade do antropólogo é registrar os acontecimentos tais como são vistos pelo povo que está estudando.

O importante é que os escritores e os cientistas têm diferentes maneiras de abordar o mesmo problema; não se trata, porém, de uma questão de isto-ou-aquilo. Ambos os tratamentos são necessários, pois cada um tem as suas limitações e cada um contribui com seus esclarecimentos especiais.

A principal divisão comum da antropologia é em física e cultural. A antropologia física abrange a paleontologia dos primatas (a descrição das variedades extintas do homem e seus parentes próximos animais); a evolução humana (o processo de desenvolvimento dos tipos humanos, a partir dos antepassados não humanos do homem); a antropometria (as técnicas de medição humana); a somatologia (a descrição das variedades existentes de homem, das diferenças sexuais e das variações físicas individuais); a antropologia racial (classificação da espécie humana em raças, história racial do homem, mistura de raças); estudos comparados de crescimento; e antropologia constitucional (o estudo das predisposições dos tipos corporais a determinados tipos de doenças e de comportamento, por exemplo, o comportamento criminoso). A antropologia cultural abrange a arqueologia (estudo dos restos de tempos passados); a etnografia (simples descrição dos hábitos e costumes dos povos existentes); etnologia (estudo comparado dos povos passados e presentes); folclore (coleta e análise do teatro, da música e das lendas conservadas pela tradição oral); a antropologia social (estudo dos processos culturais e da estrutura social); lingüística (estudo das línguas vivas e mortas); e cultura e personalidade (relação entre um diferente meio de vida e uma psicologia característica). A antropologia aplicada é um método de selecionar e aplicar os dados dos estudos, tanto físicos como culturais, no trato de modernos problemas sociais, políticos e econômicos tais como a administração colonial, o governo militar e as relações do trabalho.

Agradecimentos

Uma relação completa das pessoas que me possibilitaram escrever este livro abrangeria a longa lista daqueles que tanto me deram, a começar por meus pais, George e Katherine Kluckhonn, e por minha irmã Jane Kluckhonn. Não posso mencionar todos eles, mas gostaria de registrar certas obrigações especialmente importantes. Evon Vogt, de Ramah, Novo México, foi o responsável por meu interesse inicial pela antropologia. Alguns de meus professôres na Universidade de Wisconsin tiveram uma influência especialmente profunda sobre todo meu desenvolvimento intelectual: Walter Agard, Eugene Byrne, Norman Cameron, Harry Glicksman, Michael Rostovtseff, Bertha e Frank Sharp, Ruth Wallerstein. Tenho uma dívida semelhante para com meus professores de Oxford (R. R. Marett, T. K. Penniman, Beatrice Blackwood), de Viena (W. Schmidt, W. Koppers, Edward Hitschmann) e de Harvard (Alfred Tozzer, Earnest Hooton, Lauriston Ward). Ralph Linton me ensinou muita coisa e me deu oportunidades profissionais. Os membros dos departamentos de antropologia e relações sociais de Harvard foram ao mesmo tempo instrutores e colegas. O número de amigos profissionais a quem devo alguma coisa é tão grande que tornaria quase inviável uma seleção. Entretanto, tenho particular consciência de profunda obrigação para com os seguintes, (além daqueles já mencionados): Henry A. Murray, John Dollard, Talcott Parsons, Edward Sapir, Alexander e Dorothea Leighton, Alfred Kroeber, W. W. Hill, Paul Reiter, Ruth Benedict, O. H. Mowrer, Donald Scott, J. O. Brew, L. C. Wyman, Gregory Bateson, Leslie White, Robert Redfield, Fred Eggan, Margaret Mead e Lawrence Frank. A John Collier, Laura Thompson, Alexander Leighton e George Taylor, agradeço as oportunidades de tomar parte na aplicação do conhecimento antropológico a problemas modernos. Muitos estudiosos, graduados e subgraduados, esclareceram meu pensamento e me estimularam a uma apresentação mais próxima da adequada. Minha esposa, Florence Kluckchon, prestou imensurável auxílio, tanto intelectual quanto pessoal.

O Rhodes Scholarship Trust, a Fundação Rockefeller e a Carnegie Corporation me permitiram estudar com vantagens pouco habituais. Tenho uma dívida especial para com Charles Dolland, presidente da Carnegie Corporation. Este livro foi esrito com uma bôlsa fornecida pela John Simon Guggenheim Memorial Foundation em 1945-46. À fundação e a seu secretário geral, Henry Allen Moe, sou muito agradecido.

As organizações e indivíduos que apoiaram minhas pesquisas técnicas contribuíram também, de forma importante, para este livro destinado ao leigo: o Museu Peabody, da Universidade de Harvard, e seu diretor, Professor Donald Scott, o Laboratório de Relações Sociais e seu diretor, o Professor Samuel Stouffer; o Viking Fund e seu diretor de pesquisas, Dr. Paul Fejos; o Milton Fund da Universidade de Harvard, e o preboste Paul H. Buck; a Sociedade Americana de Filosofia; o Conselho de Pesquisas de Ciências Sociais; a Old Dominion Foundation.

Da McGraw-Hill Book Company, Inc., e da Whittlesey House, recebi generosa assistência e cooperação, na redação e preparo deste livro. A muitos membros do pessoal da McGraw-Hill e especialmente à Sr.ª Beulah Harris, expresso meus mais calorosos agradecimentos. A contribuição da Sr.ª Harris para este livro é, intelectual bem como estilìsticamente, muito significativa.

Os seguintes amigos e colegas deram a todo o texto ou parte dele o benefício de sua crítica: W. C. Boyd, J. O. Brew, Edward Bruner, James B. Conant, Johann e Paul Davis, Clarissa Fuller, W. W. Hill, Ernest Hooton, Stuart Hughes, Jane Kluckhohn, Florence Kluckhohn, Alfred e Theodora Kroeber, Alexander e Dorothea Leighton, Paul Reiter, James Spuhler, Evon e Naneen Vogt, Lauriston Ward. Naturalmente, nenhum deles deve ser censurado por erros de fato ou de juízo, pois muitas vezes me apeguei teimosamente à minha afirmação original. À Sr.ª Ernest Blumenthal e à Sr.ª Bert Kaplan, devo o enorme cuidado em ajudar e cuidar da datilografia das várias versões do manuscrito.

W. H. Kelley, Dorothea Leighton, Florence Kluckhohn e O. H. Mowrer permitiram generosamente rever e utilizar materiais publicados e não publicados que havíamos escrito em conjunto. A Columbia University Preess permitiu-me republicar certos trechos do Dr. Kelly e meus, do artigo "The Concept of Culture", em *The Science of Man in the World Crisis,* organizado por Ralph Linton (1945). A Harvard University Press permitiu-me empregar certos parágrafos escritos pela Dr.ª Leighton e por mim para *The Navaho* (1946), Esses trechos aparecem particularmente no Capítulo VI do presente livro. A Harvard Press igualmente permitiu-me reescrever algumas partes de meu capítulo de *Religion and Our Racial Tensions* (1945). A Conferência de Ciência, Filosofia e Religião permitiu-me reutilizar partes de um ensaio de minha esposa e meu, publicado em *Conflicts of Power in Modern Culture* (1947) e partes de um ensaio meu anterior, que publicaram em *Approaches to World Peace* (1944). O Professor John Crowe Ramson, diretor da *Kenyon Review*, permitiu-me reproduzir partes de meu artigo "The Way of Life", que apareceu na revista de 1941. Todas as sentenças e parágrafos extraídos de escritos anteriores foram substancialmente reescritos ou reelaborados para este livro.

Este livro é dedicado a dois homens a quem muito devo R. J. Koehler, sócio de negócios de meu avô, Charles Kluckhohn, foi uma das influências mais significativas de meus anos de formação e tem sido um amigo de toda a vida. H. G. Rockwood, meu sogro, nos últimos dezesseis anos tem-me ajudado e inspirado de vários modos. O caráter e senso de responsabilidade pessoal e social de ambos possui muita coisa semelhante. As suas vidas testemunham de maneira mais dramática do que quaisquer palavras o melhor das distintivas virtudes americanas que tentei esboçar no Capítulo IX deste livro.

Os seguintes editores me permitiram fazer citações dos artigos e livros mencionados [*]:

W. W. Norton & Company, Inc.: Franz Boas, *Anthropology and Modern Life.* Copyright 1928 pelos editores.
Philosophical Review: Grace de Laguna, "Cultural Relativism and Science" (março de 1942).

(*) Relacionados na ordem em que aparecem no livro.

Alfred A. Knopf, Inc.: Capítulo de Edward Sapir em *The Unconscious, a Symposium* (1928).

The Scientific Monthly e Rutgers University Press: "Science and Culture", de Lawrence Frank, publicado na revista de junho de 1940 e republicado em *Society as the Patient* (1948).

Duell, Sloan & Pearce, Inc.: Wallace Stegner, *Mormon Country* (1942).

C. A. Watts & Co., Ltd.: V. G. Childe, *Man Makes Himself* (1936).

The American Philosophical Society: A. V. Kidder, "Looking Backward" (*Proceedings, American Philosophical Society*, vol. 83, 1940).

The Scientific Monthly: A L. Kroeber, "Structure, Function and Pattern in Biology and Anthropology" (fevereiro de 1943).

The New American Library: V. G. Childe, *What Happened in History* (1943).

Psychiatry: Ruth Benedict, "Continuities and Discontinuities in Cultural Conditioning" (vol. 1, janeiro de 1938).

The Ronald Press Company: poema *Ways of the Weather*, de W. J. Humphreys. Copyright 1942, pelos editôres.

Charles Scribner's Sons: R. B. Dixon, *Building of Culturs* (1928).

The Scientific Monthly: T. Dobzhansky, "The Race Concept in Biology" (vol. lii, fevereiro de 1941).

The American Association for the Advancement of Science e G. P. Putnam's Sons: E.A. Hooton, "Anthropology and Medicine", publicado em *Science* (1935) e republicado em *Apes, Men and Morons* (1937).

Philosophy and Phenomenological Research: Morris Opler, "Fact and Fallacy Concerning the Evolution of Man" (junho de 1947).

American Journal of Orthodontics: E.A. Hooton, "The Evolution and Devolution of the Human Face" (vol. 32, 1946).

Doubleday & Company, Inc.: William Howells, *The Heathens*. Copyright 1948 pelo autor.

The British Association for the Advancement of Science e Smithsonian Institution: Karl Pearson, "The Science of Man: Its Needs and Prospects" (*Smithsonian Report*, 1921).

The Columbia University Press: W.M. Krogman, "The Concept of Race", em *The Science of Man in the World Crisis*, organizado por Ralph Linton (1945)

The Royal Anthropological Institute: J.B.S. Haldane, "Anthropology and Human Biology", em *Proceedings of the International Congress of Anthnopological and Ethnological Sciences* (1934).

Science Education: S.L. Washburn, "Thinking About Race" (vol. 28, 1944).

The Teaching Scientist: Franz Boas, "Genetic and Environmental Factors in Anthropology", publicado em *The Teaching Biologist* (novembro de 1939).

Human Biology: Gunnar Dahlberg, "An Analysis of the Conception of Race and a New Method of Distinguishing Race" (1942).

The Ronald Press Company: S. Rosenzweig, "Outline of Frustration Theory", publicado em *Personality and the Behavior Disorders* (J.McV. Hunt, organizador). Copyright 1944 pelos editôres.

Asia and the Americas: Harrys Shapiro, "Certain Aspects of Race", publicado em *Asia* (junho de 1944).

The University of California Press: A.B. Johnson, *Theatise on Language*, organizado por David Rynin (1947).

Linguistic Society of America: Edward Sapir "The Status of Linguistics as a Science", publicado em *Language* (1920).

Henry Holt and Company: Leonard Bloofield, *Language* (1933).

Oxford University Press: S. de Madariaga, *Englishmen, Frenchmen, and Spaniards* (1929).

Yale University Press: Carl Becker, *Heavenly City of the Eighteenth Century Philosophers* (1935).

Child Study: Margaret Mead, "When Were You Born" (Primavera de 1941).

Transations of the New York Academy of Sciences: Margaret Mead, "The Application of Anthropological Techniques to Cross-National Communication" (fevereiro de 1947).

The Macmillan Company: Edward Sapir, "Language", em *Encyclopedia of the Social Sciences* (vol. ix). Copyright 1933 pelos editôres.

The Columbia University Press: Felix Keesing, "Applied Anthropology in Colonial Administration", em *The Science of Man in the World Crisis*, organizado por Ralph Linton (1945).

The United States Department of Agriculture: R. Redfield e W. Warner, "Cultural Anthropology and Modern Agriculture", publicado em *Yearbook of Agriculture* (1940).

The Southwestern Journal of Anthropology: F. Hulse, "Technological Development and Personal Incentive in Japan" (1947).

The Conference on Science, Philosophy, and Religion: Lyman Bryson, "What Is a Good Society", publicado em *Science, Philosophy, and Religion, a Symposium* (1943).

The Journal of Applied Anthropology: Eliot Chapple, "Anthropological Engineering" (janeiro de 1943).

The American Anthropologist: John Embree, "Applied Anthropology and Its Relation to Anthropology" (1945).

The University of California Press: George Pettitt, *Primitive Education in North America* (1946).

The Journal of the National Association of Deans of Women: Margaret Mead, "Administrative Contributions to Democratic Character Formation at the Adolescent Level" (janeiro de 1941).

William Morrow and Co., Inc.: Margaret Mead, *From the South Seas*. Copyright 1928, 1930, 1935, 1939, pela autora.

Professor Leslie Spier (presidente da comissão editorial de *Language, Culture and Personality*): Cora DuBois, "Attitudes Toward Food and Hunger in Alor" (1941).

The Conference on Science, Philosophy, and Religion: Gregory Bateson, "Comment", sôbre trabalho de Margaret Mead, em *Science, Philosophy, and Religion, a Symposium* (1942).

The American Journal of Sociology: Edward Sapir, "Culture, Genuine and Spurious" (1924), e C. J. Friedrich, "The New Doctrine of the Common Man" (1944).

The Macmillan Company: E.H. Carr, *The Soviet Impact on the Western World*. Copyright 1947 pelos editôres.

The Saturday Review of Literature: William Scroggs, "What's the Matter with Economics?" (11 de novembro de 1939).

The New York Academy of Sciences: Ruth Benedict, "The Study of Cultural Patterns in European Nations" (junho de 1946).

United Nations World e Rutgers University Press: Lawrence Frank, "World Order and Cultural Diversity", publicado em *Free World* (junho de 1942) e republicado em *Society as the Patient* (1948).

The Society for the Psychological Study of Social Issues: Lippitt e Hendry, colaboração em *Human Nature and Enduring Peace* (1945).

Dr. Mortimer Graves: memorando não publicado.

The Institue for Psychoanalysis (Chicago): Edwin Embree, "Living Together" (brochura, 1941).

Aos autores vivos cujos endereços foram encontrados também se pediu permissão, que foi generosamente concedida por todos os localizados. Também a êles estou muito agradecido.

CLYDE KLUCKHOHN

ÍNDICE REMISSIVO

absolutos morais, 50
ação social, 190
Adams, Henry, 64
Adams, James Truslow, 251
adaptações, 38
administração, 182-84, 186, 189
africanos, negros, 43, 81, 93
ágrafos, povos, 23,25-26, 40, 202, 281
agressão, 219
agressividade, 215
ajustamentos, 213
AMBIENTE, 88, 96; adaptação ao —, 214; estímulo do —, 102; influências do —, 76-79, 83, 87
animal humano, características do, 198
anti-semitismo, 138
ANTROPOLOGIA: divisões da —, 288; — no mundo moderno, 254-78; **aplicada**, 166-91, 254; — **biológica**, 86 (v. — **física**); — **constitucional**, 93; **cultural**, 73, 95, 168; — **física**, 84-85, 90, 98, 120, 168; — **histórica**, 15-16, 54-83; — **industrial**, 187; — **lingüística**, 158
antropometria, 288
aprendizado, 201 (v. **educação**)
Aquino, Sto. Tomás de, 40
Aresnherg, Conrad, 189
argot, 151
«arianos», 112
arqueologia, 16, 54-83
artes e ofícios, 88
Ashley-Montagu, M.F., 123
aspecto, semelhanças de, 122
Austrália, australianos, 63, 78
Axanti, 169

Babilônia, 68
Bain, 96
bascos, 54
Bastian, Adolf, 16

Becker, Carl, 153
Bateson, Gregory, 221, 289
Becker, Carl, 231
behaviorismo, 198
Benedict, Ruth, 37, 75, 257-58, 289
Bíblia, 107; crítica da —, 108
biologia, 14, 31, 32, 35, 53, 80, 120, 123, 132, 133, 136
biologismo, 108
bioquímica, 19
Bloomfield, Leonard, 149
Blackwood, Beatrice, 289
Blumenthal, Srª Ernst, 290
Boas, Franz, 88-90, 110, 119, 122, 130-31, 231, 250
bodes expiatórios, 136
Boorabee (índios), 148
bosquímanos, 46, 78, 80
Bower, Ursula Graham, 170
Boyd, W.C., 290
Brasil, 134
Brew, J.O., 290
Bridges, R.S., 240
Bryne, 289
Bryson, Lyman, 186, 276
Buck, Paul H., 290
Bungabuga, 50
Bureau de Etnologia Americana, 17

Cameron, Norman, 289
Carlson, A.J., 252
caracteres, correlação de, 126
caracteres hereditários, 121
Carlos Magno, 16-18
Carr, E.H., 249-50
CASAMENTO, 36, 43; — **preferencial**, 115
casta, 245
castigo, 206 (v. **punição**)
cavalo, domesticação do, 57
celibato, 36
cerâmica, 54

Chamberlain, H.S., 135
Chapple, Eliot, 188-89
Childe, V. Gordon, 67, 72
chimpanzés, 99
chimpomat, 99
China, chineses, 14, 28, 53, 71, 81, 82, 127
cidadão médio, culto do, 249
ciência política, 17, 279
Ciências Sociais, 13, 255, 279; relações entre as —, 279-88
citas, 14
civilização moderna, problemas da, 257
Clarke, Grahame, 58-59
classes sociais, 246-47
clima, influência do, 90, 108
Cobden, Richard, 227
coesão das espécies, 133
Collier, John, 169
Colombo, 58, 59
comer, 32 (v. nutrição)
COMPORTAMENTO, 37, 176; diferença entre o — humano e o primata, 99; padrões de —, 42, 212; previsibilidade do —, 193; — aprendido, 199; — cultural, 43; — humano, 29; — lingüístico, 163; — sexual, 42
Comte, Auguste, 17
comunismo: v. Marx, marxismo
condicionamento, 204; — social, 111
Conant, James B., 290
Configuration of Culture Growth (Kroeber), 69
constituição genética, 194
contacto cultural, 185
contrôle cultural, 193
Copérnico, Nicolau, 262
côr da pele, 120, 124, 132
costumes, 34
crianças, 192, 193, 198-205, 211-13, 216-19
crime, criminalidade, 95, 96, 141, 210-11, 218
crise, 274
cristandade, cristianismo, 36, 40
Cristo, 55
Crítica da Economia Política (Marx), 69
Cro-Magnon, 54, 89
cromossomos, 87, 102

Crow (índios), 200
Cruzadas, 70
cruzamento, 131
CULTURA, 28-53; estudo da —, 168; interdependência das —s, 59; natureza seletiva da —, 149; padrões de —, 258; transformação da —, 42; — antecedente, 80; — humana, 84; — implícita, 46; — material, 77; — norte-americana, 222-53
«culturalização», 37

Dahlberg, Gunnar, 131-32
Dança Fantasma, 72
Darwin, Charles, 34, 69, 102, 108, 109, 116, 118, 278
darwinismo social, 102
Davis, Sr. e Sr.ª Paul, 290
de Laguna, Grace, 27
descobrimento e invenção, 54-63
desorganização, fontes de, 219
determinismo biológico, 31
determinismo cultural, 31, 270
Dewey, John, 237, 251
Des Mandamentos, 55
Dickinson, G. Lowes, 234
dieta, influência da, 89
DIFUSÃO, 78, 82, 83; — cultural, 66-68
dinárica, raça, 131
diplomacia, 168
discriminação racial, 143 (v. racismo)
diversidades, 259
divórcio, 196
Dixon, R.B., 64, 67, 82
Dobzhansky, Theodosius, 88, 124
Dollard, Charles, 290
DuBois, Cora, 218
Durkheim, Emile, 244, 285

economia, 13, 17, 51
ectomorfia, 96, 97
Edison, Thomas A., 237
EDUCAÇÃO, 167, 193, 195, 199, 201, 202, 204, 214-16, 222, 267, 270; a linguagem na —, 204-05; papel do antropólogo na —, 143; — higiênica, 216-17; — progressiva, 195
Eggan, Fred, 289

egípcios, Egito, 14, 35, 54, 55, 68, 69, 78, 114
Einstein, Albert, 22, 63, 64, 155, 236-37, 276
Eisenhower D.D., 233
Embree, Edwin, 277
Embree, John, 191, 257
Emoções e a Vontade, As (Bain), 69
empréstimos, 66
endomorfia, 96, 97
Epic of American, The (Truslow Adams), 251
Equador, 170
Eritréia, 171
escola, 214, 240 (v. educação)
Esdras, 107
espécies, coesão das, 133
esquimós, 78, 103
Estados Unidos, Constituição dos, 50
«esteatopigia», 103
estereótipo cultural, 176
«etnia», 121, 125
etnologia, 17, 54, 288
«etos», 44
Europa, 81
EVOLUÇÃO, 29, 80, 89, 129; variações da —, 103; — **biológica,** 54, 68, 82, 83; — **cultural,** 68, 80, 148; — **dos primatas;** 98; — **humana,** 98, 101, 102
exclusivismo cultural, 263
êxito, culto do, 229, 236
extinção, 215; mecanismo da —, 214

FALA, 99; funções da —, 146
família, 109, 114, 212
fatôres hereditários, 90
fatôres ambientais, 90, 96, 132
fatôres culturais, 132
Fejos, Paul, 290
Fenichel, Otto, 208
Fiji, 186
filosofia, 16, 250, 285
Fisher, R.A., 120
fisiologia humana, 26
fixações, 204
folkways, 43, 180
Folkways (Sumner), 43 (nota)
fonética, 149
forma da cabeça, 124

França, franceses, 35, 150, 152
Frank, Lawence, 52, 259-60, 268
Frazer, Sir James, 16
Freud, Sigmund, 63, 209-11
Friedrich, Carl, 250
Fries, Margaret, 212
Fromm, Erich, 230, 249
fronteira, 237
Fuller, Clarissa, 290
função, 37, 73; — **latente,** 38

genealogia, 116-17
genes, genética, 87-88, 90, 105, 111, 117, 118, 120, 121, 123, 124-26, 130; (v. **herança; hereditariedade**)
geografia, 13, 61, 284, 286
germanos, 14
Gibbs, Willard, 237
Gladwin, Thomas, 89
glândulas endócrinas, 102
Glicksman, Harry, 289
Gobineau, J.A., 135
Goethe, J.W. von, 137
Golden Bough, The (Frazer), 16
Goldschmidt, Walter, 223
«govêrno indireto», 173
govêrno militar, 167, 183
gramática, 163
Granet, Marcel, 281
Grant Madison, 136
Graves, Mortimer, 273-74
gravidade, 29
Grécia, gregos, 15, 72, 78
grupos sanguíneos, 120
GUERRA, 63, 170-72, 219, 267-69; causas da —, 218; — **psicológica,** 172-76
Gunther, 131

hábitos lingüísticos, 150-51, 162, 165
Haddon, 134
Haida (índios), 159
Haldane, J.B.S., 126-27
hamadríades, 98
Hamurabi, 15, 55
Harris, Beulah, 290
Havaí, 88, 89, 197
Havighurst, Robert, 223
Henderson, L.J., 25
Hendry, 262
HERANÇA, 102, 104, 121; mecanismo da —, 112; — **biológica,** 30, 110, 125, 226; — **física,** 125;

— **humana**, 105, 106, 114; — **orgânica**, 36; — **social**, 36, 113
HEREDITARIEDADE, 65, 87, 118, 128; — **física**, 124
Herôdoto, 14
híbridos, 129
Hill, W.W., 289-90
História, 28, 38, 51, 52, 58, 59, 64, 68
Hitschman, Edward, 290
Hogben, Lancelot, 55
Holmes, W.H., 58
HOMEM: — como animal, 98, 113; — **biológico**, plasticidade do —, 98; — **da China**, 105; — **da Europa**, 105; — **fóssil**, 54, 80, 81, 89, 105; — **médio**, culto do, 229, 230
Homo sapiens, 81
homossexualismo, 36
Hooton, E.A., 85, 91, 95, 96, 102, 115
Hopi (índios), 58, 65, 159, 162, 163
Horney, Kareen, 248
Horton Donald, 168
Howells, W.W, 104
Hughes, Stuart, 290
Hulse, FredericK, 185
Humphreys, W.J., 79
humor, 224
Huntington, Ellsworth, 80, 90, 104, 112
Huxley, Aldous, 24, 102, 134, 153, 252

Idade Paleolítica, 54
ideais, 42, 274
ideologia, 20, 224
Iluminismo, 245
«impulso», 32
incas, 33
índice cefálico, 127
índios, 78
Indonésia, 103
infância, 211
Ingleses, franceses y españoles (Madariaga), 152
insegurança, fontes da, 219
instinto sexual, 36
instituições sociais, 101
inteligência, testes de, 128, 136
iogues, 100

Irão, 69
isolamento, 102; fatôres de —, 102; —cultural, 71
Itália, 150, 152
Jacobs, 112-13
Japão, japonêses, 28, 33, 88, 89, 127, 143, 144, 173-75
Java, 80, 81, 93; homem de —, 105
Jefferson, Thomas, 227
Johnson, A.B., 145
jornalismo, 287
judeus, 107, 112, 142

Kaplan, Sr² Bert, 290
Keesing, Felix, 169
Kelly, W.H., 291
Kidder, A.V., 170
Koppers, 289
Koryak (povo), 29
Korzybski, Alfred, 159
Kroeber, A.L., 69-71
Kroeber, Theodora, 290
Krogman, W.M., 86, 120
Kwatiutl (índios), 51, 200

laissez-faire, 248
Lasker, Gabriel, 97
Lawrence, T.E., 170
Leibniz, G.W., 64
Leighton, Dorothea, 289, 290
Lições sôbre o Espírito (Wathely), 69
LINGUAGEM, 35, 145, 204-05; simbolismo da —, 151
LINGUÍSTICA, 54, 62; — **comparada**, 16; — **histórica**,
Linton, Ralph, 40, 68, 78, 289
Lippit, 139, 262
Lippmann, Walter, 255
Lister, 92, 108
literatura, 28
Littré, M.P.E., 69
Livro dos Provérbios, 55
Locke, John, 154
lógica aristotélica, 138, 159
Lorenz, 115
Lovejoy, H.O., 231
Lynd, Robert, 21, 229, 230

macacos, 98-100
Madariaga, Salvador de, 152-53
magia, 20
magiares, 152

malásios, 78
Malinowski, Bronislaw, 287
maometismo, 40
máquina a vapor, 65
maratas, 127
Marx, marxismo, 52, 61, 69, 71, 192, 246, 261
Mead, Margaret, 156-57, 163, 199, 207, 216, 222, 227, 231, 289
mecanismos genéticos, 101
medição, 84
medicina, 92-95, 168
MEIO: influências do —, 131; pressões do —, 101, 102, 120
Melanésia, 33
Mendel, Gregório, 65, 84, 108, 118, 131-32
mesomorfia, 96
Mesopotâmia, 69
mestiços, 114, 129
metas culturais, 205
método antropológico, 22, 25, 147, 176, 177, 179, 181, 187
Meyer, Eduard, 282
Mills, C.A., 89
minorias, 140-41
«miscegenação», 130
mistura de raças, 129, 132
mobilidade social, 228-29, 239, 242
Moe, H.A., 290
monogamia, 36
moral, 171, 173
moralidade, 175
Morgan, Lewis, 16
Morris, Charles, 272
motivação, 214
Mowrer, O.H., 289, 290
mudança cultural, 184, 189
Müler, Max, 112
Mumford, Lewis, 243
Murray, Henry A., 289
Mussolini, 55
mutações, 68, 69, 87, 102

Nahuatl (língua), 146
Natchez (índios), 66
Nature and Destiny of Man, The (Niebuhr), 47, 256
natureza e cultura, 31
«natureza humana», 20, 21, 31, 47, 48, 59, 192, 220, 241, 270, 282
Navajos, 32, 33, 35, 43, 62, 160-61, 196, 258

Neanderthal, 54, 81, 82
negros, 93, 94, 107, 126, 128, 130, 135, 136, 140, 141, 142, 197
Newton, Isaac, 64
Nícias, 209
Niebuhr, Reinhold, 47, 256
Noé, 108
«nórdicos», 119, 121, 122
normalidade biológica, 92
Northrop, F.C.S., 263, 275
nutrição, 78-81

112 Gripes About the French (Risten), 176
OPINIÃO, 250; — pública, 168, 264
Opler, Morris, 103
organização social, 173, 177; mudanças de —, 189
Origem das Espécies, A (Darwin), 69, 278
Ortega y Gasset, 65
ortopedia, 91

padrões culturais, 34, 39, 268
padrões genéticos, 98
Palestina, 69, 81
Paphnutius, 209
Papua, 170
Paroles de philosophie positive (Littré), 69
Parsons, Talcott, 289
Passing of the Great Race, The (Grant), 136
Pasteur, Louis, 92, 108
Paths of Life (Morris), 272
Patologia Celular, A (Virchow), 69
Pearson, Karl, 84, 117, 120
pediatria, 92, 168
Pedro Mártir, 15
pele, côr da, 120, 124, 232
Penniman, T.K., 289
Perry, Ralph Barton, 274
Persia, 57
personalidade, 192-221
Peru, 54, 59
Pettitt, George, 195
pigmeus africanos, 78
Piltdown, homem de, 81
pirâmides, 65
Pitcairn, 129
Pitecanthropus erectus, 80, 81

plasticidade, 100-01
pleistoceno, 80, 82
Polinésia, polinésios, 36, 54, 62, 80
ponto de vista cultural, 177
população, 73, 76, 80, 88
povos primitivos (ágrafos), 23, 25-26, 40, 281
potencialidades humanas, 220
preconceito racial, 125, 136-40
pressão do meio, 120
pressões ambientais, 88
primatas, evolução dos, 98
Primitive Man as a Philosopher, (Radin), 40
primitivos, povos, 23, 25-26, 40, 281
Process and Reality (Whitehead), 272
processo evolutivo, influências do, 101
processo fisiológico, diferenças de, 125
progresso, 64, 71
pronógrados, 91
propriedades biológicas, 28
psicologia, 13, 16, 252, 279-81, 283, 286
psiquiatria, 34, 92, 97, 168, 206, 226, 280, 283
puberdade, 35
Pueblos (índios), 62
punição, 214

«raça», 104
raça, 105-44
racismo, 143
Radin, Paul, 40
Real Instituto Antropológico, 17
Redfield, Robert, 135, 183
Reforma, 70
regularidades, 29, 33, 46, 71
Reiter, Paul, 289, 290
relações humanas 45, 169, 183, 188-89
relatividade, teoria da, 64
relatividade cultural, 50, 185
religião e ritual, 35, 37, 66, 67, 106-07, 272
«revolução urbana», 68
Rh, fator, 126
Rising Tide of Color (Stoddard), 136
Rodésia, homem da, 82
Rodnick, David, 256

Romantismo, 245
Roosevelt, F.D., 229
Rosenzweig, Saul, 140
Rosten, Leon, 176
Rússia, 70, 134, 154, 164, 167, 194, 233, 249, 273

Samoa, 184
sangue, laços de, 106
Sapir, Edward, 46, 146, 165, 243, 289
Schmidt, W., 289
Science and Freedom (Bryson), 276
Scott, Donald, 289
Scroggs, William, 255
SELEÇÃO, 101; fatôres de —, 102; — natural, 102, 131; — sexual, 131; — social, 101
seletividade, 36, 52, 74
semântica, 154
senso comum, 165
Sex and Temperament in Three Primitive Societies (Mead), 199
sexo, 42, 43
shaman, 67
Shapiro, Harry, 88, 119, 144, 185
Sheldon, W.H., 96, 97
Sibéria, 62
simbolismo da linguagem, 151
SÍMBOLO, 101; 221; o dinheiro como —, 229; uso de —s, 99
Sinanthropus, 81
Sioux (índios), 72-73
Síria, 69
Sirjamaki, John, 248
SOCIALIZAÇÃO, 197, 206, 218, 219, 220, 267; definição de —, 193; padrões de —, 212
SOCIEDADE: distinção entre — e cultura, 34-35; metas da —, 178; perpetuação da —, 178, 200; —s ágrafas, 202, 217
sociologia, 13, 17, 22, 279-80, 284-85
somatótipos, 96-98, 133
Sorokin, Pitirim, 251
Spuhler, James, 290
status, 247
Stegner, Wallace, 56
Steward, Julian, 78
Stoddard, Lothrop, 136
Stouffer, Samuel, 290
Streitberg, 162

suecos, 113
suicídio, 168
Sumner, W.G., 43 (nota)

Tácito, 14
Tannenbaum, Frank, 234
tasmanianos, 78
Tax, Sol, 21
Taylor, George, 289
Tcheco-Eslováquia, 55
tecnologia, 19, 79, 181, 188-90, 236, 243-44, 252, 278
temas culturais, 43
teoria da cultura, 34
testes de inteligência, 128, 136
Thais (Nícias), 209
Thomas, Norman, 244-45
Thompson, Laura, 289
Tibete, tibetanos, 36, 103
tipos somáticos (Sheldon), 96-97
Tocqueville, Alexis de, 228, 230
Tozzer, A.M., 109, 289
«traços culturais», 33
tradição social, influência da, 126, 214
tradução, 154-56, 164
troncos, cruzamentos entre, 129
Turquestão, 57
Tylor, E.B., 16, 17, 55

Universais na vida humana, 21, 59, 132, 265

variabilidade, 104
variação, estudo da, 260; — humana, 84, 258
Varrão, 153
Veblen, Thorstein, 244
Versalhes, Conferência de, 61
Vico, Giovanni, 52
Virchow, 69
Vogt, Sr. e Sr.ª Evon, 290
von Török, 84

Wallerstein, Ruth, 289
Ward, Lauriston, 289, 290
Warner, W. Lloyd, 223, 245-46
Washburn, S.L., 123
Weidenreich, Franz, 133
Weimar, constituição de, 50
Western Slectric, 187
Whately, 69
White, Leslie, 52, 278, 289
Whitehead, A.N., 45, 80, 123, 272
Wilson, Woodrow, 225
Wintu (língua), 159, 162
Wyman, L.C., 289

Yerkes, 99
Yurok (índios), 200

Zeitgeist, 44
Zemi (índios), 170
zulus, 34
Zuñi (índios), 32, 33, 212

A presente edição de ANTROPOLOGIA Um Espelho para o Homem de Clyde Kluckhohn é o Volume de número 29 da Coleção Excelsior. Capa Cláudio Martins. Impresso na Líthera Maciel Editora e Gráfica Ltda., à rua Simão Antônio 1.070 - Contagem, para a Editora Itatiaia, à Rua São Geraldo, 67 - Belo Horizonte - MG. No catálogo geral leva o número 01083/3B. ISBN. 85-319-0727-6.